Caroline Brinkmann
Chaos Witches
Die falsche Auserwählte

Caroline Brinkmann schreibt seit vielen Jahren erfolgreich Bücher für Jugendliche und junge Erwachsene und wurde für ihre Geschichten bereits mehrfach ausgezeichnet. Aktuell ist die Ärztin in Deutschland und New York zu Hause. Schreiben tut sie von überall aus, nur nicht vom Schreibtisch.

CAROLINE BRINKMANN

CHAOS WITCHES

DIE FALSCHE AUSERWÄHLTE

dtv

*Für diejenigen, die ein bisschen Magie
in ihrem Leben suchen.*

*Manchmal ist sie schwer auszumachen,
aber sie ist immer da.*

Originalausgabe
© 2024 dtv Verlagsgesellschaft mbH & Co. KG, München
Das Werk ist urheberrechtlich geschützt. Jede Verwertung ist nur
mit Zustimmung des Verlages zulässig. Das gilt insbesondere für
Vervielfältigungen, Übersetzungen und die Einspeicherung und
Verarbeitung in elektronischen Systemen.
Umschlaggestaltung, Cover- und Innenillustrationen
sowie Vorsatz/Nachsatz: Stephanie Gauger, Guter Punkt München
Gesetzt aus der Sabon
Satz: C.H.Beck.Media.Solutions, Nördlingen
Druck und Bindung: GGP Media GmbH, Pößneck
Printed in Germany · ISBN 978-3-423-76504-6

TEIL 1
VERFLIXT UND VERFLUCHT

I
Das Mädchen mit dem Feuerlöscher

Adelina Lighttower

Heute Morgen hatte Tante Corentine mal wieder die lästige Idee, mich umzubringen. Selbstverständlich geschah das nur in meinem besten Interesse. Und im besten Interesse der Familie Lighttower.

Ihr Plan sah ursprünglich vor, mich auf den Bahngleisen einer viel befahrenen Zugstrecke festzubinden, was meine Mutter verhinderte, weil ihr das zu tödlich vorkam.

»Aber das ist doch Sinn und Zweck des Ganzen. Adelina muss richtig Panik haben. Nur wenn sie dem sicheren Tod gegenübersteht, zeigen sich ihre Kräfte. Sonst ist das alles sinnlos.«

Meine Tante fand, es sei eine gute Idee, mich regelmäßig in Lebensgefahr zu bringen, um meine Magie hervorzukitzeln. Aus diesem Grund hatte sie mich bereits im Moor versenkt, ins Meer geworfen und in einem Schneesturm ausgesetzt. Barfuß.

Meine Magie hatte sich bisher nicht gezeigt, aber immerhin hatte ich mich als erstaunlich einfallsreich dabei herausgestellt, dem Tod von der Schippe zu springen. Vielleicht war ich auch einfach nur ein Glückspilz, aber ich redete mir gerne ein, dass es an meinem genialen Verstand lag.

Nun saßen wir im Auto, auf dem Weg zum *Howling Oak Park*. Mir war zugegebenermaßen mulmig zumute, auch wenn ich dankbar war, den Zugschienen entkommen zu sein. Nervös klammerte ich mich an den Saum meines Rockes und blickte in die Dunkelheit, die sich jenseits des Autos erstreckte.

Die Finger meiner Mutter klopften unruhig auf dem Lenkrad, ihr Blick war konzentriert geradeaus gerichtet. Meine Tante, die auf dem Beifahrersitz saß, nippte an ihrem Pfefferminztee. Sie war die einzige Person, die ich kannte, die mit einer Porzellantasse vor die Tür ging. Und dabei dachte sie nicht etwa an die Umwelt. Nein. Sie meinte, das hätte deutlich mehr Stil als ein schnöder Pappbecher. Und als Tante der zukünftigen Hexenkönigin musste man ein gewisses Niveau wahren.

Ja. Ich war die nächste Hexenkönigin.

Wenn ich Corentines neuen Plan, mich umzubringen, überlebte. Und wenn sich meine Kräfte endlich zeigten. Zwei ziemlich große »Wenns«, aber ich arbeitete an einer positiveren Grundeinstellung.

»Wir sind gleich da«, verkündete Mum, die angeboten hatte uns zu fahren. Vermutlich, um sicherzugehen, dass Tante Corentine mich nicht doch auf die Bahngleise kettete. »Glaubst du wirklich, dass das eine gute Idee ist?«

»Natürlich. Warum denn nicht?« Tante Corentine nahm schlürfend einen Schluck aus ihrer Tasse. »Adelina ist ja kein normales Kind. Sie ist eine Königin.«

Ich meinte die Missbilligung in ihrem Schlürfen zu hören.

»Auch Königinnen können den Verstand verlieren«, brummte meine Mutter.

Die letzte Königin war als »Rita der Drache« in die Geschichte eingegangen, nachdem sie versucht hatte London niederzubrennen. Aber das war lange her und seitdem stand der Thron leer.

Wir hielten auf einem kleinen Parkplatz direkt vor dem Schild mit dem Namen des Parks. Darunter war nachträglich ein kleineres Schild befestigt worden, auf dem »Privatgelände« gekritzelt stand.

Hinter einem halb offenen Tor schlängelte sich ein kleiner Weg an dürren Eichen vorbei. Laternen gab es keine. Nicht einmal der Schein des Mondes schien hierher vorzudringen, als würde der Park selbst jegliches Licht verschlucken.

Mit klopfendem Herzen versank ich tiefer im Rücksitz.

»Bist du bereit, Adel?«, fragte meine Mutter. Sie drehte sich um und schenkte mir ein aufmunterndes Lächeln. »Keine Sorge. Du schaffst das schon.«

»Besser wäre es. Die letzten Male waren äußerst enttäuschend«, ertönte die scharfe Stimme meiner Tante vom Beifahrersitz.

»Corentine! Das ist nicht hilfreich.«

»Ist doch wahr. Die Hexen verlieren ihren Glauben an die Prophezeiung und ihren Respekt. Frida Salem hat mich gestern nicht einmal mehr gegrüßt.«

»Frida Salem ist über neunzig und halb blind …«

»Sie nehmen uns nicht mehr ernst. Selbst die Alchemisten machen sich über uns lustig. Adelina muss ihre Rolle als Retterin einnehmen, sonst werden wir den Kampf verlieren!«

»Wir haben bereits verloren. Vor gut dreihundertfünfzig Jahren …«

Denn vor dreihundertfünfzig Jahren hatte Rita der Drache einen echt schlechten Tag. Und nachdem sie London in Brand gesetzt hatte, entschieden die Alchemisten, dass die Hexen zu gefährlich waren, um weiterzuexistieren.

Der Oberalchemist aus dem Hause Blackheart, ein Name, bei dem jeder Hexe eine Gänsehaut über den Rücken lief, entwickelte »den Fluch«, ein Elixier, das die Magie der Hexen blockierte.

Sie mischten es ins Trinkwasser aller großen Städte von England und innerhalb kurzer Zeit verlor die Mehrheit meines Volkes seine Magie. Als sie verstanden, was da gerade passierte, war es bereits zu spät. Das einstige Volk der Hexen existierte nicht länger und stattdessen regierten die Alchemisten, selbst ernannte Beschützer der Menschen, England.

Bis zu jenem Tag meiner Geburt.

Eine Prophezeiung hatte angekündigt, dass eine Königin geboren werden würde, die den Fluch brechen und den Thron der Hexen neu besetzen würde.

Als sechs Blitze gleichzeitig in das Krankenhaus einschlugen, in dem ich soeben geboren worden war, bestand für die meisten Hexen kein Zweifel, dass ich diese Königin war.

Leider hatten sich, trotz Blitzspektakel, meine Kräfte bisher nicht gezeigt. Hinzu kam, dass Weissagungen schrecklich vage waren. Auch wenn fraglos ich diese Retterin war, sagte die Prophezeiung nicht, *wann* meine glorreiche Stunde kommen würde, und ich hoffte, dass es nicht erst in sechzig Jahren so weit war.

»Meine Schwester will es nicht zugeben, aber sie glaubt an dich. Genau wie ich«, flüsterte meine Mutter. »Dieses Mal wirst du es schaffen. Ganz sicher.« Liebevoll zupfte sie meine Bluse zurecht. »Bist du bereit?«

»Ich denke schon.«

»Du *denkst* schon? Als unsere Königin solltest du dir sicher sein«, tadelte mich Corentine.

Ich schluckte und straffte die Schultern. »Ich bin bereit, Tante.«

Ich warf erneut einen Blick in die Dunkelheit, die alles zu verschlucken schien, das sich in sie hineinwagte.

Der *Howling Oak Park* war berüchtigt in Oxford. Angeblich sollte es hier spuken, aber in Wahrheit waren es nicht die Geister, die man fürchten musste.

Bevor ich es mir anders überlegen konnte, öffnete ich die Tür. Kühle Nachtluft schlug mir entgegen. Ich ignorierte mein Frösteln und schwang entschlossen ein Bein aus dem Auto. Meine Overknee-Stiefel versanken mit schmatzendem Geräusch im aufgeweichten Boden.

Vor mir ragten die Bäume wie knochige Hände empor, die Finger gen Nachthimmel gestreckt. Immer wenn der Wind durch die Baumkronen jagte, ertönte ein schauriges Heulen und Knarren. Ich verstand, warum viele Menschen glaubten, es würde hier spuken, und widerstand dem Drang, die Arme um meinen Körper zu schlingen. Schwäche verzieh meine Tante nicht, erst recht nicht bei mir. Also zog ich betont lässig ein Lipgloss aus meiner Jackentasche und frischte mein Make-up auf.

Wenn ich schon draufgehen sollte, dann wenigstens mit Stil!

»Na schön. Und was jetzt?«, fragte ich Tante Corentine, die mit Teetasse in der Hand neben mir stand. Sie war einen Kopf kleiner als ich. Ihr Haar war zu einem strengen Dutt gebunden, in dem eine Haarspange aus Lapislazuli steckte, der Edelstein unserer Familie.

»Nimm das.« Sie öffnete den Kofferraum und deutete auf eine pinke Sporttasche mit goldenen Krönchen darauf. Ich warf sie mir über die Schulter und sah Corentine erwartungsvoll an.

»Du folgst dem Pfad, bis du zum Platz der Geister kommst. Dort wird ein Feuer brennen. Das wirst du löschen.«

Ich hob die Augenbraue. »Was ist das für ein Feuer?«

»Lass dich überraschen.« Sie nahm einen Schluck Tee und lächelte selbstzufrieden. Manchmal hatte ich den Verdacht, dass sie es genoss, diese tödlichen Pläne zu schmieden.

»Das ist nicht zufällig ein Nest von Glutpixies, oder?«

Ihr Lächeln entgleiste für den Bruchteil einer Sekunde.

Bingo! Da hatte ich wohl ins Schwarze getroffen.

Ich mochte vielleicht keine Überfliegerin sein, was Magie anging, aber ich war clever. Das musste ich auch sein. Wenn sich die Prophezeiung bewahrheitete, würden alle Alchemisten von England hinter mir her sein. Fehler konnte ich mir nicht erlauben.

Tante Corentine packte mich am Arm. Dann zischte sie, so leise, dass meine Mutter uns nicht hören konnte: »Du musst bis zum Äußersten gehen, Adel. Nur wenn du wirklich glaubst dein Leben zu verlieren, brechen deine Kräfte hervor. Solange du versuchst alle Probleme mit deinem Verstand zu lösen, wirst du deine Magie nicht finden.«

Ich nickte.

»Du bist unsere letzte Hoffnung gegen diese verdammten Alchemisten und du darfst nicht scheitern.«

»Ich weiß.« Ich wusste nur allzu gut, welche Hoffnungen auf mir ruhten. Meine Familie wurde nicht müde mich die letzten fünfzehn Jahre meines Lebens täglich daran zu erinnern.

»Gut. Dann enttäusche uns nicht wieder.«

»Natürlich nicht.« Ich spürte einen Stich im Herzen. Es musste einfach klappen. Ich verbrachte jede Sekunde damit, mich auf meine Rolle als Königin vorzubereiten. Mein Erscheinen, mein Training ... Ich hatte so hart gearbeitet und die Kristallkrone der Hexen würde mir verdammt gut stehen. In meinen Träumen sah ich mich oft auf dem Thron sitzen, gehüllt in ein Kleid aus Lapislazuliblau, während meine Sturmkräfte um mich fegten.

Ohne mich umzudrehen, betrat ich den Park und folgte dem schmalen Pfad. Die Äste der Bäume warfen verzerrte Schatten, die sich mir entgegenstreckten.

Das Gewicht der Sporttasche drückte schwer auf meine Schulter. Ich schob die Hände in die Taschen meiner roten Lederjacke mit der Aufschrift ›True Queen‹ und spielte mit dem Lipgloss darin, während ich versuchte mich an alles zu erinnern, was ich über Glutpixies wusste.

Sie waren friedlich, solange man ihr Nest in Ruhe ließ. Andernfalls konnten sie verdammt wütend werden. Versengte Haare waren dann das geringste Problem. Und sie waren clever. Viele dachten, sie seien instinktgesteuert, aber das stimmte nicht.

Als ich ein knorriges Weißdorngebüsch passierte, hörte ich plötzlich Geräusche. Stimmen. Gelächter. Das klang nicht nach dem Zischen von Glutpixies, eher nach … *Menschen?*

Ich stöhnte.

Was hatte meine Tante vor?

Ich holte tief Luft und ging auf das Licht zu, das zwischen den Bäumen aufflackerte. Die Stimmen schwollen an. Sie klangen laut und aggressiv, so als würde sich wer streiten.

Auf einer kleinen Lichtung entdeckte ich eine verlassene Hütte, die nur noch zur Hälfte stand. Vor Jahren war sie als Spukhaus an Leute vermietet worden, die hier nach Abenteuer und Gänsehaut suchten. Die letzten Touristen trafen allerdings nicht auf Geister, sondern fielen einer Schar Glutpixies zum Opfer, die sie mit Haut und Haar verschlungen hatte. Seither fehlte von ihnen jede Spur.

Jetzt flackerte vor der Hütte ein Feuer, um das einige Gestalten lungerten, die lebhaft miteinander diskutierten. Nicht weit entfernt stand ein ziemlich windschiefes Zelt. Eigentlich war es verboten im Park zu campen, aber das war den Männern offensichtlich egal. Der Geruch von Holzkohle, gegrilltem Fleisch und Zigaretten drang mir in die Nase.

Okay, Adel! Keine halben Sachen mehr.

Ich straffte die Schultern und ging auf die Gruppe zu, auch wenn alles in mir schrie, dass ich verdammt noch mal abhauen sollte. Ich musste keine Orakelhexe sein, um zu wissen, dass etwas mit diesen Kerlen nicht stimmte. Sie wirkten nicht wie friedliche Camper, eher wie streitlustige Mitglieder einer Motorradgang.

Einer der Typen kam auf mich zu. Er packte mich am Arm, sodass ich fluchend stehen blieb. Dabei rutschte mir die Sporttasche von der Schulter und landete mit einem Scheppern auf dem Weg.

»Das ist unser Revier, Kleine«, knurrte er mir ins Ohr. Seine Basecap saß schief auf den langen, blonden Haaren.

»Ich bin nicht deine Kleine.« Ich schüttelte seine Hand ab. »Und komm mir bitte nicht zu nahe. Danke.« Ich deutete auf die Hütte. »Wisst ihr nicht, dass dieser Platz verflucht ist?«

Die Kerle lachten. Offenbar glaubten sie nicht an Geister. Ich bückte mich, um nach meiner Sporttasche zu greifen. »Tut mir leid, euch den Spaß verderben zu müssen, aber ihr müsst gehen.«

»Was bist du denn für eine?«, fragte einer mit zu vielen Goldketten um den Hals.

»Ich arbeite für das Ordnungsamt«, antwortete ich trocken. »Und verweise euch hiermit des Platzes.«

»Warum?«, fragte er irritiert.

»Das Zündeln in diesem Park ist verboten, weshalb ich euer Feuer leider löschen muss.«

»Moment. Moment, Kleine!«, sagte der mit der Basecap. Er war offenbar nicht der Schnellste. »Willst du uns verarschen? Wir werden nicht gerne verarscht.«

»Würde mir nicht im Traum einfallen.«

»Du bist keine Ordnungsamttussi. Bist zu hübsch für so 'nen Job«, lallte ein anderer.

So ein Charmeur!

Ich wusste, welche Wirkung ich auf andere hatte. Ich hatte in den letzten zwei Jahren einen ordentlichen Wachstumsschub gemacht und war jetzt größer als der Rest meiner Familie. Ich hatte lange Beine, die durch die Overknee-Stiefel noch betont wurden.

Außerdem hatte ich langes, rotes Haar. Kein Rotblond, sondern ein dunkles, herbstliches Kastanienrot. Mum und Corentine hatten blonde Haare und graue Regenwetteraugen. Aus diesem Grund nannte mich meine Tante auch den »Feuersturm«.

Ich war halt durch und durch etwas Besonderes.

»Ich bitte euch noch einmal höflich, eure Sachen zu packen und das Feuer zu löschen«, sagte ich nun, um Autorität bemüht.

»Tja. Pech für dich. Wir lieben unser Lagerfeuer und gehen hier nicht weg.« Der Typ verschränkte die Arme. »Und jetzt sag uns, verdammt noch mal, wer du bist.«

»Ich bin Adelina Lighttower aus dem Hause der Sturmhexen. Laut einer Prophezeiung bin ich die nächste Königin der Hexen. Meine Magie wird den Fluch brechen, mit dem uns die Alchemisten unterdrücken. Ich werde ihnen den Kampf ansagen, sie vernichten und auf den roten Kristallthron steigen. Und ich werde umwerfend aussehen, wenn ich mir die Kristallkrone auf den Kopf setze …« Das Geständnis sorgte dafür, dass die Truppe in Gelächter ausbrach.

Ja, die Wahrheit war manchmal schwer zu schlucken.

Der Kerl mit der Basecap fing sich als Erster wieder.

»Du bist absolut irre!«

»Ich habe geahnt, dass Höflichkeit bei euch nichts bringt.« Ich öffnete die Tasche und holte einen Feuerlöscher heraus.

Dieses Mal würde ich es durchziehen!

Mit klopfendem Herzen marschierte ich auf das Lagerfeuer zu. Hinter mir ertönten überraschte Rufe, als die Jungs kapierten, was ich vorhatte.

Jetzt oder nie!

Ich betätigte den Hebel und eine Ladung Schaum schoss aus dem Schlauch auf das Feuer, das innerhalb von Sekunden zusammen mit Würstchen und Stockbrot in weißer Masse versank.

»Ihr solltet jetzt gehen«, sagte ich ruhig. »Die Party ist vorbei.«

»Du kannst was erleben!«, rief einer, groß wie ein Schrank, während die anderen versuchten ihre Flaschen in Sicherheit zu bringen.

Mit kühlem Lächeln richtete ich meinen Löschschlauch auf sein Gesicht und blies ihm die Zigarette aus.

Zusammen mit seinem letzten Fünkchen Beherrschung.

»Na warte!« Er hechtete nach vorne, um mich zu packen, aber ich wich ihm aus, was nicht weiter schwierig war, da der arme Kerl Schaum im Auge hatte. Er stolperte und fiel über seine eigenen Füße.

»Jetzt ist aber Schluss mit lustig«, verkündete sein Kettchen-Kumpel, bevor ich auch seinem hitzigen Gemüt eine Abkühlung verpasste.

So langsam fing es an mir Spaß zu machen. Ich sollte öfter Gangs aufmischen.

Um uns herum erstreckte sich ein Schlachtfeld aus Schaum, aus dem sich die Jungs wie ein Rudel begossener Pudel erhoben.

»Packt euch die Verrückte!«

Einer der Typen erreichte mich und griff nach meinem Mantel. Ich holte mit dem Feuerlöscher aus und traf ihn an der Schulter.

Verflixt und verflucht!

Eigentlich hatte ich auf seine Schläfe gezielt, mich aber im Winkel vertan. Im gleichen Moment wurde ich von hinten gepackt und herumgewirbelt.

»Ich muss doch sehr bitten«, sagte ich. »Etwas mehr Respekt vor einer Königin.«

»Du bist ganz bestimmt keine.«

»Wollen wir wetten?«, fragte ich und rammte ihm mein Knie zwischen die Beine. Stöhnend sackte er zusammen.

Als zukünftige Herrscherin war ich im Nahkampf geübt.

»Hey! Was soll das überhaupt?«, rief der Schrankkerl. »Willst du Stress?«

»Haben wir den nicht schon? Bedankt euch bei meiner Tante. Sie will ständig, dass mich jemand umbringt.«

Er packte mich an den Schultern und schüttelte mich so fest, dass ich Sterne sah. Ich biss die Zähne zusammen und riss meine rechte Hand hoch, um ihm die Faust von unten gegen die Nase zu schmettern. Stöhnend fiel er nach hinten.

Autsch!

Meine Knöchel pochten vor Schmerz und ein Fingernagel war eingerissen. Dabei war ich gestern erst bei der Maniküre gewesen.

Ab diesem Punkt bereitete mir die Sache deutlich weniger Freude.

Der Riese erholte sich überraschend schnell und rappelte sich grunzend auf. Seine kleinen, runden Augen blitzten gefährlich, als er vorlangte. Er wischte meine Arme zur Seite und stieß mich zu Boden. Seine Lippen waren zu einem triumphierenden Lächeln verzogen, als er sich zu mir herunterbeugte. »Ist das alles, was du zu bieten hast? Warum hext du uns nicht was vor?«

Tatsächlich wäre jetzt ein guter Moment für meine Magie, sich zu zeigen, nur leider spürte ich weiterhin kein Kribbeln und kein Jucken, geschweige denn explodierende Kräfte.

Der Schrank packte mich unter den anfeuernden Zurufen seiner Kumpel am Kragen, aber ich wartete nicht auf seinen nächsten Angriff. Mit meinem rechten Fuß trat ich ihm in die Kniescheibe. Kniescheiben waren ein herrliches Ziel. Wenn man sie richtig traf, knackten sie wie die Nuss im Mund des Nussknackers.

Treffer. Versenkt.

Der Schrankkerl jaulte auf und stolperte zurück. In dem Moment stürzten sich seine Kumpel auf mich und rammten mich zu Boden. Der Kerl mit der Basecap kniete sich auf mich.

Okay, so langsam kriegte ich Panik. Mein Herz flatterte und ich bekam keine Luft, weil das Knie des Mistkerls auf meinen Brustkorb drückte.

Verdammt, Magie! Wo bleibst du denn?

»Wir werden dir eine Lektion erteilen, die du nicht so schnell vergisst, Kleine«, versprach er mit fiesem Grinsen. »Los. Sperren wir sie in die Grube.«

Jemand packte mich an meinen sündhaft teuren Wildlederstiefeln und schleifte mich über die feuchte Erde. Ich drehte den Kopf. Sie steuerten die verfallene Hütte an. Schon trugen sie mich die morschen Holzstufen hoch in den Rest dessen, was mal ein Wohnzimmer gewesen war. Basecap-Brutalo riss eine Falltür auf, aus der ein muffiger Geruch stieg.

»Rein mit ihr«, befahl er. »Die Ratten werden ihr Respekt beibringen.«

»Nein!« Das ging zu weit!

Ich trat um mich, aber gegen die vereinten Kräfte der fünf Kerle hatte ich keine Chance. Unaufhaltsam zogen sie mich auf das Loch zu.

»Lasst mich!« Ich ballte meine Hände und schrie, so laut ich konnte, als sie mich in die Dunkelheit stießen. Ein paar Meter fiel ich in die Tiefe, bevor ich auf harten Grund krachte. Für einen Moment drehte sich die Welt und ich blieb benommen liegen.

Das musste er doch sein!

Der Moment, auf den wir fünfzehn Jahre gewartet hatte. Ich versuchte das Gefühl der Panik willkommen zu heißen, aber es brach kein tosendes Chaos aus mir hervor. Stattdessen war mir übel, jeder Knochen meines Körpers brannte vor Schmerz und Punkte tanzten vor meinen Augen. Die Umrisse der Kerle, die zu mir heruntergrinsten, verschwammen.

Ich flehe dich an, Magie! Hilf mir!

Und als hätte sie mich endlich erhört, spürte ich einen heißen Windzug, der meine Wange streifte. Eine faustgroße Flamme zischte durch die Luft und setzte die Basecap meines Angreifers in Brand.

»Ja!«, rief ich. Ein weiterer Feuerball schwirrte herbei und versengte die Augenbrauen des Schrankkerls. »Endlich.«

Mit zitternden Beinen rappelte ich mich auf, als Hitze auf uns niederprasselte. Jetzt waren die Jungs dran, in Panik zu geraten. Schreiend flohen sie in alle Richtungen, während ich jubelnd meine Fäuste hochriss.

Der Anblick meines kleinen Feuersturms war atemberaubend. Wenn Tante Corentine das sehen könnte! Nie wieder würde sie mich eine Enttäuschung nennen.

Mit zitternden Händen kramte ich mein Handy aus der Tasche, um ein Foto zu machen, aber eh ich die Chance dazu bekam, schoss eine Flamme zu mir herunter und schlug es mir mit einem wütenden Zischen aus der Hand.

»Hey! Was zum ...«

Erst jetzt sah ich, dass es kein Flammenball war, der vor mir schwebte, sondern ein brennendes Wesen mit spitzen Ohren, scharfen Zähnen und orangen Flügeln.

»Oh. Shit!«

Das Glutpixie schoss über die Balken der Hütte, dabei streckte es seine kleine Hand aus und hinterließ eine Feuerspur. Innerhalb von Sekunden stand der Rest der Hütte in Flammen.

»Nein! Stopp!«

Es kicherte. Zumindest glaubte ich, dass es das tat, denn die Laute klangen für mich wie ein brennendes Holzscheit.

Ich kauerte auf dem Boden und meine Finger bohrten sich in den Dreck, während ich auf das Feuer über mir starrte.

Sie wird kommen,
geboren aus Feuer und Sturm.
Setzt ihr die Krone auf.
Sie bricht unseren Fluch.

Geboren aus Feuer und Sturm. Feuer. Vielleicht war es nun so weit. Die Stunde der Prophezeiung.

Schon gaben die morschen Holzbalken knarrend nach und krachten zusammen. Ich riss die Hände hoch, um mich zu schützen. Die Hitze trieb mir die Tränen in die Augen. Fieberhaft sah ich mich nach einem Ausweg um, aber es gab keinen.

Die Grube, in der ich mich befand, war ein in den Boden gegrabener Keller, der bis auf ein paar vergessene Plastikverpackungen und Schotter vollkommen leer war. Ich konnte nichts entdecken, das mir helfen würde hier herauszukommen.

Die Zeit rann mir wie Sand durch die Finger. Das Feuer fraß sich innerhalb von Sekunden durch die hölzernen Dielen. Jeden Moment würde die Hütte zusammenbrechen und mich unter sich begraben.

Kalte Fingerspitzen tippten über meinen Nacken.

Angst.

Dieses Mal war es wirklich ernst. Weder Verstand noch Training würden mich retten können, und wenn jetzt nicht meine Sturmkräfte erwachten, würde ich nicht alt genug werden, um die Prophezeiung zu erfüllen.

Das Herz sprang mir vor Panik fast aus der Brust. Ich schloss die Augen und versuchte mich zu konzentrieren. Sturm und Wind waren immer schon Begleiter der Lighttowers gewesen. Sie lagen uns im Blut. Ich musste nur nach der Magie greifen. Ein mächtiger Sturm, der durch die Flammen brauste und mich aus ihren gierigen Klauen rettete.

Ich spürte, wie die Flammen nach mir griffen. Ihre Zähne bohrten sich in mein Fleisch.

Du wirst nicht sterben, Adel!

Du bist die Auserwählte.

Du. Wirst. Nicht. Sterben.

Heißer Rauch quoll in meine Lungen und ich hatte das Gefühl zu ersticken. Keuchend brach ich zusammen.

Sie wird kommen,
geboren aus Feuer und Sturm.

2
DER JUNGE MIT DEN FLUCHEGELN

Adelina Lighttower

Das Erste, was ich spürte, war Schmerz. Brennender Schmerz, der mir das Gefühl gab, meine Haut würde vom Körper platzen.
Moment!
Schmerz bedeutete, dass ich noch lebte, oder nicht? Aber wie? Waren endlich meine Sturmkräfte erwacht und hatten mich aus der brennenden Hütte gerettet?
Stöhnend bewegte ich die Finger und ertastete feuchtes Gras. Es war überall, drückte sich in mein Ohr und kitzelte in meiner Nase.
Vorsichtig drehte ich mich um und öffnete die Augen. Über mir war der Nachthimmel voller Sterne. Ich blinzelte, denn etwas schob sich zwischen den unendlichen Himmel und mich.
Oh.
Der schönste Junge, den ich je gesehen hatte.
Ich war anspruchsvoll, was Schönheit anging. Die meisten Zeitschriften-Models und gefeierten Superstars fand ich langweilig.

Sie sahen so perfekt aus, dass ich sie im nächsten Moment bereits wieder vergessen hatte. Bei diesem Jungen musste ich jedoch zweimal hinschauen, denn er hatte etwas, das ihn für mich absolut unvergesslich machte.

Seine Augen waren meeresblau. Aber nicht dieses helle Blau, das an Karibik und Tropenstrand denken ließ, sondern viel mehr ein Blau wie der stürmische, wilde Atlantik mit Flecken von Grau darin.

Dunkle Haarsträhnen fielen ihm ins Gesicht. Sie waren so lang, dass sie sich über den Ohren und im Nacken lockten. Haar- und Augenfarbe standen im Kontrast zu seiner blassen Haut.

Im Moment sah er voller Misstrauen auf mich herunter.

»Bin ich tot?«, fragte ich.

Meine Mutter meinte, der Tod würde in der Gestalt erscheinen, die wir uns wünschen, und *na ja* ... von so einem attraktiven Kerl abgeholt zu werden wäre definitiv besser als von einem Skelett mit Kapuze.

»Nein. Ich hab dich gerettet«, sagte er knapp. Wie hatte er das angestellt? Die Hütte hatte doch lichterloh gebrannt.

Verwirrt stützte ich mich auf meine Unterarme und hievte meinen Oberkörper hoch. In dem Moment sah ich es. Der Kerl war ganz in Schwarz gekleidet und auf seiner Brust prangte ein silbernes Wappen. Eine Raute mit verschnörkelten Seiten.

Verflixt und verflucht!

Das Zeichen der Alchemisten.

War ja klar, dass dieser gut aussehende Typ zu unseren Todfeinden gehören musste.

Okay, denk nach, Adel!

»Was ist deine schärfste Waffe als zukünftige Königin?«, fragte mich meine Mutter immer.

»Meine Sturmkräfte?«

»Nein, dein Charme.«

Ich hasste es, charmant zu sein, aber sie hatte recht. Wenn ich wollte, konnte ich reizend sein. Manchmal gewann man Kriege mit einem Lächeln.

»Danke für die Rettung«, hauchte ich und bedachte ihn mit einem Augenaufschlag, der Herzen zum Schmelzen bringen konnte. Seines jedoch war tiefgefroren, denn das Misstrauen in seinen Meeresaugen wuchs nur noch.

»Du musst dich nicht bedanken. Hätte ich gewusst, was du bist, hätte ich dich den Flammen überlassen.«

»Was ich bin?«

Er antwortete nicht. Stattdessen pflückte er etwas aus der Tasche, das wie eine Nacktschnecke mit mehreren Saugrüsseln aussah, und machte Anstalten, mir das Ding auf den Arm zu setzen. Mit einem entsetzten Schrei fegte ich es zur Seite.

»Was soll das?«

Seine Augen verengten sich. »Ich muss dich überprüfen.«

»Überprüfen?«

»Du bist doch eine Hexe, oder nicht?« Er deutete auf meine goldene Kette, an der mein Lapislazuli befestigt war. Hexen liebten Steine und es gehörte zu unserer Tradition, dass jede Hexe zu ihrem sechsten Geburtstag einen Schutzkristall von ihrer Familie bekam. Ob er wirklich Schutzkräfte hatte, bezweifelte ich allerdings.

Ich umschloss den Anhänger und reckte das Kinn. »Ja. Ich bin eine.«

»Dann muss ich mithilfe eines Fluchegels testen, ob deine Kräfte gebannt sind oder du eine wilde Hexe bist, die sich den Gesetzen des Ordens widersetzt«, sagte der Alchemist.

»Wenn ich Magie hätte, glaubst du nicht, dass ich sie in dieser misslichen Lage eingesetzt hätte?«

Er schien darüber nachzudenken, aber sein Misstrauen schwand nicht. »Was machst du dann hier? Ganz allein mitten in der Nacht?«

»Darf man keine nächtlichen Spaziergänge machen?«

»Du bist eine Hexe und Hexen führen immer etwas im Schilde.« Er nickte in Richtung Hütte, die wenige Minuten vorher noch lichterloh gebrannt hatte. Nun stand sie in einem See aus Wasser. »Was hast du da getrieben? Eine illegale Beschwörung?«

»Ich wurde von fünf betrunkenen Grobianen eingesperrt. Und da meine Kräfte von einer Gruppe kleingeistiger Wichtigtuer gebannt wurden, konnte ich mich nicht wehren.« Der Kerl sollte ruhig wissen, was die Alchemisten mir mit dem verdammten Fluch antaten. »Was ist deine Entschuldigung? Warum bist du hier?«

»Ich spüre wilde Magie auf, um sie unschädlich zu machen.« Er sah mir direkt in die Augen, aber ich ließ mich nicht einschüchtern.

»Magie ist nicht gefährlich. Diese Menschen waren es.«

»Ach ja? Dann haben sie die Hütte angezündet und dich beinahe verbrannt?«

»Das nicht, aber ...«

»Das hab ich mir gedacht. Glutpixies sind äußerst gefährlich. Stell dir vor, sie lassen ihre Kräfte mitten in Oxford frei.«

»Sie meiden Städte, weil sie viel zu scheu sind!«

»Diese hier wirken alles andere als scheu. Darum musste ich mich um sie kümmern.«

»Kümmern? Was ist mit den Pixies passiert?«

Er nickte knapp in Richtung eines Motorrades, das offenbar ihm gehörte, denn ich konnte niemand anderen sehen. Neben der schwarzen Maschine mit silberner Verzierung standen Boxen, deren Halterungen mit hitzeabweisenden Folien umwickelt waren. In ihnen rumorte und ratterte es.

Mir klappte die Kinnlade herunter. »Sind sie da etwa drin?«

»Ganz recht. Und jetzt bist du dran.« Er griff abermals in seine Tasche, um einen weiteren Fluchegel herauszuholen.

Verflixt! Er durfte mich auf keinen Fall überprüfen, denn wenn er mich daraufhin gefangen nahm, war ich in größeren Schwierigkeiten als bei den Glutpixies.

»Du wirst mir mit diesem ekligen Ding nicht zu nahe kommen, sonst ...«

Seine Lippen verzogen sich zu einem dünnen Lächeln. »Sonst was?«

»Sonst brech ich dir die Nase.« Ich rappelte mich auf und versuchte gerade zu stehen, obgleich meine Knie immer noch zitterten. Meine Jacke und mein Rock waren angesengt, meine Lippe war aufgeplatzt und meine Haare standen wirr vom Kopf ab. Ich fürchtete, dass ich mittlerweile nicht mehr so umwerfend wie gewohnt aussah, und sicherlich nicht halb so erschreckend war wie die Glutpixies, die er offensichtlich mit Leichtigkeit eingesperrt hatte.

Meine Chancen standen also schlecht, aber auf Charme hatte ich keine Lust mehr.

»Willst du dich wirklich widersetzen? Du hast keine Chance, Hexe!« Der Alchemist ließ die Utensilien an seinem Gürtel bedrohlich klimpern. Ich wagte einen schnellen Blick. Er war mit einem Dolch bewaffnet, aber das Säckchen mit Murmeln, der Silberspiegel und die Gläser und Phiolen voll Salze und Pulver bereiteten mir größere Sorgen. Alchemisten hatten keinen Tropfen Magie im Blut, aber sie benutzten die Magie, die sie anderen stahlen.

Sie waren Diebe, die sich der Zauber unserer Welt bedienten.

»Auch ohne Magie bin ich nicht wehrlos.«

»Ach tatsächlich?« Seine Stimme klang gelangweilt, so als würde er mich nicht ernst nehmen, aber seine Finger glitten zum Silberspiegel, der an seinem Gürtel baumelte.

Ich hatte einen Klappspiegel in der Tasche, einen mit Glitzersteinchen, die eine Krone bildeten. Er war schön, aber nicht gefährlich. Im Gegensatz zu diesem Ding.

Ich wettete, dass das ein Medusenauge war.

Mit unerträglicher Überheblichkeit sah mich der Kerl an. »Nur zu. Ich warte. Was willst du tun? Mich beißen? Zu Tode quatschen?«

Ich blickte zurück zu den Kästen, in denen die Pixies tobten, und riss erschrocken meinen Mund auf.

»Oh verflucht! Sie haben sich befreit«, quiekte ich mit schriller Stimme und wankte zurück.

Es funktionierte!

Alarmiert wirbelte er herum. *Dummkopf!*

Ich schnellte vor und nutzte seine Unaufmerksamkeit, um mir das Medusenauge zu schnappen. Ich riss den Spiegel aus der Hülle, sorgfältig darauf bedacht, die silberne Fläche dem Mistkerl zuzudrehen.

»Du bist auf den ältesten Trick der Welt reingefallen«, verkündete ich zufrieden. »Kämpfe gewinnt man mit List und nicht mit Arroganz. Merk dir das, Klugscheißer!«

Er fuhr zu mir herum und sah direkt in das Auge hinein. Für einen Moment zuckte er angesichts dessen, was er sah, zusammen. Dann verzog er verärgert seine Mundwinkel und wandte sich wieder mir zu.

»Gib mir das zurück, bevor noch jemand verletzt wird.«

»Ist das kein Medusenauge?«

»Doch.« Seine Augen blitzten gefährlich.

»Warum bist du dann nicht versteinert?« Misstrauisch begutachtete ich den kleinen Spiegel in meiner Hand, wagte aber nicht, hineinzusehen.

»Ein Blackheart lässt sich doch nicht von einer Hexe austricksen.«

»Ein Blackheart?«

Verflixt und verflucht!

Heute war mein Pechtag.

Die Blackhearts waren die Schlimmsten von allen. Sie waren es, die vor dreihundertfünfzig Jahren den Fluch entwickelt hatten, und das war nicht alles. Sie waren die Todfeinde der Lighttowers, nachdem sie etwas absolut Unverzeihliches getan hatten.

»Ein Blackheart«, wiederholte ich langsam.

»Ja. Tristan Blackheart. Aber für Hexen gibt es kein Autogramm.«

»Pah! Daran wäre ich auch nicht interessiert. Weißt du, was eine Hexe dafür geben würde, deinesgleichen in die Hände zu kriegen?«

»Wie gut, dass wir uns zu wehren wissen.«

»Alles, was atmet, kann man töten …« Ein Zitat von Rita dem Drachen. Sie war nicht wirklich ein Vorbild, aber sie hat einige epische Zitate rausgehauen.

Die Augen des Alchemisten verengten sich. »Wer bist du? Du kommst mir bekannt vor.«

Ich schluckte. Auf keinen Fall wollte ich, dass er erfuhr, wer ich war.

»Sophie Smith.«

»Smith? Ich kenne keine Hexenfamilie mit diesem Namen.«

»Meine Mutter ist eine Evergarden, aber sie hat geheiratet.«

»Also eine Kräuterhexe?«

»Genau. Ich kann tolle Tees machen, wenn du mal Bauchschmerzen hast.«

»Nein danke.«

Er griff an seinen Gürtel, aber ich war schneller und trat zu. Direkt gegen mein Lieblingsziel. Seine Kniescheibe. Als er stöhnend zurückwich, sprintete ich los.

»Du kannst nicht weglaufen«, rief er mir hinterher.

»Du siehst doch, dass ich kann.« Ich beschleunigte meine Schritte in Richtung seines Motorrads, aber in dem Moment hörte ich ein Surren. Ich spürte einen Windzug, bevor etwas, das aussah wie ein Spinnennetz, mich zu Boden riss. Mein Gesicht landete im Schlamm und ich fluchte, als ich Gras und Erde ausspuckte.

Wieso musste ich ausgerechnet auf einen Blackheart treffen? Wenn ich von jemandem keine Aufmerksamkeit wollte, dann von ihnen.

Seine Stiefel erschienen in meinem Gesichtsfeld. Kurz darauf ließ er sich lächelnd neben mir nieder. Ich hob den Blick, um ihn wütend anzufunkeln.

»Lass mich frei!«

»Ich werde dich jetzt mit einem Fluchegel testen, Sophie Smith. Und zwar auf die sanfte oder auf die harte Tour.«

Während er in seinem Beutel nach dem Tierchen suchte, quetschte ich meine Hand durch das Spinnennetz, bis ich auf warmes Metall traf. Grinsend sah ich zu ihm auf.

»Ich wähle immer die harte Tour.« Noch so ein Zitat von Rita dem Drachen. »Immer. Besser, du merkst dir das.«

In diesem Moment ließ ich die Sicherung der Box hochschnappen, die Klappe öffnete sich und ein Schwarm wütender Feuerbälle platzte heraus. Während der Alchemist fluchend zurückwankte, öffnete ich die zweite und dritte Kiste. Glutpixies schossen heraus und füllten die Luft mit bedrohlichem Knistern. Für einen kurzen Moment konnte ich Rita den Drachen verstehen. Die

Macht des Feuers war berauschend, und wenn ich sie lenken könnte, um die Alchemisten zu vernichten, ich würde es tun.

Ein letztes Pixie blieb in der Luft stehen, um mich anzusehen. Es war groß wie eine Hornisse und hatte vier Flügel. Seine runden Augen ruhten auf mir, bevor es plötzlich zu mir herunterschoss.

»Warte!«, rief ich erschrocken, aber seine winzigen Finger schlossen sich um das Netz, das unter seiner Berührung zu Asche zerfiel. Es stieß einen klackernden, zischenden Laut aus, bevor es seinen Freunden nacheilte.

Hatte es mich gerade gerettet?

Verdutzt befreite ich mich aus den Überresten des Netzes und stolperte, so schnell es meine Overknee-Stiefel erlaubten, davon.

Ich mochte immer noch keine Fluchbrecherin sein, aber diesem Alchemisten hatte ich es auch ohne Magie gezeigt!

3
Das, was niemand sieht

Echoline Everglade

»Wollen Sie noch Marmelade zu den Scones?«

Ich kauerte vor der Tür, hinter der die Browns mit Ms Murphy, der Leiterin des Waisenheims, sprachen.

Zu dritt hatten sie im Wohnzimmer am gedeckten Tisch Platz genommen. Meine Adoptivmutter, Sylvia Brown, hatte die gute Tischdecke herausgeholt, die Stoffservietten und das teure Porzellan, das ich nicht anfassen durfte, weil sie fürchtete, ich könnte es fallen lassen.

Kein so abwegiger Gedanke …

Gerade servierte sie Kaffee, während sie mit Ms Murphy über Nichtigkeiten plauderten. Das Wetter, den Garten und natürlich das schöne Porzellan.

»Was für ein hübsches Geschirr …«

»Danke. Das habe ich von meiner Schwester Hilda bekommen. Sie war ein guter Mensch. Eine Inspiration. Und sie hat Kinder geliebt«, sagte Sylvia und zeigte auf eine weiße Urne mit goldenem Rand, die einen Ehrenplatz in der Vitrine genoss.

»*Um Himmels willen. Was redet sie da? Ich hasse Kinder. Genau wie dieses Porzellan. Wer will denn seinen Tee aus Tassen trinken, in die nicht mehr passt als ein Furz?*«, schnaubte besagte Hilda, eine Frau mit Föhnfrisur, die sie gut zwei Köpfe größer machte. Sie schwebte mit gewohnt missmutigem Gesicht neben mir in der Luft.

Ich zog meine Augenbraue hoch. »Dafür, dass du Kinder hasst, bist du bei mir recht anhänglich.«

»*Bei dir ist das was anderes. Dich mag ich.*«

»Im Gegensatz zu meiner Mutter. Die hat mich einfach im Krankenhaus zurückgelassen.«

»*Weil sie offensichtlich einen schrecklichen Geschmack hatte, Emma, Liebes.*«

»Mein Name ist Echo.«

»*Siehst du? Sie hatte einen schrecklichen Geschmack. Wer nennt denn sein Kind Echo?*«

»Ich mag meinen Namen.«

Ich biss von dem Scone ab, den ich mir vom Tablett aus der Küche geklaut hatte. Dann presste ich meine Nase wieder an den Türspalt, um keine Sekunde von dem Theater dort drinnen zu verpassen.

»Vielen Dank für Ihre Mühe. Ein Frühstück wäre wirklich nicht nötig gewesen«, sagte Ms Murphy. »Ich wollte mich nur nach Echoline erkundigen.«

»Ja. Nun. Sie ist noch in ihrem Zimmer. Wir wollten erst einmal ungestört mit Ihnen reden.«

Ms Murphy hob die Augenbraue. »Ungestört?«

»Wir hoffen, das ist in Ordnung. Das Mädchen muss ja nicht alles mitbekommen.«

Gregory Brown räusperte sich. Das tat er öfter, wenn er eine unangenehme Situation befürchtete.

»Was ist denn mit Echoline? Gibt es Probleme?«

»Nun ja. Sie ... Sie ist nicht so, wie wir dachten.«

»So?« Ms Murphys Augenbraue wanderte höher.

»Sie ist ...« Hilfe suchend sah sich Sylvia zu ihrem Mann um.

»Seltsam«, sagte der kurzerhand. »Sie ist einfach seltsam.«

»Tja, sie ist ein Teenager. Die haben alle ihre Eigenheiten.«

»Es ist mehr als das«, murmelte Gregory. »Sie ist *zu* seltsam.«

»*Ach, Gregory*«, seufzte Hilda. »*Du bist einfach viel zu langweilig.*« Sie richtete ihre Föhnfrisur, die ein bisschen wie Pudding hin- und herwabberte. »*Mach dir nichts draus, Kind. Mit dir ist alles in Ordnung.*«

»Da wäre ich mir nicht so sicher«, flüsterte ich.

»*Klar! Du bist wie ich. Exzentrisch.*« Sie deutete auf meine blauen und rosafarbenen Haarsträhnen und mein buntes Outfit. Einen violetten Pullover und eine dunkelgrüne Latzhose. »*Wir sind die Paradiesvögel in einer Welt voller langweiliger Tauben.*«

»Wenn es nur das wäre.« Ich wandte mich wieder dem Türschlitz zu.

»Echoline ist ein sehr umgängliches Mädchen. Darum bin ich verwundert«, sagte Ms Murphy und nippte an ihrem Kaffee.

»Sicher. Sicher. Aber sie ... sie passt nicht zu uns.« Sylvia wand sich wie ein Aal. »Sehen Sie, wir haben hohe Ansprüche an uns. Wir achten auf unsere Gesundheit, sind sehr sportlich und sie ...«

»... nicht«, ergänzte Gregory. »Sie sagt, ihr Lieblingsessen sei Fish und Chips.«

»Skandalös«, bemerkte Ms Murphy.

»Außerdem lieben wir Gesellschaft, Theaterbesuche und sie ...«

»... ist immer allein, hat keine Freunde. Welches Kind in diesem Alter hat denn keine Freunde?«

»Ich kann nichts dafür, dass ihr meine Freunde einfach nicht seht«, brummte ich mit vollem Mund und auch Ms Murphy schien von den Entschuldigungen nicht überzeugt.

»Kinder sind keine Onlinebestellung, die man nach Belieben umtauschen kann, wenn man kleine Mängel entdeckt. Sie haben einen eigenen Kopf.«

»Das wissen wir, Ms Murphy. Aber das ist nicht alles.« Sylvia rang die Hände und sah Gregory an.

Der räusperte sich erneut. »Wir machen uns Sorgen um ihren Geisteszustand. Sie hat einen Waschbären in ihr Zimmer geschmuggelt«, sagte er. »Ich wollte ihn rauswerfen, aber er hat mich gebissen.«

»Gekratzt«, korrigierte ich leise.

Zum Beweis hielt er seinen Finger hoch, um den er dramatisch einen viel zu dicken Verband gewunden hatte.

»Und einmal, als sie sich geärgert hat, war ihr komplettes Zimmer verwüstet und ich meine damit nicht, dass sie ein paar Dinge aus dem Regal geworfen hat. Nein ... Sie ...« Sylvia senkte die Stimme. »Sie hat das Regal umgeworfen.«

»Wir haben langsam Angst vor ihr und fragen uns, was als Nächstes passiert.«

Ich verschluckte mich an meinem Scone.

Angst vor mir?

Diese Karte hatte noch keine Pflegefamilie gezogen, aber die Browns waren offenbar besonders einfallsreich. Mittlerweile waren sie gar nicht mehr zu bremsen.

»Außerdem redet sie mit sich selbst. Sogar die Nachbarn haben uns schon darauf angesprochen. Wir sind mit diesem Mädchen einfach vollkommen überfordert.«

Seufzend zog ich mich von der Tür zurück. Auch dieser Zug war mal wieder abgefahren. Es war offensichtlich, dass sie mich loswerden wollten, denn am Ende des Tages waren wir Heimkinder doch wie eine Onlinebestellung. Wenn wir die Erwartungen nicht erfüllten, wurden wir umgetauscht.

»*Seit wann führst du denn Selbstgespräche?*«, fragte Tante Hilda verwirrt.

»Er meint, wenn ich mit dir rede.« Ich stand auf und klopfte mir die Krümmel von der Hose.

»*Mit mir?*«

»Bedauerlicherweise bist du tot und niemand außer mir kann dich sehen und hören. Für Außenstehende wirkt das wie ein Selbstgespräch.«

»*Tot? Was redest du da?*« Aufgebracht schwebte Hilda hinter mir her. Ihre Föhnfrisur waberte von einer Schulter zur anderen.

»Du bist betrunken mit dem Wagen gegen einen Baum gerast und jetzt bist du eine transparente Nebelerscheinung, die durch Wände gehen kann. Tut mir leid, aber ich bin mir ziemlich sicher, dass du ein Geist bist, Tante Hilda.«

»*So ein Unsinn. Geister gibt es nicht.*«

Ich warf einen vielsagenden Blick auf ihre kräftigen, aber durchsichtigen Unterschenkel, die soeben in der Treppe stecken blieben.

»*Ich gebe zu, das sieht verdächtig aus. Aber tot? Tot klingt wahnsinnig deprimierend, meinst du nicht?*«

»Immerhin kannst du machen, was du willst.« Ich ging in mein Zimmer. Kurz darauf schwebte Hilda durch die geschlossene Tür herein.

Es war nicht wirklich *mein* Zimmer, denn es fühlte sich mehr wie ein Gästezimmer als nach meinem eigenen Zuhause an. Die Möbel waren weiß, Bettbezug, Gardinen und Teppich cremefarben. An den Wänden hingen Blumenbilder in goldenen Rahmen.

Es sah perfekt aus, aber seelenlos, wie aus einem Katalog. Das hatte Unfug, besagter Waschbär und mein einziger Freund, ebenso gesehen und den Gardinen ein spezielles Lochmuster verpasst. Leider teilten die Browns seinen Geschmack nicht.

»Unfug?«, rief ich. »Es ist wieder so weit. Wir ziehen aus.«

Er lag zusammengerollt auf dem Bett. Sein Kopf zuckte kurz hoch und er sah mich an, als wollte er sagen: »Überrascht mich nicht im Geringsten.«

Ich ging zum Schrank, zerrte den alten verbeulten Lederkoffer heraus und fing an die wenigen Dinge, die mir gehörten, hineinzuwerfen. Ich hatte nicht viel außer Kleidung. Das Packen würde schnell gehen und morgen würden sich die Browns nicht einmal mehr an mich erinnern.

»*Du kannst nicht gehen*«, rief Tante Hilda. »*Nach all der Zeit finde ich endlich jemanden, mit dem ich reden kann, und dann willst du abhauen?*«

»Tut mir leid, aber die Browns haben recht. Ich passe kein Stück zu ihnen.«

Eigentlich passe ich nirgendwohin …

Hilda schniefte.

»Hast du dich mal draußen umgesehen? Vielleicht findest du andere Geister, mit denen du quatschen kannst?«

»*Ich will keine toten Freunde.*« Sie seufzte theatralisch. »*Aber hier bleiben will ich auch nicht. Hast du gesehen, was meine Schwester und ihr langweiliger Ehemann mit mir gemacht haben? Sie haben mich in ein Deko-Ei gepfercht.*«

»Eine Urne …«

»*Fürchterlich!*«

»Tante Hilda. Vergiss deine Schwester. Vergiss die Urne. Du kannst gehen und diesen Ort hinter dir lassen. Ich bin sicher, da draußen warten eine Menge cooler Geister. Ich glaube fest daran, dass das Glück auch auf dich wartet.«

»*Ja?*« Tante Hildas Augen füllten sich mit Tränen. »*Ich wollte immer die Welt sehen. Etwas erleben. Aber ... so tot macht das doch keinen Spaß.*«

Sie schluchzte und ich bereitete mich auf das Schlimmste vor, denn wenn Hilda weinte, zerlief sie. Wortwörtlich.

»*Ich bin ein Geist! Was kann ich schon tun? Niemand sieht mich. Niemand hört mich. Ich bin bloß Luft. Unwichtig.*« Wie ein Eis in der Sonne tropfte ihr Körper auf den Boden, wo sich eine silberne Pfütze bildete. Das war so eine Sache mit Geistern. Sie waren leicht gefühls-inkontinent.

»Wenn du eins ganz sicher nicht bist, dann ist das unwichtig.«

»*Ach ja?*« In ihren Überresten tauchten wässrige Augen auf, die voller Zweifel zu mir emporsahen.

»Du bist unglaublich. Du kannst durch Wände gehen und fliegen! Das sind die Superkräfte, die sich jeder wünscht!«

So langsam nahm der zerlaufene Geist wieder Form an. »*Tatsächlich?*«

»Ja.« Ich ging zum Fenster und öffnete es. »Du solltest das alles als Zeichen sehen. Heute gehen wir beide und versuchen unser Glück da draußen.«

Hilda zögerte. Sie schwebte neben mich und sah skeptisch auf die kleine Straße hinunter. »*Nun, ich könnte ja mal zum Biomarkt um die Ecke fliegen und gucken, ob die alte Martha noch da ist.*«

Ich nickte eifrig.

»*Na schön. Auf deine Verantwortung. Wenn mir etwas passiert oder mich ein anderer Geist erschreckt, kannst du was erleben.*« Hilda krempelte die Ärmel hoch und machte einen Schritt aus dem Fenster.

Ich sah ihr hinterher, wie sie durch den Garten schwebte. Manche mochten Tote für unheimlich halten, dabei hatten sie die gleichen Ängste und Sorgen wie die Lebenden. Manchmal sogar mehr.

Im selben Moment öffnete sich die Tür und Ms Murphy kam herein. Unter ihrem Arm trug sie einen dicken Ordner. Die Brille war ihr auf die Nasenspitze gerutscht.

»Guten Morgen, Echoline. Störe ich?«

Schnell schloss ich das Fenster wieder. »Nein. Ich musste nur einem Geist zu seinem Glück verhelfen.«

»Mhm. Ich nehme an, du hast bereits alles gehört?«

»Die Highlights.«

»Fünf Tage. Das nenne ich einen neuen Rekord.« Sie setzte sich aufs Bett und deutete auf mein T-Shirt. Darauf stand ›Ghosts need hugs too‹. »Das geht so nicht weiter. Das weißt du, oder?«

»Ich habe dieses Mal wirklich versucht diskret zu sein, was die Toten angeht.«

»Die Browns meinten auch, du hättest wieder einen Ausraster gehabt und dein Zimmer verwüstet. Möchtest du mir sagen, was da los war?«

»Ich schwöre, das war keine Absicht. Mister Brown war so sauer. Er hat an der Tür gerüttelt und da hab ich Angst bekommen und das Chaos-Gen ist aus mir rausgebrochen.«

Ich nannte es Chaos-Gen. In meiner Akte stand »Aggressionsprobleme«, direkt neben anderen Verhaltensauffälligkeiten. Ms Murphy hatte mich dafür nie getadelt. Sie hatte sowieso eine unendliche Geduld bei allem, was mich betraf.

Ihr Blick fiel auf den Waschbären, der für einen weiteren Kommentar in meiner Akte gesorgt hatte. »Sucht Kontakt zu Wildtieren«. Das war nicht ganz korrekt. Ich hatte nur Kontakt mit *einem* Wildtier.

Unfug.

Ms Murphy seufzte. »Ich dachte, wir hätten uns geeinigt, dass Waschbären keine passenden Haustiere sind.«

»Er ist mein Freund.«

Mein einziger Freund.
»Echoline, er gehört in den Wald, nicht ins Bett.«
»Ich hab ja versucht ihn auszusetzen, aber er will nicht alleine sein. Genauso wenig wie ich.«
»Ach, Liebes. Du bist nicht allein.«
»Niemand will mich.«
»Viele würden dich wollen, aber das mit den Geistern ist zugegebenermaßen etwas beunruhigend. Bist du nicht mittlerweile zu alt für unsichtbare Freunde?«
»Das sage ich auch immer, beeindruckt sie aber wenig.«
Ms Murphy seufzte und nahm ihre Brille ab. »Und wer ist es dieses Mal?«
»Sylvias Schwester Hilda.«
»Die mit dem schönen Porzellan?«
»Sie hasst es.«
»Verstehe.« Ms Murphy wusste von der Sache mit den Geistern. Zumindest ein wenig. Ich war mir sicher, dass sie nicht wirklich daran glaubte, verurteilen tat sie es aber auch nicht. Noch etwas, das ich an ihr mochte. Sie hielt alles für möglich.

Ich schnappte mir den alten Lederkoffer und meinen Rucksack. »Fertig.«

Die Browns erwarteten uns bereits im Wohnzimmer. Gregory räusperte sich, als er mich sah. Sylvia ging einen steifen Schritt vor. »Ms Murphy hat dir bestimmt alles erklärt«, sagte sie. »Ich bin sicher, du findest eine tolle Familie. Eine, die … besser mit dir klarkommt.« Sie klopfte mir auf die Schulter.

Gregory reichte mir die Hand. »Viel Glück mit dem nächsten Zuhause.«

»Viel Glück mit dem nächsten Waisenkind«, entgegnete ich.

Gerade wandten wir uns zur Tür, als eine silberne Gestalt durch das Fenster gesaust kam und im Sofa stecken blieb. Sie sah etwas verweht aus und fuchtelte wie wild mit den Armen, die waberten, als bestünden sie aus Gummi.

»Hilda?«, fragte ich.

»*Ich wollte gerade gehen. Ich war sogar schon beim Gartentor und dann ... Aus die Maus! Vorbei! Es ging einfach nicht mehr weiter.*«

»Was meinst du?«

»*Ich kann nicht weg! Irgendwas stimmt nicht.*« Tränen kullerten ihre Wangen herunter und ihr Gesicht zerlief. »*Ich kann nicht raus! Dieses Haus ist ein Gefängnis.*«

Sie schlug die Finger in ihre Wangen und schrie so laut, dass mein Trommelfell wehtat. Dabei schmolz und wuchs sie zur selben Zeit. Innerhalb weniger Sekunden tränkte sie den Boden und die Wände, aber dieses Mal war es anders als zuvor. Ihr Hilferuf brachte alles in mir zum Vibrieren.

Oh nein! Das war schlecht!

»*Hilf mir! HILF MIIIRRR!*«

»Beruhig dich, Hilda!«

»Sehen Sie?«, sagte Gregory zu Ms Murphy gewandt. »Das Mädchen ist verrückt.«

Ja. In diesen Momenten begann sogar ich, meinen Geisteszustand anzuzweifeln. Wie sonst konnte es sein, dass niemand bemerkte, dass das Haus gerade zu versinken drohte?

Ich hatte Geister schon mein Leben lang gesehen. Doch so etwas hatte ich noch nie erlebt.

Fieberhaft dachte ich nach. Hilda wollte nicht länger in diesem Haus sein. Sie wollte weg und doch hatte man ihre sterblichen Überreste ausgerechnet hier untergebracht.

Die Urne!

Es war eigentlich ziemlich eindeutig.

Ich presste mir die Hände auf die Ohren und marschierte durch den silbernen, schreienden Geistersee, der mir mittlerweile bis zu den Knien reichte, auf die Vitrine zu, auf der das weiße Gefäß mit dem goldenen Rand thronte.

»*Hilf mir!*« Ich spürte, wie eine Welle der Verzweiflung mich überrollte und mir die Luft zum Atmen nahm. »*Ich will nicht meinen Tod lang hierbleiben!*«

»Echo! Was tust du denn da?«, rief Ms Murphy, als sich meine Finger um die Urne schlossen.

»Ich befreie Hilda!«

Die Browns setzten sich zeitgleich in Bewegung, während ich den Deckel abdrehte.

Gregory erreichte mich als Erster. Er riss mir das Gefäß aus der Hand, aber es war schon zu spät. Eine graue Wolke stob aus der Öffnung und ihm ins Gesicht.

Schlagartig verstummte Hilda und die Verzweiflung, die eben noch wie ein stickiges Gift den Raum getränkt hatte, war verflogen.

Gregory starrte fassungslos auf seine grauen Hände. Dann räusperte er sich ein letztes Mal, bevor er in Ohnmacht fiel.

»Hildi!!!! Mein Gott! Hildi!!!!«, kreischte Sylvia.

»Tut mir leid, aber sie wollte frei sein«, versuchte ich zu erklären und betete, dass die Browns nicht sahen, dass Unfug in diesem Moment anfing Hildas Überreste von der Wand zu lecken.

»Nehmen Sie dieses Mädchen mit, Ms Murphy!«, schrie Sylvia hysterisch. »Ich will sie nie wieder sehen.«

Nun, das konnte ich verstehen, wenngleich ich mir sicher war, dass Hilda nun an einem besseren Ort weilte.

4
Königin mit Hausarrest

Adelina Lighttower

Meine Tante saß mir gegenüber und funkelte mich über den Esstisch hinweg an. Jedes Mal, wenn sie mich so ansah, zog sich mein Herz zusammen und ich musste dem Drang widerstehen, mich klein zu machen. Als zukünftige Königin sollte ich mich vor nichts und niemandem fürchten, aber die Wahrheit war: Tante Corentine machte mir Angst.

»Ich verstehe das nicht. Der Plan mit den Pixies war absolut perfekt. Wie konnte das schiefgehen?«

»Perfekt?« Meine Mutter kochte. Immer wenn sie aufgebracht war, standen ihr die Haare zu Berge. Wortwörtlich. Ich war fest davon überzeugt, dass das ein Überbleibsel unserer Sturmkräfte war. »Hast du dir Adelina mal angesehen?«

»Was soll mit ihr sein?«

Meine Mutter stand so ruckartig auf, dass ihr Stuhl umkippte. Gleichzeitig hoben ihre Haare noch ein paar Zentimeter mehr ab.

Sie wirkte, als hätte sie in eine Steckdose gefasst. »Sie sieht *verkohlt* aus. Würdest du nicht sagen, dass sie verkohlt aussieht?«

Tante Corentine verdrehte die Augen. »Ihre Kleidung ist ein wenig mit Ruß beschmiert und sie hat Brandblasen. Kein Grund, sich aufzuregen.«

»Du bist zu weit gegangen. Sie hätte sterben können.«

»Sie kann nicht sterben, bevor sie nicht ihre Prophezeiung erfüllt hat, denn sonst wäre sie nicht die Auserwählte. Also beruhig dich, Schwester. Solange die Alchemisten nicht vernichtet sind, kann ihr nichts passieren. Das ist ja der Witz.« Corentine wandte sich mir zu. »Hast du dich wirklich ganz auf die Gefahr eingelassen?«

»Das habe ich, Tante.«

Ihre Augen verengten sich. »Wie bist du dann aus dem brennenden Schuppen entkommen?«

»Die Pixies waren plötzlich ... weg.«

»Es sieht ihnen aber gar nicht ähnlich aufzugeben.« Sie erhob sich. Eigentlich war ich geschickt mit Worten und redete gerne, aber in der Gegenwart meiner Tante war mein Kopf wie leer gefegt.

»Adelina?« Ihre Stimme nahm einen drohenden Unterton an. »Sag mir die Wahrheit.«

»Ich ... Also ... Da war dieser Alchemist.«

»Bitte was?«

»Er hat ...« Ich brachte nicht über die Lippen, dass er mich gerettet hatte. Die Schmach war bereits groß genug. »Er hat die Pixies eingefangen und mitgenommen, bevor ich eine Chance hatte, meine Sturmkräfte einzusetzen.«

Meine Tante packte mich am Handgelenk. »Du hast dich von einem Alchemisten retten lassen? Willst du uns zum Gespött machen?«

»Nun ja. Er konnte mich zu dem Zeitpunkt nicht mehr wirklich um Erlaubnis fragen …«

Weil ich quasi halb tot war.

Ihre Finger schlossen sich fester um meinen Arm. Drohend rückte sie näher. »Weiß er, wer du bist?«

»Nein, ich denke nicht.«

»Du *denkst*?«, wiederholte Tante Corentine, ihr Gesicht nur wenige Zentimeter vor meinem. »Weißt du, was passiert, wenn er es weiß? Was auf dem Spiel steht?«

»Klar. Du erinnerst mich täglich daran.«

Ruckartig ließ sie mich los und holte tief Luft. Einmal. Zweimal. »Morgen fessle ich dich an die Bahngleise.«

»Muss das sein? Ich …«

»Es muss und bis dahin hast du Hausarrest.«

⚜ ⚜ ⚜

Als ich frisch geduscht im Schlafanzug mein Zimmer betrat, um mich den Rest der Nacht in Selbstmitleid zu suhlen, saß dort ein Mädchen mit wasserstoffblonden Haaren auf meinem Bett. Tilly. Eigentlich Theodora. Eine Hexe von nebenan. So gut wie nie ohne Handy anzutreffen. Sie war ganz in Schwarz gekleidet und hatte einen schrecklichen Modegeschmack. In ihrem rechten Ohr baumelte ein Turmalin-Totenkopf, der Edelstein der Familie Chatterly.

»Guten Morgen. Was läuft bei dir? Will dich deine Tante mal wieder umbringen?«

»Wie bist du hier reingekommen, Tilly?«

»Durchs Fenster.« Sie tippte gelangweilt auf ihrem Handy herum.

»Und warum bist du hier?«

»Hab ein paar Clips für WITCHIN gedreht, weil dein Zimmer größer ist als meins.«

WITCHIN war das soziale Netzwerk für Hexen, in das man nur mit einer Einladung hereinkam. Meine Tante hatte mir einen Account angelegt, aber ich war nicht mehr aktiv, denn jedes Mal, wenn ich etwas postete, kam die Frage auf, ob ich den Fluch bereits gebrochen hätte. Das war auf Dauer einfach zu entwürdigend, weshalb ich plante erst als Königin zurückkehren.

»Schön, dass dir mein Zimmer gefällt, aber könntest du jetzt gehen? Ich war die ganze Nacht wach und muss schlafen.«

»Tu dir keinen Zwang an.«

»Du liegst auf meinem Bett«, erinnerte ich sie.

Sie ignorierte mich und tippte wieder auf ihrer Tastatur herum.

»Hast du mitbekommen, dass die Alchemisten eine Hexe suchen?«

Ich erstarrte. »Nein ... Weshalb?«

»Beleidigungen und Diebstahl. Sie haben ein Phantombild rausgegeben. Erinnert dich das an wen?«

Sie hielt mir ihr Handy unter die Nase und meine Innereien zogen sich zusammen. Herzförmiges Gesicht, kleine Nase, volle Lippen und langes rotes Haar.

Das war eindeutig ich. Auch wenn ich in Wirklichkeit viel hübscher war.

»Beleidigung und Diebstahl? Die haben sie ja wohl nicht alle.«

Unruhig begann ich im Zimmer auf und ab zu laufen. Wenn Tante Corentine das entdeckte!

»Du solltest dich stellen«, riet Tilly, in ihr Handy vertieft. »Sie werden dich sowieso finden.«

Sie hatte recht. Die Alchemisten waren verdammt gut vernetzt und sie hatten ihre Augen und Ohren überall. Dieses Phantombild mochte nicht perfekt sein, aber es konnte alles in Gefahr bringen.

»Tante Corentine wird mich umbringen. Dieses Mal wirklich ... Ich darf doch nicht auffallen, bis sich meine Kräfte zeigen.«

»Glaubst du etwa immer noch an diesen Auserwähltenquatsch?«

Ich schluckte. »Es ist kein Quatsch. Sechs Blitze ...«

»Jaja. Die blöden Blitze.« Tilly sah kurz vom Handy auf, um mir einen zweifelnden Blick zuzuwerfen. »Bei dir scheint es trotzdem ziemlich windstill zuzugehen.«

»Ich bin die Königin. Die Prophezeiung besagt, dass sie aus Feuer und Sturm geboren wird. Ein eindeutiger Hinweis auf die Lighttowers und auf die Feuer-Familie meines Vaters.«

In meinen Augen war das so klar, dass ich nicht verstand, warum andere es überhaupt infrage stellten.

Okay, okay ... die Sache mit meinen Kräften.

Aber Zweifel an meiner Bestimmung konnte ich mir nicht leisten. Laut Tante Corentine hatte man in dem Moment verloren, in dem man nicht mehr an sich glaubte.

»Deine Tante ist besessen von der Prophezeiung. Vielleicht wäre es aber gesünder, einfach loszulassen?«

Entrüstet stemmte ich die Hände in die Hüfte. »Dann willst du die Herrschaft der Alchemisten widerstandslos hinnehmen?«

Tilly zuckte mit den Schultern, ohne den Blick vom Handy zu nehmen. »Warum nicht? Ich kenn es nicht anders.«

Das war das Problem.

Seit dem Fluch wurden wir Nachkommen ohne Magie geboren. Das, was die Hexen von einst konnten, hatten wir nie mit eigenen Augen gesehen. Es waren nur noch Geschichten aus einer anderen Zeit. Die wenigen wilden Hexen, die dem Fluch damals entkommen waren, waren klug genug sich zu verstecken und nicht zu zeigen, wozu sie imstande waren.

»Sie haben uns die Magie gestohlen! Meine Familie hat den

Wind selbst gelenkt. Deine Familie waren Willensflüsterer, die den Geist manipuliert haben.«

»Was rückwirkend betrachtet nicht die feine englische Art war.«

»Der Punkt ist, wir waren mächtig. Und jetzt sind wir kaum besser als normale Menschen.«

»Gibt Schlimmeres.«

»Was zum Beispiel?«

»Die Tatsache, dass mein neustes Video nicht mehr als fünfzig Aufrufe hat. Was soll das? Ich hab mir solche Mühe gegeben. Guck mal.«

Skeptisch sah ich mir ihren Film an. »Du rasierst deine Augenbraue.«

»Ja! Das sollte doch wirklich viral gehen.«

Erst jetzt fiel mir auf, dass an Tillys Gesicht etwas fehlte. »Und das ist wichtiger, als deine Kräfte zurückzubekommen?«

Plötzlich hörte ich draußen ein Geräusch, das mich zusammenzucken ließ. Das klang wie Helikopter oder … Alchikopter! Die Hubschrauber mit zwei Propellern, ausgestattet mit alchemistischen Erfindungen, die der Jagd nach magischen Wesen dienten.

Ich sprintete zum Fenster und sah drei davon auf unser Haus zufliegen. Im gleichen Moment bogen vier schwarze Einsatzfahrzeuge der Alchemisten um die Ecke und hielten mit quietschenden Reifen vor unserer Haustür.

Mein Herz sank, meine Kehle war mit einem Mal wie ausgedörrt, als ich vom Fenster wich.

»Sie sind hier«, flüsterte ich. »Verflixt und verflucht. Sie sind wirklich hier.«

Tilly trat zum Fenster und hob ihr Handy, um das Aufgebot für die Nachwelt festzuhalten. »Oh verdammt! Du bist so was von dran.«

»Vielleicht sind sie nicht wegen mir hier?«

In dem Moment ertönte eine blecherne Stimme durch einen Lautsprecher. »Adelina Lighttower. Wir wissen, dass du da drin bist. Wir kommen jetzt rein. Wenn euch euer Leben lieb ist, leistet ihr keinen Widerstand.«

5

Das Urteil Der Fluchegel

Adelina Lighttower

Als Tilly und ich die Treppe herunterkamen, erwarteten uns dort meine Mutter und Tante – meine Mutter blass vor Sorge, das Gesicht meiner Tante versteinert.

Kurz warfen sie Tilly einen verwirrten Blick zu, doch die zuckte nur lässig mit ihrer rasierten Augenbraue.

»Ich wollte eigentlich durchs Fenster verschwinden, aber das kommt gerade wahrscheinlich nicht so gut.«

Im selben Moment ließ uns ein lautes Klopfen zusammenschrecken. Diese Art von Klopfen, bei dem weder ein »Nein« noch Totstellen etwas bringen würde.

Wir sahen uns an, aber für einen Moment bewegte sich niemand. Meine Mutter berappelte sich als Erste. »Ich mach dann wohl mal auf«, murmelte sie.

Meine Tante hechtete zur Besteckschublade und ließ ein paar Gabeln und Messer in die Ärmel gleiten.

»Ich glaube, das sind zu viele«, raunte ich ihr zu.

»Eher gehe ich kämpfend in den Tod, als mich gefangen nehmen zu lassen. Und du solltest das auch, Adel!«

»Wow.« Tilly hob die Arme. »Chillen Sie mal, Ms Lighttower.«

»Nein, ich chille ganz sicher nicht. Unsere Unterdrücker wollen unsere Königin rauben!«

»Das klingt etwas dramatisch, oder nicht?«

In dem Moment drängten sich Alchemisten an meiner Mutter vorbei. Innerhalb von Sekunden war unser Wohnzimmer voller Schwarzmäntel. Einige von ihnen stürmten die Treppe hoch, andere in den Keller, während ein grimmiger Kerl mit Bürstenhaarschnitt uns anblaffte: »Ist noch jemand im Haus?«

»Niemand, Sir. Außer den vierzehn schwer bewaffneten wilden Hexen im Keller«, entgegnete meine Tante spitz.

Sein eh schon finsteres Gesicht verdüsterte sich noch weiter. »Das Verstecken von wilden Hexen steht unter Strafe.«

»Ach, tatsächlich?« Das schien meine Tante nicht zu beeindrucken, also wandte sich der Möchtegern-Agent an meine Mutter.

»Sind wirklich vierzehn wilde Hexen im Keller?«

»Wo denken Sie hin? Natürlich nicht«, entgegnete die. »Es sind fünfzehn.«

Für einen Moment zögerte er. Dann rief er: »Vorsicht, Leute. Wir haben möglicherweise einen Code Red.«

Ich konnte mir trotz der Lage ein Kichern nicht verkneifen.

Nach ein paar Minuten riefen die Alchemisten von unten und oben: »Alles gesichert!«

Der Bürstenkerl nickte zufrieden und murmelte etwas in das Mikrofon an seinem Kragen. Kurze Zeit später ging die Tür auf und zwei Nachzügler kamen ins Haus.

Auch wenn ich ihre Gesichter nicht sofort erkannte, konnte man an der Körperhaltung der anderen erahnen, dass diese beiden

Alchemisten wichtig waren. Auch mir lief es eiskalt den Rücken runter.

Einer von ihnen war Tristan. Als er mich sah, weiteten sich seine meerblauen Augen für den Bruchteil einer Sekunde vor Überraschung. Vielleicht lag es an dem fliederfarbenen Seidenschlafanzug, der mir ausgesprochen gut stand. Oder dem Lockenschlauch, in den ich meine Haare gedreht hatte. (Der zauberte wunderbare Wellen im Schlaf.) Vielleicht aber auch an der Tatsache, dass ich nicht länger mit Asche und Schlamm bedeckt war und er jetzt einen ungetrübten Blick auf meine Schönheit hatte.

Der andere Neuankömmling sah aus wie eine ältere Version von Tristan. Groß, langes rabenschwarzes Haar zum Pferdeschwanz zusammengefasst und dieselben Augen. Mein Puls beschleunigte sich und ich spürte ein Ziehen im Magen.

Das musste Thorn Blackheart sein, das Oberhaupt der Alchemisten und der erklärte Todfeind meiner Familie.

Sofort spürte ich, wie die Temperatur um uns sank. Es war beinahe so, als könnte man die frostige Anspannung zwischen unseren Familien mit Händen greifen.

»Erona Lighttower«, sagte er schließlich. Aus seinem Mund klang der Name meiner Mutter wie ein Fluch. »So sieht man sich wieder.«

Sie reckte ihr Kinn. »Thorn.«

»Du kannst dem Ärger nicht fernbleiben, wie es scheint.«

Überrascht sah ich meine Mutter an. Ob der Blackheart wusste, dass sie die Friedlichste in der Familie war?

»Und Corentine. Ich hoffe, du versteckst da kein Messer im Ärmel?«

»Nein, eine Gabel«, blaffte meine Tante. »Was wollt ihr hier?«

»Euer Sprössling hat meinem Sohn etwas gestohlen.«

»Adelina?« Ungläubig sahen sie mich an. »Das kann ich mir nicht ...«

Thorn ließ sie nicht ausreden. »Außerdem werden wir euch testen.«

»Du hast uns bereits getestet und weißt, dass wir verflucht sind.«

»Wir wollen sichergehen. Bei euch Lighttowers weiß man nie.«

»Gut. Wenn du darauf bestehst.« Meiner Mutter war klar, dass sie nichts dagegen sagen konnte. Meine Tante hingegen knetete an ihrem Ärmel herum und ich betete, dass sie nichts Unüberlegtes tat.

Ich wusste, wie sehr sie sich danach sehnte, Thorn Blackheart vom Angesicht dieser Erde zu fegen.

Tilly neben mir sagte gar nichts, sondern starrte nur mit großen Augen von einem zum anderen, ihr Handy in Position.

»So sieht man sich wieder, Sophie Smith«, kicherte Tristan. Dichte Wimpern umrahmten seine Augen wie Federn. Ein belustigtes Lächeln umspielte seine Lippen. »Du hättest mir sagen können, dass du das Blitzmädchen bist. Das erklärt wohl einiges.«

Ich starrte ihn missmutig an. Anfangs hatten sich die Alchemisten Sorgen wegen der Prophezeiung gemacht, vor allem nach der Sache im Krankenhaus, aber nachdem sie mich bereits nach der Geburt getestet hatten und nichts passiert war, entschieden sie, dass die Zeilen fragwürdiger Herkunft wohl doch eher Wunschglauben der Hexen war als eine reale Bedrohung.

Vielleicht war es das Beste. Solange meine Kräfte sich nicht entfalteten, war das unsere Rettung vor dem Kerker oder Schlimmerem, aber es tat trotzdem weh. Was würde ich dafür geben, mich vor ihren Augen in die Lüfte zu erheben und die Alchikopter vom Himmel zu pusten ...

»Seid ihr alle wegen des Spiegels hier?«, fragte ich kühl. »Du hättest mich auch anrufen können. Ich hab ihn bereits weggeworfen.«

Auf ein Zeichen von Thorn hin traten zwei Alchemisten vor und drückten mich auf einen Esszimmerstuhl.

»Was soll das? Ich sagte doch, ich habe das blöde Ding nicht mehr«, rief ich, aber einer packte mich an den Haaren und zog meinen Kopf zurück, während der andere seine Finger so grob in mein Kiefergelenk drückte, dass mir nichts anderes übrig blieb, als den Mund zu öffnen. Einer der beiden Grobiane zückte ein Glas von seinem Gürtel, das mit Salz gefüllt war. Er schnippte den Deckel ab und streute mir etwas auf die Zunge. Es kribbelte erst auf meiner Zunge, dann breitete es sich aus, bis ich niesen musste.

Wahrheitssalz.

Auch wenn ich es noch nie probiert hatte, wusste ich, dass das Salz es einem unmöglich machte zu lügen.

»Hast du mein Medusenauge gestohlen?«, fragte Tristan.

»Selbst schuld, wenn du nicht drauf aufpasst«, gab ich zurück.

»Hast du es noch?«

»Das will ich nicht sagen.«

»Also ja?«

»Ja.«

»Wo ist es?«

»Unter meinem Kopfkissen.«

Verflixt und verflucht! Ich hasste dieses Salz jetzt schon. Es sorgte dafür, dass meine Zunge schneller war als mein Kopf und ich mit dem Denken nicht hinterherkam.

Zufrieden ging Tristan nach oben, um sich seinen Spiegel zu holen.

»Glaubst du wirklich, dass du die Hexenkönigin bist?«, fragte Thorn, die Gunst der Stunde nutzend.

»Natürlich!« Ich musste erneut niesen.

»Gab es denn Anzeichen dafür, dass der Fluch bei dir nicht länger wirkt?«

»Nein.«

»Oder andere Hinweise? Ein tierischer Gefährte womöglich?«

»Sicher nicht! Tiere mögen mich nicht und ich toleriere sie nur, wenn sie nicht stinken, nicht beißen und am besten nicht herumflattern.«

»Klingt so, als wärst du wirklich besonders. Besonders unauffällig.« Er lachte und andere Alchemisten in seiner Nähe stimmten ein. »Ich an deiner Stelle würde nicht allzu sehr darauf hoffen, die große Fluchbrecherin zu sein.«

Ich biss mir auf die Zunge, woraufhin das Kribbeln hinter meiner Stirn fast unerträglich wurde. Der Druck stieg an, je länger ich versuchte zu schweigen.

»Kämpf nicht dagegen an, Liebes, das macht es nur noch schlimmer«, flüsterte meine Mutter. »Alles wird gut. Versprochen.«

»Ich weiß, dass es nicht gut aussieht, aber ich muss die Auserwählte sein«, rief ich.

»Du musst es?«

Vor Verzweiflung stiegen mir die Tränen in die Augen. »Ich habe mich mein Leben lang darauf vorbereitet und es macht mich wahnsinnig, dass sich meine Magie nicht zeigt. Ich würde alles dafür tun, dass sich das ändert. Wirklich alles!« Ich wandte den Kopf ab, beschämt darüber, was das Wahrheitssalz mir entlockte.

Tristan kam zufrieden mit seinem Spiegel in der Hand die Treppe runter. »Ich hab ihn.«

»Gut, holt die Fluchegel«, befahl Thorn. »Auch wenn ich nicht davon ausgehe, dass hier etwas Unerwartetes passiert.«

In dem Moment trat der Alchemist mit Bürstenhaarschnitt an ihn heran. »Sir, wir haben draußen eine Situation«, sagte er.

»Um was handelt es sich?«

»Hexen. Anhänger der Prophezeiung. Sie versammeln sich vor dem Haus und protestieren. Sie wollen ihre Königin unterstützen.«

»Ihre Königin? Das hat uns gerade noch gefehlt.« Thorns Gesicht verfinsterte sich. »Diese Spinner.«

Er marschierte zum Fenster und ich verrenkte meinen Kopf. Tatsächlich hatten sich auf der Straße um die zwanzig Hexen versammelt. Sie trugen rote Kristallkronen in den Händen, Nachbildungen meiner Krone, die die Alchemisten gestohlen hatten. Einige hielten ein Schild hoch, auf dem ein Thron mit sechs Blitzen zu sehen war.

»Endlich«, seufzte das Wahrheitssalz in mir. »Meine Fans sind hier. Da seht ihr es!«

Genervt wandte sich Thorn an seinen Untergebenen. »Jagt die Verrückten fort. Diese Aufmerksamkeit können wir im Moment nicht gebrauchen.«

Den Moment der Ablenkung nutzte meine Mutter, um mir ein Fläschchen Rizinusöl in die Hand zu drücken.

Ich öffnete die Flasche und verteilte das Öl auf meinen Armen. Es hatte einen leicht muffigen und zugleich erdigen Geruch, der mich an verstaubte Dachböden und feuchten Waldboden erinnerte. Das Öl hatte neben den bekannten Wirkungen eine weitere. Es verwirrte Fluchegel. Wenn sie mit dem Öl in Kontakt kamen, färbten sie sich zartrosa. Auf den ersten Blick sah es aus, als wäre man eine verfluchte Hexe. Allerdings hielt die Färbung nur eine halbe Minute an. Danach übergab sich der Fluchegel und fiel ins Koma.

»Vater, warte«, mischte sich Tristan ein. »Vielleicht ist das Publikum ganz praktisch. Wenn wir die vermeintliche Blitzkönigin testen und beweisen, dass ihr Fluch immer noch aktiv ist, nehmen wir ihren Anhängern endlich den Wind aus den Segeln.«

Sein Vater dachte darüber nach. »Kein schlechter Gedanke.«

»Der Test wird nicht anschlagen, denn ich habe mich gerade mit Rizinusöl eingerieben«, plauderte ich aus, eh ich mir auf die Zunge beißen konnte.

»Was?«

»Das betäubt den Egel kurzzeitig und er zeigt an, dass der Fluch aktiv ist.«

Die Alchemisten sahen sich an, bevor sie auf mich zustürzten. Ich wandte mich zu meiner Mutter. »Tut mir leid. Das hätte ich nicht verraten sollen.«

»Alles gut, Schatz. Wir schaffen das.«

»Testet sie. Sofort«, knurrte Thorn Blackheart sichtbar aufgebracht. »Und dann testet ihr jede verdammte Familie in Little Witchington neu und konfisziert jedes Fläschchen Rizinusöl.«

»Keine Sorge. Ich glaube, die meisten verwenden das Öl nur zur Verdauungsanregung«, berichtete ich weiter.

Die Alchemisten hielten mich fest. Tristan kam auf mich zu, einen dicken Fluchegel in der Hand. Dieses Mal gab es kein Entrinnen. Er setzte ihn mir, Saugnäpfe voran, auf die Stirn, die ich nicht mit Öl beschmiert hatte. Zuerst fühlte es sich kühl und feucht an, wie eine Nacktschnecke. Dann spürte ich ein Brennen, das immer intensiver wurde.

Die umherstehenden Alchemisten hatten ihre Waffen gezogen. Keiner ließ mich aus den Augen. Ihre Mienen waren verhärtet, als befürchteten sie nun doch die zukünftige Königin vor sich zu haben.

»Ich bemerke eine gewisse Anspannung im Raum«, sagte ich. »Ich dachte, ihr glaubt nicht an die Prophezeiung. *Sie wird kommen, geboren aus Feuer und Sturm.* Wusstet ihr, dass beides auf mich zutrifft?«

»Ach ja?«

»Mein Dad war Feuermagier, meine Mum Sturmhexe. Hallo? Offensichtlicher geht wohl nicht.«

»Dein Vater war ein Zirkuszauberer, der in der Sekunde durchgebrannt ist, als er von dir erfuhr …«

»Nein. Er war ein echter Magier! Oder, Mum?«

Der Egel zuckte, als er genug Blut getrunken hatte. Thorn und Tristan beugten sich über mich. Sie sahen … verwirrt aus.

»Kann das sein?«, fragte Tristan, aber sein sonst so souverän wirkender Vater hatte keine Antwort darauf.

Mein Herz überschlug sich vor Aufregung. Ich sah von einem zum anderen, aber der Unglaube auf ihren Gesichtern blieb.

»Holt noch einen Egel«, befahl Thorn.

»Ich habe es euch doch gesagt. Ich bin Adelina Elfida Lighttower, Auserwählte der sechs Blitze, prophezeite Fluchbrecherin und die neue Königin der Hexen.«

Endlich konnten es alle sehen. Ich war etwas Besonderes!

Wenig später hatte ich einen weiteren Egel auf der Stirn sitzen.

»Und?«, fragte ich grinsend. Auch wenn ich den Egel nicht sehen konnte, war ich sicher, dass er dunkelviolett glühte.

Das Zeichen der wilden Hexen.

Zu meiner Überraschung fing Thorn an schallend zu lachen.

Meine Mutter und Tante Corentine beugten sich nun ebenfalls über mich und wurden blass.

»Das kann doch nicht …« Meine Mutter schlug die Hand vor den Mund.

»Oh. Shit.« Tilly hob ihr Handy und richtete die Kamera auf mich, um ein Foto zu machen.

»Was ist los?«, verlangte ich zu wissen. »Was ist mit den bescheuerten Egeln?«

»Oh, Liebes …«, begann meine Mutter, brachte es aber nicht übers Herz weiterzusprechen.

Tante Corentine wandte sich kopfschüttelnd ab, als hätte sie immer schon gewusst, dass ich eine Enttäuschung sei.

»Was denn?« Meine Welt begann sich zu drehen. Warum wollte mir keiner sagen, was los war? »Mum?«

»Liebes, ich verstehe das auch nicht.«

»Was verstehst du nicht, Mum?«

»Er ist grau«, sagte Tilly. Sie machte ein weiteres Foto von meiner Stirn.

»Und das bedeutet?«

»Du hast keinen Tropfen Magie im Blut«, sagte Tristan. »Du bist ein Mensch!«

6
Die Männer mit dem Blitzdings

Echoline Everglade

»Weißt du, wie viel Papierkram du mir soeben beschert hast? Die Browns wollen das Heim auf Schadensersatz verklagen«, seufzte Ms Murphy, als wir im Auto saßen und das Haus der Browns hinter uns ließen.

»Es war das Richtige. Für Hilda und auch für die Familie Brown. Wenn ich sie nicht befreit hätte, wäre aus ihr vielleicht ein frustrierter Poltergeist geworden. Eigentlich sollten sie mir dankbar sein.«

Ms Murphy sah mich im Rückspiegel mit hochgezogener Augenbraue an. »Deine Geister bringen dich viel zu oft in Schwierigkeiten, junge Dame.« Sie schwieg kurz, dann ergänzte sie: »Tut mir leid, dass es wieder nicht geklappt hat.«

»Mir nicht. Die Browns wollten aus mir jemanden machen, der ich nicht bin.« Ich biss mir auf die Unterlippe und sah aus dem Fenster. »Ich bin einfach nicht … so.«

Ich konnte verstehen, warum Hilda sich hier nicht wohlgefühlt hatte. Häuser mit penibel gepflegten Gärten, von denen man allerdings nicht viel sah, denn die meisten hier versuchten die Welt mit hohen Zäunen fernzuhalten. Überall hingen Schilder mit Verboten. Sogar vor dem einzigen Laden des Ortes stand der Hinweis »Nicht rumlümmeln«. Es war, als würden hier nur Menschen wohnen, die alles und jedem ihre Regeln aufdrängen wollten.

»Manchmal frage ich mich, ob es da draußen überhaupt jemanden gibt, zu dem ich passe.«

»Ich weiß, wie sehr du dir eine echte Familie wünschst, Echoline, aber nicht jeder ist dazu bestimmt, eine zu finden.«

Wie immer bei diesem Thema fühlte ich einen Stich im Herzen. Ich vermisste etwas, das ich niemals kennengelernt hatte.

Früher hatte ich mir vorgestellt, dass es eines Tages an der Tür klingelte und meine Eltern kamen, um mich abzuholen. Sie waren Abenteurer, mit Rucksäcken voller Geschichten. Nachdem sie einen Schatz entdeckt hatten, wurden sie von zwielichtigen Leuten gejagt und mussten mich zu meinem eigenen Schutz zurücklassen, aber natürlich hatten sie niemals aufgehört mich zu lieben.

Stundenlang hatte ich am Fenster gesessen und hinausgestarrt, aber sie waren nie gekommen. Mittlerweile war ich alt genug, um zu wissen, dass meine Eltern keine Abenteurer waren, denn so etwas gab es nur in Büchern und Filmen.

»Was passiert jetzt, Ms Murphy?«

»Nun ...« Sie biss sich auf die Lippe. »Wir müssen den Tatsachen ins Auge sehen. Leider wirst du langsam zu alt, um auf eine Adoption zu hoffen. Hinzu kommt deine Historie an ... ähm ... Vorfällen und Beschwerden.«

Ich klammerte mich an Unfug, der sich auf meinem Schoß zusammengerollt hatte, und spürte, wie sich eine verzweifelte Leere in mir breitmachte.

Als wir um eine Kurve bogen, bremste Ms Murphy plötzlich ab und ich riss den Kopf hoch. Mehrere Wagen blockierten Straße und Bürgersteig und eine Gruppe Menschen hatte sich vor einem Haus versammelt.

Ms Murphy drückte auf die Hupe. »Was ist denn hier los? Eine Demo? Oder eine aus dem Ruder gelaufene Kostümparty?«

Tatsächlich waren die Leute, die dort zusammenstanden, seltsam anzusehen. Die eine Hälfte war in Schwarz gekleidet und trug Umhänge mit Kapuzen und silbernem Saum.

Die Leute sangen Lieder, die ich noch nie gehört hatte. Dazu hielten sie rote Kronen in die Höhe.

Sie wird kommen,
geboren aus Feuer und Sturm.
Setzt ihr die Krone auf.
Sie bricht unseren Fluch.

»Vielleicht mal wieder Filmaufnahmen. Ich hab da was in der Zeitung gelesen«, mutmaßte Ms Murphy.

Möglich. Die Kapuzen hatten etwas Kostümhaftes, aber ich konnte keine Kameras sehen. Nur überall verschnörkelte Rautensymbole, die ich nicht einordnen konnte.

Im Schritttempo fuhr Ms Murphy weiter, bis wir auf einen schwarzen Wagen trafen, der die Straße komplett blockierte. Ein Mann in Schwarz trat auf uns zu und Ms Murphy ließ die Fensterscheibe hinunter.

»Guten Morgen, Sir. Drehen Sie hier einen Film?«

»So etwas in der Art«, entgegnete er abweisend und kramte an seinem Gürtel, an dem seltsame Utensilien hingen.

Die ganze Situation entfachte ein ungutes Gefühl in mir und auch Unfug, der auf meinem Schoß kauerte, richtete sein Nacken-

fell auf und fletschte die Zähne. Am liebsten hätte ich Ms Murphy angefleht schnell weiterzufahren, aber sie schien keinerlei Misstrauen zu hegen.
»Können Sie uns sagen, wo wir hier sind? Durch diesen Ort bin ich noch nie gefahren.«
»Little Witchington.«
»Witchington? Ach ja, ich hörte davon …«
»Gucken Sie mich bitte kurz an«, sagte der Mann und hob eine Flasche, die wie ein Zerstäuber aussah. Dann sprühte er Ms Murphy etwas ins Gesicht. Es roch süß und zugleich bitter, ein bisschen wie Limette. Sie hustete kurz. Dann erschlafften ihre Arme, ihr Kinn fiel auf die Brust und sie rührte sich nicht mehr.
Bloody hell!
Ich unterdrückte einen Schrei und versank tiefer in meinem Sitz. Unfug schlug mir seine Krallen in die Beine, bereit sich auf den Mann zu stürzen. »Nicht«, flüsterte ich schnell und drückte ihn in den Fußraum. »Verschwinde.«
Der Mann presste seine Nase an meine Scheibe. Schnell schloss ich die Augen und tat so, als würde ich schlafen. Gleichzeitig spürte ich, wie Unfug zwischen meinen Beinen erstarrte.
»Hallo?« Der Mann klopfte gegen die Scheibe, aber ich rührte mich nicht. Beinahe konnte ich seinen prüfenden Blick spüren. Mein Herz klopfte wie wild und ich versuchte zu begreifen, was er gerade mit Ms Murphy gemacht hatte.
»Was ist hier los?«, fragte die verwirrt und richtete sich auf.
»Sie sind in einer Verkehrskontrolle«, lautete die Antwort des Mannes, als er wieder nach vorn zu ihr trat.
Von wegen! Welcher Verkehrspolizist setzte denn Autofahrer unter Drogen?
»Ach ja?« Ms Murphy wirkte ganz durcheinander, so als wüsste sie nicht, wie sie hergekommen war.

Ich gähnte demonstrativ laut und streckte mich. Der Mann warf mir einen misstrauischen Blick zu, aber ich konnte wirklich verpeilt aussehen, wenn ich wollte, und so entschied er, dass ich wohl nichts mitbekommen hatte.

»Sie können weiterfahren.« Er drehte sich bereits weg und Ms Murphy startete den Motor.

Ich warf einen letzten Blick zurück und sah der Menge hinterher. Vielleicht hätte ich das Ganze wirklich für einen Filmdreh gehalten, wenn der Mann Ms Murphy nicht mit diesem seltsamen Ding angesprüht hätte.

»Was war das denn?«, fragte ich.

»Was meinst du?« Ms Murphy schaltete unbeschwert das Radio ein.

»Diese Leute!«

»Welche Leute?«

»Von der Demo.«

»Tut mir leid, Liebes, aber ich kann deine unsichtbaren Freunde leider nicht sehen.«

»Das waren keine Geister. Die waren echt, aber …«

Irgendwas hatte dort ganz und gar nicht gestimmt.

»Erinnern Sie sich denn an gar nichts mehr?«

»Wir waren in einer Verkehrskontrolle. Das war alles.«

»Der Typ hat nicht mal Ihren Führerschein verlangt.«

Ms Murphy sah zerstreut aus dem Fenster. »Little Witchington. Hier sollte man nicht wohnen.«

»Warum nicht?«

»Dieser Ort hat einen ganz schlechten Ruf. Darum ist die Polizei hier auch so präsent.«

Das war sicher nicht die Polizei, es sei denn, die hatten heute Assassine Creed Cosplay Tag.

»Ich glaube, man hat Sie geblitzdingst«, überlegte ich.

Ms Murphy lachte. »Du meinst dieses Ding aus *Men in Black*, das Erinnerungen löscht?«

»Ganz genau.«

»Oh Echoline, erst Geister und jetzt Außerirdische? Du weißt, ich liebe deine Fantasie, aber das wird langsam zu viel.«

Bei den Außerirdischen war ich auch skeptisch, aber dass es Geister gab, wusste ich genau.

7
BLUT LÜGT NICHT

Adelina Lighttower

Die Welt wirkte fast friedlich, wie sie im grauen Regendunst dalag. Obwohl es mitten am Tag war, war kaum ein Mensch unterwegs, als Tante Corentine das Auto durch die Straßen von Oxford lenkte.

»Wohin fahren wir?«, fragte ich sie.

»Aus der Stadt raus.«

»Und dann?«

»Du wirst sehen.«

Über unseren Köpfen flog ein schwarzer Alchikopter mit dem silbernen Symbol der Alchemisten. Allerdings schien er sich nicht im Geringsten um uns zu kümmern.

Warum auch?

Der Egel meinte, ich sei bloß ein Mensch.

»Wie ist das möglich?«, hatte meine Mutter geflüstert, als sie glaubten, ich sei in meinem Zimmer und könnte sie nicht hören.

»Wundert dich das? Bei dem Vater. Wie konntest du dich auf ihn einlassen? Ausgerechnet auf so einen Mistkerl.«
»Ihr Vater war kein Mistkerl. Er …«
»Nicht wieder dieses Thema.«
»Du hast angefangen.«
»Was machen wir jetzt, Erona? Du hast gehört, was sie gesagt haben. In ihr fließt kein Tropfen Hexenblut. Das bedeutet, seine Gene, seine verfluchten Gene haben sich durchgesetzt.«
»Nein. Das kann nicht sein. Die Blitze!«
»Ich weiß. Ich weiß. Aber wie es aussieht, haben wir uns geirrt. Sie ist es nicht.«
Ich war es nicht …
Darum hatte ich nie ein Prickeln gespürt. Keine Hitzewallungen und keine explodierenden Kräfte. Ich schlang die Arme um mich. Meine Finger verkrallten sich in dem Stoff meiner Bluse. Meine Zukunft, alles, worauf ich mich vorbereitet hatte, wurde davongerissen wie ein Blatt im Wind.
Ich. War. Bloß. Ein. Mensch.
»Halt!«, rief ich.
Tante Corentine trat auf die Bremse. »Was?«
Ich antwortete nicht, sondern riss die Tür auf und sprang nach draußen, wo ich mich auf den Grünstreifen übergab.
»Bist du fertig?«, fragte Tante Corentine ohne jegliches Mitgefühl.
Ich wischte mir verärgert über den Mund. »Tut mir leid, dass ich nicht besser damit umgehen kann, dass gerade mein ganzes Leben kopfsteht.«
»Reiß dich zusammen. Die Nachricht war für die ganze Familie ein Schock, nicht bloß für dich. Wie soll ich mich jetzt je wieder bei unseren monatlichen Treffen in *Gittys Teekessel* blicken lassen? Und was werden die Nachbarn sagen? Viele haben uns regel-

mäßig teure Geschenke gemacht, weil sie glaubten, die Prophezeiung bezog sich auf dich.«

»Tut mir leid, dass ich so eine Enttäuschung für alle bin.«

»Immerhin lag es nicht an meinen genialen Plänen«, sagte Tante Corentine. »Man kann wohl nicht finden, was nie da war.«

Ich hatte keine Kraft, mich zu streiten, also schwieg ich und stieg wieder ein.

⚜ ⚜ ⚜

Tante Corentine fuhr aus der Stadt heraus. Die Abstände zwischen den Häusern nahmen zu und irgendwann lagen nur noch feuchte Felder zu beiden Seiten.

»Ähm. Tante?«, fragte ich nun. »Mein Vater. Er war doch ein Hexer, oder nicht?«

Sie antwortete nicht und starrte bloß auf die Straße.

Mein Vater war ein gut aussehender Kerl aus Spanien, der ein halbes Jahr in dem Coffeeshop von Little Witchington ausgeholfen hatte. Es hieß, seine Familie waren Feuermagier gewesen. Die waren für ihr Temperament bekannt und in das hatte sich meine Mutter Hals über Kopf verliebt, aber die Beziehung hielt nicht. Kurz nach meiner Geburt reiste er ab und meldete sich nie wieder.

So hatte Mum es mir erzählt …

»Ein Feuerhexer?«, versuchte ich es erneut. Darauf war ich immer besonders stolz gewesen, denn manchmal, ganz manchmal hatte ich mich gefragt, was wäre, wenn sich seine Magie bei mir durchsetzen würde. Wenn ich Feuer statt Wind beherrschen könnte. Oder noch besser. Beides.

»Wie kann ich dann ein Mensch sein? Wenn mein Vater ein echter Hexer gewesen ist, muss ich Magie im Blut haben.«

»Das stimmt.«

»Aber ich habe keine Magie im Blut.«
»Das stimmt.«
»Wie geht das?«
»Sybille wird es uns verraten.«
»Sybille? Wir fahren zu Sybille?« Ich biss mir auf die Lippe.
»Hältst du das für eine gute Idee?«
»Es ist unsere einzige Chance auf Antworten.«
Ohne noch ein Wort zu wechseln fuhren wir weiter. Da ich die ganze Nacht unterwegs gewesen war, döste ich trotz der Aufregung kurz ein, und als ich hochschreckte, befanden wir uns bereits in Bristol. Danach änderte sich die Landschaft. Schafherden trabten im feuchten Nebel über mit Steinen und Heide bedeckte Hügel.

Wir fuhren, bis es dunkel wurde, und ich war froh, als wir endlich auf eine Windmühle zusteuerten, die inmitten eines torfigen Moores lag.

Als wir ausstiegen, versanken meine neuen Sneaker in feuchter Erde. Fluchend sah ich mich um. Hier im Moor war es still, fast so, als hätte jedes Lebewesen die Luft angehalten, um die falsche Auserwählte anzustarren.

Meine Tante öffnete den Kofferraum und zog zwei Spitzhüte heraus, von denen sie mir einen reichte. Als ich ihn sah, sank mein Herz. Wie die Alchemisten hatten auch die Hexen traditionelle Kleidung. Allerdings trugen sie diese seit dem Fluch kaum noch.

»Setz ihn auf, Adel«, forderte sie.

»Muss das sein? Der Hut steht mir nicht.« Und passte wirklich nicht zu meiner hautengen Jeans, der Bluse und den Sneakern.

»Dies ist ein offizieller Besuch und kein Laufsteg«, knurrte meine Tante. Ihre Lippen pressten sich zu einem drohenden Strich zusammen. »Die Lage ist ernst und wir wollen Sybille nicht verärgern. Du weißt, wie altmodisch ihresgleichen ist.«

Missmutig schnappte ich mir den Spitzhut und setzte ihn auf. Er war violett, so dunkel, dass er fast ins Schwarze überging. Funkelnde kleine Kristalle waren in den Stoff gewebt, die wie ein Himmel voller bunter Sterne glitzerten, wenn sie das Mondlicht einfingen.

»Am besten überlässt du mir das Reden und hältst dich im Hintergrund«, sagte Tante Corentine. »Ein falsches Wort und wir sind den langen Weg umsonst gefahren.«

Ich nickte matt.

Das Innere der Windmühle war ein runder Raum, an dessen Wänden vollgestopfte Regale mit allerlei Schuhkartons und Plunder standen.

Sybille befand sich in der Mitte der Windmühle.

Meine Tante erstarrte kurz, dann bedeutete sie mir zu warten, während sie vorsichtig einen Schritt nach vorne trat.

»Sei gegrüßt.« Sie verbeugte sich mit einer eleganten, fließenden Bewegung. »Tut mir leid, dass wir dich zu so später Stunde noch behelligen, werte Elfe.«

Die »werte Elfe« lag splitterfasernackt in einer Keramikwanne und hatte ihren Kopf über eine bunte Zeitschrift gebeugt.

Sie antwortete nicht, also fuhr Tante Corentine zögernd fort. »Ich hoffe, wir stören nicht ...«

Ich hatte noch nie eine Elfe gesehen. Viele Dichter und Schriftsteller schwärmten von der atemberaubenden Schönheit der Elfen und ebenso viele hatten ziemlich sicher noch nie eine gesehen.

Sie waren größer als Menschen, schlank und hatten Maserungen auf der Haut, die an Baumrinde erinnerten. Alles an ihnen wirkte zu lang geraten. Ihre Arme, ihre Beine und die spitz zulaufenden Ohren.

»Werte Elfe?« So langsam wurde meine Tante nervös. Sie machte einen weiteren unsicheren Schritt auf die Badewanne zu,

in der neben der Elfe noch Blumenblüten schwammen. »Bitte verzeih unser unangekündigtes Auftreten, aber wir sind in einer dringenden Angelegenheit hier, die keinen Aufschub duldet.«
Weiterhin keine Reaktion.
»Darf ich?«, fragte ich und ging an Corentine vorbei. Zum Entsetzen meiner Tante berührte ich die Elfe an der Schulter, woraufhin sie hochschrak und Wasser über den Rand der Wanne schwappte.
»Adel! Was bei allen ...?«
»Sie hat Kopfhörer drin.«
»Wo kommt ihr denn her?«, rief Sybille viel zu laut und prokelte die kaum sichtbaren Knöpfe aus den Ohren.
»Bitte verzeih uns ...«
»Jaja, schon gut. Ich hab nur mit niemandem gerechnet. Hätte ich gewusst, dass ihr vorbeikommt, hätte ich meine Haare gekämmt.«
Und dir hoffentlich etwas angezogen ...
»Verzeihung. Hätten wir uns ankündigen sollen?«, fragte meine Tante irritiert. »Es ist nur so ... Nun ja ... du hast kein Telefon und wir wussten nicht, ob dich Post erreicht.«
Sybille seufzte. »Der letzte Postbote ist im Moor versunken. Darum stellen sie leider nichts mehr zu. Sehr bedauerlich. Ich bin ein großer Fan von Onlineshopping. Also, wie kann ich euch helfen?« Sie sah uns neugierig an. »Sagt bloß, ihr wollt eine Typberatung?« Ihre Augen glänzten. »Ich liebe Mode.«
»Nein. Ähm ... Wir sind eher an deiner anderen Fähigkeit interessiert. Die mit dem Blut.«
»Natürlich. Immer kommen alle deswegen ... Wie langweilig.« Sybille stieg aus der Wanne und wrang ihre welligen haselnussbraunen Haare aus, bevor sie auf uns zukam – immer noch splitterfasernackt. Ich versuchte, nicht genau hinzusehen, und musterte stattdessen hochkonzentriert ein Regal voller ... *Krawatten?*

»Ich möchte dich bitten, das Blut meiner Nichte zu trinken«, fuhr meine Tante fort. Ich musste mich zusammennehmen, mich nicht erneut zu übergeben.

Elfen tranken Blut, ein Detail, das die meisten Bücher verschwiegen. Sie ernährten sich nicht wie Vampire davon. Es war eher ein ausgefallenes Hobby, denn sie konnten darin gewisse Dinge lesen.

»Ist sie schwanger?« Sybille beäugte uns neugierig. »Wollt ihr wissen, ob es ein Mädchen oder ein Junge wird?«

»Ich bin nicht schwanger«, protestierte ich.

»Meine Nichte hat noch keine Kräfte entwickelt.«

»Was nicht verwunderlich ist. Die Alchemisten haben mit ihrem Fluch ganze Arbeit geleistet. Seit Generationen konnte sich keine Hexe von dem Trank erholen.«

»Ja. Das weiß ich, aber meine Nichte könnte all das ändern. Sie sollte die Auserwählte sein. Eigentlich.«

Sybille schlug die Hand vor den Mund und quiekte. »Die neue Königin?«

»Du hast von der Prophezeiung gehört?«

»Ja, aber ich muss euch warnen. Prophezeiungen sind kleine, fiese Biester, die nie das bedeuten, was man in ihnen sieht. Am Ende ist alles so verdreht, dass man ohne Prophezeiung besser dran gewesen wäre.«

»Vielleicht hast du ja recht, denn entgegen der Prophezeiung hat Adelina keine Magie entwickelt, und es kommt noch schlimmer. Die Alchemisten haben sie mit Fluchegeln getestet und behaupten, dass sie bloß ein Mensch sei. Ohne einen Tropfen Magie im Blut.«

»Wirklich?« Sybille betrachtete mich eine Spur interessierter.

»Ich mag Menschen.«

»Wir nicht. Darum brauchen wir eine Zweitmeinung.«

»Fluchegel sind sehr zuverlässig. Sie machen keine Fehler.«

»Dann hilf uns bitte zu verstehen, wie das passieren konnte«, flehte meine Tante. Sie streckte ihre Hand aus und überreichte Sybille ein Säckchen aus Samt. »Kristalle, die sich seit Generationen in unserem Besitz befinden. Sie helfen die Geister der Lüfte um ihre Gunst zu bitten«, setzte sie erklärend hinzu.

»Und das funktioniert?«, fragte die Elfe.

»Nun, wir Hexen haben durch den Fluch unseren Zugang zu den Geistern verloren, aber ...«

»Also nicht.« Sybille gab Corentine das Säckchen gelangweilt zurück. »Tut mir leid, aber mir scheint, als wäre euch wertloser Plunder angedreht worden.«

»Unsere Kristalle sind kein Pl...« Tante Corentine bremste sich mitten im Wort, um Freundlichkeit bemüht. »Wie können wir dich dann bezahlen?«

»Brauchst du vielleicht Kleidung?«, fragte ich.

»Kleidung?« Sybille sah mich irritiert an.

»Du bist nackt«, klärte ich sie auf. Einer musste es ja tun!

»Oh.« Sie sah an sich herunter. »Wieso sagt ihr mir das denn erst jetzt?«

»Also ich hätte einen Hut zu verschenken«, bot ich großzügig an, woraufhin mir meine Tante einen bitterbösen Blick zuwarf.

»Nein, ich hätte lieber deine Schuhe.« Mit großen Augen deutete sie auf meine neuen Sneaker.

»Auf keinen Fall!«

»Adel! Gib sie ihr.«

»Das ist unfair.« Erst die Overknee-Stiefel und jetzt meine Turnschuhe. Ich streifte sie ab und reichte sie der Elfe, die sie an sich riss, als wären sie ein Schatz.

»Und nun?«, fragte ich. »Ich werde mich nicht von ihr beißen lassen. Nur damit das klar ist.«

»Das ist heutzutage nicht mehr nötig.« Meine Tante zückte ein Etui aus ihrer Handtasche, das sie öffnete und auf einem Tisch ausbreitete. Darin enthalten waren Desinfektionsmittel, Nadel und ein Röhrchen. Alles, was man zum Blutabnehmen benötigte.

»Setz dich.« Sie deutete auf einen Stuhl. Widerwillig folgte ich ihrem Befehl und krempelte den Ärmel meiner Bluse hoch. Während meine Tante zustach, legte sich meine freie Hand um meinen Lapislazuli. Ich beobachtete, wie das Blut aus der Vene ins Röhrchen sprudelte. Es sah vollkommen normal aus. Weder Magie noch der Fluch waren mit dem bloßen Auge erkennbar.

»Das ist alles?«, fragte Sybille, die meine Sneaker noch immer an sich presste.

»Nicht ganz, werte Elfe.« Meine Tante fischte zwei weitere Röhrchen aus dem Koffer. »Erona Lighttower«, stand auf dem einen. »Corentine Lighttower« auf dem anderen. »Wir würden dich bitten von uns allen zu kosten. Um sicherzugehen.«

»Wenn schon, denn schon.« Sybille setzte das erste Röhrchen mit Blut an ihre Lippen und nahm einen Schluck. Dann schloss sie die Augen, während sie die Flüssigkeit in ihrem Mund hin und her schob und sie dann schlückchenweise herunterschluckte, als wäre sie bei einer Weinprobe.

»Und?«, fragte meine Tante. Ihre Finger trommelten ungeduldig auf der Tischkante.

»Das Blut einer Hexe«, sagte sie. »Ich schmecke prickelnde, mächtige Sturmmagie, aber auch den bitteren Geschmack des Fluches. Er brennt und kratzt auf der Zunge wie Säure.«

Sie taumelte zu einem Waschbecken und spuckte die Reste hinein. »Dieser Fluch ist wirklich widerlich«, verkündete sie.

»Konntest du im Blut meiner Schwester noch etwas anderes schmecken?«

»Nun, einen leichten Eisenmangel.«

Zögerlich ging die Elfe zum Röhrchen meiner Tante, verzog das Gesicht und setzte es an die Lippen. Wenig später lehnte sie wieder keuchend über der Spüle und beschwerte sich über den Fluch. »Auch eine Sturmhexe. Verflucht. Die Hexe ist eng verwandt mit der ersten.«

Nun ging sie zu meinem Röhrchen. Mein Herz schlug wie wild und ich drückte den Edelstein so fest, dass die Knöchel meiner Hand hervortraten.

Mit angewidertem Gesicht nahm Sybille einen Schluck. Dieses Mal rannte sie nicht zur Spüle. Im Gegenteil. Sie sah beinahe so aus, als würde es ihr schmecken, und probierte sogar noch mehr.

»Uhhhh, ich schmecke süße Pheromone. Hattest du ein Date?«

Mit einem Schlag erinnerte ich mich an dunkelblaue Augen, geschwungene Wangenknochen, volle Lippen. »Ich? Nein!«

Verflixt und verflucht!

Das Letzte, was ich gebrauchen konnte, war, dass Corentine ahnte, dass ich Tristan Blackheart attraktiv gefunden hatte.

Meine Tante musterte mich mit zusammengekniffenen Augen, während ich versuchte so unschuldig wie möglich auszusehen. »Adel, ich glaube, du nimmst das alles nicht ernst genug.«

»Ich war auf keinem Date«, verteidigte ich mich.

»Sybille ist sehr verlässlich ...«

»Die einzigen männlichen Individuen, mit denen ich zu tun hatte, waren die Kerle im Park und die Alchemisten. Und beide wollten mich mehr oder minder tot sehen. Wann soll ich da Zeit gehabt haben für ein Date?« Ich wandte mich an die Elfe. »Was siehst du noch?«

Sie nahm einen weiteren Schluck. Und erstarrte. Ihre Augen wurden rund wie Teller. Dann riss sie ihren Kopf herum und sah mich an, als würde sie mich zum ersten Mal sehen.

»Du …« Sie fuhr sich mit der Zunge über die Lippen. »Du bist …«

»Die Auserwählte?«, half ich auf die Sprünge.

Sie schüttelte den Kopf. »Nein …«

»Die Königin der Hexen?«

»Nein. Keine Auserwählte. Keine Hexe. Überhaupt keine Magie … Du bist ein Mensch.«

Mein Herz sank. Nun war auch meine letzte Hoffnung auf einen Fehler zunichtegemacht. »Sicher?«

»Ja.«

»Aber meine Mutter ist doch eine Hexe …«

»Ich weiß nicht, wer deine Mutter ist, aber mit den Spendern der beiden vorangegangenen Proben bist du nicht verwandt.«

»Was?«

Auch Corentine schüttelte den Kopf. »Natürlich sind wir das. Meine Schwester ist ihre Mutter.«

»Garantiert nicht«, verkündete Sybille.

Mein Kopf war wie leer gefegt. Ich wankte zurück, bis ich an die Tischkante in der Mitte des Raumes stieß. Mein Körper erschlaffte wie ein Ballon, aus dem man die Luft gelassen hatte.

»Sie ist ein Mensch?«, hakte meine Tante nach.

»Ja.« Die Elfe nickte.

»Kein Tropfen Hexenblut?«

»Genau.«

»Keine Lighttower.«

»Korrekt.«

Tante Corentine stöhnte auf. »All die Jahre …«, nuschelte sie und raufte sich die Haare. »All die Jahre habe ich damit verbracht, die Falsche auszubilden.«

»Wieso die Falsche?« Mir wurde abwechselnd heiß und kalt. Dies musste ein Albtraum sein.

»Hast du nicht zugehört, Adel? Jetzt macht so vieles Sinn.«

Das machte überhaupt keinen Sinn. Corentine massierte ihre Schläfen. »Dafür gibt es nur eine Erklärung. Ihr müsst vertauscht worden sein.« Meine Gedanken kreisten so schnell, dass mir schwindelig wurde. »Vertauscht?« Sie starrte mich an. »Das ist die einzige Möglichkeit. Die einzige Erklärung für dieses Chaos. Jemand hat euch vertauscht und uns das falsche Balg untergejubelt. All die Jahre haben wir an die Falsche geglaubt. Was für eine Blamage!«

Meine Beine gaben nach.

»Wie ich sagte«, kicherte Sybille. »Prophezeiungen sind fiese, kleine Biester. Sie machen nie das, was man erwartet. Und wenn man glaubt sie endlich zu verstehen, ändern sie einfach die Regeln.«

8

DAS NORMALE MÄDCHEN

Adelina Lighttower

Normal zu sein war schrecklich. Ich vergrub meinen Kopf im Kissen und wusste nicht, wie ich diesen Zustand ertragen sollte.

Ein Mensch!

Noch schlimmer als das war jedoch, dass ich keine Lighttower sein sollte. Wütend schrie ich in mein Kissen.

»Guten Morgen! Komme ich ungelegen?«

Ich hob den Kopf und entdeckte Tilly, die durch mein Fenster kletterte.

»Hör auf in mein Haus einzubrechen!«, schnauzte ich sie an.

Sie ignorierte mich. Das war schon so, als ich noch glaubte die nächste Königin zu werden. Unbeeindruckt nahm sie an meinem Schreibtisch Platz und fuhr sich durch das wasserstoffblonde Haar. »Du hast auf meine Nachrichten nicht geantwortet. Ich wollte gucken, wie es dir geht.«

Ich holte tief Luft und setzte mich auf. Ich mochte keine Königin sein, aber ich hatte trotzdem meine Würde, und die verbot es mir, Schwäche zu zeigen. »Die Glutpixies haben mein Handy geschmolzen ...«

»Shit! Und jetzt hast du keins mehr?« Sie sah mich mit aufgerissenen Augen an.

»Glaub mir. Das ist gerade nicht meine größte Sorge.«

»Dann hast du auch nicht gesehen, was bei WITCHIN abgeht?«

»Nein.«

Zögernd holte sie ihr Handy aus der Tasche und zeigte mir einen Post. Darauf zu sehen war ein Foto von mir mit zwei fetten grauen Fluchegeln auf der Stirn.

»Du hast das gepostet?«

»Nein. Wo denkst du hin? Ich hab es bloß Kia gezeigt. Die hat es Tom geschickt, der hat es seinem Bruder gezeigt und so weiter.«

Ich spürte, wie mir schlecht wurde. Ab heute würde mich niemand, den ich kannte, je wieder so ansehen wie zuvor.

Tilly biss sich auf die Unterlippe. Da war noch etwas anderes, das sie beschäftigte.

»Hau es raus. Was gibt es noch?«

»Stimmt es, was deine Tante sagt?«

»Was sagt sie denn?«

»Dass du keine Lighttower bist ...«

Alles in mir krampfte sich zusammen, so schmerzhaft, dass ich am liebsten geschrien hätte.

»Sie meint, du und ihre echte Nichte seien nach der Geburt vertauscht worden.«

Meine Kehle war wie ausgedörrt, meine Stimme nur ein Flüstern, als ich weitersprach. »Sagt sie das?«

»Ja, sie war gerade bei uns. Ist ziemlich aufgebracht und bittet ausgewählte Hexen um Mithilfe, die wahre Königin zu finden.«

»Sie hat recht«, sagte ich, um Fassung bemüht. »Es gibt bezüglich der Prophezeiung einige ... Unstimmigkeiten.«

»Was meint deine Mutter dazu?«

Mum ...

Ich hatte noch nicht mit ihr gesprochen. Wir waren angekommen, als es noch dunkel war. Also war ich nach dem Besuch bei der Blutelfe direkt in mein Zimmer geflohen, aber ich war mir sicher, Tante Corentine hatte ihr das Ergebnis nicht vorenthalten.

»Ich weiß es nicht.«

»Ganz schön abgefahren.« Tilly drehte sich mit dem Schreibtischstuhl um die eigene Achse. »Aber wenn du mich fragst, solltest du das Ganze positiv sehen.«

»Positiv?«

»Der Job der Auserwählten – wenn es sie denn wirklich gibt – ist schrecklich. Sie soll auf einen Thron steigen und einen nicht mehr vorhandenen Zirkel in einen ausweglosen Krieg führen, den keiner will. Also ich wäre nicht gerne sie.«

Tja ... ich wäre sehr gerne sie.

»Die Alchemisten interessieren sich nicht mehr für dich und deine Tante versucht nicht länger dich umzubringen. Du kannst endlich normal sein.«

»Genau das befürchte ich.«

»Befürchten? Ich beneide dich. Ich würde mir auch wünschen, dass meine Eltern nicht ständig über dieses Magiegedöns reden. Warum können wir nicht wie normale Menschen Weihnachten statt Yule feiern?«

Ich starrte sie fassungslos an. Wie konnte man normal sein wollen? »Meinst du das ernst?«

»Warum denn nicht? Wenn es nach mir geht, können wir gerne normal bleiben. Dann lassen uns die Alchemisten auch in Frieden.«

»Sie haben uns unsere Magie gestohlen!«

»Dir nicht«, erinnerte mich Tilly leise.

Ich schluckte schwer. So ganz war die Erkenntnis wohl wirklich noch nicht bei mir angekommen.

»Das kann dir doch jetzt alles völlig schnuppe sein.«

»Aber es ist mir nicht schnuppe!«, presste ich zwischen zusammengekniffenen Lippen hervor. »Ich werde die Alchemisten vernichten, denn egal was alle denken – ich bin die Auserwählte.«

Ich sprang auf, stürmte aus dem Zimmer und blieb am Treppengeländer stehen. Ich war so wütend. Auf die Alchemisten und ihre nutzlosen Blutegel, meine Tante und auf Tilly, die nicht verstehen konnte, wie ich mich gerade fühlte.

Das war doch alles nicht gerecht.

Plötzlich hörte ich ein leises Schluchzen von unten und mein Ärger löste sich so schnell auf wie Nebel im Sturm.

Mum.

Ich fand sie im Wohnzimmer. Sie kauerte auf der Couch und nestelte an ihrer Haarspange aus Lapislazuli. Vor ihr auf dem Sofatisch lag eine Packung Taschentücher und ein Foto, auf dem sie glücklich strahlend ein Baby im Arm hielt.

Mich.

Meine Knie begannen zu beben und ich wusste nicht, was ich tun sollte. Was würde sie jetzt von mir denken?

»Mum?«

Sie sah zu mir auf, Tränen in den Augen.

»Adel!«, schniefte sie, stand auf und öffnete die Arme. Erleichtert fiel ich ihr um den Hals. *Sag mir, dass das alles nicht wahr ist. Dass ich deine Tochter bin. Dass es niemand anderen für dich geben wird.*

Sie sagte nichts von alledem. Stattdessen flüsterte sie in mein Ohr: »Es tut mir so leid.«

Ich schluchzte auf und klammerte mich fester an sie. Sie war meine Mutter und die Vorstellung, sie zu verlieren, war unerträglich.

»Mum ... Was passiert denn jetzt?« Meine Stimme drohte zu ersticken.

»Ich weiß es nicht, aber ich weiß, dass du es durchstehst, denn du bist stark.«

»Ich will das aber nicht! Ich will, dass alles so bleibt, wie es ist.«

»Oh Adel ...«

»Ich habe Angst, Mum.« Nur vor ihr konnte ich das zugeben. Sie war die einzige Person im Universum, vor der ich mich nicht verstellen musste, denn sie glaubte an mich, auch wenn ich mich mal nicht königlich benahm.

Jetzt löste sie sich behutsam von mir und wir setzten uns aufs Sofa.

»Hör mir zu, Schatz. Corentine ist auf der Suche nach dem anderen Mädchen. Sie ist fest entschlossen es zu finden und nach Hause zu bringen.«

Etwas Hohles breitete sich in mir aus. »Du glaubst also auch, dass ich vertauscht wurde?«

»Ich weiß nicht, was ich denken soll. Als du ... sie ... geboren wurde und die Blitze ins Krankenhaus einschlugen, wussten nicht nur die Hexen, dass etwas Besonderes passiert war. Die Alchemisten begriffen es ebenfalls und sie kamen, um alle Neugeborenen zu testen.«

»Mich ... dein Baby ... auch.«

»Ja, es herrschte helle Aufregung. Auch bei den Menschen, die nicht verstanden, was vor sich ging. Ich sorgte für eine Ablenkung und Corentine ölte alle Babys im Neugeborenen-Überwachungsraum mit Rizinusöl ein. Nachdem sie dich getestet haben, sind wir sofort nach Hause gefahren und ich bin nicht von deiner Seite gewichen. Der Tausch … Er muss vorher passiert sein. Die Zeit kurz nach der Geburt war die Einzige, in der wir getrennt waren und jemand die Chance dazu gehabt hätte.«

»Nein.« Ich wich zurück. »Vielleicht gibt es eine andere Erklärung, Mum.«

Bevor sie antworten konnte, erschien meine Tante im Türrahmen. »Die gibt es nicht und Erona ist nicht deine Mutter. Je früher du das verstehst, desto besser.«

Mit finsterem Gesicht kam sie auf uns zu. Ich wollte etwas erwidern, aber für einen Moment war ich fassungslos. Wie konnte sie mich von jetzt auf gleich abschreiben, als wären die letzten fünfzehn Jahre bedeutungslos?

»Geh auf dein Zimmer, Adel!«

»Da komme ich gerade her. Ich wüsste nicht, was ich da noch machen sollte.«

»Ich muss mit meiner Schwester sprechen. Allein.«

»Ich will genauso wie ihr wissen, was hier los ist.«

»Wir können deine Hilfe nicht gebrauchen. Wir wissen nicht einmal, ob wir dir vertrauen können«, sagte sie kühl.

»Was soll das denn heißen?« Wütend ballte ich meine Hände.

»Ihr kennt mich!«

»Tun wir das? Du hast gehört, was Erona gerade sagte. Möglicherweise wurde Vergiss-Mein-Spray gegen sie eingesetzt. Was, wenn die Alchemisten etwas mit dem Taussch zu tun haben?«

»Das ist nicht euer Ernst! Mum?« Flehend sah ich mich zu ihr um, aber sie schüttelte den Kopf.

»Corentine hat recht. Vielleicht wäre es das Beste, wenn du dich raushältst.«

»Raushalten?« Ich spürte einen stechenden Schmerz in der linken Brust, so als würde mein Herz auseinanderreißen. Ich wirbelte herum und stürmte davon. Auf der Treppe hielt ich kurz inne, in der Hoffnung, sie würden es sich anders überlegen.

»Du warst sehr hart zu ihr«, flüsterte meine Mutter.

»Dieses Mädchen ist nicht deine Tochter. Sie ist nicht unsere Adelina.«

»Aber sie ist das Mädchen, das wir fünfzehn Jahre aufgezogen haben. Diese Gefühle schiebt man doch nicht einfach beiseite.«

»Musst du aber! Sie ist nicht mal eine Hexe. Wer weiß, wer sie uns untergeschoben hat. Vielleicht waren es sogar die Blackhearts selbst. Hast du vergessen, was sie dieser Familie angetan haben? Nach der Sache mit Robin ist ihnen alles zuzutrauen.«

Mein Brustkorb zog sich zusammen und ich hatte das Gefühl, nicht mehr atmen zu können.

»Corentine!«

»Ich meine es ernst, Erona. Wir müssen dieses Mädchen loswerden und deine echte Tochter finden. Die wahre Königin!«

Mich loswerden?

Ich hatte genug gehört.

Als ich nach oben rannte, hatte ich das Gefühl mich aufzulösen. Schwer atmend rannte ich ins Bad und schloss mich im Bad ein. Hier stützte ich mich auf das Waschbecken.

Ein Mädchen mit verquollenen Augen und verwischtem Makeup sah mir entgegen. Tränen liefen ihr gleichermaßen aus Augen und Nase. Mein Gegenüber sah nicht länger wie eine Königin aus, sondern erbärmlich. Ihre ganze Welt war aus den Angeln gehoben und sie hatte die Orientierung verloren.

»Niemand kann dir dein Schicksal nehmen«, flüsterte ich und tastete nach dem blauen Kristall um meinen Hals. Auf der Suche nach Halt schlangen sich meine Finger darum. Mit der anderen Hand berührte ich die kalte, glatte Oberfläche des Spiegels. »Du bist Adelina Lighttower und du bist stark. Du hast Tante Corentine und ihre verrückten Pläne überlebt. Egal was der Egel sagt, du bist etwas Besonderes.«

Kampflos würde ich mein Schicksal nicht aufgeben. Entschlossen wusch ich mein Gesicht mit kaltem Wasser ab, bis die Schwellung zurückging. Dann griff ich zu meiner Schminktasche und ließ das Make-up seine Magie wirken. Eine halbe Stunde später betrat ich mein Zimmer wie ein neuer Mensch. Von Tränen und Leid war keine Spur, denn es gab nichts, was Adelina Lighttower zerstören konnte.

9
Zu Gast Bei
Einer Hexe

Echoline Everglade

Es war der Morgen des nächsten Tages, als ich aufbrach, um mehr über die seltsamen Kapuzenleute von gestern zu erfahren.

Mein heutiges Outfit bestand aus einer grünen Strumpfhose, einer kurzen Hose aus Cord und einem viel zu großen Strickpullover, den ich absichtlich mit Löchern versehen hatte. Na gut, eines der Löcher war ein Unfall, aber damit es nicht auffiel, hatte ich einfach weitere reingeschnitten und das als Mode verkauft.

Ich schulterte meinen Rucksack und schlich mich aus dem Heim. Der Plan war, einen Großteil der Strecke mit dem Bus zu fahren. Unfug hatte versprochen in meinem Rucksack zu bleiben und keinen Mucks zu machen, denn in öffentlichen Verkehrsmitteln waren Tiere verboten. Leider hatte Unfug die Angewohnheit, unsere Abmachungen bereits nach drei Minuten zu vergessen.

»Hilfe! Eine riesige Ratte!«, schrie ein älterer Mann, als der

Waschbär auf seiner Schulter landete und ihm das Butterbrot aus der Hand schnappte.

Der Busfahrer machte eine Vollbremsung und griff nach dem Handy. Als er die Polizei rief, weil »ein gefährliches Wildtier« seine Fahrgäste attackierte, packte ich Unfug und entschied mich für Plan B. Laufen.

Gut fünfundvierzig Minuten später erreichte ich Little Witchington, das südlich von Oxford nahe der Themse lag. Der Ort war so klein und unbekannt, dass er auf keiner Karte verzeichnet war. Auch Google Maps kannte ihn nicht, aber es gab ihn.

Das Einzige, was ich über Witchington wusste, war, dass viele der Bewohner seltsam waren. Ms Murphy meinte, das läge an der alten Fabrik in der Nähe. Die Dämpfe würden die Leute gaga machen … Das sei auch der Grund, warum kaum neue Leute hinzögen. Hinzu kam, dass die Grundstückspreise unglaublich hoch waren, obwohl der Ort zu den unbeliebtesten im Umkreis von Oxford zählte. Es war beinahe so, als wollte man neue Anwohner verhindern.

⚜ ⚜ ⚜

Als ich ankam, entdeckte ich neben dem Ortsschild tatsächlich eines der schwarzen Autos mit dem silbernen Rauten-Zeichen darauf. Dank Internet hatte ich herausgefunden, dass das ein alchemistisches Symbol für Silber war, aber so richtig konnte ich mir trotzdem keinen Reim darauf machen.

Die beiden Männer, die im Fahrzeug saßen, wirkten jedenfalls sehr zwielichtig und gaben mir Mafiosi-Vibes. Also entschied ich mich dem Wagen auszuweichen und einen anderen Weg zu nehmen. Über einen kleinen Trampelpfad gelangte ich an einem Feld vorbei in den Wohnort.

Die Häuser hier waren klein und aus rotem Backstein, umgeben von wilden Büschen und hohem Gras. Gartenarbeit schien in Little Witchington nicht sonderlich angesagt. Stattdessen setzte man auf wild wachsende Kräuter und Blumen, die allerlei Insekten anzogen.

Unfug war begeistert und jagte einem Zitronenfalter hinterher. Schmetterlinge waren neben Regenwürmern sein absoluter Lieblingssnack.

Während er beschäftigt war, spazierte ich die Straße hinunter und sah mich um. Ich wusste nicht, wonach ich genau Ausschau hielt. Es war mehr eine faszinierende Neugierde, die dieser Ort auf mich ausübte, obwohl alles, was ich über ihn wusste, gegen ihn sprach.

Gerade schlenderte ich an einem besonders verwilderten Garten vorbei, da kam Unfug zurück, den Kopf stolz erhoben, mit einem gelben Schmetterling zwischen den Zähnen. Ich bückte mich, um ihn am Kopf zu kraulen, aber er knurrte. Sein Schwanz schoss in die Höhe und seine Nackenhaare stellten sich auf.

»Was ist?«

Alarmiert warf ich einen Blick über meine Schulter und erstarrte. Hinter uns war eine Gestalt in schwarzer Uniform aufgetaucht, die sich langsam näherte.

Hatte sie uns gesehen?

Ich beschleunigte meinen Schritt und bog in die nächste Straße ab. Auch hier standen die Häuser dicht an dicht mit verwilderten Gärten zwischen den roten Backsteinen. Es gab kaum Platz, um sich zu verstecken. Außer …

Ich schnappte mir Unfug und schwang mich über den Holzzaun eines Gartens. Hier blieb ich liegen, hoffentlich verborgen durch Holz und hohes Gras. Tatsächlich hörte ich wenig später Schritte, die das Grundstück passierten. Durch die winzigen Lücken im

Zaun sah ich die Gestalt in Schwarz vorübergehen und hielt die Luft an. Unfug lag neben mir und kaute geräuschvoll auf dem Falter.

»Psst«, bedeutete ich ihm.

Der Waschbär brummte und schluckte seine Beute herunter. Dann machte er sich durch das hohe Gras davon, vermutlich auf der Suche nach weiteren Snacks.

Ich wartete noch eine Weile, um sicherzugehen, dass der Typ nicht zurückkam.

»Alles okay bei dir, Mädchen?«

Ich fuhr herum.

Das Gesicht einer älteren Dame beugte sich über mich. Die grauen Haare fielen in einem geflochtenen Zopf über ihre Schulter. Sie trug eine weiße Bluse, die an den gebräunten Armen hochgekrempelt war, und darüber eine geblümte Schürze. In den Händen hielt sie einen Strauß mit Wildblumen.

»Alles bestens. Ich verstecke mich bloß.« Ich versuchte ein Lächeln.

»Etwa vor den Alchemisten?«

»Diese Mafialeute in Schwarz? Genau die.«

Sie musterte mich. »Warum versteckst du dich? Hast du etwas ausgefressen?«

»Ich ... bin mir nicht sicher.«

»Mhm.« Die Falten auf ihrer Stirn verflüchtigten sich. Stattdessen entstand ein breites Grinsen auf ihren Lippen. »Du siehst aus, als könntest du einen Tee vertragen.«

Ich klopfte mir den Dreck von der Strumpfhose und folgte der Frau ins Haus.

Es war wie eine Reise in die Vergangenheit. Die Wände waren mit Blümchentapete bedeckt, die sich an manchen Stellen von der Wand löste. Die gemütlichen Möbel waren aus dunklem Holz und mit Schnörkeln verziert, die Stoffe abgenutzt. Auf jedem Tischchen und jeder Kommode standen Kerzen, Kristalle und Vasen mit getrockneten Kräutern, die von liebevoller Hand arrangiert schienen.

Die Frau lotste mich zum Sofa, auf dem bereits jemand saß. Jemand Durchsichtiges.

Der Geist hatte die Beine übereinandergeschlagen und blätterte in einer ebenfalls durchsichtigen Zeitung.

»Mach es dir gemütlich. Ich bring dir was.« Während sie in die Küche wankte, warf ich einen Blick auf ihr Regal, in dem jede Menge alter Bücher standen. Keine modernen Bücher mit Papier- und Pappumschlägen. Diese hier waren in Leder und Stoff gehüllt. Sie sahen aus, als wären sie nicht bloß Dekoration, sondern schon viele Male gelesen worden. Mein Finger glitt über die Einbände.

Das Gift dieser Erde
Die Familien der Erdhexen
Die Magie der Kristalle

Ich wandte mich dem kleinen Couchtisch zu. Hier, auf der cremefarbenen Spitzendecke, lagen Edelsteine und Kristalle. Die meisten waren gelb, fast farblos und trüb.

»Was sind das für Edelsteine?«, fragte ich, als meine Gastgeberin mit einer geblümten Teekanne zurückkam.

»Chrysoberyll. Der Schutzstein meiner Familie.« Sie reichte mir eine Tasse, in der ein Beutel mit Kräutern schwamm. »Aber seit dem Fluch der Alchemisten ist er mehr Dekoration als Schutz.«

»Wer oder was sind diese Alchemisten? Und was für ein Fluch?«

Die Furchen auf ihrer Stirn vertieften sich. »Du bist nicht von hier, oder, Kind?«

»Nein. Ich weiß gar nicht, was ich hier suche, aber ich hatte gestern eine unheimliche Begegnung mit diesen … Alchemisten und der wollte ich wohl auf den Grund gehen.«

»Dann bist du keine Hexe?«
»Hexe?« Ich verschluckte mich vor Überraschung. »Nein ... Ich ...«
»Ich war mir sicher, dass du eine von uns bist. Normalerweise funktioniert mein Hexenradar ausgezeichnet.«
»Aber ... Hexen, Vampire, Drachen und so, die gibt es doch gar nicht.« Ich schielte zu dem Geist hinter seiner transparenten Zeitung.
Nun, ich schätzte, wenn es Geister gab, dann lag auch die Existenz von Magie im Rahmen des Möglichen. Also ergänzte ich: »Zumindest habe ich noch nie welche getroffen.«
»Jetzt schon. Ich bin eine.«
»Im Ernst?« Eine echte Hexe? Was würde Ms Murphy dazu sagen? Vielleicht sollte ich ihr lieber nicht davon erzählen. Meine Akte hatte eh schon genügend Einträge ...
»Ja. Wie die meisten Bewohner von Little Witchington. Darum haben die Alchemisten uns hergebracht. Sie wollen uns im Auge behalten.«
»Also ist dieser Ort ein Gefängnis?«
»Nein, theoretisch können wir fortgehen. Allerdings bevorzugen die meisten von uns hierzubleiben, bei unserem Volk. Hin und wieder gibt es allerdings welche, die ihren Wurzeln den Rücken kehren und sich entscheiden unter den Menschen zu leben. Solange sie registriert sind, lassen die Alchemisten das zu.«
»Registriert?«
»Ja. Bei Geburt wird jede Hexe getestet, ob der Fluch noch aktiv ist, und aufgelistet. Wie beim Einwohnermeldeamt.«
»Das ist kein Touri-Ding, oder?«, hakte ich nach.
»Ein Touri-Ding?«
»Na, diese ganzen Hexengeschichten? Ein Schauspiel, um Touristen herzulocken?«

Die Frau sah mich verwirrt an. Dann legte sie den Kopf in den Nacken und lachte. »Kein Tourist verirrt sich in unser Örtchen. Das stellen die Alchemisten sicher, in dem sie furchtbare Gerüchte verbreiten.«

»Ja, ich habe von giftigen Dämpfen einer Fabrik gehört.«

»Sie sind äußerst kreativ. Das muss man ihnen lassen. Ich bin nur froh, dass mein Willy das alles nicht mehr miterleben muss.«

»*Ich hätte das schon ganz gerne miterlebt, aber leider war es mir nicht vergönnt*«, seufzte der Geist hinter seiner Zeitung hervor, auf der ein Datum von vor drei Jahren stand. Geräuschvoll blätterte er die Seite um.

»Warum heißen sie Alchemisten? Und warum befinden sie sich mit den Hexen im Streit?«

Der Geist räusperte sich. »*Du hast schon viel zu viel gesagt, Lilli. Du kennst doch die Regeln Menschen bezüglich.*«

»Oh ...« Ich wandte mich an meine Gastgeberin. »Dürfen Sie mir das alles überhaupt erzählen? Oder bekommen sie Ärger, weil ich ein Mensch bin?«

Die winkte ab. »Ach was, du wirst es doch nicht weitererzählen, oder?«

»Nein. Natürlich nicht.«

»Ich wusste es. Du siehst aus wie jemand, der Geheimnisse wahren kann, und ich freue mich mal wieder mit jemandem zu plaudern.« Lächeln schob sie mir ein Schälchen mit Honig zu und eine Karaffe mit Milch. »Trink, bevor es kalt wird.«

»Danke.« Der Tee roch herrlich blumig und süß.

»*Du willst sie vergiften, oder, Schatz?*«, fragte der Geist und ich hielt entsetzt inne.

»Stimmt etwas nicht?« Unschuldig sah mich Lilli an.

»Der Tee ist nicht ... ähm ... zufällig vergiftet?«

»Vergiftet? Wie kommst du denn darauf?«

»Na ja …« Mein Blick wanderte zum Geist zurück, der mich nun verblüfft über den Rand seiner Zeitung hinweg anstarrte.
»*Kannst du mich etwa sehen, Mädchen?*«
Die Frau hob ihre Hände. »Ich würde niemals jemanden vergiften. Erst recht keine Menschen, die hier herumschleichen und ihre Nase in Dinge stecken, die sie gar nichts angehen.«
Ich stellte die Tasse zurück auf den Teller und schob sie so weit weg wie nur möglich.
»*Du musst ihr verzeihen*«, sagte der Geist. »*Sie ist eine Nightshade. Gifthexen können einfach nicht anders. Was glaubst du wohl, woran ich gestorben bin?*«
»Moment! Sie haben Ihren Mann vergiftet?«
»Was?« Nun klappte der Frau die Kinnlade herunter. »Wer bist du?« Ohne eine Antwort abzuwarten sprang sie auf. »Bist du etwa eine Spionin der Alchemisten?«
»Nein! Ich … Ihr Mann hat es mir gesagt.«
»Mein Mann Willi?«
»Er sitzt da auf der Couch und liest Zeitung.«
Ihr Blick zuckte zu dem gewiesenen Fleck, verdüsterte sich aber kurz darauf wieder. »Willst du mir etwa weismachen, dass du die Geistersicht hast.«
»Geistersicht? Ich habe bisher kein Wort dafür gehabt, aber ich sehe Geister. Ja.«
»Nein, das kann nicht sein. Du willst mich austricksen.« Aufgebracht humpelte sie in die Küche zurück, aus der wenig später Gerumpel zu hören war.
»*Sie holt jetzt ihren Besen*«, informierte mich Willi.
»Um wegzufliegen?«
»*Nein, um dich damit zu verprügeln.*«
»Bitte, lassen Sie Ihren Besen, wo er ist, und hören Sie mich an. Ihr Name ist Lilli Nightshade.«

»*Kurzform für Lillith*«, ergänzte der Mann und ich wiederholte es. »*Sie wollte mich eigentlich nicht vergiften.*«

»Ihr Mann weiß, dass Sie ihn eigentlich nicht vergiften wollten. Es war ein Unfall.«

Verunsichert lugte die Frau um die Ecke, einen alten Besen aus Zweigen in der Hand.

»Das hat er gesagt?«

Ich nickte und sah zu dem Geist. »Wie kann man denn jemanden aus Versehen vergiften?«, flüsterte ich ihm zu.

»*Sie liebt es, mit Giften zu experimentieren. An jenem verhängnisvollen Tag hatte sie die besten Schoko-Kirsch-Törtchen gebacken. Sie sahen so fantastisch aus, dass ich ihre Angewohnheit vergaß und hineinbiss. Das Nächste, woran ich mich erinnerte, ist, dass ich neben meinem Körper stand, während meine geliebte Frau schluchzend danebenhockte. Seitdem warte ich auf sie, um ihr zu sagen, dass ich sie liebe.*«

»Awww.« Mein Herz schmolz dahin. »Er will bei Ihnen bleiben.«

»Willi! Mein Liebster.« Ihre Stimme brach. Auch wenn sie mich vor wenigen Minuten noch vergiften wollte, sah sie nun so kläglich aus, dass ich aufstand, um ihren Rücken zu tätscheln.

In diesem Moment ließ uns die Türklingel zusammenschrecken. Ms Nightshade und ich starrten uns erschrocken an.

»Ich erwarte niemanden«, flüsterte sie mit gedämpfter Stimme.

Willi schwebte zu Tür und streckte seinen Kopf hinaus. Als er zurückkam, sah er blasser aus als zuvor. »*Alchmemisten. Eine Handvoll. Sie stehen in unserem Vorgarten.*«

Der Blick seiner Frau zuckte zu mir. »Sie sind wegen dir hier.«

»Wegen mir?«

»Ja. Weil du, mein Kind, definitiv eine Hexe bist. Eine unverfluchte noch dazu.«

Es klingelte ein weiteres Mal, gefolgt von heftigem Klopfen. »Alchemistischer Orden. Bitte öffnen Sie unverzüglich die Tür oder wir müssen uns gewaltsam Zutritt verschaffen!«

10
Im Zentrum des Sturms

Echoline Everglade

»Schnell, Willi. Hilf der Geisterseherin hier raus«, wisperte Lilli, während sie betont langsam zur Tür schlurfte.

Gerade lotste Willi mich durch den Hinterausgang in ein Gewächshaus, als die Alchemisten ins Haus drängten.

»*Fass hier lieber nichts an*«, warnte mich Willi und deutete auf die Blumen. »*Viel Glück!*«

»Danke!« Ich durchquerte das Treibhaus voller Pflanzen, die sicher alle hochgiftig waren.

Draußen im Gras erwartete mich Unfug mit kugelrundem Bäuchlein.

»Hier bist du!«, brummte ich. »Ich wurde gerade fast vergiftet, mit einem Besen erschlagen und verhaftet. Aber es freut mich, dass du entspannt bist.«

Unfug gähnte, als wollte er sagen, dass ich maßlos übertrieb.

»Im Ernst. Ich hatte den vergifteten Tee schon an den Lippen.«

Aus dem Haus der Nightshade ertönten erhobene Stimmen. Ich verschwendete keine Zeit und kletterte über den Zaun. Dann rannte ich los, bis mir die Luft ausging ... Also nicht sehr weit.
Meine Seiten brannten bereits nach wenigen Metern, ebenso wie meine Lungen, und ich spürte, wie mich die Kraft verließ. In dem Punkt hatten die Browns vollkommen recht. Ich könnte mehr Kondition vertragen.
Als ich eine Bushaltestelle passierte, wagte ich es, einen Blick über die Schulter zu werfen. Erleichtert stellte ich fest, dass mir niemand gefolgt war.
Also ließ ich mich auf die Bank fallen, um wieder zu Atem zu kommen. Ich saß keine fünf Sekunden, da zwickte mich Unfug in den Fuß.
»Was ...?« Mitten im Satz brach ich ab und mein Herz blieb vor Schreck stehen.
In das Häuschen trat ein Kerl in schwarzer Uniform, vermutlich ein paar Jahre älter als ich. Etwas stimmte mit seinen Augen nicht. Sie waren gelb und erinnerten an eine Schlange.
Zur gleichen Zeit kam ein Mädchen um die andere Ecke und so versperrten sie meinen Weg von beiden Seiten.
»Wen haben wir denn da?«, fragte der Typ mit den Schlangenaugen und musterte mich von oben bis unten. »Wohnst du hier? Ich habe dich noch nie gesehen.«
»Nein. Bin das erste Mal hier.«
»Warum?« Die Fragen kamen wie aus der Pistole geschossen.
»Tee kaufen. Ich habe gehört, es gäbe hier guten.«
Der Junge runzelte die Stirn. »Man hört nie etwas Gutes über diesen Ort, deswegen kommen auch keine Besucher her.«
Kein Wunder, wenn man hier gleich von der selbst ernannten Nachbarschaftspolizei verfolgt wird ...
»Also, ich finde, es sieht ganz nett hier aus.«

Die beiden verzogen keine Miene. »Hast du Verwandte hier? Freunde?«

»Nein.« Ich war mir nicht sicher, wohin dieses Verhör führen sollte.

»Gehört dieser Waschbär zu dir?«

»Kann man so sagen. Er ist ein Freund.«

Die Alchemisten sahen sich vielsagend an. »Weißt du, wie verdächtig du dich damit machst?«

»Verdächtig?«

»Kennst du die Hinweise, an denen man wilde Hexen erkennt? Tierische Gefährten gehören dazu.«

»Hexen?« Mir entschlüpfte ein nervöses Lachen. »Die gibt es doch gar nicht.«

Die Augen des Jungen verengten sich.

»Ihr macht das wegen des Ortsnamens, oder?«, plauderte ich weiter. »Little Witchington? Ihr tut so, als wärt ihr Hexen, um Touristen herzulocken.«

Schockiert schnappte das Mädchen nach Luft. »Wir sind ganz sicher keine Hexen.«

»Und warum hat dein Freund dann gelbe Schlangenaugen?«

»Das sind Basiliskenlinsen, hergestellt aus der Hornhaut des Schlangenmonsters.«

Das wurde ja immer besser. Erst Hexen, dann auch noch Basilisken? Wenn ich das Ms Murphy erzählte, würde sie diesmal wirklich denken, ich sei durchgedreht.

»Was machen wir jetzt mit ihr, Gerrit?«, flüsterte das Mädchen unsicher.

»Wir überprüfen sie. Wenn sie wirklich ein Mensch ist, benutzen wir das Vergiss-Mein-Spray und setzen sie in den nächsten Bus.«

Vergiss-Mein-Spray?

Das musste es sein! Das Blitzdings-Zeug, das Ms Murphy alles hatte vergessen lassen. Mein Herzschlag beschleunigte sich. Auf keinen Fall durfte ich zulassen, dass sie das, was ich in den letzten Stunden in Erfahrung gebracht hatte, löschten.

Der Junge drehte sich zu seiner Partnerin um. »Gib mir einen Egel.«

Das Mädchen öffnete einen Behälter mit Löchern, der an ihrem Gürtel befestigt war, und zog etwas heraus, das aussah wie eine schwarz glänzende Nacktschnecke mit mehreren Saugrüsseln an der Unterseite.

»Awww! Wer bist du denn?«, rief ich entzückt. Ich liebte Tiere, egal wie klein oder groß, egal wie giftig oder kuschelig.

Unfug leider auch …

Gerade als die Alchemisten mir das Schneckchen auf den Arm legen wollten, sprang er auf die Bank und schnappte es. Mit einem Satz war es heruntergeschlungen.

»Was zum …?« Die beiden Alchemisten starrten entsetzt auf den Waschbären, der zufrieden rülpste.

»Tut mir leid. Ich hoffe, ihr gehört nicht zu den Leuten, die Haustiere als Familienmitglieder betrachten.«

Offenbar schon, denn sie nahmen diese Angelegenheit sehr persönlich.

Der Junge packte Unfug am Nacken und hob den sich windenden Waschbären hoch, während das Mädchen einen Beutel von ihrem Gürtel zog. Sie schüttelte den Sack, woraufhin er auf das Fünffache seiner Größe anwuchs. Kurzerhand stopfte der Junge Unfug hinein und zog den Verschluss zu.

»Tier gesichert.«

»Hey! Was soll das? Lasst ihn los!« Ich versuchte ihnen den Beutel zu entwenden, aber der Junge trat mir in den Weg.

»Dein Begleiter hat sich einer alchemistischen Maßnahme widersetzt und alchemistisches Eigentum gestohlen.«

»Er hat eine Nacktschnecke gegessen.«

»Einen Fluchegel, der Eigentum des alchemistischen Ordens war.«

»Aber er meinte es nicht böse. Er ist einfach sehr gefräßig.«

»Wir werden ihn mitnehmen.«

»Ganz sicher nicht.« Ich ballte meine Hände, bereit Unfugs Freiheit zu erkämpfen.

In dem Moment legte der Junge mir eine Hand unters Kinn und sah mir tief in die Augen. »Und du kommst ebenfalls mit.«

Aufgebracht wollte ich seine Hand wegschlagen, aber meine Arme hingen nutzlos an der Seite.

Seine Augen …

Sie waren so … *gelb*!

Gelb wie ein reifer Maiskolben. Gelb wie eine Quietscheente. Gelb wie ein New Yorker Taxi. Gelb wie …

»Wir werden dich jetzt testen. Setz dich und hör auf, dich zu wehren.« Seine Stimme war weit entfernt und doch nahm sie mein gesamtes Denken ein. Genau wie seine Augen.

Gelb wie Butterkäse. Gelb wie ein Kanarienvogel. Gelb wie …

Ich sank zurück auf die Bank. Mein Körper fühlte sich so schwer an. Ich kämpfte gegen die Müdigkeit in meinen Gliedern an, ebenso wie gegen das plötzliche Wattegefühl in meinem Kopf.

»Hör auf, dich zu wehren.«

Ich nickte.

Wie in Trance beobachtete ich, wie sie mir eine weitere Schnecke auf den Arm setzten. Mit ihren Fühlern tastete sie meine Haut ab.

Gelb wie eine Banane. Gelb wie Zitronenkuchen. Gelb wie …

Plötzlich begann die Stelle, wo die Kleine saß, zu brennen.

»Au!« Das Gelb in meinem Kopf lichtete sich ein wenig. Ich blinzelte und starrte entsetzt auf das Tier, das seine schwarze Farbe verlor und sich am Kopf beginnend violett färbte.

»Beim Fluche!«, entfuhr es dem Jungen. In diesem Moment krampfte sich die Schnecke zusammen und fiel von meinem Arm. Leblos blieb sie auf dem Boden liegen.

»Tut mir leid. Hab ich noch ein Haustier getötet?«, fragte ich benommen.

Gelb wie ein Mango-Smoothie ...

»Das kann doch nicht sein.« Die beiden beugten sich über die leblose Schnecke. »Das Blut hat sie getötet. Das bedeutet ...«

Die beiden Alchemisten starrten sich an. Dann griff der Junge zu seinem Funkgerät. »Hallo? Zentrale? Hier spricht Gerrit Javelin. Wir brauchen Verstärkung. Code: Wild Witch.«

Gelb wie eine ... Wild Witch?

Ich blinzelte.

»Allem Anschein nach Stufe drei. Ihr Blut hat den Fluchegel getötet.«

Eine Hexe ...

»Wir werden sie in Schach halten, bis Verstärkung eintrifft.«

Verstärkung ...

Unfug bellte in Panik und lenkte meine Aufmerksamkeit auf sich. Vergeblich versuchte er sich zu befreien, aber der Stoff des Beutels gab nicht nach.

Ich schüttelte den Kopf, bis jede Spur von Gelb verschwand. Die Schwere verließ meine Gedanken und ich spürte, wie meine Kräfte zurückkehrten.

Los, Echoline! Beweg dich.

Keuchend stolperte ich nach vorne, aber meine Beine verhakten sich und ich schlug mit den Knien voran auf dem grauen Asphalt auf.

»Vorsicht! Sie kommt zu sich«, warnte das Mädchen.

Der Junge packte erneut mein Kinn und zwang mich, in seine Augen zu sehen.

Gelb wie Post-it-Kärtchen. Gelb wie die Mitte vom Ei ...

»Wir werden dich und deinen Waschbären mitnehmen, damit ihr eurer gerechten Strafe zugeführt werdet«, versprach er.

»Strafe?«

Mein Blick wanderte zum Himmel. Ich versuchte mich an seinem Blau festzuhalten und die aufkommende Taubheit beiseitezuwischen. Ich durfte dem Gelb nicht nachgeben. Dann würden sie mich mitnehmen. Mich und Unfug ...

»Was ... was werdet ihr mit uns anstellen?«

»Dafür sorgen, dass du nie wieder Tageslicht siehst. Du kommst in eine Zelle, bis du keine Gefahr mehr bist.«

»Zelle?«

Panik stieg in mir auf. Ich spürte, wie sich mein Herzschlag beschleunigte. Das Blut rauschte durch meinen Körper, füllte mein gesamtes Wesen aus.

Bumm. Bumm.

Und wie immer, wenn mich die Angst überrannte, schwoll etwas hinter meinem Brustbein an. Ich kannte den Druck nur zu gut. Es war wie bei einem Teekessel, der kurz vorm Explodieren stand.

Mein Chaos-Gen.

»Bitte. Lasst uns einfach in Ruhe«, flehte ich, während ich versuchte mich auf den kalten Asphalt unter meinen Händen zu konzentrieren.

»In Ruhe lassen?« Der Junge lachte und zerrte mich hoch. »Ganz sicher nicht.«

»Nein. Bitte. Ich will euch nicht wehtun.«

»Keine Sorge. Dazu lassen wir es nicht kommen.« Er verdrehte mir mithilfe des Mädchens die Arme hinter dem Rücken.

»Nein!« Ich versuchte mich zu befreien, aber sie packten nur noch stärker zu.

Ein Kribbeln jagte mir bis in die Fingerspitzen und ich spürte, wie sich die Luft um mich herum verdichtete und elektrisch auflud. Schauder fuhren mir wie Blitze durch den Körper. Kalter Wind zog an meinen Haaren.

»Was ist das?«, rief der Junge entsetzt und sprang zurück, als hätte er sich an mir verbrannt.

»Magie«, keuchte das Mädchen und nestelte an dem Gürtel. »Sie will ihre Magie einsetzen.«

Magie?

War es das, was meine angeblichen Aggressionsprobleme in Wirklichkeit waren?

»Halte sie auf.« Beide sprangen vor, aber dieses Mal versuchte ich den Druck nicht länger zurückzudrängen. Wie ein lang ersehntes Niesen brach er aus mir heraus. Die beiden Alchemisten wurden von einer Sturmböe gegen das Haltestellenhäuschen gepresst, aber das war nicht alles.

Ein eisiger Wind zog aus dem Nichts auf. Er peitschte durch die Straße und zerrte an den Bäumen. Mülltonnen und ihr Inhalt wirbelten durch die Luft.

Ich sah zum Himmel, der eben noch strahlend blau gewesen war. Nun schoben sich dichte Wolken vor die Sonne. Dicke Regentropfen klatschten auf den Asphalt. Sie wuschen die Farben beiseite und tauchten die Welt in Grau. In der Ferne grollte ein tiefer Donner wie die Ankündigung für etwas Grauenvolles.

»Wir müssen sie stoppen!«, rief das Mädchen gegen den Sturm an. Sie zückte einen Dolch und richtete ihn auf mich, aber im selben Moment wurde er ihr aus der Hand gerissen. »Gerrit! Schnell!«

Eine Sekunde später wurde auch sie von einer Böe ergriffen und die Straße hinuntergewirbelt. Ich sah, wie sie verzweifelt nach einem Laternenmast griff, um sich festzuhalten.

»Na warte!« Der Junge mit den Schlangenaugen hechtete auf mich zu, aber ich riss meinen Arm hoch. Sofort wurde er von dem Sturm hinfortgezerrt. Er rollte über die Straße, die Hände schützend erhoben, während der Sturm weiter anschwoll.

Es war nicht nur ein Naturspektakel. Es war mein Innerstes, das Gestalt angenommen hatte. All die Angst, all die Panik tobten um mich herum.

Der Wind heulte wie ein wildes Tier und riss alles mit sich, was ihm in den Weg kam. Ich spürte, wie die Häuser zitterten und knackten, als ob sie jeden Moment zusammenbrechen würde. Dachpfannen flogen durch die Luft, Bäume wurden stöhnend aus der Erde gehoben. Plötzlich fühlte ich mich wie ein winziger Punkt in einem riesigen Chaos.

Unfug stieß ein verängstigtes Jaulen aus. Ich schnappte mir den Beutel und riss ihn auf. Erleichtert sprang der Waschbär in meine Arme und presste sein Gesicht an mich.

»Alles gut.« Beruhigend kraulte ich ihn hinter den Ohren. »Ich lass dich nicht los, hörst du?«

Während jenseits des Bushäuschens die Welt unterzugehen schien, war es hier vollkommen windstill.

Ich hob den Kopf und sah, wie der Himmel über mir noch blau war, ein winziger blauer Fleck in einem aufgewühlten Wolkenmeer. Wir befanden uns im Zentrum des Sturmes.

Eines Sturms, den ich gerufen hatte.

II
Einmal Hexe, Immer Hexe

Adelina Lighttower

Ich beschloss mir im *Little Coffington* einen Lavendel-Latte zu holen.
Kleine Glöckchen kündigten meine Ankunft an. Als ich eintrat, verstummten die Gespräche schlagartig und die anderen Gäste drehten sich zu mir um.
Verflixt!
Vermutlich war es keine gute Idee, herzukommen und eine Lederjacke mit der Aufschrift »True Queen« zu tragen.
Allerdings wäre ich nicht Adelina, wenn ich klein beigeben würde. Also drückte ich die Schultern durch und ging zum Tresen. Hier stand Natalie Cuisine, die das Café mit ihrer Frau leitete. Beide waren den Hexenbräuchen vor allem durch Gewürze und Pflanzen verbunden und glaubten an mich und die Prophezeiung. Jetzt sah mich Natalie mit einer unerträglichen Mischung aus Neugierde und Mitleid an.

»Hey Adelina, willst du das Übliche oder lieber etwas, um die Nerven zu beruhigen?«

»Einen Lavendel-Latte, wie immer.«

Sie nickte und machte sich an die Arbeit. Währenddessen bemerkte ich eine Gruppe Jugendlicher in meinem Alter, die mich beobachteten. Ich kannte sie nicht gut, denn während die meisten aus Little Witchington auf die örtliche Highschool gingen, hatte ich als Auserwählte Privatunterricht mit den besten Lehrern genossen. Tante Corentine hielt nichts davon, dass die Junghexen von heute mit Menschen unterrichtet wurden. Das sorgte dafür, dass unsere Kultur und die Prophezeiung immer mehr in den Hintergrund rückten, aber ich war froh, das Thema Schule übersprungen zu haben. Ich hatte vermutlich nichts verpasst. Nur jede Menge Teeniedrama und Existenzkrisen.

Die Gruppe beugte sich kichernd über ihre Handys und einige begannen zu tuscheln. »Hätte sie sich mal lieber nicht für was Besseres gehalten.«

»Ich hab eh nie an die Prophezeiung geglaubt. Wer hat die überhaupt gemacht?«

Die anderen zuckten mit den Schultern.

Das passierte, wenn junge Hexen auf öffentliche Schulen für Menschen gingen. Sie verblödeten. Ich biss mir auf die Zunge, um ihnen keinen Vortrag über die Prophezeiung zu halten, mit der sie sich offenbar nie länger als zwei Sekunden beschäftigt hatten.

»Hier ist dein Lavendel-Latte«, sagte in diesem Moment Natalie. Neben dem Kaffeebecher lag noch eine Tüte. Sie zwinkerte. »Geht aufs Haus. Eierkuchen.«

Ich lugte in die Papiertüte und entdeckte vier halbe Eierschalen, die mit Kuchenteig gefüllt waren. Sie waren Süßigkeit und Kunstwerk in einem. Die Bäckerin hatte den Teig in die zarten Schalen gefüllt und dann gebacken. Eierkuchen gab es in unterschiedlichen Geschmacksrichtungen. Von Zitrone und Vanille bis hin zu Schokolade.

»Danke.« Ich legte ihr das Geld auf den Tresen und wollte gehen, da stellte sich mir einer der Jungs in den Weg.

»Hey, du bist doch Adelina Lighttower.«

»Nein, ich bin der Weihnachtsmann. Hab nur meinen Bart vergessen.«

Kurz hatte ich ihn damit aus der Fassung gebracht. »Was?«

»Ja, ich bin Adelina Lighttower. Was kann ich für dich tun?«

Die Verwirrung wich einem fiesen Grinsen. »Ich dachte, du wärst eine Königin. Wo ist deine Krone?«

»Die Krone der Hexen wurde vor dreihundertfünfzig Jahren von den Alchemisten gestohlen. Meine Aufgabe als Auserwählte wäre es gewesen, sie zurückzuholen. Darum nehme ich an, dass sich die Krone derzeit auf Silverfort befindet. Mein Tipp an euch: Ihr solltet wirklich etwas Hexengeschichte nachholen.«

»Ich lass mir doch nichts von einem Blitzableiter sagen.«

»Gut. Andernfalls würde ich mir auch Gedanken machen.« Ich nahm meinen Latte und ließ ihn stehen. Schnurstracks verließ ich das Café und eilte zurück auf die Straße.

Wohin jetzt?

Bisher hatte ich kein wirkliches Ziel gehabt. Ich hatte bloß weggewollt. Weg von meinem Zuhause, in dem nichts mehr war, wie es sein sollte.

Ich brauchte Zeit zum Nachdenken. Irgendwo, wo ich allein war.

Kurz entschlossen eilte ich in den Botanischen Garten. Hier gab es ein Gewächshaus, in dem meistens nicht viel los war. Zwischen piksenden Kakteen und Palmen ließ ich mich nieder. Ich hatte keinen grünen Daumen, aber ich mochte diesen Ort. Er hatte mir schon öfter Zuflucht gewährt, wenn ich eine Auszeit von meinen Pflichten als Auserwählte gebraucht hatte.

Seufzend holte ich die Tüte mit Eierkuchen heraus und pulte den ersten aus der Schale.

»Hübsche Jacke, Sophie Smith.«

Ich fuhr herum und entdeckte Tristan, der lässig an einem Pflanzenkasten lehnte und mich beobachtete.

Obwohl es ein warmer Tag werden würde und die Temperatur im Kakteenhaus jetzt schon hoch war, trug er seine schwarze Uniform. An seinem Gürtel klimperten Behälter mit alchemistischem Pulver und Werkzeuge. Auch den Medusenspiegel konnte ich erkennen.

Tristan fuhr sich lässig durch sein dunkles Haar, das sich an den Spitzen lockte. Er tat das in einer fließenden, beinahe Slow-Motion-würdigen Bewegung und ich hoffte, dass er nicht versuchte mich damit zu beeindrucken. Das würde nicht funktionieren.

Na gut.

Vielleicht ein kleines bisschen.

Ich hob meine Augenbraue. »Stalkst du mich?«

»Ich wollte sehen, wie es dir geht.« Er zuckte die Schultern, so als wäre es das Normalste der Welt. Dabei stand so viel zwischen uns.

»Ein Blackheart, der nach einer Lighttower sieht?«

Er ließ sich ebenfalls auf den Boden sinken und saß mir nun schräg gegenüber. »Du meinst die Sache mit unseren Onkeln.«

Es war ein dunkler Fleck in der Geschichte unserer Familien. Ein Streit, bei dem erst Thorns Bruder Theo und schließlich Corentines Bruder Robin starben.

»Wir sind nicht unsere Familien.«

»Nein, aber ich bin eine Hexe und du gehörst zu unseren Unterdrückern.«

»Technisch gesehen bist du ein Mensch. Es ist also meine Pflicht, dich zu schützen.«

»Vor der Magie muss man niemanden beschützen.«

Er presste die Lippen aufeinander. »Erzähl das den Londonern, die beim Großen Brand ums Leben kamen. Wir stellen sicher, dass sich das, was unter Rita dem Drachen passiert ist, nie mehr wiederholt.«

»*Eine* Hexe schlägt über die Stränge und ihr schert gleich alle über einen Kamm.«

»Über die Stränge schlagen? Sie hat fast ganz London abgefackelt.«

»Feuerhexen sind sehr temperamentvoll ...«

»Du weißt genau, dass sie nicht die einzige war. Es gab viele Vorfälle, bei denen Menschen ihr Leben verloren.«

»Und Vorfälle, bei denen Hexen öffentlich verbrannt wurden.« Ich hatte keine Lust und keine Kraft, mit ihm zu diskutieren. Also stand ich auf, um zu gehen. Er war jedoch hartnäckig und folgte mir.

»Kakteen also? Sie überleben an Orten, an denen es sonst keiner schafft. Magst du sie deshalb so gerne?«

»Wer hat gesagt, dass ich sie mag? Vielleicht werfe ich sie einfach gerne nach aufdringlichen Alchemisten?«

Er lachte auf, als hätte ich einen Scherz gemacht. Auch wenn ich nicht alles immer ernst meinte, ihm einen Kaktus ins Gesicht zu drücken zog ich durchaus in Betracht.

»Adelina. Ich kann dir helfen.«

»Ich brauche keine Hilfe.«

Er legte den Kopf schief. »Du wirst niemals die Königin der Hexen werden. Das ist dir klar, oder?«

Mein Brustkorb zog sich zusammen und ich bekam kaum Luft. Tristan kannte noch nicht die ganze Wahrheit. Was er nicht wusste, war, dass alles viel schlimmer war. Dass tatsächlich eine Lighttower den Thron besteigen würde, aber eben nicht ich.

»Ob mit oder ohne Magie – ich finde einen Weg.«

»Glaubst du immer noch an die Prophezeiung?«

»Du etwa nicht?«

»Nein, aber das heißt natürlich nicht, dass wir nicht die Augen offen halten.«

»Ist es das, was du von mir willst?« Ich blieb stehen und drehte mich zu ihm um. »Dass ich mich für dich umsehe, falls da draußen doch eine wilde Hexe ist, die euch gefährlich werden kann?«

»Na ja, ich ...«

»Weißt du was? Ich mach es.«

»Ach ja?«

»Natürlich. Wenn wir die wahre Königin finden, werde ich dich anrufen. Alles, was ich will, sind fünfzigtausend Pfund auf mein Konto. Danke schön.«

»Fünfzigtausend?«

»Gibt es dabei ein Problem?«

»Das ist viel Geld. Wofür brauchst du so viel?«

»Für meinen Palast.« Ich nippte an meinem Kaffee, ohne ihn aus den Augen zu lassen. Er sah verwirrt aus.

»Meinst du das ernst?«

»Natürlich nicht. Was glaubst du denn? Dass ich zur bösen Königin werde und meine Leute für Geld an euch verrate?«

»Es sind nicht mehr deine Leute.«

Wütend trat ich auf ihn zu. »Hör mal, Blackheart, es ist wichtig, dass du eins verstehst: Ich werde meinen Zirkel nicht verraten, und wenn ich ein Problem mit einer anderen Hexe habe, löse ich das selbst. Also hör auf mir schöne Augen zu machen.«

»Schöne Augen?« Er blinzelte.

»Wenn du mich jetzt entschuldigen würdest, ich will mich selbst bemitleiden und meinen Eierkuchen essen.«

Ich ließ Tristan links liegen. Allerdings befanden sich in der

Papiertüte nicht mehr nur die Leckereien aus dem *Little Coffington*, sondern auch das Medusenauge. Bis er bemerken würde, dass er erneut bestohlen worden war, wäre ich längst über alle Berge.

»Hexe! Wo ist mein Spiegel?«

Oh verflixt!

Ich beschleunigte mein Tempo, konnte aber schon hören, wie er die Verfolgung aufgenommen hatte. Fluchend nestelte er an seinem Gürtel, vermutlich um nach diesem blöden Spinnennetzgeschoss zu suchen.

Ich stieß die Tür zum Gewächshaus auf und stürmte hinaus, als ich entsetzt bemerkte, wie sich der Himmel verdüsterte. Gerade noch war es windstill gewesen. Jetzt zogen von allen Seiten dunkle Wolken auf und sammelten sich nicht weit von hier. Ich spürte, wie sich die Luft elektrisch auflud. Die Spannung sorgte dafür, dass sich die Härchen auf meinem Arm aufstellten. Hier war definitiv etwas Außergewöhnliches im Spiel.

Magie!

Ich bremste abrupt ab. Sekunden später kam Tristan neben mir zum Stehen, aber er interessierte sich nicht länger für das Medusenauge. Auch sein Blick galt dem Himmel, an dem der größte Sturm aufzog, den ich je gesehen hatte.

»Ich glaub, ich hab deine wilde Hexe gefunden. Soll ich dir meine Kontonummer geben oder zahlst du bar?«

Lautes Donnern ließ uns zusammenfahren.

Blitze zuckten zwischen den Wolken, die sich rasend schnell zu einem Strudel formten, und das Heulen des Windes schwoll zu einem ohrenbetäubenden Tosen an.

Tristan ergriff meine Hand und zog mich zurück ins Treibhaus.

»Wir müssen hier weg!«, rief er über den Lärm hinweg.

»Auf keinen Fall. Genau da muss ich hin.«

Auch wenn ich es noch nie mit eigenen Augen gesehen hatte, war mehr als deutlich, was das war.

Die Sturmmagie der Lighttowers.

Ich wollte losrennen, aber Tristan hielt mich zurück. »Warte, du Sturkopf.«

In diesem Moment krachte ein Ast auf den Weg, genau an die Stelle, an der ich kurz zuvor noch gestanden hatte.

Verflixt und verflucht!

Der hätte mich erschlagen können! Ich starrte auf den Ast und der Geschmack von Angst breitete sich in meinem Mund aus.

»Komm!« Tristan zog mich zum Gewächshaus. Der Wind zerrte an uns. Widerwillig klammerte ich mich an den Alchemisten, während Gestrüpp und Pflanzen aus der Erde gerissen wurden und an uns vorbeiflogen.

Es dauerte eine Ewigkeit, bis wir unser Ziel erreichten und ins Innere stolperten. Als Tristan die Tür zudrückte, wurde es schlagartig still und das Heulen in meinen Ohren ließ nach.

Ich sank erleichtert auf die Knie. Tristan kauerte neben mir. Das dichte Haar stand ihm in alle Richtungen und ein roter Striemen zog sich über seine Wange, aber irgendwie wirkte er dadurch nur noch verwegener.

»Alles klar?«, keuchte er schwer atmend.

»Ja. Und nur fürs Protokoll. Ich wäre auch allein …« In diesem Moment erschütterte ein gewaltiges Krachen das Treibhaus. Glas zersplitterte und Scherben regneten auf uns herunter. Schnell hob ich meine Arme über den Kopf und rollte mich zusammen. Ich erwartete das Schlimmste, aber Tristan warf sich schützend über mich. Wir waren einander so nah, dass ich sein Herz schlagen hörte und seinen Atem in meinem Nacken spürte.

Als der Scherbenregen aufgehört hatte, blinzelte ich vorsichtig.

Sein Gesicht war schmerzverzerrt, aber er hatte sich keinen Millimeter bewegt.

»Was machst du da?«

»Ich pass auf dich auf …«

Wollte der verdammte Kerl etwa den Helden spielen? »Nur fürs Protokoll …«

»Du kommst auch alleine klar«, sagte er mit gequältem Grinsen. »Ich weiß.«

»Ich wollte eigentlich sagen: Ich bin nach wie vor eine Hexe. Blut hin oder her. Ich hoffe, dein alchemistischer Stolz kann damit leben, dass du eine gerettet hast.«

Seine dunklen Augen weiteten sich. Dann lächelte er, wobei weiche Grübchen entstanden. »Ich hoffe, dein Stolz kann damit leben, soeben von einem Alchemisten gerettet worden zu sein.«

TEIL 2
VERLOREN UND VERRATEN

12
Rettung aus der Erde

Echoline Everglade

Oh nein!
 Nicht schon wieder.
 Ich klammerte mich an Unfug. Zusammen kauerten wir auf dem Boden des Bushäuschens. Ich hatte die Augen geschlossen und konzentrierte mich ausschließlich auf meinen eigenen heftigen Herzschlag.
 Erst als mir der Waschbär in den Unterarm biss, wagte ich zu blinzeln und die Realität brach in meine kleine Blase ein und brachte sie zum Platzen.
 Um uns herum herrschte das schlimmste Chaos, das ich je angerichtet hatte.
 Verwüstete Gärten, zerstörte Häuser und umgekippte Autos. Ausgerissene Bäume blockierten die Straße. Es roch nach verbranntem Gummi und Rauch sammelte sich über der Straße.
 Ich konnte die zwei Alchemisten nicht mehr sehen, hörte aber

in der Nähe Stöhnen und Wimmern. Weiter in der Ferne rief jemand um Hilfe.

Das war meine Schuld, schoss es mir durch den Kopf. *Dieses schreckliche Unglück, das war ich. Ich hatte all diese Zerstörung angerichtet und schlimmer noch ... Ich hatte Leute verletzt.*

Mit zittrigen Beinen erhob ich mich und stolperte ein paar Schritte hinaus auf die Straße.

Was sollte ich tun?

Ich zog mein Handy aus der Hosentasche und tat das, was Ms Murphy mir beigebracht hatte. Ich wählte die Notrufnummer.

»Hallo. Was ist Ihr Notfall?«

»Es gab ein Unglück ... in Little Witchington. Die ...« Neben mir auf dem Boden entdeckte ich ein Schild mit dem Straßennamen. »Die Eisenhutgasse ist von entwurzelten Bäumen blockiert. Ich höre Hilferufe und Stöhnen. Ich glaub, es gibt Verletzte. Und ich sehe Rauch.«

»Wir bekommen einige Notrufe aus der Gegend. Hilfe ist unterwegs. Wie ist denn Ihr Name?«

Mein Name ... Den sollte ich lieber nicht verraten, nachher wollten sie noch meine Zeugenaussage hören, und was sollte ich da sagen? Dass ich einen Sturm entfacht hatte?

»Kommen Sie einfach schnell. Hier brauchen viele Menschen Hilfe.«

Bevor er mehr fragen konnte, legte ich auf.

So schlimm hatte mein Chaos-Gen noch nie gewütet. Nicht mal im Ansatz. Es hatte Schubladen aufgerissen und Schränke leer geräumt, aber das hier. Das war eine ganz andere Hausnummer.

Wieder hörte ich ein Wimmern. Mit wackeligen Knien folgte ich dem Geräusch zu einem herabgestürzten Baumstamm und erstarrte. Unter Zweigen und Blättern lugten Beine hervor. Mit angehaltenem Atem stolperte ich um den Baum herum und fand den

Rest. Es war der Alchemist mit den Schlangenaugen, der eingeklemmt war. Sein Gesicht war schmerzverzerrt und er versuchte sich unter dem Stamm hervorzuwinden.

Als er mich sah, füllte Panik seinen Blick. »Verschwinde, Hexe!«

»Tut mir leid«, murmelte ich und bemühte mich den Baum anzuheben. Keine Chance. Er bewegte sich keinen Millimeter.

»Lass mich!«

»Das wollte ich nicht …«

In diesem Moment hörte ich Motorengeräusche und sah in den Himmel. Dort entdeckte ich nicht die üblichen Polizei- oder Rettungshubschrauber, sondern eine schwarze Maschine mit zwei gleich großen Propellern, direkt hintereinander, die über dem Ort kreiste.

»Sie sind auf der Suche nach dir«, flüsterte der Alchemist zufrieden und schloss die Augen. »Sie werden dich kriegen, Hexe.«

Ich versuchte ihn zu beruhigen, aber egal was ich tat, er drehte sich von mir weg.

Schließlich zwackte Unfug mir in die Seite. Der Helikopter war bereits gefährlich nahe, aber ich rührte mich nicht. Wenn man Mist gebaut hatte, musste man dafür geradestehen, sagte Ms Murphy immer.

Unfug jaulte verzweifelt.

»Du solltest gehen. Bring dich in Sicherheit«, flüsterte ich. »Aber ich muss mich stellen. Sieh doch, was ich angerichtet habe. Ich bin gefährlich.«

Tränen stiegen mir in die Augen und der bloße Anblick der Verwüstung sorgte dafür, dass sich meine Kehle zuschnürte. Erneut biss mich Unfug ins Bein, um mir zu sagen, dass er anderer Meinung war.

»Ms Murphy wird dich füttern, bis ich wiederkomme. Sie tut immer so harsch, aber eigentlich liebt sie dich.«

Plötzlich bewegte sich nicht weit von mir ein Gullydeckel, der halb von einem herabgestürzten Ast bedeckt war. Er drehte sich und wurde nach oben gestoßen.

Ein schrumpeliges Gesicht mit langen Ohren und runden, glühenden Knopfaugen lehnte sich über den Rand. Es folgten Krallen, die an einen Maulwurf erinnerten. Das Wesen sah nicht menschlich aus, sondern erinnerte mehr an einen kleinen Kobold, wie ich sie aus Büchern kannte, allerdings war es nackt. Nur einige Stellen des Körpers waren mit dunklem Fell bewachsen. Der Rest war mit Erde bedeckt und um seinen Hals trug es eine Kette aus Wurzeln.

»Nobs hat das Mädchen gefunden«, verkündete es und entblößte gelbe, spitze Zähne.

Daraufhin steckte eine Frau ihren Kopf aus der Kanalisation. Eine Kapuze verdeckte den Großteil ihres Gesichts. Der Rest ihrer Kleidung war blaugrau und praktisch gehalten. Als ihr Blick mich fand, verzogen sich die rot bemalten Lippen zu einem Grinsen.

»Bist du die Hexe, die das hier zu verantworten hat?«

Ich schniefte und nickte.

»Wie heißt du?«

»Echoline ... Echoline Everglade.« Meine Stimme war kaum mehr als ein Piepsen.

»Wir haben dich gesucht, Echoline. Komm schnell. Wir bringen dich in Sicherheit.«

Ich zögerte. Mein Blick wanderte erneut zu dem Verletzten.

»Was ist mit ihm?«

»Er ist ein Alchemist«, sagte die Frau und aus ihrem Mund klang es wie ein Fluch. »Lass ihn liegen.«

»Aber ...«

»Seine Leute sitzen in diesem Alchikopter. Sie werden sich um ihn kümmern, aber dich dürfen sie nicht in die Finger bekommen.«

»Ich bin ein Monster.«

»Nein. Du bist eine Hexe.« Auf ihren Lippen bildete sich ein wildes Lächeln und ihre Brust schwoll vor Stolz an. »Die vielleicht mächtigste Hexe der Welt und unsere einzige Hoffnung.«

»Dann, fürchte ich, ist die Welt dem Untergang geweiht. Alles, was ich kann, ist Chaos.«

Die Augen der Frau funkelten, als sie mir die Hand entgegenstreckte. »Und Chaos ist genau das, was wir brauchen.«

Ein Windstoß erfasste mich, als der Helikopter mit den zwei Propellern über unseren Köpfen hinwegsauste. Er erinnerte mich daran, dass ich mich entscheiden musste.

»Schnell!«, drängte die Unbekannte. »Wir können dir helfen deine Macht zu verstehen. Sie wollen dich bloß zerstören.«

Ja.

Das hatte der Junge mit den Schlangenaugen auch angedeutet. Ich stopfte Unfug in meinen Rucksack und sprintete los. Etwas, das aussah wie ein Ball, schlug neben mir ein und entfaltete sich zu einem Netz, das mich um Millimeter verpasste.

Die Frau ergriff meine Hand und zog mich in den Schutz des umgestürzten Baumes. Eine Leiter führte hinab und ich folgte ihr, bis meine Schuhe in muffig riechendem, dunklem Wasser versanken.

Das runzelige Wesen verschloss den Deckel über uns, sodass nur noch einzelne dünne Lichtstrahlen hinabfielen. Sie reichten aus, um zu erkennen, dass wir in der Falle saßen. Hier unten war nicht mehr als ein kleiner Raum. Dann kletterte der Kobold in Seelenruhe zu uns herunter.

»Worauf wartest du, Erdskrat?«, verlangte die Frau. »Bring uns hier raus.«

»Nobs wartet auf seine Bezahlung.« Seine glühenden Augen jagten mir einen Schauder über den Rücken.

»Das kann doch nicht dein Ernst sein.«

»Nobs arbeitet nicht umsonst. Keine Ausnahmen.«

In dem Moment hörten wir Schritte von oben. Jemand blieb in der Nähe unseres Versteckes stehen und rief: »Sie muss hier sein! Nehmt alles auseinander. Sie darf nicht entkommen.«

»Ihr solltet euch beeilen mit der Bezahlung«, flüsterte das Wesen und rieb sich die Finger. »Sonst ist es zu spät.«

»Ich habe bereits bezahlt«, knurrte die Frau.

Das Wesen nickte mit seinem runzeligen Kopf. Dann hob es seinen dünnen Arm und ein knochiger Finger zeigte auf mich. »Aber sie nicht.«

Seine Stimme klang wie das Knacken von Zweigen.

»Ich ... ähm ... ich habe nur fünf Pfund bei mir.«

»Nobs will kein Geld. Nobs will Geheimnisse. Je schmutziger, desto besser.«

»Geheimnisse?«

Die Unbekannte seufzte. »Dieser garstige Skrat lebt von Klatsch und Tratsch. Du musst ihm etwas verraten, das seine Neugierde stillt.«

»So etwas wie ›Ich dreh meine Socken auf links und trag sie zwei Tage hintereinander‹? Das ist ziemlich schmutzig.«

Die Stirnfalten des Wesens wurden tiefer. »Ein Skrat weiß immer, ob jemand lügt, und zu Nobs Entsetzen sagst du die Wahrheit.«

»Nun ja. Ich habe sechs Sockenpaare und im Heim wird nur einmal in der Woche gewaschen. Also ja. Ich trage ein Paar doppelt.«

»Zählt das als Geheimnis?«, drängte die Frau mit Blick nach oben. Im selben Moment machte sich jemand an dem Deckel zu schaffen.

Das Licht einer Taschenlampe drang durch die kleinen Löcher

und ich drückte mich an die feuchte Wand, den Rucksack mit Unfug fest an mich gedrückt.

Nobs seufzte. »Du bist die langweiligste Hexe, mit der Nobs je Geschäfte gemacht hat. Aber ja. Nobs akzeptiert dieses klägliche Geheimnis. Fürs Erste.«

Er humpelte auf die Wand zu und presste seine Hand auf die feuchten Steine. Seine Maulwurfskrallen fuhren über die Oberfläche. Plötzlich rumpelte und grollte es, als die Steine verschwanden und einen versteckten Eingang preisgaben.

Dahinter lag ein Tunnel, in den der Skrat uns führte. Kaum waren wir hindurch, legte er seine Krallen erneut auf die Wand. Das Loch schloss sich wieder, gerade rechtzeitig, als der Gullydeckel zur Seite geschoben wurde.

Der Gang, der sich vor uns erstreckte, war so klein, dass wir nur gebückt stehen konnten, und die Wände so eng, dass sie auf beiden Seiten meine Schultern berührten. Wurzeln hingen von der Decke herab und erschwerten das Vorankommen.

Ich blieb wie erstarrt stehen.

»Wir müssen weiter«, flüsterte die Frau und leuchtete mit ihrer Taschenlampe auf den Weg vor uns. Er endete abrupt nach wenigen Metern. Wo sollten wir denn hin? Das hier war eine Sackgasse.

Der Skrat ging unbeeindruckt weiter und während er sich dem Ende des Tunnels näherte, wich dieses vor ihm zurück. Ebenso wie die Wurzeln.

»Ich ... kann nicht ...«, stotterte ich.

Die Wände schienen sich immer enger um mich zu schließen. Wie eine Faust, die langsam zudrückte. Während die Wurzeln respektvoll vor dem Skrat zurückwichen, als wäre er der Herrscher des Erdreichs, schienen sie mich als ihren Todfeind anzusehen.

Plötzlich fühlte sich der Fluchtweg wie ein Grab an.

Ich konnte meinen eigenen Herzschlag in den Ohren hören. Jeder Atemzug fiel mir schwer und ich setzte mich auf den Boden.

»Oh. Ich verstehe«, murmelte die Frau. »Du hast Angst.«

Der Skrat hatte weniger Verständnis. »Beeilt euch! Nobs wartet nicht. Wer verloren geht, geht verloren und wird für immer von der Erde verschluckt.«

Er setzte seinen Weg fort, während sich die Frau zu mir herunterbeugte. Ihr Blick wurde weich, als sie mir beruhigend eine Hand auf die Schulter legte. »Du hast Angst vor engen Räumen, oder?«

Ich nickte.

»Das ist bei den Sturmhexen weit verbreitet. Niemand, der mit dem Element Luft verbunden ist, fühlt sich in einem engen Tunnel unter der Erde wohl, aber es gibt keinen anderen Weg.« Sie klopfte mir aufmunternd auf die Schulter. »Konzentriere dich auf deine Atmung. Mache einen Schritt nach dem anderen. Und sieh nicht nach links und rechts. Du schaffst das.«

Dann folgte sie dem Skrat, der in der Dunkelheit verschwand. Alles, was ich hörte, war das Kratzen seiner Krallen auf dem Boden.

Ich starrte auf die Wurzeln und hatte das Gefühl, sie wollten nach mir greifen. Unfug zwackte mir in die Hand. Dann kletterte er aus seinem Rucksack, den ich immer noch an mich presste, und ging vor. Nach ein paar Schritten drehte er sich zu mir um.

Er hatte recht.

Mein schlimmster Albtraum wäre es, hier vergessen zu werden. In einem Labyrinth weit unter der Erde. Ich musste mich also zusammenreißen und die Angst, die mich lähmte, abschütteln. Vorsichtig ließ ich mich nach vorne auf alle viere fallen. Unfugs Schwanz streifte aufmunternd über mein Gesicht. Dann setzte er sich in Bewegung und ich folgte ihm krabbelnd.

Vergiss die Wände, die deine Schulter streifen. Vergiss die Decke, die einstürzen könnte. Und die Wurzeln, die dich verschlingen wollen.

Einatmen. Ausatmen.

Die Reise durch den engen Tunnel dauerte eine gefühlte Ewigkeit. Ich verlor jedes Zeitgefühl. Alles, worauf ich mich konzentrierte, war die Atmung und Unfugs buschiger Schwanz, der von einer Seite zur anderen zuckte.

Einatmen. Ausatmen.

Endlich blieb der Skrat stehen. Seine Krallen fuhren über eine Wand und aus dem Nichts öffnete sich ein Ausgang zu einem Raum, in dem ich wieder aufrecht stehen konnte. Ich konnte es kaum erwarten, der Leiter hinaus ins Freie zu folgen, und stolperte aus dem Tunnel.

»Das nächste Mal hast du hoffentlich ein besseres Geheimnis für Nobs«, brummte der Skrat giftig, bevor er durch einen weiteren Gang verschwand. Ich sah ein letztes Mal das Aufglimmen der Augen, bevor sich die Wand schloss.

»Erdskrats«, erklärte die Frau, als ich ihm hinterhersah. »Sie bewohnen das Wurzelreich, aber die Dunkelheit schlägt ihnen aufs Gemüt. Die meisten sind äußerst grantige Gesellen.«

Sie kletterte die Leiter hoch und schob den Deckel zur Seite. Ich folgte ihr und zog mich erleichtert nach draußen.

Um uns herum war eine Wiese, in die ich mich fallen ließ. Das Gras roch herrlich frisch. Nach Sonne und Freiheit. Ich streckte meine Arme aus und sah in den Himmel, der nun wieder im schönsten Blau erstrahlte, als hätte es nie ein Unwetter gegeben.

»Du glaubst gar nicht, wie sehr ich mir diesen Tag herbeigesehnt habe, Echoline«, sagte die Frau, die sich neben mich setzte. »Der Tag, an dem die Hexen wieder hoffen dürfen.«

»Hoffen worauf?« Ich blinzelte verwirrt.

»Frei zu sein. Du wirst uns diesen Wunsch erfüllen. Das ist dein Schicksal.«

»Mein Schicksal?« Ich verstand nur die Hälfte von dem, was sie sagte, und lachte nervös. »Klingt etwas dramatisch, meinen Sie nicht?«

»Ganz und gar nicht.«

»Wer sind Sie? Und wohin bringen Sie mich?«

Sie lächelte. »Zu deiner Familie.«

Mein Herzschlag setzte aus. Schlagartig richtete ich mich auf und starrte sie an. »Was? Zu meiner Familie?«

War es wirklich möglich, dass da draußen jemand auf mich wartete? Ich hatte davon geträumt, mich danach gesehnt, aber in den letzten Jahren fast aufgegeben daran zu glauben.

Die Frau nahm meine Hand und drückte sie. »Darf ich mich vorstellen? Ich bin Corentine Lighttower. Deine Tante.«

13
Schwestern Wider Willen

Adelina Lighttower

Im Türrahmen blieb ich stehen und starrte zum Esstisch, wo meine Mutter und Corentine saßen. Aber sie waren nicht allein. Bei ihnen saß ein Mädchen, dem ihre ganze Aufmerksamkeit galt. Sie waren so hin und weg, dass sie nicht einmal bemerkt hatten, dass ich gekommen war.

Das musste sie sein.

Die wahre Auserwählte.

Wer sonst würde dafür sorgen, dass Corentines Augen so funkelten? Eines war sicher. An dem Geschmack des Mädchens konnte es nicht liegen.

Sie trug eine grüne Strumpfhose, abgenutzte, schmutzige Sneaker und einen löchrigen Pullover. Ihre Haare waren ein Albtraum aus blauen und pinken Strähnen und standen in alle Richtungen.

Wie bei Mum, wenn sie sich aufregt, schoss es mir kurz durch den Kopf, aber ich verdrängte den Gedanken gleich wieder.

Sie mochte wie eine Lighttower aussehen, aber überhaupt nicht so, wie ich mir die wahre Auserwählte und zukünftige Königin des Hexenzirkels vorstellte. Wenn ich mich danebenstellte, war sie ein ganz klares Downgrade. Und doch war sie ohne Zweifel die Sturmhexe, die soeben das größte Unwetter der letzten Jahre erzeugt hatte.

Ich hatte mit eigenen Augen gesehen, wozu sie imstande war, und es hatte mir die Sprache verschlagen.

»Das alles ist für mich wie ein Traum«, sagte das Mädchen. »Ich habe mir immer gewünscht eine Familie zu finden.«

»Jetzt haben wir uns ja gefunden«, schluchzte Mum – *meine Mum* – und stand auf, um das Mädchen zu umarmen. Innig aneinandergedrückt verharrten sie.

Ich konnte es nicht ertragen. Also schlüpfte ich in den Flur zurück und lehnte mich schwer atmend gegen die Wand. Meine Brust zog sich zusammen und ein bitterer Geschmack breitete sich auf meiner Zunge aus.

Am liebsten wäre ich dazwischengesprungen und hätte dieses Mädchen an ihren bunten Haaren aus unserem Haus geschleift. Sie saß auf meinem Platz und kuschelte mit meiner Mum!

Wie sollte ich sie nicht hassen?

»Das, was du getan hast, hat all unsere Erwartungen übertroffen«, sagte Tante Corentine. »Wir wussten immer, dass die Sturmhexen der Familie Lighttower mächtig sind, aber das … das hätten wir uns in unseren kühnsten Träumen nicht ausgemalt. Du hättest es sehen sollen, Erona. Nie wieder werden sich die Alchemisten über unsere Prophezeiung lustig machen.«

»Aber so war das gar nicht gedacht«, sagte das Mädchen kleinlaut. »Ich hatte einfach Angst und … ich dachte, das wäre die einzige Möglichkeit zu entkommen.«

»Jetzt bist du in Sicherheit«, beruhigte meine Mutter sie.

»Ja. Wir werden dich unterrichten und dann kann dich niemand mehr aufhalten. Du bist die Prophezeite, auf die wir über dreihundert Jahre gewartet haben, und ich kann es nicht erwarten, den anderen Familien zu zeigen, wozu du imstande bist.«

So euphorisch hatte ich meine Tante noch nie erlebt. Das war nicht weiter überraschend, was mich jedoch verwunderte, war die Reaktion des Mädchens. Sie schien, milde ausgedrückt, nicht sonderlich begeistert meinen Platz einzunehmen.

»Ich würde dieses Sturmzeug lieber vergessen. Das war ... wirklich schrecklich.«

Na toll ... Die Auserwählte war eine Mimose.

»Schrecklich? Es war unglaublich! Niemand wird infrage stellen, dass du ...«

Meine Mutter unterbrach Corentine. »Eins nach dem anderen. Lass sie erst mal ankommen. Das ist alles etwas viel für sie.«

Ich hielt es nicht länger aus. Gerade wollte ich mich wieder aus dem Haus schleichen, als ich eine Bewegung im Augenwinkel wahrnahm. Vor mir baute sich die schmutzigste, zerzausteste Katze auf, die ich je gesehen hatte. Sie stellte ihren Schwanz auf und knurrte.

Ich wollte sie verjagen, aber sie schnappte nach mir. Entsetzt wich ich zur Seite und stolperte dabei ins Esszimmer.

»Adelina, wo kommst du denn her?«, verlangte meine Tante zu wissen.

»Da ist eine tollwütige Katze!«

»Das ist ein Waschbär.«

»Das soll ein Waschbär sein?« Ich starrte entgeistert auf das schmutzige Fellknäul mit Zähnen, und ja – unter einer Kruste aus Erde konnte man Streifen erahnen.

»Wie konnten wir sie je für eine Hexe halten, Erona?«, seufzte meine Tante. »Sie hat keinen Begleiter, kommt nicht einmal mit Tieren klar und hat keinen Sinn dafür, Magie zu erkennen.«

»Ihr offenbar auch nicht, sonst hättet ihr mich nicht so lange für die Auserwählte gehalten.«

»Ein Fehler, den ich nicht wiederholen werde.«

»Das reicht.« Meine Mutter sah Corentine warnend an. Dann wandte sie sich an mich. »Adel. Warum setzt du dich nicht zu uns und lernst deine Schwester Echoline kennen?«

»*Schwester?*«, fragten wir drei aus einem Mund. Allerdings klang es bei Corentine und mir ungläubig, während Echoline darüber völlig aus dem Häuschen schien.

»Adelina gehört nicht wirklich zu unserer Familie«, erklärte meine Tante unnötigerweise. »Sie ist diejenige, mit der du vertauscht wurdest, und entstammt wohl einer Familie von Menschen, auch wenn wir immer noch vollkommen im Dunkeln tappen, wer genau hinter dieser Aktion steckt. Wenn es die Alchemisten waren ...«

»Genug, Corentine! Das ist vollkommen paranoid.« Meine Mutter schlug mit der Faust auf den Tisch. »Wir haben darüber geredet. Adelina bleibt bei uns wohnen, solange sie will. Ich weiß, dass die Situation für alle Beteiligten schwierig ist, aber wir werden es schaffen. Zusammen. Also setzt euch. Ich habe Kuchen gebacken, damit wir uns alle gemütlich etwas näher kennenlernen können. Seid lieb zueinander, während ich ihn hole.«

Mum war schon immer die Harmoniebedürftige von uns. Sie wünschte sich offensichtlich, dass wir Mädchen uns vertrugen, aber ich konnte die bitteren Gefühle, die ich spürte, nicht einfach herunterschlucken. Fünfzehn Jahre lang hatte ich gekämpft, um den Erwartungen gerecht zu werden, hatte Corentines Prüfungen über mich ergehen lassen, und nun tauchte dieses Mädchen auf, bekam alles auf dem Silbertablett serviert und lebte das Leben, das eigentlich meins hätte sein sollen.

Am liebsten hätte ich ihr den Kuchen ins Gesicht geklatscht.

Stattdessen zwang ich mir ein falsches Lächeln auf die Lippen. »Echoline heißt du?«

Sie nickte.

»Wie Echo, die bemitleidenswerte Nymphe, die sich in den selbstverliebten Narziss verguckte und dann aus Liebeskummer starb, weil sie nicht alleine leben konnte?«

Ich hatte sie damit herausfordern wollen, aber zu meiner Überraschung fand sie den Vergleich nicht schlimm. »Jap, ich fürchte, genau wie die. Aber ich werde mich nicht verlieben.«

»Adel!«, tadelte mich meine Tante. »Sei nett.«

»Bin ich doch. Ich war nur neugierig, warum jemand sein Kind nach einer so tragischen Figur benennt.«

»Genau genommen ist es *dein* Name.«

Das war wie ein Schlag ins Gesicht, auch wenn ich mir nichts anmerken ließ. Mich hatte Corentine nie in Schutz genommen. Im Gegenteil, sie war immer der Auffassung gewesen, dass ich nur stärker werden würde, indem sie mich abhärtete. Und jetzt kam diese Königin des schlechten Geschmacks zur Tür rein und plötzlich entdeckte Corentine ihren weichen Kern.

»Ich werde bestimmt nicht Namen tauschen«, stellte ich klar.

»Oh, ich auch nicht. Ich mag meinen Namen. Echoline Everglade. Er klingt dramatisch.«

»Echoline Lighttower«, korrigierte meine Tante so stolz, dass mir erneut die Magensäure auf die Zunge stieg.

»Echoline Lighttower?«, wiederholte das Mädchen gedehnt und ihre Augen weiteten sich.

»Natürlich. Du bist jetzt ein Teil dieser Familie«, bestätigte Corentine. »Und du hast recht. In ein paar Jahren wird niemand mehr bei dem Namen Echo an eine Nymphe denken, sondern an die Königin, die den Hexen ihre Freiheit zurückgab.«

»*Königin?* Moment, ich komm nicht mit. Was für eine Königin?«

Corentines Gesicht erstrahlte und dieser unheimliche Glanz trat in ihre Augen, wie immer, wenn sie über die Zukunft sprach. Früher hatte sie mich mit demselben Blick bedacht. »Du wirst den verlorenen Thron der Hexen besteigen. Darum geht es in der Prophezeiung.«

Echolines Augen wurden groß und rund wie der Mond. »Was denn für einen Thron?«

»Den blutroten Kristallthron von England. Allerdings wurde er gemeinsam mit der Kristallkrone von den Alchemisten geraubt. Du musst ihn also erst zurückerobern. Aber keine Sorgen. Es gibt eine Menge Hexen, die dich in diesem Kampf unterstützen werden, und wenn dein nächster Sturm erst Silverfort, den Stützpunkt der Alchemisten, trifft ...«

»Das hier ist ein Prank, oder?«

»Keineswegs«, sagte Corentine. »Es gibt einige Anhänger der Prophezeiung, die dir bis in den Tod folgen würden.«

Echoline wurde kreidebleich. Ihre Finger schlossen sich um die Tischkante, als wäre sie auf der Suche nach Halt, und ich meinte einen Windhauch zu spüren, der ihr durch die bunten Haare wehte. Zuerst hielt ich es für Durchzug, aber ein Blick zu den Fenstern verriet mir, dass keines offen war.

»Aber ich ... ich bin nicht der Typ fürs Regieren.«

Der erste vernünftige Satz des Abends!

»Aber du bist die Einzige, die die Alchemisten vernichten kann.«

»*Vernichten?* Aber nicht wortwörtlich, oder? Ms Murphy hat uns zu überzeugten Pazifisten erzogen.«

Ich legte den Kopf in den Nacken und lachte los. Das wurde ja immer besser. Sybille hatte recht. Das Schicksal spielte mit uns. Ich war eine Königin, die zu allem bereit war, hatte aber keine Kräfte. Echoline hatte die mächtigste Magie unserer Zeit, weigerte sich aber sie zu nutzen. Fast so, als hätte das Schicksal die falschen Pfade vor uns ausgerollt.

»Na, das kann ja was werden«, gluckste ich.

Tante Corentines Augen verengten sich. »Du wirst ihr dabei helfen.«

»Ich?«

»Ja, du wirst sie in unsere Welt einführen. So zahlen sich all die mühsamen Jahre, die ich in dein Training gesteckt habe, vielleicht doch noch aus.«

»Auf keinen Fall. Ich habe Besseres zu tun.«

»Und was soll das sein?«

»Nägel lackieren.« Alles war besser, als mit dem Mädchen Zeit zu verbringen, das alles hatte, was ich wollte.

Tante Corentine funkelte mich an. »Wenn du weiter eine Berechtigung haben willst, in dieser Familie zu bleiben, machst du dich gefälligst nützlich, Adelina *Everglade*.«

Mir lief es kalt den Rücken herunter. »Everglade?«

»Genau genommen heißt du so. Und wenn du nicht spurst, wirst du schon bald nicht nur den Namen übernehmen, sondern auch Echolines altes Leben.«

War das ihr Ernst?

Wütend stand ich auf. Keine Sekunde länger würde ich es an diesem Tisch aushalten.

Auf dem Weg in mein Zimmer krachte ich mit Mum zusammen, die einen großen Schokoladenlavendelkuchen auf den Händen balancierte. Er war mit Blüten und Zuckerkristallen verziert, die eine Krone formten, und darauf stand mit weißer Schrift: »Willkommen zu Hause«.

»Wo willst du hin?«, fragte sie verwundert, als ich vorbeirauschte.

»In mein Zimmer.«

»Aber es gibt Kuchen.«

»Lass sie«, mischte sich Corentine ein. »Sie verdirbt uns nur die Stimmung.«

Ich stellte sicher, meine Tür so laut zuzuwerfen, dass es auch noch unten zu hören war. Dann warf ich mich Gesicht voran aufs Bett und vergrub den Kopf im Kissen. Gerade als ich mich so richtig meinem Selbstmitleid hingeben wollte, hörte ich eine Stimme.

»Und? Wie ist sie so?«

Ich sprang fast an die Decke. »Tilly!«

Meine Nachbarin saß auf der Fensterbank und ließ ihre Beine herunterbaumeln. Sie trug eine schwarze Leggings und ein übergroßes T-Shirt mit Totenkopf.

»Was treibst du denn hier?«

»Ich hab gesehen, dass deine Tante mit einem Mädchen wiederkam.« Sie senkte verschwörerisch die Stimme. »Ist das etwa diejenige, welche?«

»*Diejenige, welche?*«

»Du weißt, was ich meine. Die Auserwählte!«

»Ich dachte, du glaubst nicht an die Prophezeiung.«

»Falsch. Ich habe bis heute Morgen nicht daran geglaubt, aber jetzt ist alles anders. Hast du nicht gesehen, was im Internet los ist?«

»Nein, mein Handy wurde von Glutpixies geschmolzen. Schon vergessen?«

»Warum hast du kein neues?«

»Weil mein Leben gerade ein verdammtes Chaos ist. Wann hätte ich denn da bitte shoppen gehen sollen?«, rief ich aufgebracht.

Tilly dachte darüber nach und nickte schließlich. »Okay. Kein Problem. Wofür hat man Freunde?«

»*Freunde?* Wir sind keine ...« Ich schluckte den zweiten Teil des Satzes herunter und holte tief Luft, um mich zu sammeln. *Beruhige dich, Adelina. Du bist eine Königin! Und wenn schon nicht der Hexen, dann der Herzen.*

Ich setzte mich auf die Bettkante. »Na schön, zeig her.«

Tilly ließ sich neben mich fallen und präsentierte mir ihren Bildschirm. Die Nachrichten waren voll von dem Sturm bei Oxford.

»*Vollkommen unerwartet hat uns diese Naturkatastrophe getroffen, ein Sturm, der zuvor keinem Meteorologen aufgefallen war*«, berichtete eine Nachrichtensprecherin mit ernstem Gesichtsausdruck. »*Noch immer sind zahlreiche Rettungskräfte im Einsatz, um die Verletzten zu bergen.*«

Ein Video wurde abgespielt. Es war aus einem Fenster gefilmt worden und zeigte ein Bushäuschen, in dem sich eine allzu vertraute Gestalt mit bunten Haaren befand.

Echoline.

Um sie herum wütete das Unwetter wie ein hungriges, wildes Tier. Dunkle Wolken drehten sich am Himmel um ein unsichtbares Zentrum. Windböen peitschen über die Straße, trugen Pflanzen, Fahrräder und sogar ganze Autos vorbei, während das Mädchen davon vollkommen unberührt schien. Das Video endete mit einem Schrei, als das Fenster vor der Kamera zersprang.

Trotzdem starrte ich noch eine Weile auf den Bildschirm, auf dem uns nun ein Video von einer Skateboard fahrenden Katze vorgeschlagen wurde.

»Siehst du?«, hauchte Tilly. »Sie steht im Zentrum von alldem.«

»Mhm.«

»Das ist kein Naturschauspiel. Das ist Magie, oder nicht?« Sie klatschte begeistert in die Hände. »Ich hätte nie gedacht, dass Hexenkräfte so beeindruckend sind. Du etwa?«

»Ja, und ich habe dir sehr oft davon erzählt.«

»Aber das waren bloß trockene Geschichten aus verstaubten Büchern. Das hier ist echt ... und aufregend.« Ihre Augen glänzten. »Die ganze Gegend ist voller Alchemisten. Sie haben sogar die blinde Frida Salem zum Verhör mitgenommen.«

Mein Hals schnürte sich zusammen. Es war also nur noch eine Frage der Zeit, bis sie auch an unserer Tür klingelten.

»Sie ist hier, oder? Das Mädchen ist überall in den Nachrichten und zufällig taucht deine Tante wenig später mit dieser Person auf ...«

Ich schnellte vor, packte Tilly am Kragen und schüttelte sie. »Psst! Das darfst du niemandem erzählen. Hörst du? Weißt du nicht, was hier auf dem Spiel steht, wenn die Alchemisten davon erfahren?«

»Sie werden vom Winde verweht?« Tilly kicherte.

»Sie rücken mit einer Armee an und machen alles dem Erdboden gleich. Also, ich warne dich! Wenn du irgendjemandem davon erzählst oder etwas postest, was meiner Familie gefährlich werden könnte, werde ich dich in eine Grube mit Garstlingen werfen.«

»Chill mal.« Sie schob mich von sich weg. »Dieses Video zeigt, dass ab jetzt alles möglich ist.«

Ich packte sie am weißblonden Haar und zog sie in Richtung Fenster. »Ich chille nie, wenn es um meine Familie geht.«

14
Hexengeschichte für Dummies

Echoline ~~Everglade~~ Lighttower

Mein neues Zuhause war schöner, als ich es mir je vorgestellt hatte. Die Möbel waren hell und wirkten einladend und gemütlich. Der Boden knarrte bei jedem Schritt und versprach Geheimnisse, die gelüftet werden wollten. Vor den Fenstern hingen bunte Glasbilder, in denen sich das Licht brach und in allen Farben des Regenbogens an die Wände geworfen wurde. Es war so anders als alle anderen Häuser, in denen ich bisher gewohnt hatte.

Von der ersten Sekunde an hatte ich das Gefühl, angekommen zu sein.

Mein neues Zuhause!

Wenn ich es so nannte, jagte mir ein Schauder des Glücks über den Rücken. Dieses Mal war es anders. Dieses Mal wagte ich zu hoffen, dass ich wirklich angekommen war, und ich hatte beinahe den Glauben aufgegeben, dass mir dieses Glück je widerfahren würde.

»Komm, ich zeig dir dein Zimmer«, sagte Tante Corentine, nachdem ich mehr Kuchen verputzt hatte, als gut für mich war.

Während meine Mutter abräumte, folgte ich ihr nach oben. Sie blieb vor einer Tür stehen. Schon als ich die pinke Krone darauf sah, ahnte ich das Schlimmste.

»Adelinas Reich«, stand darunter.

Oh nein! Würden wir uns etwa ein Zimmer teilen?

Als hätte sie meine Gedanken gelesen, beugte sich Tante Corentine vor und zwinkerte. »Keine Angst. Wenn sie Probleme macht, kannst du jederzeit zu mir kommen.«

Ich lächelte dankbar und sie klopfte.

Adelina setzte sich kerzengerade in ihrem Himmelbett auf. Dieses Mal sah sie überraschend lässig aus, die Haare zum Dutt gebunden und mit einer Brille auf der Nase. Die legte sie allerdings schnell ab, so als wäre es ihr unangenehm, jemand könnte sie damit sehen. In ihrem Schoß lag ein Buch.

»Was wollt ihr hier?«

»Deine Mutter und ich haben beschlossen, dass ihr euch dieses Zimmer fürs Erste teilen werdet.«

Sie verzog das Gesicht, als hätte man ihr soeben ein verschimmeltes Käsebrot unter die Nase gehalten. »Warum schläft die Neue nicht im Keller? Da ist doch noch ein Gästezimmer.«

Corentine verschränkte die Arme vor der Brust. »Warum schläfst *du* nicht im Keller?«

Adelinas Wangen liefen vor Wut rot an, aber sie schluckte ihre nächsten Worte herunter.

»Also?«, hakte Tante Corentine nach.

Adelina zwang sich ein Lächeln ins Gesicht, aber es sah so frostig aus, dass sie sogar einem Schneesturm Konkurrenz machen würde. »Ich wollte immer schon eine Mitbewohnerin.«

»Wunderbar.« Tante Corentine schob mich weiter ins Zimmer.

»Dann mach dich gleich nützlich und erzähl Echoline etwas mehr über unsere Welt.«

»Klar. Nichts lieber als das. Setz dich doch, *Schwesterherz*.«

Die Art, wie sie das sagte, klang wie eine Morddrohung, aber ich hatte keine Angst. Durch meine langjährige Karriere in Adoptivfamilien wusste ich, dass ein neues Geschwisterkind bei den anderen erst einmal Panik auslösen konnte. Das war vollkommen natürlich. Wenn man ihnen etwas Zeit gab und mit Freundlichkeit begegnete, legte sich das wieder.

»Viel Spaß, ihr zwei«, sagte Corentine, bevor sie das Zimmer verließ und die Tür schloss.

Adelinas aufgesetztes Lächeln fiel in sich zusammen und sie musterte mich, als wäre ich ein Fleck auf dem weißen Teppich.

Sie war das komplette Gegenteil von mir. Wo ich bunt und chaotisch war, wirkte sie wie jemand, der stets die Kontrolle im Leben hatte. Ihr Zimmer spiegelte das wider. Auf dem Schreibtisch lagen Laptop, Hefte und Stifte fein säuberlich sortiert. Im Regal waren zahlreiche Bücher über Hexenkunde nach Farben geordnet. Und ganz offensichtlich liebte sie Kronen. Ich sah Bilderrahmen, Schmuck und sogar ein Plüschkissen in der Form.

»Na schön«, seufzte sie. »Wie es aussieht, habe ich in dieser Angelegenheit nichts zu sagen. Ich hoffe, du schnarchst nicht?«

»Doch. Das hat mir im Heim ein Einzelzimmer gesichert.« Ich konnte mir ein Grinsen nicht verkneifen.

»Das darf doch nicht wahr sein. Gut, ich muss vielleicht mein Zimmer mit dir teilen, aber ganz sicher nicht mein Bett. Im Schuppen haben wir noch eine Matratze.«

»Soll ich mir die holen?«

»Du kannst auch warten, dass ihr Beine wachsen und sie zu dir gelaufen kommt.«

Adelina widmete sich wieder demonstrativ ihrem Buch, um

mir zu signalisieren, dass sie keine Lust hatte, weiter mit mir zu sprechen.

»Hör mal«, begann ich langsam. »Ich kann verstehen, dass das alles hier für dich wirklich mies läuft, aber ...«

»Nein, das kannst du nicht.« Sie blätterte einige Male energisch um, sah aber weiterhin nicht vom Buch auf.

Okay, Echo, du willst nicht, dass sie dich im Schlaf erstickt, also probiere es noch mal von vorne.

»Ich will, dass du weißt, dass es mir leidtut. Ich habe von diesem ganzen Magiezeug keine Ahnung. Ich meine, bis vor ein paar Stunden wusste ich nicht mal, dass es Hexen gibt. Ich würde mich echt freuen, wenn wir uns ... nun ja ... verstehen.«

»Du willst *was*?«

»Wir sind Roomies und du scheinst mir ...« Ich suchte nach einem Kompliment, das ehrlich gemeint war. »... echt belesen zu sein. Das bewundere ich!«

»Natürlich bin ich das. Als Auserwählte wird auch von dir erwartet, dass du dich auskennst.«

»Dann hilfst du mir? Bitte! Bitte!« Ich versuchte so zu gucken, wie Unfug es tat, wenn er etwas von mir wollte. Natürlich funktionierte der Blick besser, wenn man Knopfaugen und eine feuchte Nase hatte, aber er schien trotzdem zu funktionieren.

»Na schön.«

Ich klatschte begeistert in die Hände. »Danke, Roomie!«

»Aber nenn mich nicht Roomie.«

»Wie dann? Sis?« Ich wackelte mit den Augenbrauen.

»Adelina.«

»Na schön! Adelina, ich bin wirklich froh, dass wir uns nicht hassen. Denn dieser Ort hier ist alles, wovon ich je geträumt habe.«

»Ja, wer will nicht die mächtigste Hexe aller Zeiten sein?«

»Das meine ich nicht. Ich meine eine Familie!«

»Oh ...«

»Mein Leben lang sind sehr sonderbare Dinge um mich herum geschehen, die mir niemand geglaubt hat oder mir erklären konnte. Hier habe ich das erste Mal das Gefühl, Leute gefunden zu haben, die mich verstehen und mich so nehmen, wie ich bin.«

Adelina klappte das Buch zu. Ihre Augen glänzten gefährlich und ich fürchtete, dass es schwieriger sein würde, ihr Herz zu erweichen, als gedacht. »Dein Start wäre natürlich besser gewesen, wenn du an deinem ersten Tag nicht ein Viertel des Ortes zerstört hättest.«

Ich schluckte. »Das tut mir leid.«

Zufrieden eine Wunde gefunden zu haben, in der sie herumstochern konnte, setzte sie noch einen drauf. »Was werden da wohl die Hexen, deren Häuser du zerstört hast, von dir denken?«

»Kann man das nicht wieder heile zaubern oder so?«

»Nein.«

»Warum nicht?«

»Ich nehme an, unsere liebe Tante hat dich noch nicht eingeweiht?« Sie seufzte theatralisch. »Schön. Dann bleibt der Geschichtsunterricht an mir hängen. Die Hexen in Witchington haben keinerlei Kräfte. Vor dreihundertfünfzig Jahren wurden nahezu alle Hexen in England verflucht. Die Alchemisten haben damals einen Trank ins Grundwasser gekippt, der ihre Kräfte unterdrückte. Von jetzt auf gleich waren die Hexen machtlos. Ein paar hatten Glück und entkamen. Solche wilden Hexen gibt es auch heute noch. Allerdings bleibt ihnen nichts anderes übrig, als sich zu verstecken, denn wenn sie entdeckt werden, rücken die Alchemisten an und stehlen ihnen ebenfalls die Magie. Du siehst also. Düstere Zeiten für unser Volk.«

»Aber Tante Corentine meinte, wir seien Sturmhexen.«

»Wir *waren* welche. Du bist die Erste seit dreihundertfünfzig Jahren, die Magie wirken kann. Das ist auch der Grund, warum sie so vernarrt in dich ist. Glaub lieber nicht daran, dass es um dich geht. Alles, was Corentine in dir sieht, ist eine Waffe.«

»Eine Waffe?« Aber ich wollte keine Waffe sein. Ich wollte nicht einmal mehr zaubern. Ich hatte immer schon Angst vor meinem Chaos-Gen gehabt. Im Gegensatz zu meiner Geistersicht war es so … *unkontrollierbar*. So *zerstörerisch*. Und seit dem Sturm war ich mir einer Sache sicher. Ich wollte es tief in mir einschließen und nicht wieder herauslassen. »Warum ich?«

»Es gibt eine Prophezeiung und sechs Blitze … Hat sie dir wirklich gar nichts erzählt? Was habt ihr so lange da unten gemacht?«

»Kuchen gegessen.« *Und uns kennengelernt*. Meine Mutter – es klang immer noch vollkommen verrückt, sie so zu nennen – hatte alles über mich wissen wollen. Ich dachte, irgendwann wäre ihr langweilig, aber sie hatte jedes meiner Worte inhaliert. »Bitte erzähl mir mehr.«

»Also. Es gibt eine Prophezeiung. Von einer Orakelhexe namens Betty Banga. Sie hat vor über fünfhundert Jahren gelebt und zwei große Voraussagen getroffen, die in ihrer Zeit niemand geglaubt hat. Erstens den Untergang der Hexen durch die Alchemisten und zweitens die Geburt einer Königin, die eine neue Ära einleitet und den Fluch bricht.«

»Sie hat vor über fünfhundert Jahren meine Geburt vorhergesehen.«

»So ungefähr. Damals war es im Trend, Prophezeiungen in Reimform zu verpacken und in möglichst geschwollener Sprache zu präsentieren. Ihre Worte wurden zunächst mündlich übertragen, sodass wahrscheinlich einiges verloren ging. Erst nachdem die Hexen wirklich dem Fluch zum Opfer fielen, nahm man ihre

Wahrsagungen ernst und schrieb die Überlieferungen, an die man sich erinnern konnte, auf.

Sie wird kommen,
geboren aus Feuer und Sturm.
Setzt ihr die Krone auf.
Sie bricht unseren Fluch.«

»Das ist alles?«

»Das ist alles.«

»Da ist aber verdammt viel Interpretationsspielraum.«

»Du sagst es. Unsere Experten beschäftigen sich seit Jahren mit den Worten.« Adelina schwang sich aus dem Bett und ging zu ihrem Bücherregal, um ein dickes Buch mit schwarzem Ledereinband herauszuziehen. »Hier kannst du Bangas Geschichte und ihre Prophezeiungen nachlesen.«

Sie überreichte mir die Lektüre, mit der man mühelos jemanden erschlagen könnte. Dann griff sie ins Regal und wählte einige weitere Bücher aus.

»*Grundlagen der Elementarmagie*, *Hexen der Erde*, *Hexen der Lüfte*, *Hexen des Wassers* und die *Hexen der Flammen*. Und etwas Moderneres: *Was aus uns wurde – Wenn Hexen unter Menschen leben*. Außerdem dieses Lexikon: *Die Magischen Wesen von England*.«

»Das ist 'ne Menge. Soll ich die alle lesen?« Entsetzt starrte ich auf die Bücher, die sich in meinem Schoß stapelten.

»Du kannst doch lesen, oder?«

»Schon, aber ...« Ich war meistens zu ungeduldig, um mich länger auf Buchstaben und Wörter zu konzentrieren. Lieber verbrachte ich meine Zeit damit, mit Unfug durch die Wiesen und Wälder zu streifen. Den Wind in den Haaren.

Ich nahm eines der Bücher und blätterte darin. »Gehören die Hexen immer Elementen an? Was ist mit Orakelhexen?«

Zur Antwort reichte Adelina mir drei Bücher.

Orakelhexen – Die besonderen Vertreter des Wasserelements
Grundlagen: Wasservisionen
Woher weiß ich, dass ich eine Orakelhexe bin?

»Oh, noch mehr Bücher. Gut … Ich glaub, ich bin eher der praktische Typ, weißt du? Learning by doing. Könntest du mir vielleicht was zeigen? Zum Beispiel deine Kristallkette? Haben alle Hexen welche? Was können die?«

Adelina drehte sich, um drei weitere Bücher aus dem Regal zu ziehen.

Kristall: Bester Freund der Hexen
Elemente und ihre Kristalle
Das große Lexikon der Steine

»Großartig. Ich bin dann wohl für drei bis vier Jahre beschäftigt.«

»Ich fürchte, so viel Zeit hast du nicht.«

»Gibt es vielleicht eine knappe Zusammenfassung für all das?«

»Klar. Du kannst dir das Video ›Hexenwelt für Dummies‹ bei Youtube ansehen.«

»Das klingt perfekt.« Erleichtert legte ich die Bücher zur Seite und zog mein Handy, um nach besagtem Video zu schauen. Gerade gab ich den Titel in der Suchleiste ein, da fiel es mir auf. Das amüsierte Zucken ihrer Lippen. »So etwas gibt es nicht, oder?«

»Natürlich nicht. Für wahres Wissen gibt es keine Abkürzung.«

»Aber ich kann unmöglich all diese Bücher lesen.«

»Ich habe es getan und Tante Corentine erwartet nicht weniger als Perfektion von der zukünftigen Königin. Also fang lieber an, wenn du den Krieg gewinnen willst.«

Ich kannte Familien mit hohen Ansprüchen. Allerdings ging es dabei um gute Noten. Mich auf einen Thron zu setzen hatte bisher niemand vorgehabt.

»Aber ich will keinen Krieg und erst recht keinen Thron. Die meiste Zeit habe ich keinen Plan, was ich tue. Mir eine Krone aufzusetzen halte ich für fatal.«

»Ich stimme dir zu, aber leider fragt uns niemand.«

»Ich kann nicht mal meine Kräfte kontrollieren, wie soll ich da einen Krieg führen, über den ich nichts weiß? Und ein Volk anführen, das ich erst seit ein paar Stunden kenne?« Allein das auszusprechen hörte sich verrückt an.

Adelina zeigte nicht die Spur von Mitleid. »Dann hör auf, deine Zeit mit heulen zu verschwenden, und mach dir einen Plan. Denn eines kann ich dir verraten. Die Alchemisten lassen sich von deinen Knopfaugen und dem unschuldigen Lächeln nicht blenden, *Roomie*.«

Mit diesen Worten vergrub sie sich wieder in ihr Buch.

Okay. Das lief nicht wie erhofft.

Ich nahm mir die am dünnsten aussehende Lektüre vom Stapel und blätterte darin herum.

Wie Windhexen ihren Geist ordnen können, lautete eine der Überschriften.

Es ging um Meditationsübungen, die mich an die Anti-Aggressionsübungen von Ms Murphy erinnerten. Die Augen schließen. Verschiedene Körperteile anspannen. Sich auf die eigene Atmung konzentrieren. All diese Dinge sollten mir dabei helfen nicht auszurasten. Und sie halfen auch dabei, das Chaos-Gen zu kontrollieren.

Natürlich hatte ich auch damals schon geahnt, dass es keine normalen Wutausbrüche waren, die mich Zimmer verwüsten ließen, denn ich konnte mich nie erinnern all diese Dinge zerstört zu haben.

Ich blätterte weiter in dem Buch. Allerdings konnte ich mich nicht wirklich konzentrieren. Die Buchstaben drehten sich vor meinen Augen, als wären sie in einem Sturm gefangen. Sie tanzten an mir vorbei, ohne einen Sinn zu ergeben.

Frustriert klappte ich das Buch zu, warf einen verzweifelten Blick aus dem Fenster und fragte mich, ob der Matratze gerade wirklich Beine wuchsen oder Adelina mich damit auch nur aufgezogen hatte.

15
DAS WASSER MIT DEN SPITZEN ZÄHNEN

Echoline Lighttower

Leider waren der Matratze keine Beine gewachsen. Also ging ich in den Garten hinunter, um sie zu holen. Im stillen Zimmer hielt ich es eh keine Sekunde mehr aus. Je länger ich auf die Buchstaben starrte, desto unruhiger wurde ich. Wie der Wind hasste ich es, an einem Fleck zu verweilen.

Adelina machte keinerlei Anstalten, mir zu helfen. Sie zuckte nicht einmal mit dem kleinen Finger, als ich losging. Trotzdem hatte ich den Plan, dass wir so etwas wie Freundinnen werden konnten, noch nicht aufgegeben. Sie mochte eine Kratzbürste sein, aber sie war auch Teil der Familie, die ich mir immer gewünscht hatte.

Der Schuppen hinterm Haus lag im Schatten zweier großer Kirschbäume, die durch die Ausläufer meines Sturms ein wenig gelitten hatten. Zweige und Blätter waren abgebrochen und bedeckten nun den Boden, während der Rest etwas zerfleddert aussah.

Der Schuppen war direkt an einem dünnen Flussarm gelegen. Er sah von außen geräumig aus, allerdings etwas heruntergekommen. Das Schloss war verrostet, als wäre es länger nicht benutzt worden, und ich musste mich mit meinem ganzen Gewicht gegen die Tür stemmen, damit sie sich öffnete. Modrige, kühle Luft schlug mir entgegen.

»Hallo? Jemand da?«, fragte ich.

Keine Antwort.

Nun gut, die ansässigen Spinnen würden mich kaum auf einen Plausch einladen. Also trat ich ein.

Das Innere wirkte wie ein fertig eingerichtetes Gästehäuschen, nur dass es als solches schon Jahre nicht mehr benutzt worden war. Es gab einen alten Sessel mit plüschiger Decke, die vor Staub ganz grau schien. Ein gedeckter Couchtisch mit geblümtem Porzellan stand daneben ebenso wie Regale voller Vasen und Glasbehälter.

Im hinteren Teil des Schuppens lag etwas, das sich vom Rest des Mobiliars sonderbar abhob. Ein altes Ruderboot. Ich machte einen weiteren Schritt in die Dunkelheit. Dann noch einen. Die Dielen knarrten unter meinen Schuhen.

Plötzlich fiel die Tür hinter mir ins Schloss. Instinktiv sprang ich vor und versuchte sie wieder zu öffnen, aber sie bewegte sich keinen Millimeter.

Moment!

War das eine Falle?

Ich fuhr herum und mein Herzschlag beschleunigte sich. Ich spürte, wie die Panik das Adrenalin durch meinen Körper pumpte und der Druck in meinem Inneren stieg. Gleichzeitig stellten sich die Härchen auf meinen Armen auf.

Obwohl das einzige Fenster im Schuppen geschlossen und zusätzlich mit Holzplatten vernagelt war, spürte ich den Wind. Er eilte herbei wie ein hungriges Tier, bereit alles zu zerstören, sobald ich ihn von der Leine ließ.

»Nein!«, flüsterte ich. »Nicht schon wieder.«

Ich konzentrierte mich auf meine Entspannungsübungen. Gleichzeitig zählte ich die Dinge auf, die ich sah. 1, 2, 3, 4, 5, 6 leere Einmachgläser im Regal. 1, 2, 3, 4 Vasen. 1, 2, 3 Boxen.

Ganz langsam legte sich der Druck und mit ihm das Kribbeln. Ich atmete auf. Mit kühlerem Kopf sah ich mich um und bemerkte etwas anderes.

Tropfen. Wie bei einem undichten Wasserhahn.

Eins. Zwei.

Eins. Zwei.

Ein stetiger Rhythmus.

Das Ruderboot war gefüllt mit Wasser. Beinahe randvoll, und obwohl ständig welches aus einem Rohr in der Wand nachtropfte, schwappte nichts über. Es roch nicht abgestanden, wie man hätte vermuten können, sondern wie frischer Regen.

Verwundert beugte ich mich darüber und sah hinein. Die Oberfläche war nahezu glatt bis auf die seichten, sanften Wellen, die von den Tropfen ausgingen. Trotzdem sah ich mein eigenes Gesicht, umrandet von wirrem, buntem Haar.

Plötzlich glühte ein Licht auf. Es schien vom Grunde des Bootes zu kommen, hell und klar. Ich blinzelte und erkannte ...

... *einen Schokoriegel!*

Geschmackrichtung: Peanutbutter-Marshmallow.

Mein Magen knurrte und ich spürte, wie mir das Wasser im Mund zusammenlief. Ich konnte meinen Blick nicht von dem Riegel wenden, wollte ihn herausfischen. Probieren.

Also beugte ich mich weiter vor, streckte meine Hand aus, tunkte sie vorsichtig ins Nass. Das Wasser war kühl, aber nicht unangenehm. Es schwappte über den Rand, als ich die Hand tiefer eintauchte. Beinahe berührte meine Nasenspitze die Oberfläche.

Meine Finger erreichten die Schokolade, aber ich spürte ... nichts. Erneut versuchte ich nach ihr zu greifen, da hörte ich ein Kläffen vor dem Schuppen.

Unfug?

Ich zog meine Hand heraus und fuhr herum. Der Waschbär knurrte. Seine Krallen schabten über die Tür. Etwas beunruhigte ihn.

»Unfug! Ich bin hi...«

Im selben Moment sah ich aus dem Augenwinkel eine Bewegung. Das Wasser im Boot war nicht länger ruhig. Wellen schwappten über den Rand, tränkten den Boden. Ich wollte zurückweichen, aber etwas packte mich und zog mich mit einem Ruck ins Boot.

»Unfu...!«

Eine kalte Welle schlug über meinem Kopf zusammen. Was auch immer mich packte, zog mich in die Tiefe. Ich strampelte und trat um mich, aber immer wenn ich glaubte meinen Angreifer abgeschüttelt zu haben, griff er an einer anderen Seite zu.

Ich blinzelte, konnte aber nichts erkennen außer Dunkelheit. Entsetzt merkte ich, dass das Boot keinen Boden hatte. Das Wasser führte einfach immer tiefer und tiefer. Die Panik in mir wuchs und mit ihr der Druck unter dem Rippenbogen. Er schwoll an und explodierte in einem Wirbel von Luftblasen, der mich von allen Seiten umschloss. Mein Angreifer ließ mich los und ich setzte mich in Bewegung.

Schon verloren sich die Bläschen in alle Richtungen. Einige trieben an mir vorbei, andere blieben an der Wand des Ganges hängen, durch den man mich gezogen hatte.

Ich sah mich nicht um, sondern strampelte in die Richtung, aus der ich gekommen war. Leider viel zu unkoordiniert, denn ich hatte nie richtig schwimmen gelernt, und ich hatte das Gefühl, kaum von der Stelle zu kommen. Meine Lunge brannte und sehnte sich nach Luft. Schon spürte ich, wie meine Fingerspitzen taub wurden. Ich hatte nicht mehr viel Zeit.

Nur wenige Meter über meinem Kopf meinte ich das schummrige Licht des Schuppens zu sehen. *Los, Echo! Das schaffst du.* Fast war ich da, da schnappte wieder etwas nach meinen Beinen. Kleine Finger schlossen sich um meine Füße. Durchsichtige Tentakel wickelten sich um meine Beine.

Panisch trat ich nach ihnen, aber sie waren zu stark.

Plötzlich tauchte über mir ein bekanntes Gesicht auf. Haare wie Feuer und grüne Augen, die kalt zu mir heruntersahen. Adelina.

Ich streckte meine Hand nach ihr aus. Für einen Moment rührte sie sich nicht, starrte mich nur an, als würde sie überlegen, was sie tun sollte. Meine Lippen formten ein lautloses »Bitte«.

Verzweiflung überkam mich, aber in dem Moment, als ich nach unten gezogen wurde, langte Adelina ins Wasser und zog mich heraus.

Nach Luft ringend landete ich auf dem Boden des Schuppens. Adelina hingegen schnappte sich eines der leeren Einmachgläser und stopfte etwas hinein. Dann schraubte sie den Deckel zu und wandte sich mir zu, ein triumphierendes Lächeln auf den Lippen.

»Wolltest du nicht bloß eine Matratze holen?«

Sie war es gewesen! Sie hatte mich mit voller Absicht hierhergelockt.

»Du …« Ich verschluckte mich und hustete.

»Das war deine erste Lektion. Was hast du gelernt?«, fragte sie überheblich.

»Dass du eine verdammte Mistkuh bist, *Roomie*!«

Sie verdrehte die Augen. »Vertraue niemandem, der dich in abgeschlossene Schuppen schickt. Vertraue generell niemandem. Du bist die Auserwählte. Jeder, den du kennenlernst, wird Hintergedanken haben. Entweder wollen sie dich ausnutzen oder dich töten.«

»Dir vertraue ich sicher nicht mehr!«

»Lektion zwei«, fuhr sie unbeeindruckt fort. »Unsere Welt ist voller magischer Wesen. Auch wenn die Hexen keine Magie mehr nutzen können, suchen viele von ihnen unsere Nähe. Die meisten Wesen sind scheu oder leben im Verborgenen. Das heißt aber nicht, dass sie nicht gefährlich sind. Zumindest für so unbedachte Trottel wie … nun ja … dich. Du solltest so schnell wie möglich mehr über sie lernen.«

»So?«

Sie zuckte mit den Schultern. »Ich dachte, du bist eher der praktische Typ.«

»Ich hätte sterben können.«

»Keine Sorge. Wenn du wirklich die Auserwählte bist, kannst du erst draufgehen, wenn du die Prophezeiung erfüllt hast.«

»Für jemanden, der die Prophezeiung ziemlich lange missverstanden hat, scheinst du dir sehr sicher.«

Sie funkelte mich an, als würde sie in Betracht ziehen, mich ein weiteres Mal in dem Boot zu versenken. »Bedauerlicherweise fürchte ich, dass es dieses Mal keine Verwechslung gibt. Also krieg dich ein.«

»Und wer sagt, dass ich mein Schicksal nicht als Geist erfülle?«

Sie schien einen Moment darüber nachzudenken. »Das wäre in der Tat ein unerwarteter Twist. Aber soweit ich weiß, können Geister nicht mit der Umwelt interagieren.«

»Poltergeister können es. Und wenn du mich umbringst, werde ich als verdammter Poltergeist wiederkommen und dich in den Wahnsinn treiben.«

»Schön. Das Risiko gehe ich ein.« Sie drehte sich um und deutete auf das Glas zu ihren Füßen. »Lektion Nummer drei. Das ist ein Quellenpixie.«

Auf den ersten Blick war darin nichts zu sehen. »Da ist nur Wasser ...«

»Sieh genauer hin.«

Ich blinzelte und tatsächlich. Im Wasser waren ein Schimmern und geschwungene Linien, die sich zu einem Körper formten. Je länger ich hinsah, desto mehr offenbarte sich mir. Ein Kopf mit runden, feindseligen Augen, langen breit gefächerten Ohren und einem Mund voller Zähne. Der schmale, grazile Körper endete in mehreren Tentakeln.

Kleine Fäuste trommelten aufgebracht gegen die Scheibe.

»Das kleine Ding hat mich angegriffen?«, fragte ich ungläubig und deutete auf die Oktopusfee. »Sie ist beinahe ... *süß*.«

»Im Schwarm sind sie es nicht mehr. Ich vermute, es waren um die zehn, die es auf dich abgesehen hatten«, erklärte Adelina. »Pixies sind intelligenter, als viele meinen. Wie die Hexen lassen sie sich verschiedenen Elementen zuordnen. Die Quellenpixies können Halluzinationen heraufbeschwören, mit denen sie sich schützen, aber auch Opfer ins Wasser locken.«

»Die Schokolade!«

Adelina hob fragend eine Augenbraue.

»Ich habe einen Schokoriegel gesehen und wollte nach ihm greifen.«

»Und du dachtest, es sei eine gute Idee, nach einer Süßigkeit in einem unheimlichen schwarzen Wasser zu greifen?«

»Na ja ...«

»Vielleicht überlebst du doch nicht, bis die Prophezeiung erfüllt ist.«

»Das ist nur passiert, weil du eine grauenvolle Lehrerin bist!«

»Ich habe von der grauenvollsten gelernt und glaub mir, sie hätte dich nicht rausgezogen.« Ein Schatten huschte über Adelinas Gesicht, aber sie schüttelte die Erinnerungen ab.

Wen meinte sie?

Ehe ich nachfragen konnte, fuhr sie fort: »Neben den Quellenpixies gibt es noch andere Wesen. Glutpixies gehören zum Feuerelement. Sie sind kleine Brandstifter, wenn man sie provoziert. Erdskrats regieren das Erdreich. Sie sind zwar entfernt mit den Pixies verwandt, haben sich aber in eine andere Richtung entwickelt und unterscheiden sich von ihnen bezüglich Optik, Sozialverhalten und Kommunikation.«

»Und Luftpixies?«

»Seit dem Fluch wurden keine mehr gesehen, aber vielleicht ändert sich das jetzt, wo unser Wunderkind erschienen ist.«

Adelina nahm das Glas und legte es vorsichtig in das Boot zurück. Sofort geriet das Wasser in Bewegung. Ich sah Tentakel und Hände, die nach dem Verschluss griffen und an ihm rüttelten.

»Glut- und Quellenpixies sind fies, aber untereinander sehr sozial. Sie lassen sich nicht im Stich.«

Das Glas öffnete sich und das Pixie floh mit seinen Gefährten in die Dunkelheit. Adelina sah ihnen nach, ein trauriges Lächeln auf den Lippen.

Sie mochte wie eine Eiskönigin rüberkommen, aber für einen Moment meinte ich die Kälte schmelzen zu sehen. Hatte sie etwa ein Herz für diese mörderischen Oktopusfeen? Nun ja, wundern würde es mich nicht.

Sie wandte sich wieder an mich. »Noch Fragen?«

»Warum habt ihr ein Boot ohne Boden in eurem Schuppen?«

16
Ein Königliches Make-over

Echoline Lighttower

Am nächsten Morgen weckte uns ein Klopfen an der Tür. Adelina hob ihre Schlafmaske und schwang sich aus dem Bett. Obwohl sie gerade erst aufgewacht war, wirkte sie energiegeladen, während ich nicht einmal wusste, welches Jahr war, und mich fragte, warum ich eine kaputte Socke in der Hand hielt.

Tante Corentine kam herein, gekleidet in einen blauen Bademantel.

»Guten Morgen. Wie war die erste Nacht?«, flötete sie gut gelaunt, eine Tasse Tee in der Hand.

»Wunderbar, wir haben Masken aufgelegt, uns gegenseitig die Haare geflochten und gemeinsam um einen Regenbogen der Harmonie getanzt. Das, was man eben so als frischgebackene Schwestern macht«, entgegnete Adelina.

»Und ich hatte schon Sorge, du würdest versuchen Echoline umzubringen.«

»Nein. Das ist deine Aufgabe, Tante.« Sie schenkte ihr ein bittersüßes Lächeln, woraufhin sich auch Corentines Gesicht verdüsterte. Die Spannung zwischen den beiden lag deutlich in der Luft. Selbst für mich war klar, dass hier etwas vorgefallen war.

Corentine räusperte sich und wandte sich wieder mir zu. »Dann hast du gut geschlafen, Echo, Liebes?«

»Ja ...« Ich richtete mich mit der Socke in der Hand auf, woraufhin meine Wirbelsäule knackte wie eine Trauerweide im Wind.

»Musstest du etwa auf dieser Backsteinmatratze schlafen?«, rief Corentine entsetzt. »Das ist einer Auserwählten ganz und gar unwürdig. Morgen wirst du mit Adelina tauschen.«

»Was?« Adelinas Mund klappte auf. »Als du mich eine Woche in den Schuppen eingesperrt hast, hast du behauptet, dass sie mich abhärten würde.«

»Weil du schwach warst. Und jetzt wissen wir auch, warum. Dir fehlt es an Hexenblut. Entweder du überlässt Echoline dein Bett oder du schläfst noch mal eine Woche im Schuppen.«

Adelinas Wangen färbten sich rot vor Zorn, aber sie sagte nichts.

»Eingesperrt?«, hakte ich bei Corentine nach.

»Ach. Das war bloß Teil ihres Trainings.«

»Und was genau sollte ihr das beibringen?«

Dieses Mal war es nicht meine Tante, die antwortete, sondern Adelina. »Dass es nur eine Person gibt, auf die ich mich verlassen kann. Mich selbst.«

Das erklärte wohl ein bisschen besser, warum Adelina war, wie sie war. Ich wollte mir gar nicht vorstellen, wie ihre Nächte mit den Quellenpixies ausgesehen hatten.

»Keine Sorge, Liebes, bei dir brauchen wir derart drastische Maßnahmen nicht. Du bist ein Naturtalent«, winkte Tante Corentine ab. »Das ist auch der Grund, warum ich hier bin. Wir müssen dich unbedingt ein wenig präsentabler machen. Ich habe nämlich ein paar Gäste geladen, die unser Wunderkind gerne kennen lernen würden.«

»Du lädst Gäste ein?« Adelina starrte sie an. »Die Alchemisten suchen sie und die Nachrichten sind voll von dem Sturm. Sollten wir sie nicht eher verstecken als sie präsentieren?«

»Natürlich habe ich nur die Wichtigsten unseres Zirkels eingeladen. Diejenigen, denen man absolut vertrauen kann.«

Adelina lachte ungläubig. »Man kann niemandem vertrauen. Die sind alle machtgierig.«

»Genau darum werden sie uns nicht verraten. Sie wollen sich mit der Königin der Hexen gut stellen.«

»Und wenn sie nicht mehr nützlich ist, dreht sich der Wind schneller, als man Prophezeiung sagen kann ...«

Tante Corentine verdrehte die Augen. »Lass dir von ihr nicht den Tag verderben. Sie ist bloß neidisch. Komm, Echo, Liebes.«

Tee schlürfend verließ sie das Zimmer. Ich zögerte kurz, aber als ich mich zu Adelina umdrehte, fauchte sie mich bloß an: »Worauf wartest du? Verschwinde endlich.«

Also folgte ich Corentine ins Badezimmer, wo sie ein Bad eingelassen hatte, in dem Blüten und Kräuter schwammen. Auf einem Hocker lag ein Tablett mit Bürste und duftenden Fläschchen.

»Du musst dir keine Gedanken machen wegen Adelina. Sie war immer schon ein schwieriges Mädchen, das nur sich selbst gesehen hat«, seufzte Tante Corentine, während sie begann wie selbstverständlich meine Haare zu kämmen.

»Ich glaube, sie ... ist einfach verletzt. Es muss hart sein zu erfahren, dass man vertauscht wurde.« Irgendwie hatte ich Mitleid mit ihr.

»Nun, ich bin sicher, du wirst noch wesentlich bessere Freunde finden als sie.« Tante Corentine legte die Bürste beiseite und leerte den duftenden Inhalt eines Fläschchens ins Wasser. »Nun gut, sorgen wir erst mal dafür, dass du nicht mehr wie ein Erdskrat riechst. Und dein Gefährte könnte auch ein Bad vertragen.« Sie öffnete die Tür und ließ Unfug herein, der sich der Wanne näherte, als wäre sie sein neuer Erzfeind.

»Wenn ihr fertig seid, kommt ins Ankleidezimmer nebenan. Dort erwartet dich eine kleine Überraschung.«

Corentine schloss die Tür und ließ uns zurück. Ich zögerte nicht lang, zog meinen Schlafanzug aus und stieg in die Wanne. Unfug nahm skeptisch auf dem Rand Platz und beäugte mit hungrigem Blick die Blumen, die um mich herumschwammen.

»Du bist der gefräßigste Waschbär, den ich kenne«, kicherte ich und schob ein paar Blüten in seine Reichweite. Er schlang sie herunter.

In diesem Moment begann mein Handy zu vibrieren.

Ich spähte über den Rand der Wanne und erschrak. Mit klopfendem Herzen nahm ich ab. »Ja?«

»Echoline? Wo bist du?«, rief Ms Murphy aufgeregt. »Dein Bett war leer. Bist du etwa gar nicht nach Hause gekommen? Sag mir bitte nicht, dass du dich wieder verlaufen hast. Oder bist du in diesen schrecklichen Sturm geraten, der überall in den Nachrichten ist?«

»Na ja ... Ich war spazieren. Und, ähm ...«

»Du hast dich verlaufen, oder? Echoline! Ich habe dir doch gesagt, du sollst nicht einfach verschwinden.«

»Keine Sorge. Ich bin nicht verloren gegangen. Im Gegenteil. Ich wurde gefunden.«

Am anderen Ende der Leitung herrschte kurz Stille. »Was meinst du?«

»Ich erzähl es Ihnen später, aber machen Sie sich keine Sorgen, ja? Mir geht es gut.«

»Echoline, was redest du da? Wo bist du?«

Was sollte ich ihr sagen? Die Wahrheit würde sie mir niemals glauben und ich war nicht sonderlich gut darin zu lügen.

»Ich ... ich rufe später noch mal an, in Ordnung?«

»Nichts ist in Ordnung, junge Dame. Du kannst doch nicht einfach so gehen.«

»Ich bin in Little Witchington und ich komme, sobald ich kann, okay?«

»Echoline ...«

»Ich hab gerade keinen Empfang, aber ich melde mich wieder. Versprochen!«

Seufzend legte ich auf und versank im dampfenden Wasser. *So ein Mist!*

Ms Murphy würde sich nicht ewig hinhalten lassen, aber wie sollte ich ihr all das bloß erklären?

Ich holte tief Luft und lehnte mich zurück. Im Heim hatte es keine Wannen gegeben, nur lauwarme Duschen, unter denen man nicht länger als nötig blieb.

Ich platschte eine Weile mit den Händen, versuchte mit Lavendelstängeln den Mülleimer zu treffen, fütterte Unfug mit Blumen, testete, wie lange ich die Luft anhalten konnte ...

Und beschloss, dass ich nicht verstand, was Leute am Baden gut fanden. Es war in erster Linie schrecklich langweilig.

Gerade wollte ich aus der Wanne steigen, da verlor Unfug den Halt und platschte hinein. Prustend tauchte er wieder auf und schlug seine Krallen auf der Suche nach Halt in meine Oberschenkel. Ich setzte ihn lachend auf meinen Schoß, bevor ich anfing ihn mit der Bürste zu bearbeiten. Erst schnappte er danach. Dann gab er auf und ließ die Prozedur mit grummeligem Gesicht über sich ergehen.

Als wir wie eine Blumenwiese dufteten, tapsten wir nach nebenan, wo Tante Corentine auf mich wartete.

»Da bist du ja. Ich habe etwas für dich«, verkündete sie strahlend und trat zur Seite, um ein Kleid zu präsentieren, das hinter ihr am Schrank hing.

Ich hatte noch nie ein derart teuer aussehendes Kleidungsstück berührt, geschweige denn getragen. Es war in verschiedenen Blautönen gehalten. Vom Azur eines Sommerregens bis zum Hellblau eines weißgrauen Sturmtages im Winter war alles vertreten.

»Was ist das?«

»Dein Kleid für die Party.« Tante Corentine half mir es anzuziehen und am Rücken zu schließen. Oben saß es eng am Körper. Ab der Hüfte floss der Stoff wie Wasser bis zu meinen Knöcheln. In dem Gewebe waren kleine Kristalle befestigt, die bei jeder Bewegung klimperten.

Bevor ich eine Chance hatte, mich im Spiegel zu begutachten, drückte mich Corentine auf einen Stuhl und griff zu einer Bürste.

»Lass mich zuerst den Rest fertig machen. Dann ist der Vorher-Nachher-Effekt noch größer.« Sie begann meine Haare zu trocknen, zu bürsten und anschließend hochzustecken.

»Woher kannst du das?«, fragte ich, als sie mit geschickten Händen die einzelnen Strähnen befestigte.

»Ich habe mich mein ganzes Leben auf diese Aufgabe vorbereitet.«

»Friseurin?«

»Rechte Hand der Königin«, korrigierte sie versonnen lächelnd. »Du hast ja keine Ahnung, wie sehr ich von diesem Moment geträumt habe.«

Sie verteilte eine Flasche Haarspray über meinem Kopf. Dann kümmerte sie sich um mein Make-up.

»Ich hab noch nie welches getragen«, gestand ich, als ich die große Tasche voller Schminkutensilien betrachtete.

»Noch nie?«

»Das einzige Mal, dass ich mein Gesicht bemalt habe, war zu Halloween. Ich bin als Kröte gegangen und hab mein Gesicht braungrün angepinselt. Dazu hatte ich Handschuhe und Schuhe, die aussahen wie Krötenfüße.«

»Nun, als Kröte werde ich dich sicherlich nicht schminken.«

Der Pinsel kitzelte über meine Haut und trug eine Schicht nach der anderen auf. Ich hatte keine Ahnung, dass man für Make-up so viele Schichten wie für eine Hausrenovierung benötigte.

Gerade glaubte ich es geschafft zu haben, da rückte mir Tante Corentine mit einem gefährlich aussehenden Teil zu Leibe. »Was ist das?«

»Halt still. Das ist bloß eine Wimpernzange.«

»Nein!« Ich kniff meine Augen zu, fest entschlossen sie vor dem Folterinstrument zu bewahren.

»Stell dich nicht so an. Du willst doch schön aussehen.«

Ich schüttelte energisch meinen Kopf. »Ms Murphy sagt, Schönheit kommt von innen!«

»Na schön«, seufzte sie. »Dann ohne Wimpernzange.«

Sie griff zu einer Box mit silbernen und blauen Farbtönen darin, die sie mir auf die Augenlider puderte. Anschließend tuschte sie meine Wimpern. Warum schminkten sich Leute freiwillig? Das war – wie das Baden – ebenfalls todlangweilig. Ich rutschte auf dem Stuhl hin und her, zappelte mit den Beinen und wurde mehr als ein Mal ermahnt stillzuhalten.

»Du bist wirklich ungeduldig, wie es nur eine Sturmhexe sein kann«, lachte Tante Corentine.

Ich horchte auf. »Bin ich deswegen so ... zappelig?«

»Oh ja, unsere Familie galt schon immer als ungeduldig und aufbrausend, aber auch als energiegeladen und kreativ.«

»Ms Murphy hatte den Verdacht, ich hätte so was wie ADHS. Konzentrationsprobleme.«

»Ich würde eher auf die Sturmmagie in dir tippen.«

Als sie endlich fertig war, begutachtete sie mich mit zufriedenem Lächeln. »Perfekt.«

Dann zog sie mich vor den Spiegel. Ich hielt den Atem an, als ich das fremde Mädchen darin begutachtete. »Ich sehe aus wie eine kitschige Disney-Prinzessin.«

Tante Corentine trat hinter mich. Dann setzte sie mir ein Diadem auf, von dem sechs goldene Blitze wie Zacken nach oben standen.

»Nein. Du siehst aus wie eine Königin«, korrigierte sie mich stolz.

17
Das Beste kommt zum Schluss

Adelina Lighttower

Wenn Corentine schon eine verdammte Party für die Auserwählte schmeißen würde, dann wollte ich wenigstens sichergehen, dass ich unvergesslich aussah. Nicht wie das arme Mädchen, das gescheitert war, sondern wie die Königin, die sich jeder wünschte.

Ich entschied mich für ein rotes, langes Kleid. In den Saum waren Rubine eingenäht, welche an die Kristallkrone der Hexen erinnern sollten. Es war dem Kleid von Rita dem Drachen nachempfunden. Sie trug es an dem Abend des Großen Brands, als sie sich mit einer konkurrierenden Hexenkönigin traf und diese samt ihrer Gefolgschaft verbrannte. Legenden zufolge kam nur Rita aus den Flammen, die im Festsaal loderten. Ihr Kleid war verbrannt, aber die Kristallkrone hatte unbeschadet überlebt.

Die Frau wusste einfach, wie man in Erinnerung blieb. Ich drehte mich vor dem Spiegel. Meine Haare ließ ich in langen Wellen über meine Schultern fallen. Dazu wählte ich ein ausdrucksstarkes Make-up.

Als ich sicher war, dass alle Gäste eingetroffen waren, erschien ich auf dem Treppenabsatz.

Das Beste kam ja bekanntlich zum Schluss.

Meine Mutter hatte sich wirklich ins Zeug gelegt und überall Kerzen aufgestellt. Natürlich in Blau. Kristalle fingen ihr Licht auf und tauchten den Raum in die unterschiedlichsten Blautöne.

An der Wand hatte sie ein üppiges Buffet aufgebaut. Die Gäste standen an Tischen oder in kleinen Grüppchen im Raum verteilt.

Ich spürte, wie die meisten in ihren Gesprächen innehielten, um zu mir aufzusehen. Also ging ich langsamer, damit ja niemand meinen Auftritt verpasste.

»Was macht die denn hier?«, hörte ich einige Gäste flüstern.

»Ich dachte, sie wäre keine Lighttower.«

»Nicht mal eine Hexe ist sie …«

»Nicht zu fassen, dass es ihrer Familie nicht aufgefallen ist. Ein Skandal.«

Ich ignorierte das Getuschel und mischte mich wie selbstverständlich unter die Anwesenden. Wenn man sich unter Raubtieren befand, war der Trick, niemals Furcht zu zeigen. Ein weiterer Rat von Rita dem Drachen.

Tatsächlich war die Crème de la Crème unseres Zirkels gekommen. Sogar die Mercurys. Sie gehörten zu den Erdhexen, die eine besondere Begabung für Metalle hatten. Ihre Vorfahren waren mit Gold reich geworden, ein Umstand, von dem die Mercurys nach wie vor profitierten. Sie waren eine der wenigen Hexenfamilien, die nicht in Little Witchington, sondern in der Nähe der Mercury Banken in Oxford und London lebte.

Ich ging auf das erste Grüppchen zu, in dem ich Cloudia Weatherly entdeckte. Ihre Familie gehörte ebenfalls zu den Lufthexen und konnte das Wetter vorhersagen. Eigentlich waren unsere Familien befreundet und sie hatten mein Anrecht auf den Thron stets unterstützt. Jetzt zeigte sie mir allerdings die kalte Schulter. Ich setzte meinen Weg zu einigen Flusshexen fort, aber als ich sie erreichte, taten sie so, als wären sie in ein Gespräch vertieft.

So war das also!

Vor einer Woche war ich für sie die Prophezeite des Sturms, jetzt nur noch Luft.

Mein nächster Versuch galt einer Gruppe, in der ich Tilly sah. Sie stand dort mit Gleichaltrigen anderer Familien, aber als ich mich zu ihnen gesellen wollte, zogen sie ihren Kreis enger. Immerhin warf mir Tilly einen entschuldigenden Blick zu und raunte: »Tut mir leid, aber wenn wir reden, werde ich geghostet.«

Na schön ... Das würde ein harter Abend werden.

Ich schritt zum Buffet und nahm mir ein Glas süße Lavendelbowle, die ich in wenigen Schlucken herunterkippte. Gerade wollte ich mich wieder ins Getümmel stürzen, als ein Junge auf mich zutrat.

Dunkle Augen, die er mit goldenem Lidstrich betonte. Puder in den Haaren, ein teurer heller Anzug, der seine bronzefarbene Haut betonte. Maddox Mercury – *The Golden Boy*.

»Du wagst dich in die Höhle des Löwen?«, fragte er und lächelte träge.

»Du wagst es, mit einer Ausgestoßenen zu reden?«

»Du kennst mich doch. Ich lebe gerne am Limit.«

»Allerdings.«

Maddox war ein eingebildeter Kerl mit einer Vorliebe für teure Dinge, aber ich mochte ihn. Er hatte eine erfrischende Ehrlichkeit an sich, von der sich andere hier eine Scheibe abschneiden konnten.

Für eine Weile beobachteten wir Echoline, die nicht weit entfernt stand und von einer Schar Neugieriger umringt wurde. Tatsächlich hatte Tante Corentine aus unserer Königin-die-keine-sein-wollte das Beste herausgeholt. Vor allem die Blitzkrone machte Eindruck, aber das würde ich nie laut zugeben.

»Hat sie gerade ihr angebissenes Sandwich zurück auf den Teller gelegt?«, fragte Maddox und rümpfte die Nase.

»Von Etikette hat sie noch nicht viel gehört.«

»Ganz offensichtlich.«

»Aber das muss sie auch nicht. Die Leute lieben sie für ihre Kräfte. Da ist es egal, dass ich die bessere Wahl für den Job wäre. Die Welt ist eben nicht gerecht ...«, zitierte ich Rita den Drachen.

»... und darum soll sie brennen«, beendete Maddox meinen Satz. »Das solltest du lieber nicht posten.«

»Ich komme nicht mal in Versuchung. Mein Handy wurde von Glutpixies geschmolzen.«

»Wenn das so ist ...« Er kramte in seiner goldenen Handtasche und zog ein nagelneues Handy mit glitzernder Hülle heraus. »Nimm das.«

Ich starrte ihn an. »Du gibst mir deins?«

»Ach, ich habe genug. Für den Fall, dass meine Mutter mal wieder eines konfisziert, um mich zu bestrafen. Gib es mir einfach wieder, wenn du es nicht mehr brauchst.«

»Bist du sicher?«

»Ich betrachte es als Investition.«

»In mich?« Ich sah ihn ungläubig an. »Falls du es noch nicht mitbekommen hast, ich bin keine Hexe. Nicht mal halb, weshalb alle hier beschlossen haben mich zu ignorieren.«

»Ich habe da so ein Gefühl und als Geschäftsmann habe ich gelernt meinen Instinkten zu vertrauen.«

»Wie oft liegst du richtig?«

»Fifty-fifty.«

»Na dann …« Neugierig drehte und wendete ich das Handy in meiner Hand.

»Ich hab es ein bisschen aufpimpen lassen.« Maddox zwinkerte. »Wähle 1234 und stell den Lautsprecher auf laut, aber pass auf, dass du nicht hörst, was dann passiert. Alternativ kannst du auch eine Person anrufen und dann 1234 drücken.«

Es juckte mir in den Fingern, es gleich zu probieren, und Maddox nickte in Richtung Echoline, die gerade von seiner Mutter, Victoria Mercury, belagert wurde. »Unsere Auserwählte braucht dich.«

»Mich?«

»Ohne dich wird sie meine Mum nicht überleben.« Er beugte sich vor. »Ihre Nummer ist abgespeichert, wenn du dein neues Spielzeug ausprobieren willst.«

»Benutzt du mich, um deine Mutter auszuschalten?«

»Nur temporär. Ich muss noch woandershin und es wäre gut, wenn sie das nicht mitbekommt.«

»Ach ja?«

»Ein Date.« Er zwinkerte mir zu.

Maddox Mercury verstand es, sich nicht in die Karten gucken zu lassen, aber egal ob er mir nun die Wahrheit sagte oder nicht, ich entschied, dass mir das Handy den Deal wert war.

Unauffällig näherte ich mich der kleinen Gruppe um Echoline.

»Kannst du uns deine Magie präsentieren?«, fragte Victoria Mercury gerade. In ihrem goldenen Kleid sah sie aus wie eine polierte Oscar-Statue. »Nur einen kleinen Windzug. Mehr verlange ich nicht.«

»Ich … Nein, tut mir leid. Ich weiß noch nicht, wie ich sie kontrollieren kann.«

»Höchst bedauerlich. Ich muss sagen, ich hatte schon etwas mehr erwartet von der Auserwählten.«

»Sie braucht nur ein wenig Training. Ich werde mich darum kümmern«, versprach Tante Corentine schnell. »Aber eine eindrucksvolle Kostprobe hast du ja in den Nachrichten gesehen.«

»Oh ja. An den Videos kommt man nicht vorbei. Aber du musst unsere Zweifel verstehen, liebe Corentine. Das ist schließlich nicht die erste Prophezeite, die du uns präsentierst.«

»Echoline ist definitiv die echte.«

»Wenn du das sagst.« Victoria musterte meine neue Schwester. Angesichts der Aufmerksamkeit fühlte die sich offensichtlich unwohl, denn sie schrumpfte wie ein Eis in der Hitze. »Nun, da liegt noch einiges an Arbeit vor dir, Corentine, aber ich habe vollstes Vertrauen in deine Fähigkeiten.«

Maddox hatte recht. Das war ja nicht mit anzusehen. Ich wählte Victorias Nummer, dann die 1234. Es dauerte nicht lang, dann begann das Handy in ihrer Handtasche zu vibrieren.

»Entschuldigt mich kurz.« Sie drückte das Telefon ans Ohr. »Ja?«

Im selben Moment verdrehte sie ihre Augen, ihr Körper erschlaffte und sie sank mit einem seligen Seufzen zu Boden. Aufgeregte Umherstehende fingen sie auf und beförderten sie auf eine Couch, auf der sie schnarchend liegen blieb.

»Der Gesang einer Mondsirene«, raunte mir Maddox ins Ohr. »Unglaublich praktisch, wenn man schnell von einer langweiligen Party verschwinden will. Oder unter Schlafstörungen leidet. Wenige Töne reichen, um jemanden ins Reich der Träume zu befördern.«

»Danke.«

»Nicht unsere Magie macht uns besonders, sondern unser Einfallsreichtum.« Er zwinkerte mir zu.

»Welche geniale Person hat denn diesen Satz von sich gegeben?«

»Du.« Er schenkte mir einen tiefen Blick aus seinen goldumrandeten Augen. »Kleiner Tipp. Lass dich bloß nicht mit dem Handy erwischen. Die Technologie ist nicht legal.«

Dann verschwand er zu seinem geheimnisvollen Date, während ich ein anderes Ziel hatte.

Echoline hatte die Gunst der Stunde ebenfalls genutzt, um sich davonzuschleichen, und ich fragte mich, was sie vorhatte. Da niemand sonst Anstalten machte, mit mir zu sprechen, folgte ich ihr.

Sie verschwand durch die Hintertür in den Garten. Allerdings war sie dieses Mal schlau genug den Schuppen zu meiden und bog stattdessen nach rechts zum Kräutergarten. Hier sank sie auf einer Bank zusammen und legte die Krone aus Blitzen neben sich.

»Gibst du schon auf, Auserwählte?«, fragte ich spöttisch.

»Diese Party ist schrecklich. Ich fühle mich wie ein Zirkusäffchen, das sie begaffen wollen. Ganz ehrlich. Da habe ich lieber eine weitere Begegnung mit den Quellenpixies, als wieder da reinzumüssen.« Sie zog ihr Kleid hoch, was ihre ausgelatschten Chucks enthüllte. Dann setzte sie sich im Schneidersitz hin, wobei der Stoff ihres Kleides ein bedrohliches Ratschen von sich gab. Ich musste gestehen, dass ich sie ein wenig dafür beneidete, dass es ihr so egal war, wie sie auf andere wirkte.

Zögernd nahm ich auf dem Rand der Bank Platz, darauf bedacht, mein Kleid nicht zu zerknittern.

»Sie wollen mehr als das. Sie wollten dich testen.«

»Testen?«

Sie sah mich an und ich schluckte. *Diese Augen!* Es waren wirklich dieselben wie bei Mum! Die Erkenntnis brachte mich für einen Moment aus der Fassung.

»Was wollen sie testen?«

»Ähm.« Ich wandte mich von ihr ab. »Wie sie dich am besten zu ihren Gunsten manipulieren können. Darum geht es ihnen.

Ihre eigene Macht und ihren eigenen Vorteil. Glaub mir, ich habe schon an einigen dieser Veranstaltungen teilgenommen. Ich weiß, wovon ich spreche.«

Allerdings verschwieg ich, dass ich es immer sehr genossen hatte, im Zentrum der Aufmerksamkeit zu stehen.

»Ich weiß, wie es ist, in eine Rolle gesteckt zu werden. Das war mein Alltag bei allen Pflegefamilien, denn natürlich will niemand ein Mädchen, das vorlaut ist, sich nicht konzentrieren kann und schon einmal in der Schule sitzen geblieben ist. Alle wollen ein liebes, wohlerzogenes Mädchen, mit dem sie vor ihren Verwandten angeben können. Dabei …« Sie nahm die Krone und drehte sie in der Hand. »… will ich einfach nur ich selbst sein.«

»Tja, tut mir leid dich enttäuschen zu müssen. Aber vermutlich will niemand hier, dass du du selbst bist. Am allerwenigsten Tante Corentine.«

Sie musterte mich von der Seite und ich konnte fühlen, dass sie etwas auf dem Herzen hatte. »Tut mir leid, dass sie dich im Schuppen eingesperrt hat.«

»Oh, sie hat viel schlimmere Dinge getan als das.«

Ihr Unterkiefer klappte runter. Das Entsetzen in ihrem Blick brachte mich aus dem Konzept.

»Nun ja. Es war ihre Art, mich auf meine Aufgabe vorzubereiten, und nun hab ich einen Knacks, aber keinen Thron.« Ein etwas hysterisch klingendes Lachen entschlüpfte meiner Kehle. Schnell biss ich mir auf die Lippe. Ich hatte zu viel preisgegeben. Beinahe hörte ich Corentines Stimme in meinem Kopf. *Sei still, Adel! Du machst dich lächerlich.*

»Ist auch egal. Ich wollte nur, dass du weißt, was dich erwartet.« Ich erhob mich, um zu verschwinden, aber eine Hand schloss sich um meine. Sie war warm, weich und … *freundlich*. Ich war so überrascht, dass ich mich nicht wehrte, als Echoline mich auf die

Bank zurückzog. Was machte sie da? Ich wusste nicht, was ich tun oder sagen sollte.

Sie nahm die Krone und setzte sie vorsichtig auf meinen Kopf. Dann zupfte sie meine Haare zurecht und verkündete: »Passt perfekt.«

Eine Welle der Wut überrollte mich. »Was soll das?«, rief ich verärgert. »Willst du dich über mich lustig machen?«

»Nein.« Sie schüttelte den Kopf. »Dir steht sie viel besser.«

Ich räusperte mich. »Ich weiß. Ich wäre eine fantastische Königin.«

»Wir stehen das durch. Zusammen, Roomie!«, versprach sie und beinahe glaubte ich, dass sie es ernst meinte. Der Gedanke war auch zu verlockend. Eine Freundin, eine Verbündete, eine Schwester, auf die ich mich verlassen konnte. Aber ich wusste es besser. Am Ende des Tages war ich bisher noch immer allein gewesen.

»Nenn mich nicht Roomie.«

»Sorry, *Sis*.« Sie kicherte und für eine Sekunde ließ ich mich davon anstecken.

»Adelina!« Die Tür flog auf und Tante Corentine kam herausgestürmt. »Wieso ist die Auserwählte hier draußen und nicht bei unseren Gästen?«

Bevor ich etwas sagen konnte, ergriff Echoline das Wort. »Ich musste frische Luft schnappen.«

»Dafür ist jetzt keine Zeit. Ich habe dich noch nicht allen vorgestellt.«

»Muss das sein?«

»Ob das sein muss?« Corentine entglitt das Lächeln. »Du bist die Prophezeite, auf die unser Zirkel dreihundertfünfzig Jahre gewartet hat. Hat Adelina dir diesen Unsinn eingeredet?«

Jetzt richtete sich ihr Ärger gegen mich und er vergrößerte sich noch, als sie bemerkte, dass ich die Krone trug. »Was soll denn dieser Unsinn?«

»Oh, ich habe sie ihr geliehen«, sagte Echoline sofort. Corentine jedoch ließ sich nicht beruhigen und riss mir die Krone vom Kopf.

»Ich weiß, dass das auf deinem Mist gewachsen ist«, knurrte sie. »Wenn du in einer Sache immer schon gut warst, dann war es Manipulation.«

»Ich hab nicht ...«

»Jetzt hör mir genau zu. Wenn du nicht einmal dazu taugst, meine Nichte anständig zu beraten und in unsere Welt einzuführen, wirst du uns verlassen.«

»Das könnt ihr nicht ...«

»Wir können und wir werden«, widersprach Corentine.

Plötzlich zitterten meine Hände und mir fehlten die Worte, aber zu meiner Überraschung stellte sich Echoline vor mich.

»Adelina hat nichts Falsches getan. Ich wollte frische Luft schnappen, weil mir alles zu viel wurde, und sie hat mich aufgemuntert.«

»Hat sie das?«

»Ja.«

»Nun gut.« Tante Corentine holte Luft, dann nickte sie versöhnlich. »Es ist ein sehr denkwürdiger Abend und ich möchte einfach, dass alles perfekt läuft.«

»Solche Veranstaltungen sind einfach nicht so mein Ding.«

»Mach dir keine Gedanken, Echo, Liebes. Du hast das bis jetzt ganz herausragend gemeistert.« Sie lächelte süß. »Würdest du jetzt bitte wieder reingehen? Adelina und ich haben auch noch schnell etwas zu bereden.«

Echoline zögerte, nickte aber schließlich und ging zurück ins Haus.

Kaum war die Tür hinter ihr zugefallen, wandte sich meine Tante mir zu. Von jetzt auf gleich änderte sich ihr Ausdruck in Verachtung. Ehe ich mich versah, schloss sich ihre Hand um meinen Lapislazuli-Kristall und mit einem Ruck riss sie mir die Kette vom Hals. »Dieser Kristall ist der Schutzstein unserer Familie. Er hat nichts bei dir zu suchen.«

Ihre Worte schnitten mir direkt ins Herz, aber ich ließ nicht zu, dass sie etwas davon bemerkte. »Ihr habt ihn mir geschenkt. Er gehört mir.«

»Da wussten wir noch nicht, dass kein Tropfen Hexenblut in die fließt. Und nun verschwinde. Du hast auf dieser Feier nichts zu suchen. Noch dazu in diesem Outfit. Damit machst du dich nur lächerlich und uns auch.«

Wie erstarrt stand ich da und sah mit an, wie sie mit dem Kristall in der Hand im Haus verschwand und die Tür hinter sich verschloss.

Ich sank auf der Bank zusammen und rang nach Luft. Erst als ich sicher war, dass niemand mich hörte, vergrub ich mein Gesicht in den Händen und ließ die Tränen laufen.

18
Das Feuerwerk aus der Flasche

Adelina Lighttower

Ich sah zu gut aus, um den Abend derart armselig zu verbringen. Also zückte ich meinen Handspiegel, frischte mein Make-up auf und ging in meinem roten Kleid und den High Heels die Straße entlang. Ich wusste, wo ich hinwollte.
Der Botanische Garten.
Hier waren die Spuren des Sturms noch allzu sichtbar und ich musste über Gestrüpp und umgeknickte Blumen steigen, um an mein Ziel zu gelangen. Noch dazu wurde es langsam dunkel.
Am zerstörten Kakteenhaus setzte ich mich auf eine Mauer und begutachtete den Himmel, der im Licht der untergehenden Sonne orange leuchtete.
Plötzlich hörte ich Schritte und Tristan trat aus den Schatten. Mein Herzschlag beschleunigte sich. Ich hatte gehofft ihn zu treffen.
»Hallo, Alchemist.«

Die schmalen Lippen verzogen sich zu einem Lächeln. »Hallo, Hexe.«

Ich schmunzelte. Ob er wusste, wie glücklich mich dieses kleine Wort machte. *Hexe*. Für diesen einen kurzen Moment bildete ich mir wirklich ein, dass sich mein Schicksal nicht komplett gedreht hatte. »Stalkst du mich?«

»Ich habe gewusst, dass du hier auftauchst.« Er setzte sich neben mich auf die Mauer und zückte zwei Limoflaschen, die er zwischen uns stellte. »Keine Sorge, ist nicht vergiftet.«

»Hab ich auch nicht erwartet.« Ich griff nach dem Getränk und nahm ein paar große Schlucke. Die Kohlensäure kribbelte auf der Zunge. Sie schmeckte fruchtig nach Orange und süß genug, um die Bitterkeit in meinem Herzen wegzuspülen.

Ich warf Tristan einen verstohlenen Blick zu. Seine dunklen Augen waren von schweren Wimpern umrahmt, in denen sich das Licht der letzten Sonnenstrahlen fing.

»Hast du dir das Angebot noch einmal überlegt?«, fragte er.

»Ich werde meinen Zirkel nicht verraten, wenn du das meinst.«

Er wandte sich mir zu. »Weshalb bist du dann hier?«

Ich zuckte mit den Schultern. »Ich sehe umwerfend aus und dieses Kleid ist nicht dafür geschneidert worden, ungesehen zu bleiben. Also bin ich hergekommen. In der Hoffnung, dass ein Abend, der richtig übel begonnen hat, zumindest noch interessant wird.«

Die Wahrheit war wohl eher, dass ich niemanden sonst hatte. Niemanden außer einem Alchemisten. Das musste der Tiefpunkt in meinem Leben sein. Zumindest hoffte ich inständig, dass es nicht noch weiter bergab ging.

»Es kann helfen, sich Sorgen von der Seele zu reden. Das weißt du, oder?« Seine Stimme war weich. Sie lud geradezu dazu ein, ihm alles zu erzählen.

»Meine Tante hat immer viel Wert darauf gelegt, dass ich als Auserwählte keine echten Freundschaften schließe. Ich bin es also gewöhnt, allein klarzukommen.«

Für einen Moment kaute er auf seiner Lippe und schwieg. »Das kenne ich. Als Blackheart gibt es auch viele, die sich einen Vorteil von meiner Freundschaft versprechen. Man weiß nie, wem man vertrauen kann.«

»Die Antwort ist: niemandem ...« Ich nahm einen weiteren Schluck von der Limo.

»Niemandem außer der Familie«, korrigierte er. »Auf die kann ich mich immer verlassen.«

Treffer. Versenkt.

Es brauchte all meine Selbstbeherrschung, mir den Schmerz nicht anmerken zu lassen. Tristan schien es trotzdem zu spüren. Mit sanfter Stimme fuhr er fort.

»Was ist mit deiner? Es muss ein Schreck gewesen sein, dass du eine Halbhexe ohne Magie bist. Andererseits unterscheidet dich das nicht wirklich von den anderen, oder?«

Er kannte sie noch nicht.

Die Wahrheit.

»Sie ... müssen es erst mal verdauen«, entgegnete ich vorsichtig. Das Letzte, was ich wollte, war, dass die Alchemisten erfuhren, wie viel schlimmer in Wirklichkeit alles war.

»Hast du deswegen keinen Kristall mehr?«

Verflixt und verflucht!

Warum war der Kerl nur so verdammt aufmerksam?

Ich spürte, wie sich meine Brust zusammenzog. Jede Hexe hatte einen Schutzstein, der sie mit ihrer Familie verband. Er mochte vielleicht keine Magie haben, aber sein symbolischer Wert war nicht zu verachten.

»Es ... es ist kompliziert.«

»Das ist ungerecht. Du bist nicht schuld daran, dass die Gene deines Vaters durchgeschlagen haben.«

»Du hast ja keine Ahnung.«

»Dann erzähl es mir.« Wieder diese samtige Stimme, die versprach alle Geheimnisse zu hüten. Vorsichtig griff Tristan nach meiner Hand. »Du musst das nicht allein durchstehen.«

Sein Blick wirkte so mitfühlend, dass ich ihm beinahe geglaubt hätte. Wäre da nicht dieser Glanz in den Augen. Der Glanz, den ich nur zu gut kannte.

Ich zog meine Hand zurück und holte tief Luft. Was hatte ich mir nur dabei gedacht herzukommen?

Mir war doch klar, dass er nur meine Nähe suchte, um an Informationen zu kommen. Er mochte einen auf verständnisvoll machen, aber ich war nicht dumm. Die Alchemisten sahen in mir eine Schwachstelle, jemanden, der ihnen nützlich sein könnte.

»Ich hatte keine Ahnung, dass du so gut bist«, flüsterte ich leise.

»Herzlichen Glückwunsch. Fast hätte ich es dir abgenommen.«

Er hob fragend die Augenbraue. »Was meinst du?«

»Erst deine Heldentat beim Sturm, jetzt die Limo ... Du willst, dass ich dir mein Herz ausschütte und alles verrate, was du wissen willst. Aber so schnell werfe ich meine Vorsicht nicht über Bord.«

»Du verstehst das völlig falsch.«

»Hör schon auf, es zu leugnen. Ich kenne all die Tricks nur zu gut, denn sie wurden mir auch beigebracht.«

»Ist das so?«

»Keine Sorge. Ich nehme es dir nicht übel. Immerhin bin ich aus den gleichen Gründen hier.«

Er lehnte sich zurück und nahm einen Schluck von der Limo. »Es war aber wirklich heldenhaft, wie ich mich über dich geworfen habe, um dich mit meinem Leben zu schützen. Findest du nicht?«

»Ich hätte auch ohne diese unglaublich selbstlose Aktion überlebt.«

»Es war recht knapp, würde ich sagen. Einer der Splitter hat sich in meine Pobacke gebohrt.« Seine Lippen verzogen sich zu einem ehrlicheren Lächeln, einem, bei dem Grübchen entstanden. Dafür, dass er Grübchen hatte, hasste ich ihn noch mehr.

»Was hast du noch drauf, Alchemist?«, fragte ich herausfordernd. »Nur zu! Zeig mir dein ganzes Repertoire an Romantik.«

Seine Augenbraue wanderte belustigt in die Höhe. »Sicher? Es besteht die Gefahr, dass du dich doch noch Hals über Kopf in mich verliebst, Hexe.«

»Ich riskiere es.«

»Na schön. Mach dich auf etwas gefasst.« Er leerte seine Limoflasche mit einem Schluck, griff an seinen Gürtel und zog eine schmale Phiole hervor, in der sich goldenes Pulver befand. Dann sprang er von der Mauer, stellte die Flasche in sicherer Entfernung auf den Boden und schüttete etwas von dem Pulver hinein.

Während es in der Flasche zu knistern begann, kam er zurückgelaufen.

»Was wird das?«, fragte ich skeptisch. Die Flasche zuckte hin und her. Funken stoben aus der Öffnung und verpufften darüber.

Tristan setzte sich wieder neben mich auf die Mauer.

»Pass auf«, flüsterte er mir ins Ohr. Sein Atem hinterließ einen Schauder, den ich geflissentlich ignorierte.

Ein heller Strahl schoss aus dem Flaschenhals und stieg in den Nachthimmel auf. Er explodierte in einem funkelnden Sternenregen. Tausende glühende Punkte stoben auseinander, bevor sie für einen Moment in der Luft verharrten, als hätte jemand die Zeit angehalten.

»Ist das nicht wunderschön?«

Ich nickte, ohne den Blick abzuwenden.

Tristan legte seinen Arm um mich und zog mich näher zu sich. Die glühenden Kugeln regneten auf uns herunter, aber bevor sie uns erreichten, verglühten sie.

»*Du* bist wunderschön«, sagte er. Seine Stimme war leise und klar, ein Flüstern in der Dunkelheit.

Ich sah ihn an und brach in Gelächter aus. »Wow. Nicht schlecht, Romeo. Bei den Alchemistenmädels mag das ziehen, aber ich bin immer noch eine Hexe. Dein netter Trick da ist nichts anderes als gestohlene Magie.«

»Gezähmte Magie«, korrigierte er.

»Woraus ist sie hergestellt? Glutpixies? Drachenfeen? Glitzerschwärmern?«

»Alchemistengeheimnis. Top secret«, brummte er und mich beschlich der Verdacht, dass ihn mein Gelächter verunsichert hatte. Gut so.

»Möchtest du noch so ein Flaschenfeuerwerk anzünden oder willst du mich einfach direkt fragen, was du auf dem Herzen hast?«

»Würde dich denn ein weiteres Feuerwerk redseliger stimmen?«

»Eher nicht.«

»Na schön. Kommen wir zum Punkt.« Er deutete auf das zerstörte Gewächshaus. »Die Hexe, die das getan hat, könnte eine Sturmhexe gewesen sein. Und die Einzigen, die es in Little Witchington gibt, sind die Lighttowers.«

»Ich war es leider nicht. Oder willst du mich noch einmal testen?«

»Nein, aber vielleicht war es jemand anderes aus deiner Familie?«

»Vielleicht war es auch eine Wetterhexe oder eine Gewitterhexe.«

»Die Magie dieser Hexe war viel stärker als bei gewöhnlichen

Typ-3-Wildhexen. Der Schaden, den sie angerichtet hat, ist enorm.«

Seine Muskeln waren angespannt, seine Stirn zerfurcht und es war offensichtlich. Die Alchemisten waren wegen der Sache in heller Aufregung. Das war nicht gut …

»Ihr habt Angst, dass es die Auserwählte sein könnte, an die ihr nicht glaubt.«

»Ist sie es gewesen?«

Sollte ich es leugnen?

Nein, sie würden mir eh nicht glauben, denn Beweise für Echolines Macht waren im ganzen Internet zu finden. Allerdings könnte ich vielleicht dafür sorgen, dass der Finger nicht mehr allzu deutlich in Richtung Lighttower zeigte.

»Bist du mit der Prophezeiung, die die Ankunft der Auserwählten ankündigt, vertraut?«

»Klar. Gehört zu Grundausbildung.«

»Da heißt es: *Sie wird kommen, geboren aus Feuer und Sturm.* Dieser Teil würde die Vermutung nahe legen, dass die Auserwählte entweder eine Feuerhexe oder eine Sturmhexe ist. Aber warum beides?«

Tristan zuckte mit den Schultern.

»Ich dachte immer, diese Stelle beziehe sich auf meine Eltern, aber es könnte auch etwas anderes gemeint sein. Kennst du die Legende der Chaoshexen?«

»Hexen, die mehrere Elemente beherrschen können?« Er zog ungläubig die Augenbrauen hoch. »Soweit ich weiß, wurde die Existenz solcher Hexen nie belegt.«

»Angeblich war Rita eine Chaoshexe. Es heißt, sie konnte fliegen wie eine Lufthexe und Feuer spucken, was ihr den Spitznamen ›der Drache‹ verschaffte.«

»Das sind doch nur Gerüchte.«

»Stimmt. Aber wäre es nicht denkbar, dass die Prophezeite eine solche Hexe ist und nicht nur die Winde beherrscht, sondern auch das gefährlichste aller Elemente. Feuer.« Versonnen sah ich in den Himmel. Wie gerne wäre ich so eine mächtige Hexe. Ein Feuersturm, wie Corentine mich früher genannt hatte. Unaufhaltsam und unbeugsam. Wie Rita der Drache.

»Dann ist es umso wichtiger, diese wilde Hexe zu finden. Hast du irgendwas gehört? Jeder Hinweis könnte uns weiterhelfen.«

Ich schüttelte den Kopf.

»Du bist ein sehr loyaler Mensch, Adelina, aber verdienen die Hexen deine Loyalität?«

Ich sah ihn direkt an. »Und du? Verdienst du sie?«

Zu meiner Überraschung sah er nicht weg, sondern nickte. »Eines kann ich dir versprechen. Wenn du mich brauchst, kannst du auf mich zählen.« Seine Stimme jagte mir einen kribbelnden Schauder über den Rücken.

»Und wie kann ich mir das vorstellen? Kommst du herbeigeeilt und wirfst mit deinen beeindruckenden Fläschchen um dich?«

»So in etwa. Komm, ich gebe dir meine Nummer. Für Notfälle. Und falls deine Familie sich nicht an die Tatsache gewöhnt, dass du keine Magie hast.«

»Und dann? Soll ich bei den Alchemisten in Silverfort leben, oder was?«

»Klar. Du kennst dich in der Welt der Magie aus, ohne selbst von ihr vergiftet zu sein. Ich wette, die meisten von uns wären froh, wenn du uns unterstützt.«

»Obwohl meine Mutter eine Hexe ist?«

»Die Alchemisten werden dich aufnehmen. Silverfort hat sich dem Schutz aller Menschen verschrieben und du bist einer. Ob du willst oder nicht.«

Er sah so aufrichtig aus. Oder war es nur der Wunsch, nicht allein zu sein, der mich übersehen ließ, wie gut er darin war, andere zu manipulieren. Vielleicht sogar besser als ich.

»Nein danke«, sagte ich kühl. »Mir steht kein Schwarz. Das macht mich schrecklich blass.«

19
Königinnen Machen Keine Fehler

Echoline Lighttower

»Hier haben wir die drei wichtigsten Angehörigen der Erdhexen von Oxford. Agnes Salem gehört zu den Tierbändigern. Chester Evergarden ist Pflanzenflüsterer und Beryl Stonefinger eine Erdschluckerin«, erklärte Corentine, während sie mich zu den nächsten Gästen brachte. »Sie haben einige Ländereien außerhalb von Little Witchington und können uns bei unserer Mission sehr nützlich sein. Also lächele!«

Sie knipste ihr Lächeln an, das wirklich überzeugend aussah und wie auf Knopfdruck funktionierte.

»Und? Wie fühlt es sich an, die Magie zu beherrschen?«, fragte eine der Frauen, die sich als Agnes Salem vorstellte. Sie beugte sich so nahe zu mir vor, dass mich die Spitzen ihres Federhutes kitzelten.

»Beängstigend.«

»Überwältigend«, korrigierte meine Tante schnell. »Ich war Zeugin, als sie sich den Alchemisten entgegenstellte. Niemals hätte ich für möglich gehalten, dass ihre Magie Bäume und Häuser aus dem Weg wehen kann, als wären sie Streichhölzer. Sie ist fürwahr aus Sturm geboren.«

Ein Mann im grünen Anzug musterte mich kritisch. Dann rümpfte er die Nase und wandte sich an Corentine. »Wusstest du, dass es in London ebenfalls eine Auserwählte gibt? Eine Erdhexe, die mit Bäumen spricht. Sie postet regelmäßig bei WITCHIN und zeigt ihr Pflanzen-Talent.«

»Meinst du Flora Nutty?« Agnes Salem verdrehte demonstrativ die Augen. Dann senkte sie die Stimme. »Die ist wirklich eine dumme Nuss.«

Auch meine Tante war nicht überzeugt. »Und inwiefern soll sich die Prophezeiung auf diese Person beziehen?«

»Flora hat einen Tanz choreografiert. Den Tanz aus Feuer und Wind. Ist bei WITCHIN durch die Decke gegangen.«

»Ich will ja nicht beleidigend sein, aber niemand, der mit Grünzeug spricht, gewinnt einen Krieg.«

»Bäume sind mächtige Verbündete«, sagte der Mann finster. »Ich selbst tausche mich regelmäßig mit ihnen aus.«

»Und antworten sie dir auch, Chester?«, fragte die Frau mit dem Federhut belustigt.

»Nun ... Manchmal rascheln sie.«

Tante Corentine hüstelte. »Tut mir leid, Chester. Wäre deine Baumkönigin echt, hätten die Alchemisten sie schon eingesackt. Ich bin mir ziemlich sicher, dass sie Möglichkeiten haben, WITCHIN zu überwachen.«

»Auf jeden Fall«, stimmte die Frau mit Federhut zu. »Sie tun zwar immer so, als kümmere sie die Prophezeiung nicht, aber das glaube ich ihnen nicht mehr. Sie haben heute Morgen sogar auf unserem Hof vorbeigesehen, weil sie dachten, wir verstecken dort wilde Hexen.«

Die dritte Person der Gruppe, eine Frau mit einer Kette aus Steinen, beäugte mich nun eindringlich. Wie war noch ihr Name? Irgendwas mit Stone ... »Nun, *Auserwählte*. Wenn Corentine dieses Mal recht hat, dann wird sich der Wind bald zu unseren Gunsten drehen.«

Alle lachten. Ich hingegen fand meine Krone plötzlich viel zu schwer für meinen Kopf.

»Erzähl uns mehr von dem Sturm. Ich habe gehört, du hast die Alchemisten und ihre Fahrzeuge von der Fahrbahn gefegt?«, fragte die Frau mit Hut. Die Federn wippten vor Aufregung und sie rückte unangenehm nah an mich heran, um ja kein Wort zu verpassen.

»Zwei Alchemisten wollten mich mitnehmen. Da hab ich Panik bekommen – und *bumm*. Plötzlich ist es aus mir herausgebrochen, etwas, das den Sturm gerufen hat. Früher hab ich es mein Chaos-Gen genannt. Meine Heimleiterin dachte, es wäre ein Aggressionsproblem. Jetzt weiß ich, es war Magie.«

»In der Tat.« Die Frau mit Federhut glühte förmlich vor Aufregung. »Sie könnte die neue Rita werden. Viele halten unsere Drachenkönigin ja für etwas extrem, aber ich wäre durchaus bereit, einen Teil von Oxford zu opfern, wenn wir danach die Alchemisten los sind.«

»Was?« Ich starrte sie fassungslos an. »So was werde ich auf keinen Fall machen.«

Etwas in ihren Augen blitzte auf. »Heißt das, du *könntest* es tun?«

»Nein! Also ... *vielleicht* ... Keine Ahnung! Ich will es gar nicht wissen.«

Die Gruppe brach in aufgeregtes Gemurmel aus.

»Das ist unglaublich!«

»Besser, als wir erträumt haben.«

Was war los mit denen? Ich hatte erwartet, dass sie mir den Schaden übel nahmen, nicht dass sie mich dafür feierten.

Ich versuchte es erneut.

»Wenn bestimmte Emotionen überhandnehmen, explodiert meine Magie, aber so schlimm wie diesmal war es noch nie. Ich habe nicht nur Autos herumgeschleudert und Bäume ausgerissen. Ich habe Menschen verletzt.« Ich hielt inne, weil auf den Gesichtern immer noch kein Zweifel zu sehen war. »Und Hexen! Ich habe so vielen Personen Leid zugefügt. Darum fühle ich mich entsetzlich.«

»Eine Königin entschuldigt sich niemals«, winkte meine Tante ab. »Das, was du getan hast, war großartig.«

»War es nicht. Ms Murphy sagt, es ist ein Zeichen von Stärke, für seine Fehler geradezustehen, und das sehe ich ebenso.«

»Königinnen machen keine Fehler.«

»Natürlich tun sie das. Jeder tut das und das ist auch nicht schlimm, denn es zeigt, dass wir alle menschlich sind.«

»Wir sind aber nicht *menschlich*. Wir sind hexlich! In unserem Blut fließt Magie.«

»Ach ja?« Ich verschränkte die Arme. »Ihr feiert Videos von Leuten, die mit Bäumen sprechen und tanzen. Für mich wirkt das ziemlich menschlich.«

»Echoline!« Meine Tante packte mich warnend am Arm, aber ich war noch nicht fertig.

»Ist irgendjemand von Ihnen von den Sturmschäden betroffen? Oder kennen Sie jemanden, den ich verletzt und seines Hauses beraubt habe?«

»Nein, aber selbst wenn, würde ich dieses Opfer mit Stolz tragen«, sagte Agnes Salem.

»Dann werden Sie den Opfern bestimmt auch mit Stolz finanziell unter die Arme greifen?«

»Genug mit dem Unsinn.« Tante Corentine schob mich wieder hinter sich und setzte ihr professionelles Lächeln auf. »Wie ihr seht, meine lieben Freunde, muss unsere Auserwählte noch viel lernen. Ich werde mich persönlich um ihre Ausbildung kümmern.«

»Du hast ja jetzt Übung«, sagte der Baum-Fan.

Tante Corentine lachte über den Scherz, sah dabei aber aus, als würde sie ihn am liebsten im nächsten Fluss versenken.

»Nach dem, was wir bereits von Echoline erleben durften, bin ich mir sicher, dass sie ein Naturtalent ist.« Sie hob ihr Glas mit Bowle. »Möge der nächste Sturm die Alchemisten ins Herz treffen.«

»Aber ich bin überzeugte Pazifistin!«

»Was soll das sein?«, fragte die Hexe mit dem Federhut verwirrt.

»So was wie Veganerin«, winkte Tante Corentine nervös kichernd ab. »Du weißt doch, die Jugend von heute und ihre Ideale.«

Bevor ich mehr sagen konnte, zog mich meine Tante zur Seite. »Hör auf mit dem Unsinn. Diese Leute haben viel Geld und Einfluss.«

»Gut. Sollen sie beides nutzen, wo es benötigt wird. Bei den Sturmschäden.«

»Echoline! Weißt du eigentlich, worum es hier geht?«

»Nicht zu hundert Prozent. Trotzdem weiß ich, dass da draußen einige Hexen wegen mir obdachlos sind.«

»Dann sorge dafür, dass ihr Opfer nicht umsonst war, und vernichte die Alchemisten.«

In dem Moment trat meine Mutter zu uns. »Tut mir leid. Ich brauche Echoline einmal kurz.«

Die Lippen meiner Tante wurden schmal. »Wofür?«

»Sie muss einen Cupcake probieren.«

»Erona. Das ist nicht dein Ernst. Weißt du, wie viele Leute noch mit der Auserwählten reden wollen?«

»Dann müssen sie warten. Meine Tochter braucht eine Pause.« Sie hakte sich bei mir ein und führte mich in Richtung Küche. Dabei lief sie Slalom, um den neugierigen Gästen auszuweichen, und irgendwie schaffte sie es, uns ohne Zwischenfälle durch den Raum zu lotsen.

Als sich die Tür hinter uns schloss, atmete ich auf. »Danke.«

»Partys sind eher das Ding meiner Schwester. Mir wird all das schnell zu viel.«

»Mir auch!« Ich ließ mich erleichtert am Küchentisch nieder und zupfte mir die Blitzkrone aus dem Haar. Ich konnte es kaum erwarten, auch den Rest abzulegen, denn er kam mir wie eine alberne Verkleidung vor.

»Nimm es Corentine nicht übel. Sie hat ihr ganzes Leben auf diesen Moment gewartet. Seit unser Bruder Robin verstorben ist, sieht sie das Ganze noch viel ernster.«

»Was ist mit ihm passiert?«

»Er ... wurde getötet.« Ein dunkler Schatten huschte über das Gesicht meiner Mutter.

»Oh nein. Das tut mir leid.«

»Jahrelang aufgestaute Wut zwischen zwei Parteien, die sich innerhalb weniger Minuten in einem Desaster entlud.« Sie hielt kurz inne und ihr Blick rückte in die Ferne.

»Robin hatte ein wildes Herz wie ein echter Sturmhexer. Er wollte mich an dem Abend nur beschützen. Als er sah, dass ich von den Blackheartbrüdern bedrängt wurde, zögerte er keine Sekunde. Am Ende war er tot, ebenso wie Thorns Bruder.«

»Wie schrecklich ...«

»So ist der Krieg.«

»Und genau deswegen will ich keinen anzetteln.«

Meine Mutter strich mir über die Wange. »Du bist die Auserwählte und als solche wirst du deinen eigenen Weg finden. Da bin ich mir sicher.«

Dann drehte sie sich zum Kühlschrank um und reichte mir einen Cupcake. Er war mit silbernem und blauem Frosting verziert, das in Kreisen enger lief.

Ein Wirbelsturm!

»Hast du die gemacht?«

Sie nickte. »Für mein Sturmmädchen.«

Mein Magen knurrte und ich biss hinein. Sofort zerlief der Wirbel zu einer süßen Creme. Der Teig war fluffig und weich und prickelte auf der Zunge wie … »Brausepulver?«

Sie nickte. »Meine kribbelnde Eigenkreation. Schmeckt es?«

»Oh ja.« Während ich einen weiteren Bissen nahm und kaute, ließ mich meine Mutter nicht aus den Augen.

»Ich habe fünfzehn Jahre deines Lebens verpasst«, erklärte sie entschuldigend. »Und ich will keine weitere Sekunde davon missen. Egal für welchen Weg du dich entscheidest, ich bin bei dir.«

Ich ergriff ihre Hände. »Danke, Mum.«

Mum! Für mich klang dieses simple, kurze Wort immer noch wie ein Traum. Ich spürte, wie ein warmer Windzug meine Wange streifte. Wir hatten dieselben Augen, die gleiche spitze Nase. Wir waren sogar beinahe gleich groß. Nur ihre Lippen waren schmaler.

Plötzlich flog die Tür auf.

»Hier seid ihr!« Corentine stürmte herein und stützte sich auf den Tisch. Sie war kreidebleich. »Schnell! Da draußen sind Alchemisten.«

Meine Mutter sprang auf. »Was?«

»Sie steigen gerade aus ihrem Wagen. Du musst Echoline verstecken. Sofort.«

Meine Mutter verlor keine Zeit. Sie zog mich hinter sich her, die Stufen in den Keller hinab. Meine Tante eilte währenddessen zu den Gästen zurück und zauberte sich wieder ihr Lächeln aufs Gesicht, dieses Mal etwas weniger überzeugend.

»Alle mal herhören. Wir machen es wie immer. Dies ist ein ganz normaler Tarot-Abend. Nimmst du bitte die Karten aus der Vitrine, Agnes? Und kann jemand die Kristallkugel holen? Die macht immer Eindruck.«

Während die Hexen Tische zusammenschoben, zog mich meine Mutter weiter die Treppe hinunter, vorbei an Vorratsräumen voller getrockneter Kräuter und Einmachgläser. Sie verzichtete darauf, das Licht anzumachen, und so lag alles in einem trüben Grau, das sich immer mehr in Schwarz verwandelte.

Im letzten Raum entzündete sie ein Teelicht, in dessen flackerndem Schein ich erkannte, dass dieses Zimmer seltsam unfertig aussah. Ja sogar schmutzig. An der Wand blieb meine Mutter stehen und klopfte.

Dann warteten wir.

Über uns klingelte es an der Tür, gefolgt von einem energischen Pochen. Ich schrak zusammen, aber Mum griff nach meiner Hand.

»Alles wird gut«, flüsterte sie.

Stimmen drangen zu uns hinab. Ich meinte Corentine zu hören, aber sie wurde barsch von einem Alchemisten unterbrochen. Dann kamen plötzlich polternde Schritte die Treppe hinab.

Meine Mutter pustete das Teelicht aus, aber im letzten Schein der Flamme sah ich, wie sich die Wand bewegte und rote Augen zwischen der Erde aufleuchteten.

20

Ein Schlimmer Verdacht

Adelina Lighttower

Tristan bot an mich mit seinem Motorrad nach Hause zu fahren. Ich setzte mich hinter ihn und hatte wegen Ermangelung von Festhaltemöglichkeiten keine andere Wahl, als meine Arme um ihn zu schlingen.

Für einen Moment versteifte er sich unter meiner Berührung.

»Keine Sorge. Ich werde dich schon nicht verhexen.«

Er lachte und drehte sich zu mir um. »Was führst du dann im Schilde?«

»Wenn du langweilige Dates willst, solltest du dir vielleicht eine Alchemistin suchen.«

»Date? Ist es das, was das hier war?«

»Limo, Feuerwerk. Wie würdest du das nennen?«

»Einen … *interessanten Abend*«, zitierte er mich vom Beginn des Abends. »Oder hättest du denn gerne ein Date?«

»Dafür müsste ich dich ja mögen. Und das tue ich nicht.«

Es war eine Lüge, aber er musste ja nicht wissen, dass ein Teil von mir diesen arroganten Blackheart nicht ganz und gar schrecklich fand.

Oder ahnte er es schon?

Schmunzelnd startete er den Motor und die Maschine setzte sich in Bewegung. Durch die Jacke konnte ich seine Wärme spüren. Er war so nah und doch unerreichbar, denn mir war klar, dass das zwischen uns ein Katz-und-Maus-Spiel war. Wir standen auf verschiedenen Seiten. Und das wussten wir auch.

Allerdings musste ich mir eingestehen, dass ich das Treffen mit ihm genossen hatte, mehr, als ich gedacht hatte.

Als Tristan seine Maschine vor unserer Auffahrt zum Stehen brachte, war ich überrascht, dass unser Haus so ruhig dalag. Die Lichter waren erloschen, die Autos der Gäste verschwunden. Ich hätte erwartet, dass die Party noch in vollem Gange war und die Gäste immer noch um ihre ach-so-geliebte Auserwählte herumschwirrten, aber aus irgendeinem Grund …

»Hattet ihr hier einen Einsatz?«, fragte ich Tristan beiläufig, als ich mich vom Motorrad schwang und den Helm abnahm.

Er wurde sofort stutzig. »Nicht dass ich wüsste. Wieso?«

»Ach, nur so. Meine Tante hat ihre Freunde eingeladen und normalerweise starren sie bis zum Morgen in ihre Kristallkugel. Aber vielleicht hat ihnen die Zukunft die Laune verdorben.«

Ich versuchte ein unbeschwertes Lachen, um von meinen wahren Gedanken abzulenken.

»Kristallkugeln?«

»Keine Sorge, Alchemist. Keine echte Magie, nur nutzloser Plunder vom Flohmarkt. Deine Kollegen haben sie schon ein paarmal getestet.«

»Warum machen sie es dann?«

»Weil wir alle etwas brauchen, an das wir glauben können.«

Ich konnte sehen, dass sich sein Misstrauen legte, auch wenn es nicht vollständig verschwand. Sein Blick wanderte zum Haus, so als fragte er sich, welche Geheimnisse hinter den Fenstern lauerten.

Wenn er wüsste ...

Schnell trat ich vor und legte meine Hand auf seine Brust. Eine winzige Berührung. Trotzdem funktionierte die Ablenkung und er hielt die Luft an.

»Ich weiß, Lighttowers und Blackhearts können einander nicht ausstehen«, flüsterte ich. »Aber der Abend war *interessant* genug, um mich zu unterhalten. Ich wäre also nicht vollkommen abgeneigt das bei Gelegenheit zu wiederholen.«

»Ach ja?« Belustigt hob er die Augenbrauen. »Dann bin ich gespannt, was du das nächste Mal ausheckst.«

Gerade als ich gehen wollte, griff er nach meiner Hand und zog mich noch einmal zu sich, bis ich wenige Zentimeter neben ihm stand. Er dämpfte seine Stimme und flüsterte: »Wenn du Hilfe brauchst, zögere nicht mich anzurufen.«

»Ich kann auf mich aufpassen«, entgegnete ich.

»Ich weiß«, entgegnete er. »Und zur Not hast du ja auch noch mein Medusenauge in der Handtasche.«

Ich überlegte es abzustreiten, aber er war schneller. »Behalte es ruhig. Es ist ein Andenken, damit du mich nicht vergisst.«

»Wie könnte ich, Alchemist? Du bist schließlich recht anhänglich geworden.«

»Dann bis zum nächsten Mal, Hexe.«

Mit schnellen Schritten ging ich zur Haustür. Ich spürte seinen Blick im Nacken, aber ich würde ihm nicht den Gefallen tun, über die Schulter zu sehen.

Eine Königin drehte sich nie um.

⚜ ⚜ ⚜

Als ich aufschloss, hörte ich, wie er sein Motorrad startete. Leise glitt ich ins Haus, in dem vollkommene Stille herrschte. Durch das trübe Licht sah ich, dass die Tische der Feierlichkeit noch nicht weggeräumt waren. Alles stand noch so, wie ich es verlassen hatte, nur eben ohne die Gäste. Auch das war ungewöhnlich, denn normalerweise räumte meine Mutter vorm Zubettgehen alles zur Seite.

Als ich durchs Wohnzimmer ging, trat urplötzlich Tante Corentine aus dem Schatten. »Wo kommst du her?«

»Ich war unterwegs«, entgegnete ich und machte Anstalten, nach oben zu gehen, aber sie trat mir in den Weg und packte mich am Arm, so fest, dass es wehtat.

»Erzähl keinen Mist. Mit wem hast du dich getroffen und warum?«

»Das geht dich nichts an. Immerhin hast du mich rausgeworfen.«

Sie zog mich noch näher zu sich. So nahe, dass sich unsere Nasenspitzen fast berührten. »Es geht mich etwas an, wenn du dich mit Alchemisten triffst.«

Eine Gänsehaut jagte mir über den Rücken. »Was meinst du damit?«

»Der Junge, der dich nach Hause gebracht hat ...« Sie spie die Worte aus. »Ich weiß, wer das war. Was habt ihr gemacht? Was hast du ihm verraten?«

»Verraten? Nichts!« Ich versuchte meinen Arm aus ihrem Griff zu ziehen, aber sie hielt mich fest wie ein Schraubstock. »Ich würde denen nie etwas sagen, das unserer Familie schadet.«

»Woher wussten die Alchemisten dann von Echoline?«

»Sie wussten von ihr?« Mein Herz setzte aus. »Was wussten sie genau?«

»Sie fahren von Haus zu Haus und zeigen ihr Bild herum.

Haben eine ordentliche Belohnung auf ihren Kopf ausgesetzt, was sicher weitere Hexenjäger nach Oxford zieht.«

»Wo ist sie? Wo ist Mum?«

»Erona ist nicht deine Mum«, zischte Corentine verärgert.

»Wo sind sie?« Meine Stimme schnellte in die Höhe.

»Fort. Wir verschwinden. Hier ist es nicht länger sicher für die Auserwählte.« Sie funkelte mich an und plötzlich war ich sicher, dass sie mich stehen ließ. Mutterseelenallein.

Sie schnaubte unwillig. »Mach schon. Du hast fünf Minuten, um zu packen.«

Ich rannte nach oben, um meine pinke Sporttasche mit den erstbesten Dingen vollzustopfen, die ich greifen konnte, denn die Angst, Tante Corentine könnte ohne mich gehen, beflügelte mich.

Als ich nach unten stürmte, fiel mir ein Stein vom Herzen. Sie hatte sich nicht bewegt, stand immer noch mit ihrem Koffer in der Hand da und erwartete mich.

»Folge mir. Es ist besser, wenn niemand unsere Abreise bemerkt«, sagte sie ruhig, bevor sie in den Keller ging.

Der letzte Kellerraum war ihr Ziel. Ein feuchtes, vollkommen leeres Gewölbe, das nicht einmal verputzt war, sondern Wände aus gestampftem Lehm hatte. Wurzeln ragten hervor und es roch modrig.

Tante Corentine klopfte gegen die Wand. Es dauerte nicht lange und die Erde teilte sich. Aus dem Tunnel kam die runzelige Gestalt eines Erdskrats. Seine Augen glühten verschlagen, als es eine Verbeugung andeutete. »Nobs zu Euren Diensten.«

»Bringe uns zu meiner Schwester.«

»Mit Vergnügen, wenn die Hexen Nobs bezahlt haben.«

»Du zuerst, Adelina.« Das machte meine Tante immer, um zu verhindern, dass jemand ihre Geheimnisse erfuhr. Sie hingegen interessierte sich sehr für die Dinge, die man den Erdskrats verriet, und dieses Mal wollte sie offenbar etwas Bestimmtes erfahren.

»Sie hat sich mit einem Alchemisten getroffen. Mit Tristan Blackheart persönlich.«

»Oh!« Unstillbare Neugierde flackerte in den Augen des Skrats auf. »Hast du die Hexen verraten wollen?«

»Nein.«

Enttäuschung machte sich auf dem runzeligen Gesicht breit, aber sie hielt nicht lang. Plötzlich verzogen sich seine Lippen erneut zu einem fiesen Grinsen. »Magst du ihn etwa?«

Verflixt und verflucht!

Ich musste mir schnell etwas anderes überlegen. Eine Lüge war keine Option, denn Erdskrats spürten genau, wenn man ihnen einen Bären aufbinden wollte, was unweigerlich dazu führte, dass sie jeden Handel abbrachen und verschwanden.

»Ich ...« Meine Gedanken rasten. »Ich habe Echoline absichtlich in einen Schuppen mit Quellenpixies gelockt, um ihr einen Schrecken einzujagen. Das ist das Geheimnis, das ich dir schenke.«

Der Skrat lachte auf. »Sehr gut. Sehr gut. Du hast immer die besten Geheimnisse, Adelina Lighttower ... oder sollte ich eher sagen, Everglade?«

Ich wich dem Blick meiner Tante aus und quetschte mich in den feuchten Tunnel, in dem ich nur gebeugt laufen konnte. Normalerweise hasste ich es, die Wege der Skrats zu nehmen, denn sie ruinierten Schuhe und Kleidung, aber dieses Mal waren meine Gedanken woanders.

Ich kannte Tante Corentine lange genug, um zu wissen, dass sie etwas mit mir vorhatte. Etwas, das möglicherweise mein Ableben beinhaltete. Sie würde niemanden am Leben lassen, der ihrer Familie oder ihren Plänen gefährlich werden könnte, und dass sie mich mit Tristan gesehen hatte, hatte ihr Misstrauen mir gegenüber sicher nicht gemindert.

Nach ein paar Metern drehte ich mich um und stellte fest, dass mir weder Corentine noch der Skrat folgten.

Verflixt und verflucht!

Plötzlich überkam mich die Angst. Was, wenn sie den Skrat dafür bezahlte, mich auf Nimmerwiedersehen verschwinden zu lassen? Hier unter der Erde würde mich niemand je finden.

Plötzlich hörte ich ein Ächzen und Knarren. Ich spürte, wie die Wände mir gegen Kopf und Schultern drückten. Wurzeln wuchsen in den Gang und versperrten mir die Sicht.

Ich dachte nicht länger nach, sondern setzte mich in Bewegung, zurück zum Licht. Meine Füße versanken in feuchter Erde. Bei jedem Schritt hatte ich das Gefühl, dass sich der Tunnel weiter zusammenzog. Wie eine eiserne Faust, die mich zerquetschen wollte. Wurzeln griffen wie Klauen nach meinen Haaren und krallten sich darin fest, um mich am Weiterkommen zu hindern.

Fluchend riss ich an den Wurzeln, aber mit Kraft allein hatte ich keine Chance, ihnen zu entkommen. Also langte ich in meine Sporttasche und zog ein Feuerzeug heraus. Mit zitternden Fingern versuchte ich es anzuzünden. Immer wieder schrammte mein Daumen erfolglos über das Rädchen, aber die Flamme wollte nicht auflodern.

Endlich!

Ein goldgelber Funke stob aus dem Feuerzeug und die Wurzeln schreckten zurück. Sie liebten die feuchte Kälte des Erdreiches. Die sengende Hitze von Feuer war ihnen zuwider.

»Verschwindet. Oder ich fackel euch ab«, drohte ich. Und als hätten sie es verstanden, zogen sie sich in die Erde zurück und gaben den Weg frei.

Ich stürmte weiter, dem Licht unseres Kellers entgegen, aber die Öffnung schloss sich langsam. Ich hechtete vor und sprang hindurch, gerade rechtzeitig, bevor sich der Tunnel ganz schloss.

Schwer atmend blieb ich auf dem Boden liegen, während meine Tante in Gelächter ausbrach. »Eines muss man dir lassen. Du bist wahrlich eine Kämpferin! Kein Wunder, dass du meine Prüfungen überlebt hast.«

»Was soll das?«, schnaufte ich.

»Das war die Quittung dafür, dass du dich mit einem Blackheart triffst, obwohl du weißt, was sie meinem Bruder angetan haben.«

»Und deswegen willst du mich umbringen?«

»Reg dich nicht auf. Ich musste Erona versprechen dich zu ihr zu bringen, also betrachte dies als kleine Erinnerung daran, dass du dich benehmen solltest.«

»Du kannst mich mal, du ...« Tränen stiegen mir in die Augen, aber sie schnalzte missbilligend mit der Zunge.

»Na na, ich dachte, du wolltest brav sein.«

Ich funkelte sie an.

Das Letzte, was ich gerade wollte, war brav sein, aber welche Möglichkeit hatte ich schon? Sie saß am längeren Hebel und das wusste sie auch. Wenn ich mich jetzt wehrte, würde sie mich wahrscheinlich doch noch hier sitzen lassen.

Eine gute Königin weiß, wann es an der Zeit ist, den Kopf zu senken, und wann es an der Zeit ist zu kämpfen. Manchmal muss man sich ergeben, um später Feuer zu spucken.

Ein weiterer Rat von Rita dem Drachen.

Ich schluckte all meinen Ärger fürs Erste herunter, faltete die Hände im Schoß und lächelte.

»Natürlich, Corentine. Ich werde mich benehmen.«

Bis ich eine Gelegenheit bekomme, dir das heimzuzahlen ...

21
Das Haus im Nebel

Echoline Lighttower

Aus dichtem Nebel schälten sich runde Kuppeln aus massivem Stein gebaut. Sie waren flach und lagen wie Steinhügel im Boden, die zwischen Sträuchern aus dem Boden ragten. Fenster sah ich keine.

»Was ist das für ein Ort?«

»Castle Rock«, murmelte Adelina. Sie hatte die ganze Fahrt über kein Wort gesagt, sondern nur grimmig dagesessen und aus dem Fenster gestarrt. »Es wurde von Erdhexen gebaut und befindet sich seit einiger Zeit im Besitz der Mercurys. Allerdings bezweifele ich, dass sie es als Urlaubsresidenz benutzen.«

»Sie haben es uns zur Verfügung gestellt.« Tante Corentine hielt den Wagen und schaltete den Motor ab. Dann drehte sie sich zu uns um. »Es eignet sich nicht nur als Versteck, sondern ist ein idealer Ort für dein Training. Die Gebäude sind sturmfest.«

»Oh.« Ich wischte meine feuchten Handflächen am Kleid ab.

Allein bei dem Gedanken an die Macht in meinem Inneren wurde mir ganz mulmig zumute.

Adelina war das nicht entgangen. »Ich wette, Echoline kann es kaum erwarten mit dem Training zu beginnen«, flötete sie.

Ich streckte ihr die Zunge raus.

»Sehr königlich«, entgegnete sie überheblich.

»Adel. Geh in dein Zimmer. Du hast Hausarrest, bis wir dich rufen.«

»Natürlich, Corentine.« Sie seufzte theatralisch. Mit ihrer Tasche in der Hand öffnete sie die Autotür und stapfte durch den feuchten Nebel auf eine der Kuppeln zu.

»Muss das wirklich sein?«, fragte meine Mutter.

»Sie hat versucht Echoline an Quellenpixies zu verfüttern und sich mit Tristan Blackheart getroffen. Wir können ihr nicht trauen.« Tante Corentine sah ihr grimmig nach.

»Wir kennen sie. Sie würde uns nicht verraten. Die Hexen sind ihr ganzes Leben.«

»Du hast ein großes Herz, Erona, aber im Moment können wir nicht vorsichtig genug sein. Kommt.«

Unfug war schon ganz wild darauf, das Auto zu verlassen. Er sprang ins Freie und flitzte auf das Brombeergestrüpp zu, das die Kuppeln umgab. Sicher würde er jede Minute mit einer fetten Spinne im Maul zurückkehren. Gerade wollte ich ihm folgen, da vibrierte mein Handy in der Tasche des Kapuzenpullovers, den ich mir über mein Kleid gezogen hatte. Mein Herz sank, als ich den Namen auf dem Display las. Erst wollte ich sie wegdrücken, aber ich fürchtete, dass ich nicht länger weglaufen konnte.

»Ms Murphy?«

Es rauschte. Das musste an dem Empfang liegen.

»Hallo?«

Endlich durchbrach eine verzerrte Stimme das Knistern. »Wo

bist du, Echoline? Ich bin endlich durch die Straßensperren gekommen und suche dich seit Stunden, aber ...« Der Rest des Satzes verlor sich.

»Ms Murphy, es ist gerade schlecht.«

»Ich will jetzt wissen, wo du bist, Echoline.«

»Das kann ich nicht sagen ...«

Ich hörte, wie Ms Murphy meinen Namen rief, und stieg aus dem Auto. Auf der Suche nach besserem Empfang ging ich zu einer der Steinkuppeln und kletterte hinauf.

»Ms Murphy?«

»Echoline? Du kannst nicht einfach verschwinden. Was wäre ich denn für eine Heimleiterin, wenn ich meine Schützlinge einfach verlieren würde. Und du bist mehr für mich als bloß ein Job.«

Ihre Stimme brach. Ms Murphy war mein ganzes Leben lang nicht von meiner Seite gewichen und das Nächste zu einer Familie, das ich je gehabt hatte.

»Es tut mir leid. Ich werde wohl vorerst nicht zurückkommen, aber keine Sorge. Mir geht es gut.«

»Was redest du da?«

»Na ja, wissen Sie ... Ich glaube, ich habe meine Familie gefunden.«

»Deine Familie?«

»Ja, wie es aussieht, wurde ich kurz nach der Geburt vertauscht und nun habe ich durch einen ziemlich großen Zufall meine Mum kennengelernt und meine Tante. Und es ist noch alles sehr neu für mich, aber ich denke, hier gehöre ich her.«

»Was? Echoline? Habe ich das richtig gehört?«

»Ja. Ich glaube, ich habe meine Mum gefunden.«

Stille ... »Das wäre großartig. Sicher, dass das nicht nur ... na ja, deinem Wunschdenken entsprungen ist? Wir wissen beide, du hast eine blühende Fantasy. Nicht böse gemeint ...«

»Nein! Es ist echt!«

»Warum kommt ihr nicht gemeinsam zu mir und wir besprechen das?«

»Das werden wir. Ich verspreche es. Soweit sich einige Dinge beruhigt haben.«

»Warte. Bitte …«

»Tut mir leid. Ich will nur, dass Sie wissen, dass Sie sich keine Sorgen machen müssen. Mir geht es gut. Ehrlich.«

Mit schwerem Herzen legte ich auf und versenkte das Handy in der Tasche des Pullovers. Eigentlich verdiente Ms Murphy so viel mehr als gestammelte Versprechungen, aber mehr konnte ich ihr im Moment nicht geben.

Traurig sank ich auf dem kuppelförmigen Dach zusammen und starrte in den Nebel, der den Ort umgab und über die Wege und Wiesen zwischen den insgesamt drei Kuppen wanderte. Beinahe wie eine Wand, die uns für die Welt da draußen unsichtbar machte.

Die weißen Schwaden verwirbelten, nahmen Formen an und verschwanden wieder. Ich starrte hinein, bis mir schwindelig wurde und ich das Gefühl bekam, dass aus dem Nebel Augen zurücksahen. Gestalten bewegten sich, Schatten zogen vorüber.

Ich blinzelte.

Sie gingen auf zwei Beinen wie wir, hatten aber gigantische Köpfe. Viel zu groß für Menschen.

»Alles gut?«

Ich wirbelte herum und entdeckte meine Mutter, die etwas unter mir am Fuß der Kuppel stand.

»Ja, ich … dachte, ich hätte was gesehen.« Ich sah zum Feld zurück, aber was auch immer ich zu sehen geglaubt hatte, war wieder im Nebel verschwunden.

⚜ ⚜ ⚜

Castle Rock war, anders als der Name vermuten ließ, kein Schloss. Eher eine unterirdische kleine Festung, die sich zum Wohnen und Verstecken eignete.

Es gab drei Haupträume, die unter den Kuppeln lagen. Eine Küche mit Esszimmer unter der ersten und Wohnräume mit Badezimmern unter den anderen Kuppeln. Verbunden waren sie durch Gänge unter der Erde, die jedoch glücklicherweise nicht so eng waren wie die Tunnel der Erdskrats, sondern groß und aus solidem Stein gemauert. Auch wenn alles geräumig war und dank Lichtquellen gut ausgeleuchtet, verursachten die fehlenden Fenster bei mir Unbehagen.

In der Mitte der drei Kuppeln lag eine Bibliothek, die sich mehrere Stockwerke nach unten ins Erdreich ausdehnte. Eine Wendeltreppe führte an den Bücherregalen vorbei in die Tiefe. Allerdings hatte ich kein Verlangen, sie zu erkunden. Allein bei dem Gedanken, noch tiefer ins Erdreich vorzudringen, bekam ich Schweißausbrüche. Vollkommen normal für eine Lufthexe, wie ich jetzt gelernt hatte.

Ich sehnte mich nach draußen und leistete schließlich Unfug dabei Gesellschaft, die hiesigen Nachbarschaftsspinnen in Angst und Schrecken zu versetzen.

✧ ✧ ✧

Gegen Nachmittag hatte Tante Corentine eine Trainingsstunde angedacht. Während Mum sich in der Küche um das Essen kümmerte, holte sie mich ab und brachte mich zu einem Pfad, der über die Wiesen hinterm Haus führte. Meine Chucks versanken im feuchten Boden und ich spürte, wie sich meine Socken mit Wasser vollsogen. Der Nebel war so dicht, dass ich kaum etwas sehen konnte, aber Corentine wusste offenbar genau, wo wir langmussten.

»Dieser Ort wird auch Deadly Meadows genannt.«
»Das klingt nicht sehr beruhigend.«
»Das Gute ist, wir sind weit außerhalb jeder Stadt, mitten im Nirgendwo, einem Ort, wo wir perfekt trainieren können.«
Sie steuerte auf Felsen zu, die sich aus dem Nebel schälten. Sie waren in einer Kreisformation angelegt, so rund, dass sie jemand dorthin geschafft haben musste.
Als wir uns näherten, spürte ich, wie in meiner Brust der vertraute Druck wuchs. Sonst entstand er nur bei starken Emotionen, aber etwas war an diesem Ort, das die Macht, die in mir schlummerte, ebenfalls erweckte. Ich schlang meine Arme um mich, um das Monster in Schach zu halten.
Einatmen. Ausatmen.
Denk an deine Übungen. Konzentriere dich auf etwas anderes. Die Steine. Zähle sie.
Sechs.
Weiter ... Was fällt dir noch auf?
Blaue Spiralen verzierten die Oberflächen. An manchen Stellen zogen sich die Linien zusammen und deuteten auf Mulden. Corentine langte in ihren Rucksack und holte blaue Edelsteine heraus, die sie in ebendiese Aushöhlungen legte.
Sobald sie alle Steine platziert hatte, spürte ich, wie der Druck zunahm und sich in meinem Körper ausbreitete. Er jagte die Nervenbahnen entlang bis in die Fingerspitzen, die zu kribbeln begannen. Ein Windzug streifte meine Wange. *Verführerisch. Drängend.* Meine Macht sehnte sich danach, freigelassen zu werden.
Nein!
Meine Fingernägel bohrten sich in meine Arme, bis es wehtat. Ich zwang mich all meine Aufmerksamkeit auf diesen Schmerz zu lenken.
Einatmen.

Ausatmen.

Erleichtert stellte ich fest, wie der Wind nachließ und es mir gelang, das Biest zurück in seinen Käfig zu treiben.

»Der Lapislazuli ist der Stein unserer Familie. Früher haben die Lighttowers ihn benutzt, um ihre Magie zu verstärken. Dieser Ort hier ist ein alter Andachtsort der Lufthexen, an dem die Magie unserer Familie besonders stark ist.«

»Ich spüre es«, presste ich zwischen den Zähnen hervor.

»Sehr gut.«

»Lass uns wieder gehen. Bitte.«

»Auf keinen Fall.« Tante Corentine zog mich in das Innere des Steinkreises. »Du musst keine Angst haben, Echoline. An diesem Ort bist du unseren Vorfahren besonders nahe. Öffne deine Gedanken und lass zu, dass dich ihre Kräfte leiten.«

»Das ist keine gute Idee.«

Ich wollte weglaufen, um der Macht dieses Ortes zu entkommen, aber Corentine hielt mich fest. »Vertrau mir«, flüsterte sie. Dann zog sie eine silberne Kette aus dem Rucksack. Daran hing ein weiterer Kristall, deutlich kleiner als die, die sie um mich herum ausgelegt hatte. »Alle Lighttowers tragen einen Lapislazuli am Körper und nun sollst auch du einen bekommen, damit er dich beschützt und lenkt.«

Plötzlich hörte ich ein vertrautes Kläffen. Unfug war am Rande des Steinkreises aufgetaucht und knurrte. *Eine Warnung!*

»Warte …«

In diesem Moment hängte mir Corentine den Lapislazuli um den Hals. Als der Edelstein meine Brust berührte, geschah etwas Seltsames. Der Druck in meiner Brust implodierte und explodierte zur selben Zeit. Ich hatte das Gefühl, innerlich zerrissen zu werden.

Eine Windwehe riss Corentine mit sich. Die Nebelschwaden

zerstoben für einen Moment und ich sah, wie meine Tante viele Meter weiter gegen einen Baum krachte und reglos liegen blieb.

»Tante!«

Ehe ich zu ihr laufen konnte, jagte ein Schmerz durch meinen Körper. Meine Beine gaben nach und ich sank auf die Knie in feuchte Erde. Die Spiralen auf den Felsen um mich herum glühten blau, aber ihr Leuchten verschwamm vor meinen Augen.

Unfug eilte an meine Seite. Er zwackte mich in die Hand, aber ich fiel kopfüber in den Schlamm und blieb liegen.

22
Fast Tot Ist Auch Nicht Lebendig

Adelina Lighttower

Seufzend ließ ich mich auf das Bett fallen. Meine Haare waren in einen Handtuchturban gewickelt und ich hatte mir eine »Glow-up«-Maske aufgetragen. Während ich mir auf Maddox' Handy Schminktutorials ansah, lackierte ich mir die Fingernägel.

Wenn Tante Corentine erwartete, dass ich bei meinem Hausarrest Trübsal blies, hatte sie sich geirrt. Ich war fest entschlossen das Beste aus dieser Zeit zu machen. Gerade als ich mit der ersten Hand fertig war, klopfte es an meiner Tür.

Ich ließ ein genervtes »Was?« verlauten. Allerdings schreckte der harsche Ton meine Mutter nicht ab. Schon öffnete sie die Tür und trat ins Zimmer.

»Hey«, sagte sie vorsichtig. »Wie geht es dir?«

»Wie soll es einem gehen, wenn die ganze Welt in Scherben liegt? Blendend!«

Ich wedelte mit der Hand, damit der Lack trocknete.

»Adelina, ich möchte, dass du weißt, dass es mir schrecklich leidtut.«

»Tja, das ändert nur leider auch nichts, oder?« Ich fuhr meine Stacheln aus, dabei wünschte ich mir nichts sehnlicher, als von ihr in den Arm genommen zu werden.

Meine Mutter setzte sich neben mich aufs Bett. »Ich hoffe, du weißt, dass du eine unglaubliche junge Frau bist. Klug, mutig und wunderschön. Du brauchst die Prophezeiung nicht.«

»Nein, aber sie hätte definitiv jemanden wie mich gebraucht.«

Meine Mutter kicherte. »Da hast du vielleicht sogar recht. Aber die Welt hat dir so viel zu bieten. Du brauchst weder die Kristallkrone noch irgendwelche Kräfte, um ein schönes Leben zu haben. Ich bin mir sicher, du wirst eine neue Erfüllung finden. Auch ohne die Hexen.«

Ein Kloß schwoll in meinem Hals an. Schnell wandte ich den Kopf zur Seite, damit meine Mutter nicht die Tränen sah, die in meinen Augenwinkeln funkelten. Alles, was ich je gewollt hatte, war meine Familie stolz zu machen und die Erwartungen meines Zirkels zu erfüllen. Und nun? Ohne meinen Traum fühlte ich mich leer. So verdammt leer.

»Warum sagst du das? Wollt ihr mich loswerden?«, brachte ich schließlich hervor.

Mum ergriff meine Hand. »Corentine hat mir erzählt, was du mit Echoline gemacht hast.«

»Corentine hat viel schlimmere Dinge mit mir getan.«

»Sie hat mir auch von deinem heimlichen Treffen mit Tristan Blackheart erzählt.«

Ich schüttelte die Hand meiner Mutter ab und griff wieder nach dem Nagellack. »Das ist nicht fair. Du weißt, dass ich euch nie verraten würde.«

»Nun …«

»Mum?« Ihr Zögern machte mich wütend. »Du solltest mich besser kennen. Das sind die Blackhearts. Ich weiß, was mit Onkel Robin passiert ist.«

»Onkel Robin war zur falschen Zeit am falschen Ort.«

»Was?«

»Onkel Robin dachte, er würde das Richtige tun, aber er wäre noch am Leben, wenn er mir damals nicht gefolgt wäre. Wenn er mich losgelassen hätte.«

»Mum ...«

Sie seufzte. »Ich kenne dich gut genug, um zu wissen, dass du niemals aufgibst und ehrgeiziger bist, als gut für dich wäre. Darum bitte ich dich loszulassen und dir etwas Neues zu suchen, das dich glücklich macht.«

Sich etwas Neues suchen, wenn man sein Leben lang nur eine Bestimmung gekannt hatte. Das sagte sich so einfach.

In dem Moment hörten wir einen Schrei, der durch die Gänge von Castle Rock hallte. Verwirrt sahen wir uns an.

»Erona!«, kreischte Tante Corentine und man konnte deutlich die Panik in ihrer Stimme hören. »Erona! Hilfe! Sie ist tot!«

»Was?«

»Echoline ist tot!«

Meine Mutter sprang vom Bett auf und eilte zur Tür. Ich folgte ihr den Gang entlang in Richtung Küche. Hier hinter dem Esszimmer lag der Eingangsbereich. Und hier fanden wir eine aufgelöste, mit Schlamm besudelte Tante Corentine.

»Was hast du wieder angestellt?«

»Nichts! *Fast* nichts! Also nichts Tödliches ... Dachte ich.«

»Offenbar schon! Wo ist meine Tochter?«

»Bei den Deadly Meadows. Sie ist plötzlich bleich geworden und umgekippt.«

»Wir müssen zu ihr. Los, Lighttowers.« Meine Mutter warf sich eine Jacke über und rannte nach draußen. Dort drehte sie sich noch einmal zu mir um. »Worauf wartest du? Komm, Adel.«

»Geht schon mal vor. Meine Nägel müssen noch trocknen. Außerdem hab ich doch Hausarrest.«

»Adel! Worüber haben wir gerade gesprochen?«

»Dass ich neue, erfüllende Hobbys brauche. Ein Rat, den ich mir bereits zu Herzen nehme.« Ich wackelte mit den Fingern.

»Ich dulde nicht, dass deiner Schwester etwas passiert. Klar?« Die Ohren meiner Mutter färbten sich rot, ein klares Zeichen dafür, dass man jetzt besser nicht mit ihr diskutieren sollte.

»Na schön.« Ich schlüpfte in meine Gummistiefel. »Ich helfe ja schon.«

Die Deadly Meadows waren ein Labyrinth aus Nebel. Es war besser auf den Wegen zu bleiben, wenn man nicht auf den Feldern verloren gehen wollte. Vorausgesetzt man konnte diese Wege auch sehen. Tatsächlich waren die Schwaden so dicht, dass man kaum die eigene Hand vor Augen erkannte.

Meine Mutter und Corentine verschwanden vor mir im Dunst. Immer wieder hörte ich sie Echolines Namen rufen. Ich ging unmotiviert einige Schritte. Allerdings konnte ich nicht leugnen, dass ich neugierig war. Wenn Echoline tatsächlich tot sein sollte, was würde das wieder für die Prophezeiung bedeuten?

Plötzlich sprang ein pelziges Wesen aus dem Nebel und landete vor mir auf dem Weg.

Die Mutantenkatze!

»Was willst du denn von mir?«

Das Viech stellte seinen buschigen Schwanz auf und fletschte die Zähne, bevor es sich umdrehte und in den Nebel verschwand.

Gerade als ich ein paar Schritte weitergegangen war, kam das Tier erneut und wiederholte das Ganze.

»Du willst jetzt aber nicht, dass ich dir folge, oder?«

Der Waschbär jaulte.

»Hättest du dir da nicht jemand anderen aussuchen können? Ich bin sicher, du findest meine hoch motivierte Tante oder meine Mum hier irgendwo. Wende dich doch an sie.«

Der Waschbär kam auf mich zu und biss mir in den Gummistiefel.

»Hey, was soll das?«

Ein weiteres Mal versenkte er seine Zähne ins Gummi.

»Na schön. Na schön. Ich komm ja schon. Adelina ist mal wieder die Retterin der Stunde.«

Sofort ließ er von mir ab und führte mich in den Nebel.

23
Der Weg der Geister

Echoline Lighttower

Ich stand im Nebel, aber irgendetwas war seltsam. Zwar konnte ich sehen, wie die Nebelschwaden meinen Körper umgaben und meine Haut streichelten, aber ich konnte sie nicht fühlen.

Meine Hände glitten durch die Wolken, aber da war nichts. Weder Feuchtigkeit noch Kälte. Ich schaute hinunter zu meinen Füßen, konnte sie aber nicht sehen. Sie wurden von den Schleiern verschluckt. Probeweise bewegte ich die Zehen, aber auch da war nichts. Weder die feuchten Socken, die zuvor an meiner Haut geklebt hatten, noch die vor Kälte steifen Zehen.

Was war hier los?

Ich ging ein paar Schritte. Die Felsen des Steinkreises schälten sich aus dem Dunst, aber ihre verschnörkelten Linien glühten nicht länger blau. Ich streckte meine Finger nach ihnen aus, aber sie glitten einfach durch den massiven Stein hindurch.

Bloody Hell!

Ich versuchte es erneut. Dieses Mal machte ich einen Schritt vor, woraufhin mein halber Körper vom Felsen verschluckt wurde.

Das konnte nur eins bedeuten. Ich war ein Geist, aber wenn das stimmte, wie war ich gestorben?

Ratlos drehte ich mich um die eigene Achse. Ich hatte keine Ahnung, was man als Tote so tat. Instinktiv zog es mich zurück zu meiner Familie. Ich wollte meine Mum wiedersehen! Und Unfug! Außerdem musste ich wissen, ob ich ... na ja ... wirklich tot war.

Also steuerte ich die Richtung an, in der ich Castle Rock vermutete. Der Nebel war so dicht, dass ich kaum den Weg ausmachen konnte. Es gab weder Boden noch Himmel. Nur ewiges, waberndes Weiß, in dem hin und wieder der Schatten eines Baumes oder Strauches auftauchte.

Ich wanderte weiter und verlor jedes Zeitgefühl, bis ich plötzlich Geräusche vernahm. Es klang wie ein Stöhnen und Ächzen und mit jedem Schritt, den ich tat, wurde es lauter.

Vor mir traten weitere Bäume aus den Schwaden, aber sie wirkten gespenstisch. Wie Krallen, die sich gen Himmel streckten. Beim Näherkommen bemerkte ich, dass sich der Baum bewegte, aber es waren keine Zweige, die im Wind wippten. Das, was ich sah, waren ... Menschen.

Ich stolperte zurück, aber plötzlich sah ich weitere Menschen aus dem Boden ragen. Oberkörper, Arme ... Sie waren überall.

Geister. Sie schimmerten wie der Geist von Tante Hilda, aber sie waren doch anders. Irgendwie schienen sie mit ihrer Umgebung verwachsen.

Auch wenn die Szenerie an einen Gruselfilm erinnerte, hatte ich keine Angst. Ich kannte Geister schon, seitdem ich ein Kind war, und wusste, dass manche unheimlicher aussahen als andere. Allerdings waren die wenigsten von ihnen wirklich gefährlich.

»Wer bist du?«, fragte ich einen der Männer, dessen Unterkörper in der Wiese steckte. Er schien mich nicht wahrzunehmen. Sein Kopf hing schlaff auf der Brust und er zuckte nicht einmal. Ich versuchte es noch einmal. »Hallo, Herr Geist? Was ist hier passiert?«

Erst jetzt schoss sein Kopf in die Höhe. Misstrauisch blinzelte er. »Erde oder Feuer? Wem gilt deine Loyalität?«

»Ähm. Keinem? Ich bin Echoline Lighttower.«

»Eine Sturmhexe? Wir sind nicht im Krieg mit den Sturmhexen.«

»Wie schön für uns.«

Ich musterte den Geist genauer. Auf seinem Kopf trug er eine gepuderte Perücke mit gelockten Haaren, die allerdings recht verkohlt aussah. Auffällig waren auch die Handschuhe, auf die ein Flammensymbol gestickt war. Dasselbe Symbol fand sich auf dem robusten Lederwams.

»Wer bist du?«

»Erik Flint, Feuerhexer. Ich diene der mächtigen Rita.«

»Rita?« Der Name sagte mir etwas. Hatte mir Adelina von ihr erzählt?

»Rita Blaze. Sie ist die wohl mächtigste Feuerhexe unserer Zeit und die einzig rechtmäßige Wahl für den Hexenthron.«

»Aber die Erdhexen sehen das anders?«

»Sie würden lieber Hekate Nightlily auf den Thron heben. Pass bloß auf, westlich von hier haben ihre Anhänger die Ackerböden vergiftet. Die Dämpfe hauen selbst den stärksten Ochsen um.«

»Das ist ja schrecklich. Was ist mit dir? Wurdest du auch vergiftet?«

»Nein. Die Stonefingers haben uns von der Erde verschlucken lassen. Der Rest meiner Truppe steckt unter der Erde fest. Und hast du die in den Bäumen bemerkt? Das waren Evergardens.

Verdammte Pflanzenflüsterer, aber wir haben uns gerächt. Siehst du ihre Lager brennen? Das war ich.«

Er lachte bitter, aber seine Augen lachten nicht mit. Im Gegenteil. Er sah müde aus. Sein Körper fiel in sich zusammen, bis nur noch eine kleine traurige Pfütze auf dem Feld lag. Sehnsüchtig blickte er in den grauen Himmel.

Ich ging neben ihm in die Hocke. »Du musst nicht länger kämpfen, Erik Flint.«

»Was redest du da, Mädchen?« *Er blinzelte.*

»Es mag dir vorkommen, als würde das alles jetzt gerade passieren, aber dieser Krieg ist schon sehr lange her. Du bist in ihm gestorben.«

»Wie kommst du darauf?«

Ich deute vielsagend auf die transparenten Überreste seines Körpers. »Du bist ein Geist.«

Empört fuhr er hoch und musterte seine Arme, die langsam wieder Gestalt annahmen. Dann drehte er sich zu mir. »Aber Rita wird uns retten.«

»Rita ist auch ziemlich sicher tot, ebenso wie Hekate Nightlily, denn wir haben mittlerweile das Jahr 2024.«

»Was?« *Er sah sich verwirrt um. Ich kannte diesen Moment nur zu gut, der Moment, in dem sich ein Geist seines Ablebens bewusst wurde.* »Wer sitzt auf dem Thron?«

Ich zögerte. »Niemand, fürchte ich.«

Er lachte ungläubig. »Es gibt keine Königin? Das kann nicht sein. Bist du sicher?«

»Ja.«

»Aber was ist mit diesen Bluthexern? Stimmt es, dass sie planen in den Krieg einzugreifen?«

»Ich weiß es nicht.«

»Und Rita? Was ist mit ihr passiert?«

»Das weiß ich nicht so genau.«

»Ich glaube dir kein Wort! Verschwinde!« Stöhnend zerfloss sein Körper und sank in die feuchte Erde, nur um ein paar Meter weiter wieder emporzuwachsen. Er reckte sich dem grauen Himmel entgegen. »Lang lebe Rita Blaze, Königin der Hexen!«

Das hatte ich wohl gründlich in den Sand gesetzt. Verdammt. Hätte ich doch bloß die Geschichtsbücher gelesen, die Adelina mir rausgelegt hatte.

Ich ging weiter durch den Nebel.

Links von mir stand eine Gruppe Hexen in einem See aus Feuer. Die durchsichtigen Flammen bissen in ihre Beine und sprangen an ihren Körpern empor.

»Tod den Feuerhexen! Lang lebe Hekate Nightlily!«, rief eine, bevor sie von den Flammen verschluckt wurde. Wenig später tauchte sie an einer anderen Stelle wieder auf.

Ich sah mich um. Es waren so viele. Hunderte von Toten, die hier auf dem Schlachtfeld verweilten und der Vergangenheit nachhingen.

Ihr ewiges Klagen schallte von allen Seiten und zerriss mir das Herz. Ihr Leid war so allgegenwärtig, so erdrückend, dass ich mir wünschte, ich könnte einen Sturm erschaffen, der mich von hier wegtrug. Aber der vertraute Druck in der Brust kam nicht, ebenso wenig wie das elektrisierende Kribbeln.

Ich wollte verschwinden. Ich wollte zu meiner Familie. Aber ich konnte Castle Rock nirgendwo sehen. Egal welche Richtung ich einschlug, ich traf nur weitere Geister.

»Lasst sie brennen!«

Ich spürte ihre Schwere. Sie war allgegenwärtig, drückte mir auf Kopf und Schultern, sank in meinen Geist und füllte mich ganz und gar aus.

»Lang lebe Rita, unsere Drachenkönigin.«

Ich spürte ihren Hass, ihre Angst, ihre Verzweiflung. All das tränkte den Nebel, der uns umgab. Ja, vielleicht bildete er ihn sogar.

Verzweifelt sank ich zu Boden. »Hilfe!«

Ich wusste, niemand würde mich hören. Wer sollte schon kommen und mich retten? Ich war verloren. Verloren im Nebel. Schwer wie ein Stein versank ich in dem ewigen Meer aus Trauer. Ich hatte das Gefühl zu zerlaufen. Nicht nur mein Körper, auch mein Geist. Es gab keine Grenzen mehr. Ich wurde eins mit den Geistern, die diesen Ort bevölkerten.

Bis plötzlich der Klang einer Stimme durch die Schwaden schallte.

»Echoline!«

Ich blinzelte. Über mir sah ich in einem Meer aus Nebel ein vertrautes Gesicht, das sich deutlich von all dem Grau abhob. Rote Haare, die ein perfektes Gesicht umrahmten. Und Augen, die im hellsten Grün leuchteten.

»Echoline?« Die Erscheinung streckte die Hand nach mir aus. Ich wollte sie ergreifen, aber mein Körper gehorchte nicht. Eine Schwere hatte mich ergriffen und zog mich immer tiefer in den Ozean aus Leid.

»Du musst aufwachen. Los. Mach die Augen auf. Mum sucht dich!«

Mum?

Ein Bild tauchte vor mir auf und ich klammerte mich daran fest. Mum! Nach all den Jahren hatte ich sie gefunden. Nein, ich wollte nicht hierbleiben. Ich wollte zu meiner Familie zurück. Das war alles, was ich mir immer gewünscht hatte.

»Gib nicht auf! Echoline. Du schaffst das!«

Ja.

Ich sah zu ihr auf, hielt mich an ihrem entschlossenen Blick fest.

Dann griff ich mit letzter Kraft nach Adelinas Hand. Ich konnte sie spüren. Ihre Wärme durchflutete meinen Körper und die Schwere fiel von mir ab.
Mit einem Ruck zog sie mich aus dem Nebel ins Licht.

⚜ ⚜ ⚜

Ich lag auf einer feuchten Wiese, die Steinformationen um uns ragten aus dem Nebel hervor.

Neben mir kauerte Adelina. Sie hielt ein rauchendes Bündel getrockneter Halme in der Hand, das einen starken Geruch von Zeder und Rosmarin ausströmte.

Als sie sah, dass ich mich rührte, legte sie es beiseite und schob mir schnell etwas in den Mund.

»Willkommen zurück«, sagte sie. »Kau das. Dann geht es dir besser.«

Süßer Geschmack breitete sich auf meiner Zunge aus, als ich das Plättchen mit meiner Zunge hin und her schob. Mir war kalt. Die Feuchtigkeit der Erde war mir unter die Haut gekrochen und sorgte dafür, dass ich zitterte, aber das war gut, denn ich fühlte es. Fühlte die durchnässten Socken. Die Gänsehaut auf meinem Körper. Die Erde in meinen Haaren und Ohren.

All das bedeutete, dass ich lebte.

»Jetzt hast du mich schon das zweite Mal gerettet«, murmelte ich.

»Gewöhne dich besser nicht daran. Was hast du überhaupt gemacht?«

»Mit den Toten gesprochen, aber … es waren so viele.« Noch nie zuvor hatte ich dabei allerdings meinen Körper verlassen und war als Geist auf Wanderschaft gegangen.

»Mit den Toten? Was redest du da?«

»Es war schrecklich. All die Hexen, die sich gegenseitig umgebracht haben. Feuerhexen. Erdhexen. Und das alles für einen Thron. Ich werde auf keinen Fall Königin. Auf keinen Fall.«

»Was meinst du?« Adelina lehnte sich vor, um ja keines meiner gefaselten Worte zu verpassen.

»Ein Schlachtfeld. Ich war auf einem Schlachtfeld voller Hexen.«

»Aber das ist ... *unmöglich*.«

In diesem Moment hörte ich Schritte, die sich hektisch näherten.

»Was ist mit ihr?«, rief meine Mum außer Atem.

»Keine Sorge. Sie lebt noch«, brummte Adelina. »Leider ...«

24
Eine Böse Überraschung

Adelina Lighttower

Echoline lag in ihrem Bett und schlief. Ich war mir nicht sicher, was mit ihr passiert war, aber was auch immer es war, es hatte sie geschwächt.

Während Mum nicht von ihrer Seite wich, machte ich mich auf zur Bibliothek. Der Weg nach unten bestand aus einer schmalen Wendeltreppe und die stieg ich nun auf der Suche nach Antworten hinab.

Im dritten Untergeschoss fand ich eine vielversprechende Sammlung über Lufthexen. Die Lampe legte ich auf einen Hocker in der Nähe. Gerade wollte ich die Regale durchgehen, als sich eine Silhouette aus den Schatten schälte. Ein Wesen mit runzeliger Haut, spitzen Ohren und hinterlistigem Blick. Ein Erdskrat, nicht so schmutzig wie Nobs und auch nicht nackt, denn er trug Buchseiten wie ein Hemd um den Körper gebunden.

»Books hat die Ehre in dieser großartigen Bibliothek der Mercurys zu arbeiten«, verkündete der Skrat und rümpfte die spitze Nase. »Wie kann Books helfen?«

»Ich suche ein Buch über die spirituellen Kräfte der Lufthexen.«

»Du meinst, Bücher über Geister?«

»Unter anderem. Wenn ich mich recht erinnere, gab es Familien, die behaupteten, Geister sehen und mit ihnen sprechen zu können.«

»Ja, allerdings galten viele von ihnen als etwas ... wie sagt man in eurer Sprache ... *plemplem*. Und bis heute ist diese Fähigkeit sehr umstritten.«

Das stimmte und ich hatte ihr nie viel Bedeutung beigemessen, aber das, was mit Echoline passiert war, hatte mich zum Nachdenken gebracht.

Als ich sie gefunden hatte, war sie mehr tot als lebendig gewesen. Ihr Körper war kalt, ihr Puls kaum kräftiger als ein gerade geschlüpftes Vogelbaby. Als sie die Augen wieder geöffnet hatte, hatte sie ununterbrochen gezittert und von der großen Schlacht zwischen Feuerhexen und Erdhexen gesprochen, die hier stattgefunden hatte. Es war ziemlich wirr gewesen, aber es hatte mich dennoch stutzen lassen.

Woher wusste sie von diesem Ereignis? Tante Corentine hatte ihr nichts davon erzählt und ich hatte sie nie auch nur eine Seite der Bücher lesen sehen, die ich ihr gegeben hatte. Also war möglicherweise etwas dran an ihrer Behauptung und das wiederrum würde bedeuten, dass sie weitere Luftfähigkeiten beherrschte.

Natürlich tat sie das!

Für die große Auserwählte reichte es nicht, dass sie Stürme beschwören konnte, die ganze Städte vernichteten. Nein, sie musste auch noch weitere Superkräfte haben! Fehlte nur noch, dass die Feuerkräfte in ihr erwachten ...

Ich verzog das Gesicht und wandte mich an den Skrat. »Ich brauche alle Bücher zu Geistern, die ihr habt.«

»Bevor Books dir helfen kann, will Books eine Bezahlung.«

Ich verdrehte die Augen. »Geheimnisse?«

»Wir Erdskrats lieben Geheimnisse. Je schmutziger, desto besser.«

»Ich bin neugierig. Tauscht ihr euch eigentlich untereinander aus oder kann ich dir dasselbe erzählen, was ich Nobs erzählt habe?«

Der Skrat verzog seinen Mund zu einem breiten Grinsen und enthüllte eine Reihe spitzer Zähne. »Books kennt jedes Geheimnis, das du einem Skrat erzählt hast. Genauso wie Books weiß, wenn du ein Geheimnis erzählst, welches nicht wahr ist.«

»Ja, wie funktioniert das genau? Woher weißt du, dass ich lüge.«

»Das, Mensch, musst du selbst herausfinden.«

Erwähnte ich, dass ich Erdskrats nicht ausstehen konnte?

»Na schön ... Wie wäre es damit? Ich hab mich mit Tristan Blackheart getroffen.«

»Weiß schon die ganze Unterwelt.«

»Wir haben geflirtet.«

»Schnee von gestern ... Gab es einen Kuss?«

»Was? Nein. Er hat mir angeboten, mich zu den Alchemisten mitzunehmen. Ich habe abgelehnt.«

»Langweilig.« Der Skrat winkte ab. »Wenn du meine Hilfe willst, musst du mir schon etwas Besseres verraten.«

Ich schritt vor dem Skrat auf und ab, während ich über all die Geheimnisse nachdachte, die ich hütete.

»Also gut. Ich habe ein Handy von Maddox Mercury bekommen, von dem keiner weiß.«

»Okay. Das klingt vielversprechend. Und weiter?«

»Mit diesem Handy habe ich ein Mondsirenenlied abgespielt, das seine Mutter in den Tiefschlaf befördert hat.«

Die Ohren des Skrats zuckten vor Begeisterung. »Books akzeptiert dieses Geheimnis.«

»Gut. Wo sind die Bücher?«

»Bedauerlicherweise führen wir keines zum Thema Geister in unserer großartigen Bibliothek. Aber wir haben ein sehr seltenes Buch über Blutmagier.«

»Ich brauche kein Buch über Blutmagie, sondern über Geister. Dafür habe ich mit einem Geheimnis bezahlt.«

»Du wolltest Books Hilfe und Books hat geholfen. Sieh es positiv. Es hat dir eine stundenlange Suche erspart.«

»Du hinterhältiges …!« Bevor ich die Gelegenheit hatte, den Skrat zu erwürgen, hörte ich ein vertrautes Motorengeräusch, das mich erstarren ließ. Erst ganz leise, wie ein fernes Brummen. Aber es wurde lauter.

Was war das?

Niemand verirrte sich nach Castle Rock. Dafür war der Ort zu abgeschieden.

Verflixt und verflucht!

»Wissen die Alchemisten von diesem Ort?« Ich drehte mich zu Books um, aber der Skrat war lautlos in den Schatten verschwunden.

Ich schnappte mir die Laterne und eilte die Wendeltreppe empor. Je höher ich kam, desto lauter wurde das Brummen.

Alchikopter. Sie kreisten über unserem Versteck, bevor er sich wieder entfernte. Das konnte kein Zufall sein. Irgendwie hatten sie erfahren, dass wir hier waren, und nun suchten sie nach uns.

»Adelina!« Meine Mutter kam mir bereits entgegen.

»Was ist los?«

»Die Alchemisten durchsuchen die Gegend. Wir müssen hier

weg. Schnell. Pack deine Sachen. Wir treffen uns in fünf Minuten in der ersten Kuppel.«

Ich nickte und lief zu meinem Zimmer. Schnell stopfte ich das Wichtigste zurück in die Sporttasche, bevor ich den Gang zurückeilte. Die ganze Zeit lauschte ich angestrengt, aber die Motorengeräusche waren fürs Erste verschwunden.

Ich hatte die erste Kuppel fast erreicht, als ich Stimmen hörte. Tante Corentine und meine Mum waren offenbar in eine Diskussion vertieft.

»Wir müssen sie hierlassen. Es ist für alle das Beste«, sagte Corentine gerade.

»Was redest du da? Wir können sie nicht zurücklassen.«

»Die Alchemisten werden ihr nichts tun und du hast selbst gesagt, dass sie unter den Hexen nicht glücklich wird. Sie braucht eine neue Bestimmung. Als Mensch.«

»Das können wir nicht machen. Es würde ihr Herz brechen!«

»Keine Sorge. Sie wird nichts vermissen, denn sie wird sich an nichts erinnern.«

Ich rückte noch ein Stück weiter zu Tür und lugte in den Raum. Es war offensichtlich, dass es um mich ging. Aber was verhandelten sie da?

»Die Leerensauger arbeiten sehr präzise«, sagte Tante Corentine. Mein Herz zog sich zusammen.

»Das gefällt mir nicht«, murmelte meine Mutter.

»Sie weiß zu viel, Erona, und sie ist keine von uns.«

»Wie kannst du das sagen? Sie ist als Hexe aufgewachsen. Sie kennt unsere Traditionen besser als viele andere.«

»Sie hat sich mit den Alchemisten getroffen! Ausgerechnet mit einem Blackheart. Warum glaubst du, hat sie das getan?«

»Du tust ihr unrecht. Sie hat Echoline gefunden.«

»Und war enttäuscht, dass sie noch lebte, oder warum fliegen jetzt Alchikopter über unseren Köpfen? Du musst der Wahrheit ins Gesicht sehen. Sie hat uns verraten.«

»Du glaubst wirklich …«

»Ich *weiß* es.«

»Na schön. Reden wir mit ihr«, sagte meine Mutter.

»Ja, reden wir!« Wütend platzte ich in das Zimmer. »Ist das euer Ernst?«

25
Der Verrat

Adelina Lighttower

»Schatz, wir wollen nur reden«, beschwichtigte mich meine Mutter.

»Worüber? Ob ein Leerensauger meine Erinnerungen frisst? Das kann nicht euer Ernst sein.«

Ich warf meine Sporttasche auf den Boden. »Wenn ihr mich nicht länger bei euch haben wollt, sagt es einfach und ich gehe. Aber meine Erinnerungen dürft ihr nicht nehmen. Sie sind alles, was mich ausmacht.«

»Du weißt nur zu gut, dass es gefährlich wäre, dich mit all deinem Wissen gehen zu lassen.«

»Gefährlich? Ich würde die Hexen niemals verraten. Immerhin habe ich mein bisheriges Leben lang zu ihnen gehört.«

»Das Risiko können wir nicht eingehen. Wenn wir eines über dich wissen, dann dass du unberechenbar bist.«

»Das ist Unsinn!«, rief ich aufgebracht.

»Wir sind nicht die Einzigen, die das so sehen. Die Mehrheit der Zirkelältesten fühlt sich nicht wohl mit einem Menschen in ihrer Mitte. Sie wollen, dass du gehst.«

»Das ist nicht fair!« Die Wut pulsierte wie eine wütende Flamme in meinem Inneren. Wäre ich Rita, würde ich sie nun in einem gigantischen Feuerstrahl herausspucken. Aber ich war nur ein Mensch und diese Tatsache schmerzte fast so sehr wie die Erkenntnis, von der eigenen Familie verraten zu werden.

In diesem Moment vibrierte mein Handy in der Jeanstasche und ich erstarrte, denn die einzigen Personen, die diese Nummer hatten, waren Maddox Mercury und Tristan Blackheart.

Meine Tante ließ mich nicht aus den Augen. »Ich dachte, dein Handy sei von Glutpixies geschmolzen worden?«

Ich rührte mich nicht. »Ist es auch.«

»Was ist dann das?« Ihre Stimme war bedrohlich leise und sie streckte ihre Hand aus. »Wenn du nichts zu verbergen hast, gib es mir.«

»Vergiss es. Das ist meine Privatsphäre.«

»Adel, zeig es ihr«, forderte nun auch meine Mutter. Dass sie sich auf die Seite ihrer Schwester schlug, tat weh. Ich wandte mich ihr zu und konnte nicht verhindern, dass meine Stimme zitterte. »Du glaubst wirklich, ich habe euch verraten?«

»Zeig uns einfach dein Handy.«

Bevor ich reagieren konnte, stürmte Tante Corentine auf mich zu und zog es aus meiner Tasche. Sie starrte auf den Bildschirm, bevor sie ihn meiner Mutter zeigte. »Ein Anruf von Tristan Blackheart! Ich wusste es.«

»Ich habe keine Ahnung, was er will. Ich habe ihm nicht verraten, wo wir sind.« Ich riss Corentine das Handy aus der Hand und drückte den Anrufer weg. »Ich habe mich nur mit ihm getroffen um ihn auszuhorchen.«

»Du wolltest deine Möglichkeiten ausloten. Gucken, was die Alchemisten dir bieten.«

»Ich …« Egal was ich sagen würde. Sie hatten sich ihre Meinung bereits gebildet. Verzweiflung stieg in mir auf und zum ersten Mal in meinem Leben fehlten mir die Worte.

Meine Tante wandte sich von mir ab und trat zu meiner Mutter. Diesen Moment nutzte ich zur Flucht. Ich schnappte mir meine Sporttasche und stürmte nach draußen.

»Adel! Stopp!«

Sicher nicht! Meine Füße flogen über den Boden, als ich in den Nebel steuerte, um mich von ihm verschlucken zu lassen. Allerdings kam ich nicht weit.

Vor mir im Dunst erschienen Silhouetten. Menschlich, aber irgendwie seltsam. Ihre Köpfe wirkten viel zu groß.

Schlidderrnd kam ich zum Stehen.

Eine der Gestalten trat auf mich zu, während die anderen im Nebel blieben. Es war ein Mann mit einer silbernen Maske, die sein Gesicht vollständig verbarg. Um seinen Hals trug er ein seltsames Wesen, das sich von seiner Schulter bis zum Kopf emporschlängelte. Es sah aus wie ein Salamander, geformt aus Quecksilber und Nebel. Die Augen waren lidlos und leer und es hatte ein breites Maul, mit dem es den Kopf seiner Opfer verschlingen konnte.

Ein Leerenmeister mit seinem Sauger!

Mein Herz begann panisch gegen den Brustkorb zu trommeln. Sie waren hier, was bedeutete, dass meine Tante das bereits von langer Hand geplant hatte.

Aber nicht mit mir. Entschlossen trat ich dem Maskenmann und seinem Salamander entgegen. Ich hatte Leerensauger noch nie in echt gesehen und kannte genug Geschichten, um sagen zu können, dass ich es auch lieber dabei belassen hätte.

»Leerenmeister«, sagte Tante Corentine hinter mir. »Tu dein Werk. Je eher wir von hier wegkommen, desto besser.«

Bevor er eine Chance hatte zu reagieren, erstarrte er. Ein grauer Schleier breitete sich von seinen Augen aus und umschloss Meister und Kreatur, bis sie ganz erstarrt waren. Nicht mehr als Statuen. Unheimlich, aber ungefährlich.

Zitternd hielt ich das Medusenauge fest in meiner Hand.

»Sie benutzt eine Alchemistenwaffe«, rief Corentine entsetzt. »Siehst du es jetzt, Erona?«

»Niemand kommt mir zu nahe, klar?«

In diesem Moment setzte ein anderer Salamander zum Sprung an und stürzte sich auf mich. Es fühlte sich an, als würde sich eine kalte Qualle über meinen Kopf stülpen. Jemand riss mir den Spiegel, meine einzige Waffe, aus der Hand.

Verflixt und verflucht!

Ich versuchte den Leerensauger mit bloßen Händen zu packen, aber sein Körper entglitt mir. Eine wabbelige Masse drückte sich mir über die Ohren und verschluckte meine Schreie.

Als er zu saugen begann, klang es, als würde er eine saftige Tomate auslutschen.

Die Angst schlug in Wut um und ich brüllte, aber der Leerensauger sog sich nur noch fester. Sein Körper presste sich auf Mund und Nase und nahm mir die Luft zum Atmen. Mir wurde heiß und kalt zur selben Zeit. Meine Ohren rauschten und ich hatte das Gefühl, die Welt um mich würde sich drehen.

Nein!

Ich hatte meine Magie verloren, mein Schicksal und nun sogar meine Familie. Ich würde mir auf keinen Fall mein Wissen nehmen lassen, die einzige Waffe, die ich noch hatte.

Also ließ ich mich auf die Knie fallen und schlug mit dem Kopf auf die Erde. Der Leerensauger stöhnte auf. Ich wiederholte den

Vorgang. Zweimal. Dreimal. Mein Schädel brummte vor Schmerz und ich hatte einen metallischen Geschmack auf der Zunge.

Ein viertes Mal donnerte ich Stirn voran auf den Boden. Dann endlich öffnete das Vieh sein Maul und ließ mich frei. Diesen Moment nutzte ich und packte den Sauger. Es fühlte sich an, als würde ich meine Hand in einen Bottich mit Eiswasser schieben. Mit aller Kraft riss ich ihn von mir und warf ihn gegen eine der Kuppeln von Castle Rock.

Der silberne Körper klatschte auf die Steine, aber innerhalb von Sekunden war er wieder auf den Beinen und krabbelte mit erschreckender Geschwindigkeit auf seinen Meister zu.

Schwer atmend tastete ich nach dem Handy, das ich fallen gelassen hatte. Mit der zweiten Hand griff ich nach meiner Sporttasche. Ich hängte sie mir um und erhob mich, ohne den Leerenmeister aus den Augen zu lassen.

»Was tust du da, Adelina?«, fragte meine Tante, die das Medusenauge in der Hand hielt. Allerdings würde ich nicht den Fehler machen hineinzusehen. »Es hat doch keinen Sinn, sich zu wehren. Du hast keine Chance.«

Wie um das zu bestätigen, traten nun weitere Gestalten aus dem Nebel. Während die Gesichter der Meister vollkommen unbeteiligt aussahen, leckten sich die Sauger die Lippen.

Ich wandte mich meiner Mutter zu, die im Türrahmen stand. »Willst du das wirklich zulassen, Mum?«

»Ich weiß nicht mehr, was ich glauben soll ...« Sie war kreidebleich und hatte Tränen in den Augen, aber sie unternahm nichts, um die Männer aufzuhalten.

Mein Herz fühlte sich an, als würde es zerspringen. Der Schmerz spülte alle Wut davon und hinterließ nur Kälte als mir klar wurde, dass mir niemand helfen würde.. Die Leerenmeister zogen ihren Kreis enger.

Ich saß in der Falle, aber ich würde nicht aufgeben. Langsam öffnete ich den Verschluss meiner Tasche.

»Mach es doch nicht härter, als es sein muss!«, rief Corentine siegessicher.

»Leicht ist nicht wirklich mein Stil. Das solltest du wissen, *Tante*«, sagte ich, während ich meine Kopfhörer aus der Tasche zog und sie aufsetzte. »Ich wähle immer die harte Tour.«

Ich hörte nicht mehr, was Corentine antwortete, es war mir auch egal. Sie wandte sich an die Leerenmeister und rief ihnen etwas zu.

Meine Finger schlossen sich um das Handy. Mit der freien Hand wählte ich 1234 und drehte die Lautstärke voll auf.

Einer der Leerensauger setzte zum Sprung an, erschlaffte aber auf der Hälfte des Weges, fiel zu Boden und blieb liegen. Sein Meister knickte um wie ein Streichholz, ebenso wie die anderen. Meine Mutter folgte ihnen. Nur meine Tante ging noch einen wutentbrannten Schritt auf mich zu. Ihre Finger schlossen sich um meinen Kragen, aber ich stieß sie zurück. Es war ganz leicht. Ihre Augen verdrehten sich und sie sank zu Boden.

Maddox hatte recht gehabt. Es war nicht entscheidend, Magie zu haben. Man musste bloß einfallsreich sein.

Gerade wandte ich mich zum Gehen, da erstarrte ich. Echoline war aus der Kuppel gestolpert, ihren Waschbären dicht auf den Fersen. Besorgt sank sie neben unserer Mum in die Knie. Dann sah sie von den Schlafenden zu mir. Ihre Lippen formten eine Frage, die ich nicht hören konnte.

Ich hob die Hand. »Es ist nicht so, wie du ...« Aber den Rest bekam sie nicht mehr mit, denn ihre Augen fielen zu, und sie sank neben Mum zu Boden. Einen friedlichen Ausdruck auf dem Gesicht.

Ihr Waschbär folgte ihr wenig später ins Reich der Schlafenden.

Ich stoppte die Musik auf meinem Handy und zog die Kopfhörer zurück. Es herrschte vollkommene Stille. Die ruhige Atmung meiner Familie ... meiner *ehemaligen* Familie war das einzige Geräusch. Vorsichtig ging ich auf Echoline zu. An ihrem Hals entdeckte ich einen Kristall. *Meinen* Lapislazuli.

Gerade hatte ich ihn ihr abgenommen und in meine eigene Tasche gestopft, da zerriss erneutes Motorengeräusch die Stille. Die Hubschrauber kamen zurück. Ich sah die Lichtkegel ihrer Scheinwerfer über die Wiese zucken. Sie näherten sich Castle Rock von allen Seiten.

Zeitgleich vibrierte mein Handy ein weiteres Mal. Dieses Mal drückte ich Tristan nicht weg.

»Hallo, Alchemist.«

»Hallo, Hexe. Du weißt sicherlich bereits, dass wir da sind. Hast du eine Entscheidung getroffen?«

»Das habe ich.« Ich schulterte meine Tasche und sah den Alchikoptern entgegen. Einer der Lichtkegel fand mich und Sekunden später wurde ich von vier Maschinen angestrahlt. Ich rührte mich nicht, sondern verharrte, bis sie gelandet waren. Die Türen flogen auf und eine Truppe Alchemisten stürmte schwer bewaffnet auf mich und die Schlafenden zu. Erst erreichten sie Echoline und Unfug, dann die Leerenmeister und meine Mum. Sie nahmen alle mit. Nur meine Tante war weg.

Ich machte einen Schritt auf die Stelle zu, an der sie gelegen hatte. Das Medusenauge lag vergessen im feuchten Gras, aber sie war wie vom Erdboden verschwunden.

Nobs!

Natürlich! Sie hatte wie immer vorgesorgt.

»Adelina Lighttower nehme ich an?«, fragte einer der Alchemisten, aber ich schüttelte den Kopf.

»Everglade. Mein Name ist Adelina Everglade.«

TEIL 3
VERWANDELT UND VERWEHT

26

SILVERFORT

Adelina ~~Lighttower~~ Everglade

Unser Alchikopter landete außerhalb der Burg auf einer Plattform, die über einen Steilhang ragte. Silverfort selbst lag auf einem Hügel, von dem aus man einen guten Blick auf Oxford und seine Umgebung hatte. Felder und Wiesen, auf denen Kühe grasten, und dahinter die roten Dächer von Oxford, die schlanken Türme und Spitzen der Universitätsgebäude, die sich in den Himmel erhoben, und die achteckige Kuppel der Christ Church Cathedral.

Während wir aus den Alchikoptern stiegen, sah ich mich um, konnte aber weder Echoline noch meine Mum entdecken. Sie mussten woanders hingebracht worden sein.

Das alles war so schnell gegangen, dass ich es nicht zu Ende hatte denken konnte. Ein Teil von mir war überzeugt, dass sie sich dieses Schicksal selbst zuzuschreiben hatten. Hätten sie nicht meine Erinnerungen von einem Nebelsalamander löschen lassen wollen, wäre das alles nicht passiert. Trotzdem fühlte ich das bittere Gefühl der Schuld, das sich im Herzen ausbreitete.

Hör auf, dich verrückt zu machen. Du bist keine Hexe, wie die anderen dich oft genug haben spüren lassen!

Ich versuchte an der Wut festzuhalten, aber sie war wie ein kleines Flämmchen zwischen klammen Holzscheiten und wollte nicht recht aufflackern.

⚜ ⚜ ⚜

Ich wandte meinen Blick nach vorne und folgte Tristan, der mit schnellen Schritten auf die Burg zueilte, wo uns ein kleines Empfangskomitee erwartete.

Da war er also. Der Stützpunkt der Alchemisten und der Ort, an dem sie die Magie studierten, die sie stahlen. Das Banner mit dem Wappen flatterte an den Fahnenstangen, die neben der Landeplattform standen. Ihr silbernes Rauten-Symbol umgeben von einem mächtigen Drachen, der in Ketten lag.

Nie hätte ich gedacht, dass ich einmal hier hereinspazieren und so empfangen werden würde. Ich hätte eher geglaubt, dass es eine Schlacht geben würde, bei der meine Kräfte die Alchemisten in die Flucht schlagen würden. Stattdessen wurden mir die Türen aufgehalten.

Okay, ich wurde misstrauisch beäugt und wie eine Kuriosität betrachtet, die sich jeden Moment in ein Monster verwandeln könnte.

Aber ich hatte kein Problem mit Aufmerksamkeit, das hatte Tante Corentine sichergestellt. »Alle starren dich an. Umso besser. Nutze es!«, hatte sie immer gesagt. Also streckte ich meine Schultern durch, lächelte und winkte, als würde ich dazugehören, während wir über den Landeplatz schritten.

Das Gebäude sah von außen aus wie eine mittelalterliche Burg mit vielen Türmen. Wenn man allerdings genau hinschaute, entdeckte man moderne Zusätze wie Solarpaneelen auf den Dächern, Satelliten und Klappen, hinter denen sich sicherlich Waffen versteckten.

Am Eingang wurden wir bereits von Thorn Blackheart erwartet, der uns mit einem grimmigen Lächeln empfing. Er war mit seiner großen Statur und dem harten Blick eine einschüchternde Erscheinung, aber das ließ ich mir nicht anmerken.

Zuerst wandte er sich an die zurückgekehrten Alchemisten. Er beglückwünschte sie zu ihrem Sieg und klopfte ihnen auf die Schulter, was sie sichtbar stolz machte. Auch Tristan wuchs durch das Lob seines Vaters in die Höhe.

Als Thorn schließlich bei mir ankam, verengten sich seine Augen und plötzlich hatte ich das Gefühl, dass alle um uns herum still geworden waren.

Sag etwas, Adel!

Aber was?

Was Charmantes ...

Ich räusperte mich, bevor ich mir mein lieblichstes Lächeln aufs Gesicht zauberte und meine Haare richtete. »Ein nettes Zuhause haben Sie hier. Sehr geschmackvoll und ... *sicher*.«

Sein eh schon düsteres Gesicht erlebte eine spontane Mondfinsternis. »Tristan«, presste er zwischen seinen Lippen hervor, ohne mich aus den Augen zu lassen. »Was macht das Lighttower-Mädchen hier? Und warum trägt sie keine Handschellen?«

Von allen Seiten kam zustimmendes Gemurmel. Ich bemerkte, wie sich der Kreis um mich herum enger zog. Die Gefäße an den Gürteln klimperten und klirrten. Offenbar hatte sich Tristans Angebot, mich bei den Alchemisten aufzunehmen, noch nicht rumgesprochen. Da konnte ich doch Abhilfe schaffen.

»Adelina *Everglade*«, korrigierte ich Thorn höflich und streckte ihm meine Hand hin, die er in der Luft hängen ließ. »Wie sich herausstellt, bin ich überhaupt nicht mit den Lighttowers verwandt, sondern nur Opfer einer unglücklichen Verwechselung.«

»Wie das?«

»Ich bin keineswegs eine Halbhexe ohne Magie, sondern ein Mensch und als solcher benötige ich natürlich den Schutz eures ... großartigen Ordens.«

Meine Hand hing immer noch in der Luft, ohne dass Thorn Anstalten machte sie zu ergreifen. Also ließ ich sie sinken und steckte alle meine Energie in das Lächeln. Die Alchemisten um uns herum waren mucksmäuschenstill und warteten gespannt auf das Urteil.

»Das besprechen wir wohl besser in meinem Büro.«

Mir lief es eiskalt den Rücken herunter. »Liebend gern«, sagte ich angestrengt lächelnd.

»Büro« klang vielleicht ernst, aber besser als Kerker.

Mit durchgestrecktem Rücken folgte ich dem Anführer der Alchemisten ins Innere von Silverfort und hoffte, dass dies kein One-Way-Ticket war.

Tristan und eine Schar selbst ernannte Bewacher kamen ebenfalls hinterher.

Auch hier erinnerte die Architektur an eine mittelalterliche Burg. Etwas zu altmodisch für meinen Geschmack. Überall hingen Fotografien und Gemälde von Frauen und Männern in schwarzen Umhängen, die humorbefreit in die Ferne sahen. Die Messinglaternen trugen ihren Teil zur schummrigen Atmosphäre bei. Sie hingen in regelmäßigen Abständen an den Wänden und flackerten gespenstisch.

Vor einer massiven Tür ganz oben in einem der vielen Türmchen blieben wir stehen. Thorn trat zu dem kleinen Bildschirm, der an der Wand hing. Hier gab er einen Code ein, um das Schloss zu entriegeln. Die Tür schwang auf und gab den Weg in das Büro frei, das einen starken Kontrast zu dem alten Gemäuer der Burg bildete. Hier war alles topmodern eingerichtet.

Zu meiner Überraschung gab es kein hölzernes Bücherregal mit verstaubten Alchemistenschriften, stattdessen eines aus Glas mit Phiolen und Gläsern darin. Außerdem einen Schreibtisch mit Computer. Dahinter hing ein Bild von ihm selbst. Ein ernst aussehender Thorn Blackheart, der auf einem Drachen saß, dessen Kopf ergeben auf dem Boden lag.

Ein bisschen selbstverliebt, der Gute ...

Auf der rechten Seite war neben einer Sitzecke ein großes Aquarium in die Wand eingelassen, in dem ich nur Wasser, aber keine Fische sehen konnte.

Thorn winkte seinen Sohn und mich hinein, während die anderen Alchemisten im Gang warteten. Sobald die Tür zugefallen war, stellte er seinen Sohn zu Rede. »Also? Ich möchte eine Erklärung!«

Tristan nahm Haltung an, sah aber nicht eingeschüchtert aus, als er ruhig erklärte: »Ich glaube, Adelina kann uns helfen.«

»Und wie das?«

»Sie kennt die Hexen besser als sonst irgendwer.«

»Und genau das ist das Problem. Sie ist ihnen zu nahe. So ein Band ist schwer zu durchtrennen.«

»Ich würde schon sagen, dass es ziemlich radikal zerrissen wurde«, warf ich ein, aber Thorn brachte mich mit bösem Blick zum Schweigen.

Schön, sollten die beiden alleine diskutieren. Dann konnte ich mich in Ruhe umsehen. Ich ging zum Aquarium. Mit seinen weißen Kieselsteinen, den Algen und der hölzernen Schatztruhe sah es auf den ersten Blick wie ein ganz normales Becken aus. Dann, ganz plötzlich, klappte der Deckel der Holzkiste auf und ich schnappte nach Luft. Darin lag eine Krone aus roten Kristallen.

Sie funkelte wie Feuer und strahlte eine immense Kraft aus, die mich augenblicklich in den Bann schlug.
Die verschollene Krone der Hexen!
Hergestellt aus Blutkristallen und Drachenfeuer. Meine Hände pressten sich gegen das Glas, ebenso wie meine Nase. Die Krone von Rita dem Drachen in dem Aquarium eines Alchemisten.
Das war doch nicht richtig!
Für einen Moment überlegte ich, einfach ins Becken zu greifen und sie herauszuholen. Meine Finger glitten über den Rand, begierig die glatte, glänzende Oberfläche der Kristalle zu berühren. Ich wollte sie packen, mir auf den Kopf setzen. Da, wo sie hingehörte!
Plötzlich hielt ich inne, als ich ein verräterisches Schimmern im Wasser sah.
Ich riss meinen Blick von der Krone und scannte stattdessen die Umgebung. Da bemerkte ich es. Feine Linien, die beinahe perfekt mit dem Wasser verschwammen. Sie bildeten sechs Tentakel, die zu seinem schmalen Körper führten und weiter zu einem Kopf, der sich hinter den Algen verbarg.
In dem Aquarium war ein Quellenpixie!
Als ich erneut zur Krone sah, war sie verschwunden und der Deckel der Truhe fiel zu.
Eine Illusion!
Ich konnte den bitteren Geschmack der Enttäuschung auf meiner Zunge schmecken.
»Faszinierend, nicht wahr?« Thorn hatte sich lautlos genähert und stand nun hinter mir. Möglichst lässig, damit er nicht sah, wie einschüchternd ich ihn fand, drehte ich mich um und tat das, was ich besonders gut konnte. Die Besserwisserin geben.
»Quellenpixies sollten in Gruppen gehalten werden. Sonst werden sie krank.«

»Ich hatte mal zwei«, entgegnete Thorn unbeeindruckt. »Aber zusammen kamen die nur auf dumme Ideen.«

»Was ist mit dem Zweiten passiert?«

»Es wollte fliehen, aber niemand flieht aus Silverfort ... oder meinem Büro.«

Letzteres klang wie eine Drohung, die nicht nur an Quellenpixies gerichtet war. Ich schluckte, zwang mich aber mein Lächeln beizubehalten. Thorn war definitiv nicht die Art von Mann, die man sich zum Feind machen wollte.

Er klopfte gegen die Scheibe des Aquariums und das Wesen verschwand mit einem entsetzten Satz in der Holztruhe. »Weißt du, warum ich es hier drin habe?«

»Weil Fische zu langweilig wären?«

»Quellenpixies offenbaren mit ihren Illusionen die Dinge, die sich meine Gäste wünschen. Das ist sehr nützlich.«

Er ließ mich nicht aus den Augen und ich wusste, dass mein Schicksal von diesem Mann, in diesem Raum entschieden wurde. »Tristan hier sagt, du bist durch mit den Hexen, aber mein Pixie sagt mir etwas anderes. Er weiß, was du wirklich willst, und das ist die Krone.«

Seine Stimme war kalt und gefährlich wie ein Wintersturm.

Tante Corentine hatte mich mal barfuß in einem ausgesetzt. Ich hatte ihn überlebt und ich würde Thorn überleben.

»Natürlich will ich die Krone«, sagte ich lässig und ging zur Sitzecke rüber, wo ich mich auf einem der Sessel niederließ. »Um sie zu zerstören.«

Überrascht hob er eine Augenbraue. »Du willst sie zerstören?«

»Klar! Dieses Ding ist das Symbol des Mädchens, das mein Leben gestohlen hat. Also werde ich sie ihr wohl kaum auf einem kuscheligen Samtkissen überreichen.«

»Du willst ihnen also nicht helfen den Fluch zu brechen?«

»Helfen? Meine Familie wollte mir meine Erinnerungen mit Leerensaugern nehmen. Glauben Sie wirklich, ich würde nach diesem Verrat noch etwas mit ihnen zu tun haben wollen?«

Er dachte über die Erklärung nach. »Du bist sauer, dass man dich ersetzt hat. Ist es das, worum es dir geht? Dein Ego?«

»Nein, um das Wohl der Menschheit.« Ich verdrehte die Augen. »Natürlich ist es ein Egoding.«

Thorns Mundwinkel zuckten kurz. »Du bist ein amüsantes Mädchen. Bedauerlicherweise lässt sich die Krone nicht zerstören. Wir haben es probiert.«

»Ach ja? Vielleicht könnte ich es ja mal versuchen?«

»Vielleicht, aber bis dahin bleibt sie sicher verstaut in einem Safe, den nur ich öffnen kann.«

»Hier im Büro?«

Er lachte. »Du wirst ihn nicht knacken können.« *Challenge accepted. Es gab wenig, was ich nicht konnte – außer diese lästige Magiesache ...*

»Dafür musst du den Gesichtsscan bestehen.«

»Nicht unmöglich.«

»Auch wenn ihr vielleicht nicht verwandt seid, sehe ich viel von Eronas Starrsinn in dir.«

Mit dem Kommentar erwischte er mich unvorbereitet und für einen Moment fiel meine coole Fassade in sich zusammen.

»Und ähnlich wie sie glaubst du alles besser zu wissen«, fuhr Thorn fort. »Du weißt sicherlich, dass der Hass zwischen unseren Familien sehr persönlich ist. Mein Bruder ist durch die Hand der Lighttowers gestorben.«

Schnell verschloss ich die Gefühle für meine Mutter tief in meinem Inneren und setzte mein Pokerface auf. »Ich kenne die Tragödie. Darum befürchtet Corentine auch, ihr hättet uns damals als Babys vertauscht. Ist das wahr? Bin ich eine Alchemistin?«

Er runzelte die Stirn. »Welchen Nutzen hätte es, jemanden bei den Hexen einzuschleusen, wenn diejenige sich dann für eine von ihnen hält?«

»Ich weiß es nicht. Trotzdem würde ich gerne wissen, wo ich herkomme.«

Tristan räusperte sich. »Siehst du, Dad? Sie sucht einen neuen Platz und mit ihrem Wissen wäre sie hier doch genau richtig.«

»Vielleicht. Vielleicht auch nicht. Der Nutzen ist das Risiko nicht wert.« Thorn wandte sich ab. Für ihn war das Gespräch beendet und ich hatte verloren. »In dem Punkt stimme ich mit ihrer Familie überein. Es wäre das Beste, ihr einfach die Erinnerung zu nehmen.«

Mein Herz trommelte wie wild, während ich fieberhaft nach etwas suchte, mit dem ich ihn doch noch überzeugen könnte. Mein Blick traf den von Tristan. Kaum merklich nickte er mir zu, als wollte er sagen: Keine Sorge. Ich lass dich nicht im Stich.

Thorn hatte die Tür seines Büros fast erreicht, als Tristan erneut das Wort ergriff.

»Nur dank Adelinas Hilfe konnten wir die Prophezeite festnehmen. Ohne ihren Einsatz wäre die ganze Familie mithilfe der Skrats entkommen.«

Thorn blieb unbeeindruckt. »Vermutlich tat sie das nur, um ihre eigene Haut zu retten.«

»Ich muss widersprechen, Vater. Adelina hat sich schon *vor* den Leerensaugern für uns entschieden und mit mir zusammengearbeitet. Ohne sie hätten wir das Versteck der Prophezeiten nicht gefunden.«

Thorn musterte mich mit neuem Interesse. »Ist das so?«

Ich schluckte und versuchte mir nicht anmerken zu lassen, wie überrascht ich war. »Ja, klar. Ich war immer schon der Meinung, dass mir Schwarz fantastisch stehen würde. Team Alchemisten!«

Thorns Stirn furchte sich noch tiefer. »Du bist ein kluges Mädchen, Adelina Everglade.«

»Das bin ich. Darum stehe ich auch gerne auf der Seite der Gewinner.«

Er starrte mich an und beinahe konnte man es hinter seiner Stirn rattern hören. »Na schön. Ich gewähre dir eine Probezeit. Tristan. Du übernimmst die volle Verantwortung für sie.«

»Verstanden.«

»Du wirst sie nicht aus den Augen lassen, bis ich entscheide, dass sie ihre Bewährung bestanden hat.«

»Ja, Sir.«

Sir?

Ich konnte ein belustigtes Zucken der Mundwinkel nicht unterdrücken. Mit Familienangehörigen, die sich wie Vorgesetzte aufspielten, hatte ich Erfahrung.

Thorn wandte sich an mich. »Ich gebe dir eine Chance, Adelina Everglade. Eine einzige, aber sei gewarnt. Ich werde dich genaustens im Auge behalten, und sollte ich den Verdacht haben, dass du uns hintergehst oder ein falsches Spiel spielst, landest du neben deiner ehemaligen Mutter in einer Turmzelle.«

»Ja, Sir.«

27
Ein Gemeinsamer Bekannter

Adelina Everglade

Zusammen verließen Tristan und ich das Büro, und als wir dieses Mal den Gang entlanggingen, folgten uns die schwer bewaffneten Alchemisten nicht mehr.

»Wieso hast du gelogen?«, fragte ich ihn leise.

»Psst. Wir reden gleich.« Schnell zog er mich weiter bis zu einem Turm im Zentrum der Burg, bei dem es sich um den Wohnturm handelte. In den Gängen hier herrschte reger Verkehr. Immer wieder wurden wir – oder vielmehr Tristan – angesprochen. Einige Mädchen winkten ihm schüchtern zu. Andere musterten mich neugierig. Allerdings schien es sich noch nicht ganz herumgesprochen zu haben, dass Tristan eine ehemalige Hexe nach Hause gebracht hatte.

Wir nahmen einen Fahrstuhl nach ganz oben, und als wir ausstiegen, war es schlagartig ruhig. Der Gang hier war leer. Tristan schnappte sich eine der flackernden Messinglaternen von der

Wand und führte mich über den dicken grünen Teppich, auf dem sich der silberne Alchemisten-Drache schlängelte. Vor einer Tür am Ende des Ganges blieb er stehen. Auch diese Tür war mit Gesichtsscan gesichert.

»In Silverfort werden viele Bereiche doppelt geschützt. Das macht es Eindringlingen schwer hineinzukommen.«

»Was ist mit mir? Werde ich dafür freigeschaltet?«

»Nicht für alles. Zum Beispiel wirst du Silverfort zunächst nicht ohne Begleitung verlassen können.«

Ich stöhnte. »Für mich klingt das so, als wäre ich eher eine Gefangene.«

Er sah mir tief in die Augen. »Vertrauen musst du dir erarbeiten.«

Das Zimmer, in das er mich führte, war hell und geräumig. Ähnlich wie Thorns Büro war es schlicht und modern eingerichtet und bis auf die Wände erinnerte nichts an eine Burg. Es hatte ein breites Bett mit dunkler Bettwäsche, die zu Tristan passte, einen Schrank, der vermutlich nur schwarze Kleidung beinhaltete, eine Sitzecke mit Fernseher und eine Tür zu einem eigenen Badezimmer. Mit einigen Details hatte Tristan hier auch seinen eigenen Geschmack reingebracht. Das Symbol der Alchemisten aus Neonröhren an der Wand war ein Beispiel. Die in verschiedenen Farben glühenden Reagenzgläser im Regal ein weiteres.

Ich warf mich auf sein Sofa. »Krieg ich auch so ein Zimmer? An die Größe könnte ich mich gewöhnen.«

»Dein Zimmer ist direkt nebenan und wird dich ebenfalls umhauen.«

Das Funkeln in seinen Augen ließ mich misstrauisch werden. »Was verschweigst du mir?«

»Nichts«, erwiderte er unschuldig. »Ich bringe dich nachher hin, aber zuerst wollte ich ungestört reden.«

»Gut. Reden wir. Warum hast du deinen Vater angelogen?«

Er nahm mir gegenüber Platz. Ein paar Strähnen seiner rabenschwarzen Haare fielen ihm ins Gesicht, als er sich vorbeugte und mich intensiv musterte. Seine Augen ähnelten Thorns, aber wirkten doch ... *wärmer*.

»Ich wollte, dass mein Vater dir eine faire Chance gibt. Und ich hätte es nicht ertragen, wenn sie dir die Erinnerungen geraubt hätten.«

»Das hätte ich zu verhindern gewusst.«

Er lachte leise. »Du hast immer einen Plan B, oder?«

»Natürlich.«

»Das ist wirklich beeindruckend.«

»Ja, so bin ich.« Ich schenkte ihm ein Lächeln. Auch wenn ich es vielleicht nicht so rüberbringen konnte, war ich ihm wirklich dankbar.

Nach den letzten Stunden voller Angst war dies der erste Moment, in dem ich aufatmen konnte.

»Warum tust du das? Warum hilfst du mir?«

Er lehnte sich zurück. »Was soll ich sagen? Ich bin halt ein unglaublich liebenswerter Kerl.«

»Blödmann.« Ich verdrehte die Augen, aber insgeheim stimmte ich ihm zu. Er war für mich da gewesen, als es sonst niemand war, aber auch wenn er mir die Sicherheit gab, die ich mir so sehr wünschte, wollte ich mich nicht vollends fallen lassen.

Ich konnte es nicht ...

»Woher wusstest du eigentlich, wo wir waren?«

Tristan zog fragend die Augenbrauen hoch, aber ich war mir sicher, er wusste, was ich meinte. »Castle Rock ist für Außenstehende so gut wie nicht zu entdecken. Also, wie hast du es angestellt? Mich mittels Magie verfolgt oder so?«

Er biss sich auf die Lippen und antwortete mit einer Gegenfrage. »Wie hast *du* es gemacht? Wie hast du deine Familie und die Leerenmeister einschlafen lassen?«

Stur sahen wir uns an. Keiner war gewillt, das Geheimnis zuerst preiszugeben. Ich wollte unbedingt wissen, wie er es geschafft hatte. Andererseits war mein Handy die letzte Hoffnung, falls Thorn mir doch noch die Erinnerungen nehmen wollte.

Das zu verraten war ein Risiko.

Du musst dich entscheiden, Adel. Willst du ihm vertrauen oder nicht?

»Na schön.« Ich schloss die Augen und betete, dass ich das nicht bereuen würde. »Ich habe den Gesang einer Mondsirene auf meinem Handy abgespielt.«

Tristans Augen weiteten sich. »Woher hast du den? So etwas ist illegal.«

»Von einem Bekannten. Und jetzt du. Wie hast du Castle Rock gefunden?«

Er kaute zögernd auf der Unterlippe. »Ebenfalls mithilfe von einem ... Bekannten.«

»Aber niemand wusste Bescheid, dass wir dort sind, und dieser Ort ist nur von Erdmagiern ausfindig zu machen. Außer ...« Plötzlich verstand ich. *Natürlich!* »Dein Bekannter ist nicht zufällig ein Mercury?«

Immerhin gehörte den Mercurys das Versteck. Folglich wussten sie auch, wie man an diesen verwunschenen Ort zwischen Hügeln und Nebel gelangte. Ja, das war das Einzige, was Sinn machte. »Du machst also mit Hexen Geschäfte.«

»Gelegentlich«, entgegnete er ausweichend.

»Das glaube ich. Ich bin mir sicher, die Mercurys können wertvolle Verbündete sein. Und bei all dem Geld, das sie zur Verfügung haben, seht ihr sicher gerne mal weg, wenn sie wieder illegale Magietechnik verbreiten.«

Tristan hielt inne. »Was meinst du?«

»Ich denke, wir haben dieselben Bekannten.«

»Du hast das Handy von den Mercurys?«

»Ist das zufällig auch deine Quelle?«

Tristan musste nichts sagen. Die Antwort stand ihm übers ganze Gesicht geschrieben und es traf mich mehr als erwartet. Dass Hexenfamilien alles taten, um an mehr Einfluss innerhalb des Zirkels zu kommen, war nicht verwunderlich, aber dass sie sich mit Alchemisten verbündeten, war für mich ein neues Level.

»Wo habt ihr sie hingebracht? Echoline und meine ... ihre Mum, meine ich?«

Auf einmal war mir egal, was Tristan von der Frage halten würde. Ich wollte es wissen.

»Sicher verwahrt.«

»Und was passiert mit ihnen?« Ich betete, dass er das Beben in meiner Stimme nicht hörte.

»Das wird sich zeigen«, sagte er und musterte mich. »Bereust du deine Entscheidung?«

»Nein, sie haben mich zuerst verraten und niemand verrät Adelina Everglade.«

Er langte vor und ergriff meine Hand. Ich starrte auf die Stelle, an der wir uns berührten. Ganz langsam wanderte mein Blick zu seinen dunkelblauen Augen. Jedes Mal wieder fühlte es sich an, als würde ich in einen schönen, aber unbekannten Ozean stürzen.

Beängstigend.

Und doch berauschend.

Seine Stimme war ein Flüstern, als er wieder das Wort ergriff. »Lass mich meine Entscheidung nicht bereuen, Hexe. Sonst ...«

»Lande ich im Kerker. Ich weiß, Alchemist.«

28
In Ketten

Echoline Lighttower

Ich riss die Augen auf und fuhr empor. Ich war in einer Zelle mit grauschwarzen, glatten Wänden und lag auf einer Liege auf der einen Seite des Raums. Auf der anderen befanden sich ein Waschbecken, Toilette und ein massiver Stuhl, der gruselig aussah.

Ich brauchte eine Weile, um mich zu orientieren, mein Kopf fühlte sich wie Watte an. Erst nach und nach kehrten die Bilder von Castle Rock zurück.

Nachdem ich als Geist unterwegs gewesen war, hatte sich mein Körper wie Pudding angefühlt. Ich war ins Bett gefallen, bis ich von lauten Stimmen geweckt wurde. Auf der Suche nach meiner Familie war ich weitergestolpert und wurde fündig. Aber das, was ich fand, hatte ich nicht erwartet. Draußen lagen meine Mum und Tante Corentine. Regungslos. Um sie her sah ich noch weitere leblose Körper.

Und im Zentrum von alldem stand Adelina, aber anstatt Panik

zu schieben, hatte sie nur lässig dagestanden. Mit Kopfhörer über den Ohren und ihrer pinken Tasche über der Schulter.

Und dann hörte ich es.

Eine fremdartige Melodie. Ich konnte mich nicht mehr an das Lied erinnern, aber es hatte wunderschön geklungen und mich augenblicklich in den Bann gezogen. Alles andere war unwichtig geworden, sogar Unfug, der mir immer wieder ins Bein biss. Ich hatte mich ganz auf das Lied konzentriert, war darin versunken wie in einem Meer aus weicher, klebriger Zuckerwatte. Nie wieder wollte ich je anderen Klängen lauschen und ...

... plötzlich war ich hier wach geworden.

Alleine. In dieser gruseligen Zelle, deren bloßer Anblick mir Herzrasen bescherte. Man hatte mir meine Kleidung abgenommen und sie durch eine kratzige Baumwollhose und ein weites Hemd ersetzt.

Wo war meine Familie?

Kurz entschlossen ging ich auf die Tür zu und klopfte. »Hallo? Ist da jemand?«

Keine Antwort, also versuchte ich es noch einmal. Dieses Mal etwas lauter. »Hallo? Ich würde gerne wissen, wo ich bin.«

Tja, offensichtlich handelte es sich nicht um besonders auskunftsfreudige Entführer.

Ich drehte mich um und sank an der Tür hinab. *Verdammt!* Das war wohl eine der ausweglosesten Lagen, in der ich mich je befunden hatte. Und die beängstigendste.

Es gab keine Fenster und ich ahnte, dass mein Gefängnis unterirdisch war. Beinahe spürte ich die unendliche Masse, die sich gegen die Wände drückte, bereit mich zu zerquetschen. Je länger ich dasaß, desto mehr meinte ich das Mahlen und Schieben der Erdschichten zu hören.

Schnell stand ich auf und setzte mich in die Mitte des Raumes, gleich weit weg von allen vier Wänden. Ich spürte das Klopfen meines Herzens. Was ich nicht spürte, war der Druck, der normalerweise mit der Angst kam. Der Druck, der unterm Brustbein begann und sich dann ausbreitete. Das Prickeln, das mir über die Haut jagte, und die Luft, die sich um mich auflud.

Wo war mein Chaos-Gen?

Ich horchte in mich, aber da war nichts, nur hohle, erschreckende Stille, die von meinem ängstlich wummernden Herzschlag unterbrochen wurde.

Was war mit mir geschehen? Wo war meine Magie? Diese unglaubliche Kraft, direkt zwischen meinen Fingerspitzen, die mir Angst machte, aber gleichzeitig immer einen Ausweg versprach.

»Hallo?«, rief ich erneut, aber die Wände antworteten nicht. Es dauerte eine gefühlte Ewigkeit, bis ich plötzlich ein Knistern vernahm, gefolgt von einem Rauschen und einer blechernen Stimme, die durch die Lautsprecher tönte.

»Setze dich auf den Stuhl.«

Ich sah mich verwirrt um. Mein Blick schweifte zu dem massiven Möbelstück auf der einen Seite des Raumes. »Nein danke. Der sieht nicht sehr einladend aus.«

»Setze dich auf den Stuhl. Sofort.«

Ich zögerte.

Plötzlich ging die Tür auf und gleich fünf Alchemisten kamen herein. Sie trugen etwas, das aussah wie eine moderne Ritterrüstung, und hatten sogar Helme auf. Hinter den Visieren funkelten sie mich so finster an, dass mir das Herz in die Hose rutschte, aber ich versuchte trotzdem ein Lächeln.

Wer Freundlichkeit säht, erntet sie auch, pflegte Ms Murphy zu sagen und alles war besser, als alleine in einer Zelle zu hocken.

»Ähm. Hallo. Ich bin Echoline.«

»Wir wissen, wer du bist, Hexe.«

Sie hatten die Tür hinter sich zugezogen und kesselten mich nun von allen Seiten ein.

»Könnt ihr mir vielleicht sagen, wo meine Familie ist? Ich mache mir Sorgen … Und mein Waschbär. Er kann nicht schlafen, wenn ich nicht bei ihm bin.«

»Ruhe«, unterbrach mich einer von ihnen harsch. Er hatte gelbe Schlangenaugen, genau wie die, die ich schon einmal gesehen hatte.

Basiliskenlinsen!

Sein Blick bohrte sich in meinen und ich spürte, wie er versuchte mir seinen Willen aufzudrängen. Es war wie eine gelbe lähmende Welle, die mich zu überrollen drohte.

Gelb wie ein Zitronenbonbon. Gelb wie ein Textmarker …

Mit aller Gewalt riss ich meinen Blick von ihm fort und kniff mich in den Arm. Der Schmerz verdrängte das Gelb, das sich in meinem Kopf ausbreiten wollte.

Schon packten mich zwei der Alchemisten an den Schultern. Sie zerrten mich zu dem massiven Stuhl und drückten mich auf den kalten Sitz. Ehe ich mich versah, fuhren Schlingen um meine Arme und Beine. Ich rüttelte daran, aber sie hielten mich fest.

»Schnell. Teste sie mit dem Fluchegel.«

Einer der Alchemisten zog einen Behälter von seinem Gürtel und zog eine der seltsamen Nacktschnecken mit Saugrüsseln heraus, auf die ich schon zuvor getroffen war.

»Oh, das würde ich lieber nicht machen. Mein Blut hat die Angewohnheit, diese armen Tierchen umzubringen.«

Sie ignorierten mich und krempelten den Stoff meines Hemdes hoch. Dann platzierten sie den Egel auf meinem Arm. Es dauerte nicht lang, bis ich ein brennendes Kribbeln bemerkte. Ich verzog mein Gesicht, aber das Tier krümmte sich nicht, sondern nahm eine leicht rosa Farbe an, während es sich zufrieden schmatzend mein Blut einverleibte.

Die Alchemisten holten erleichtert Luft. Einer trat zur Seite und griff zu dem Funkgerät in seiner Brusttasche. »Es hat funktioniert«, sagte er hinein.

»Was bedeutet das?«, fragte ich verwirrt.

»Dass deine Kräfte weg sind.« Er grinste hämisch. »Du wirst niemandem mehr Schaden zufügen, Sturmhexe.«

»Ich will ja auch niemandem Schaden zufügen ...«

Aber die Alchemisten hörten mir nicht länger zu. Schon eilten sie zurück zur Tür.

»Ähm. Wartet! Wie geht es jetzt weiter?« Ungeduldig wibbelte ich auf dem Stuhl herum. Ich konnte es nicht ausstehen, länger als fünfzehn Minuten an einem Ort zu verweilen, und bemerkte bereits den Drang aufzuspringen.

»Morgen kommen wir zurück und testen dich erneut. Bete lieber, dass dasselbe Ergebnis herauskommt«, sagte der mit den Schlangenaugen, bevor sie verschwanden und die Tür mit einem lauten Knall ins Schloss fiel.

»Ihr habt vergessen mich loszubinden«, rief ich ihm hinterher. »Ich bin immer noch an den Stuhl gefesselt. Sicher nur ein Versehen!«

Keine Antwort.

»Hallo? Herr Schlangenaugenalchemist?«

Aber es kam niemand zurück.

29
Assistentin auf Bewährung

Adelina Everglade

»Das ist nicht dein Ernst«, rief ich aus, als die Tür zu meiner Unterkunft aufschwang. Sie war direkt neben der von Tristan, ließ sich aber in keinster Weise mit seinem Raum vergleichen.

»Es ist etwas kleiner als meins, aber hat alles, was du brauchst.«

›Etwas kleiner‹ war die Untertreibung des Jahres. »Es ist ungefähr so groß wie die Duschkabine in deinem Bad.«

»Du hast alles, was du brauchst. Bett, Schreibtisch, Computer …«

»In der Wand ist ein Loch.«

In der massiven Burgwand fehlten tatsächlich einige Steine, während der Bereich darum herum verbrannt aussah. Man hatte versucht das Loch zu verdecken, indem man ein Poster darübergehängt hatte – ein Poster, auf dem Tristan Blackheart selbst abgebildet war. Aber das Papier hatte sich gelöst und flatterte im Wind.

»Ja … Das …« Tristan kratzte sich am Hinterkopf. »Mein ehemaliger Assistent hat gerne mit Sprengstoff experimentiert.«

Jetzt wo er es sagte, bemerkte ich den schwefeligen Geruch. Er klebte wie Leim an den alten Möbeln.

»Sieh es positiv. Du hast immer frische Luft.« Tristan klopfte mir auf die Schulter. Ich hatte das Gefühl, er genoss die Situation ein bisschen zu sehr. Langsam drehte ich mich zu ihm um. »Warum genau soll ich in dem Zimmer deines ehemaligen Assistenten wohnen?«

»Ich habe keinen mehr.«

»Und?«

»Ein Blackheart hat immer einen Assistenten und du …«

»Ja?« Ich stemmte meine Hände in die Hüften.

»Du bist meine neue Assistentin. Herzlichen Glückwunsch.«

Mir klappte der Unterkiefer herunter. »Was?«

»Auf diese Weise kannst du dich nützlich machen und etwas lernen. Und ich kann dich im Auge behalten, wie mein Vater befohlen hat.«

»*Ich* soll *dir* assistieren?«

»Auf dem Laptop findest du ein Dokument mit den Aufgaben eines Assistenten. Die passende Kleidung findest du im Schrank. Und dort liegt auch deine Tasche. Natürlich hat man sie durchsucht und die Waffen wurden herausgenommen.«

»Du meinst es ernst, oder?«

Tristan lächelte. »Ruh dich aus. In ein paar Stunden kannst du mich zum Abendessen in der großen Halle abholen.«

»Wie unglaublich gütig …«

»Dank deiner Hilfe gibt es heute was zu feiern.« Er klopfte mir auf die Schulter, bevor er davonrauschte.

Von einer Hexenkönigin zur Assistentin eines Alchemisten. Mein Schicksal hatte Humor. Das stand fest …

Seufzend schloss ich die Tür und setzte mich aufs Bett. Die Matratze war durchgelegen, der Stoff des Lakens rau und kratzig. Schon jetzt fehlte mir mein Zimmer mit kuscheligem Queen-Size-Bett und weichen Kissen.

Vorsichtig zupfte ich eine Kette aus meiner Hosentasche. Es war der Lapislazuli, den ich Echoline abgenommen hatte. *Mein Lapislazuli!*

Meine Fingerspitzen glitten über die glatte kühle Oberfläche. Dort, wo er an der Kette befestigt war, saß eine kleine Krone aus Gold. Seitdem ich ihn von meiner Mutter und Tante Corentine geschenkt bekommen hatte, hatte ich ihn nie abgelegt. Trotzdem fühlte er sich jetzt fremd und unvertraut an.

Wütend stopfte ich ihn in die Nachttischschublade und zog stattdessen mein Handy heraus. Für einen Moment starrte ich einfach auf den Bildschirm. Dann wählte ich Maddox' Nummer. Es dauerte nicht lange und er nahm ab.

»Hallo, Queen! Welch eine Ehre, dass du dich ausgerechnet bei mir meldest.«

»Es ist etwas passiert.«

»Du meinst, dass die Außerwählte verhaftet wurde und wir alle dem Untergang geweiht sind?«

»Du hast also davon gehört.«

»Meine Mutter redet von nichts anderem mehr. Eines muss man dir lassen, Adelina. Am Ende schaffst du es immer Gesprächsthema Nummer eins zu sein.«

»Woran du nicht ganz unschuldig bist, nehme ich an. Hast du Tristan Blackheart nicht den entscheidenden Tipp gegeben?«

»Nun ja, ich bin wie du. Ein Gewinner. Und das wird man nur, indem man sich einer Lage flexibel anpasst und das Beste daraus macht.«

»Du bist ein Verräter. Echoline ist deine Königin.« Ich hatte gewusst, dass er jemand war, der immer auf seinen eigenen Vorteil bedacht war. Trotzdem wühlte mich sein Verrat an den Hexen auf. Ja, es machte mich sogar wütender, als ich erwartet hatte.

»Wenn sie das wirklich ist, dann habe ich ihr damit einen Gefallen getan, denn jetzt kann sie ihren Sturm direkt im Herzen von Silverfort freilassen. In dem Fall wäre ich ein Held.«

»Die Hexen denken, *ich* hätte meine Familie verraten. Sie hassen mich.«

»Sieh es als Chance, eine klare Trennung zu ziehen. Du hattest eh keine Zukunft bei ihnen. Jetzt machst du dein Ding und sie ihrs. Was auch immer das sein soll.«

Vielleicht hatte er recht. Vielleicht war es an der Zeit loszulassen, aber ich konnte nicht anders als mich fragen: »Werden sie denn kämpfen, um Echoline zurückzubekommen?«

Maddox lachte. »Du kennst sie doch. Sie beschweren sich viel, suhlen sich in Selbstmitleid, aber kämpfen ... Ich denke nicht.«

»Sie wollen ihrer Königin nicht helfen?«

»Die kann schon auf sich aufpassen.«

»Und was, wenn nicht?« Etwas in mir zog sich zusammen. Ich vertraute Prophezeiungen nicht mehr ...

Sybille hatte von Anfang an recht gehabt. Selbst wenn sie stimmen mochten, gab es genügend Möglichkeiten, sich von ihnen an der Nase herumführen zu lassen.

✧ ✧ ✧

Als ich aufgelegt hatte, erhob ich mich vom Bett und öffnete den Kleiderschrank. Maddox hatte in einem Punkt recht. Aufgeben stand mir nicht.

Diese grässlichen Alchemistenuniformen allerdings auch nicht. Ich nahm eine von ihnen heraus. Scheinbar hatte ich nicht nur das Zimmer von Tristans ehemaligem Assistenten bekommen, sondern auch dessen Kleidung. Sie war viel zu weit und roch nach Sprengstoff. Ich zog sie an und band meine Haare zum strengen Zopf. Dann legte ich den Gürtel um, der leider leer war. Immerhin fand ich eine lederne Vorrichtung für mein Handy.

Als ich fertig war, begutachtete ich mich im Spiegel. Auf keinen Fall würde ich so zum Abendessen heruntergehen.

Was hatte Maddox gesagt?

Ich sollte Adelina sein, und egal ob Adelina Lighttower oder Adelina Everglade – im Herzen war ich eine Königin.

Also ging ich zu meiner pinken Tasche und suchte mir ein passenderes Outfit heraus.

30
Das Maskottchen von Silverfort

Adelina Everglade

Tristan staunte nicht schlecht, als ich ihn abholte. Ich trug Schwarz, aber nicht diese unförmige Uniform, sondern ein hautenges Kleid, vorne hochgeschlossen, hinten mit weitem Rückenausschnitt. Meine Haare hatte ich kompliziert hochgesteckt und Perlen hineingeflochten. Eigentlich war ich Kristalle gewöhnt, aber das war ein Hexending. Und eine Hexe war ich nicht mehr.

»Wollen wir?«, fragte ich Tristan und streckte ihm meinen Arm hin, damit er sich bei mir einhaken konnte.

Er verdrehte die Augen. »Silverfort ist kein Laufsteg.«

»Mein Leben schon.« Ich vollführte eine Drehung, damit er meinen Rückenausschnitt bewundern konnte. »Außerdem hast du selbst gesagt, heute wird gefeiert, oder nicht?«

Er brummte. »Von Assistenten wird eigentlich erwartet, dass sie unauffällig und still ihre Aufgaben erfüllen.«

Herausfordernd sah ich ihn an. »Sehe ich so aus, als würde ich in den Hintergrund gehören?«

»Vielleicht ist das ein guter Zeitpunkt, Zurückhaltung zu üben.«

»Mit meiner Vorgeschichte bin ich eines sicherlich nicht – unauffällig. Wenn dich das stört, hättest du mich vielleicht nicht zu deiner Assistentin machen sollen.«

Ich behielt recht.

Als wir den Saal betraten, wurde es für den Bruchteil einer Sekunde still, als sich alle Anwesenden zu uns umdrehten. Sie reckten ihre Hälse. Einige zeigten sogar auf uns. Dann begannen sie miteinander zu tuscheln und zu flüstern.

»Also, ich bin froh, dass ich keine stinkende Sackuniform trage.«

Der Saal war mit Laternen dekoriert. Sie hingen an den Wänden und standen auf den Tischen. Silberner Efeu schlängelte sich die Wände empor und glänzte im Licht der Lampen.

In der Mitte des Raums befand sich ein Brunnen oder vielmehr ein Becken, dessen Rand aus silbernen Spiegelmosaiken bestand. Darum waren mehrere Tischreihen aufgestellt.

Ganz hinten auf einer kleinen Anhöhe stand ein Tisch, an dem ich Thorn Blackheart entdeckte. Zu seiner Linken saßen eine Frau und zwei gleichaltrige Kinder. Sein rechter Platz war frei.

Vermutlich für Tristan.

Der ignorierte die neugierigen Blicke und das Getuschel. Mit geradem Rücken ging er zügig an den Reihen vorbei. Ich hakte mich bei ihm ein, woraufhin er sich kurz versteifte.

»Was tust du da?«

»Sie wollen tratschen. Ich gebe ihnen mehr zum Nachdenken.« Ich winkte meinen neuen Fans höflich zu.

Tristans Blick huschte zu seinem Vater hinüber, als fürchtete er in Schwierigkeiten zu geraten.

»Hast du etwa Angst vor dem, was Daddy denkt?«

»Nur dem Befehl von Daddy ist zu verdanken, dass du eine Chance bekommst«, presste er zwischen den Zähnen hervor. »Also sollten wir es uns nicht mit ihm verscherzen.«

»Spielverderber.«

Er nickte nach links. »Da sind die Tische der Assistenten. Geh dahin und sei ... nett.«

»Ich bin immer nett.« Ich löste mich von ihm und steuerte auf einen freien Platz zu.

Alle um mich herum hatten die Luft angehalten und starrten mich an.

»Ich bin Adelina Everglade«, sagte ich laut genug, dass es alle hören konnten.

»Bist du nicht die ...«, stotterte ein armer Kerl mit wuscheligen Locken zu meiner Rechten.

Die Hexe?

Die ehemalige Chaoskönigin?

»Adelina Everglade«, wiederholte ich etwas langsamer und nachdrücklich genug, um jede weitere Bemerkung im Keim zu ersticken.

»Du bist die, die die wilde Hexe gefangen hat«, stammelte er. »Und die Leerenmeister.«

Ich hatte erwartet, dass er mich auf meine Vergangenheit im Hexenzirkel ansprechen würde, aber stattdessen leuchteten seine Augen und er schüttelte mir überschwänglich die Hand.

»Na ja. Ich habe sie eigentlich bloß betäubt, aber ja. Ohne mich wäre das wohl kaum gelungen.« Ich winkte bescheiden ab.

»Wie hast du es angestellt?«

»Ich habe einige Tricks auf Lager.«

»Das ist so cool!«

»Ach ja?« Etwas irritiert sah ich mich am Tisch um, aber tatsächlich strahlten mich alle eifrig an. So viel Begeisterung war mir noch nie entgegengeschlagen. Nicht einmal bei meinem Zirkel, wo ich als Auserwählte galt.

»Weißt du, was eine gute Alchemistin ausmacht? Der Einfallsreichtum!«

»Oh, ich bin sehr einfallsreich.«

»Dann bist du hier genau richtig. Ich bin Sam.«

»Und ich Tess«, sagte ein Mädchen mit schwarzen Zöpfen. »Mein Bruder Gerrit hat die Hexe als Erster zur Rede gestellt, aber sie hat völlig rücksichtslos einen Sturm heraufbeschworen. Er hat nach der Begegnung Albträume von ihr.«

Albträume? Von Echoline? Ich musste aufpassen bei der Vorstellung nicht laut loszulachen.

In diesem Moment erhob sich Thorn Blackheart und hielt sein Glas in die Höhe, um eine Ansprache zu halten.

»Die meisten werden es schon mitbekommen haben«, begann er. »Wir haben heute etwas geschafft, zu dem viele Alchemisteninstitute in England aufsehen können. Wir haben eine äußerst mächtige wilde Hexe der Stufe drei gefangen und das ist nicht alles. Man sagt dieser Hexe nach, dass sie die Hexenkönigin ist, die immer wieder in den fragwürdigen Prophezeiungen der Hexen erwähnt wird. Ob sie das ist, vermag ich nicht zu sagen. Fest steht, dass wir die Gefahr, die von ihr ausging, bannen konnten. Wir haben sie verflucht und ihre Magie damit versiegelt.«

Er wartete kurz, damit die Anwesenden klatschen konnten.

»Auf diesen Erfolg können wir alle hier sehr stolz sein, denn wir haben unsere Welt um ein bedeutendes Stück sicherer gemacht.« Er starrte finster in die Runde, damit jeder die Tragweite seiner Worte erfassen konnte. »Viele von euch wissen, dass ich am eigenen Leib gespürt habe, wie gefährlich Hexen sind. Auch ohne Kräfte dürfen wir sie niemals unterschätzen. Sie mögen aussehen wie wir, aber sie sind ganz und gar nicht wie wir.«

»Da scheint jemand wirklich schlechte Erfahrungen gemacht zu haben«, murmelte ich.

Sam sah mich todernst an. »Natürlich. Erona Lighttower hat seinen Bruder in eine Falle gelockt und ihn dann gemeinsam mit ihrem Bruder Robin umgebracht.«

Ich schluckte meinen Protest herunter, denn natürlich kannte ich die Geschichte anders.

Mein Blick wanderte zu Tristan zurück, der etwas einsam wirkte. Die Frau zu Thorns Linken schien nicht seine Mutter zu sein. Nicht nur optisch unterschieden sie sich, da war auch eine spürbare Distanz zwischen ihnen. »Ist das Tristans Mum?«, wechselte ich das Thema.

Sam schüttelte den Kopf. »Seine Mutter und Thorn waren nur für ein Jahr zusammen, eine arrangierte Verbindung, die nicht hielt und kurz nach Tristans Geburt zerbrach. Tja, und jetzt leitet Tristans Mutter das Institut der Alchemisten in London.«

»Pssst«, zischte Tess und wir verstummten, um der Rede weiter zu lauschen.

»Unseren Erfolg verdanken wir auch dem neuen Gesicht in unseren Reihen, Adelina Everglade, die zwar bei Hexen aufgewachsen ist, aber keinen Tropfen ihres Giftes im Blut trägt. Sie ist ein Mensch, ebenfalls vertraut mit der Gefahr, die von den Hexen ausgeht.«

Thorn war also endlich zum wichtigen Teil seiner Rede gekommen.

Mir.

Alle sahen in meine Richtung. Also hielt ich es für angebracht, aufzustehen und sie mit einem Winken zu begrüßen.

Zu meiner Probezeit sagte Thorn nichts, aber ich war mir sicher, dass er mich trotzdem einfach verschwinden lassen konnte, wenn er das wollte.

»Auf unseren heutigen Sieg!«, rief er stattdessen und erntete donnernden Applaus. »Den Sieg über die prophezeite Hexenkönigin!«

Er nahm einen kräftigen Schluck aus seinem Glas und nickte Tristan zu. Der zog etwas aus seinem Gürtel und wandte seine Aufmerksamkeit in die Mitte des Raumes. Aus dem Brunnen erhob sich plötzlich das Wasser und ... *streckte sich.*

Ich staunte nicht schlecht, als sich ein länglicher Kopf formte. Er erinnerte an ein Pferd. Allerdings mit zwei gebogenen Hörnern an der Stelle, wo man die Ohren erwarten würde. Es folgte ein langer Hals, ein dünner Körper mit vier Beinen und einem Wasserfall-Schweif. Schuppen, die wie ein Regenbogen schimmerten, erschienen auf dem transparenten Wesen, als es sich in wilden Kreisen aus dem Becken erhob. Es schoss zur Decke, bevor es wieder im Brunnen landete und zu Wasser zerfiel.

»Ein Regenbogendrache.« Mein Blick zuckte hoch zu dem Banner, das über dem Tisch der Blackhearts hing. Das war der Drache. Der Drache, der sich in Ketten um das Silbersymbol schlängelte. »Wie kommt der hierher?«

»Er dient seit Generationen der Familie Blackheart«, erklärte Sam. »Siehst du die Perle in Tristans Hand?«

Ich reckte meinen Hals. Tatsächlich. Er hielt eine pastellfarbene Kugel zwischen Daumen- und Zeigefinger.

»Diese Drachen sind besessen davon. Wenn man ihren Schatz hat, gehorchen sie einem bedingungslos und sind zahm wie Lämmchen. Die Blackhearts reichen die Perle in ihrer Familie von Generation zu Generation weiter, um sicherzugehen, dass der Drache niemandem schaden kann.«

Tristan hielt die Perle erneut hoch und das Wasser spritzte empor. Die Anwesenden jubelten, als der Drache sich aus dem Wasser erhob und sich vor den Blackhearts verneigte.

»Es ist nicht bloß irgendein Schatz«, widersprach ich, als ich den gebeugten Drachen sah. Er strotzte immer noch vor Kraft. Sie strömte bei jedem Atemzug aus seinen Nüstern. Trotzdem hielt er gehorsam seinen Kopf gesenkt. »In ihrem Leben können diese Drachen nur eine einzige Perle erschaffen, die sie dann mit ihrem Leben schützen.«

Sam kicherte. »Typisch Drache. Diese Dinger müssen enorm wertvoll sein.«

»Das sind sie. Du hast keine Ahnung, wie sehr.«

Nach der kleinen Aufführung versank der Drache wieder im Becken und Thorn trat vor, um seinen Kopf zu tätscheln.

Die Alchemisten klatschten und johlten begeistert. Aber mir wurde schlecht. Dieses Tier gehörte ins Meer und nicht in ein kleines Becken, wo es nur der Belustigung diente.

Die Stimmung am Tisch war ausgelassen, denn nach Thorns Rede wurde das Essen aufgetragen. Es gab alles, was das Herz begehrte. Dampfende Kartoffeln mit Butter und Petersilie, duftender Jasminreis, Lamm in Pflaumensoße, Pasteten mit knuspriger Kruste, frisch gebackenes Brot mit verschiedenen Aufstrichen und eine große Auswahl an Salaten und Gemüse.

Mein Magen knurrte, aber mein Blick wanderte immer wieder zu dem Beckenrand, wo ich den Blick des Drachen auf mir spürte. Einsam und traurig.

Ich zwang mich meine Aufmerksamkeit wieder auf Sam zu richten. Von ihm erfuhr ich, dass die jüngeren Kinder in Silverfort in Klassen unterrichtet wurden. Später hatte man die Chance, Assistent eines Alchemisten zu werden. Allerdings war man nicht nur dessen Gehilfe, sondern mehr eine Art Lehrling. Dieses System galt allerdings nicht für die Blackhearts. Die bekamen Privatunterricht und durften schon mit fünfzehn Jahren ihren ersten eigenen Assistenten wählen.

War ja klar, dass die eine Extrawurst bekamen!

Neben Tristan und seinem Vater gab es noch dessen neue Frau Anabella und deren Zwillinge Alana und Ari, sowie ein Baby namens Carl.

»Thorn ist ein Schürzenjäger«, plauderte Sam, während er seinen Teller mit Lammbraten vollschaufelte. »Seine Ehen halten nie lange. Tristan hingegen ist das Gegenteil. Er scheint an niemandem interessiert.«

»Ach ja.« Mein Blick wanderte zu ihm, und als hätte er es gespürt, sah er zu uns herüber. Ich grinste frech, woraufhin sich sein Gesicht misstrauisch verzog.

»Hat jemand Orakelkekse dabei?«, fragte Tess in die Runde.

»Du hoffst bloß, dich und Tristan darin zu sehen«, lachte Sam, während er grinsend einen Beutel vor sich legte.

»Du etwa nicht?«, konterte Tess und erklärte an mich gewandt: »Jeder hofft auf eine Chance bei Tris.«

»Darum esst ihr Kekse?«

»Glückskekse, nur dass sie wirklich funktionieren.«

Sie langten sofort in die Tüte und auch Sam schnappte sich eins der Gebäckstücke.

Ich nahm den letzten Keks in die Hand und begutachtete ihn. »Wie funktioniert er?«

»Du brichst ihn auseinander und atmest seinen Inhalt ein. Er besteht aus Staub der Pythiaknochen, was dir ermöglicht für ein paar Sekunden in die Zukunft zu sehen. Allerdings solltest du nicht zu viel erwarten. Die meisten Visionen stammen aus den nächsten Tagen und sind ziemlich unspektakulär.«

Sam hielt sich seinen Keks unter die Nase und brach ihn auseinander. Golden glitzernder Nebel stieg auf. Sam schloss die Augen und atmete ein. Alle warteten gespannt, während sich ein seliges Lächeln auf seinen Lippen ausbreitete.

»Und? Was hast du gesehen?«, wollte Tess wissen.

»Mich und Tristan. Das neue Traumpaar von Silverfort.«

»So ein Blödsinn!«, rief Tess aus, aber alle brachen in Gelächter aus. Das Mädchen neben Tess hatte nicht so viel Glück. Nachdem sie den Staub eingeatmet hatte, wurde sie kreidebleich. »In der Dusche ist mir eine Spinne auf den Kopf gefallen. Ich werde einfach nie wieder duschen. Nie wieder.«

»Das wird deine Chancen bei Tristan aber deutlich verringern«, gab Tess zu bedenken. »Was ist mit dir, Adelina? Du bist immerhin seine Assistentin. So nah war ihm noch keine von uns.«

»Ich und er? Sicher nicht«, verkündete ich. »Dafür brauch ich keinen Keks.«

»Trotzdem bist du neugierig, oder?«, kicherte Sam.

»Na schön.«

Ich begutachtete den halbmondförmigen Keks zwischen meinen Fingern. Dann brach ich ihn entzwei. Goldener Glitzer quoll daraus hervor, kitzelte in meiner Nase. Ich holte tief Luft und schloss erwartungsvoll die Augen.

Aus der Dunkelheit stieg ein Bild auf, erst undeutlich und verschwommen, dann immer klarer. Ich hielt eine zerbrochene Laterne mit dem Wappen von Silverfort in der Hand. Die Farben wirbelten um mich herum und wurden zu Feuer.

Echoline stand vor mir, die rote Krone der Hexen auf dem Kopf. Um sie herum wirbelten Flammen. Betörend und Furcht einflößend schön. Sie schleuderte sie den Alchemisten entgegen. Dann drehte sie sich um. Als sie mich erblickte, breitete sich ein Lächeln auf ihrem Gesicht aus und sie sprang mir in den Arm.

»Schwestern?«

»Sicher nicht!«, rief ich entsetzt und schrak zurück. Der Stuhl kippte nach hinten, und wäre Sam nicht gewesen, wäre ich vor den Augen aller zu Boden gekracht. Ich blinzelte. Jede Spur der

Vision war verschwunden. Dafür richteten sich nun neugierige Blicke auf mich.

»Und? Was hast du gesehen?«

»Eine Kakerlake«, log ich.

»Silverfort ist voll davon«, bestätigte das Mädchen mir gegenüber und verzog das Gesicht.

Ich hörte nicht mehr richtig zu, denn ich war in Gedanken bei Echoline. Die Vision hatte sich so echt angefühlt. Beinahe spürte ich noch die sengende Hitze auf meiner Haut und die kribbelnde Wärme in meinem Bauch, als sie mir ihren kleinen Finger hinhielt.

Schwestern?

Das Wort hallte in mir wider.

Aber das war unmöglich die Zukunft, oder? Echoline saß irgendwo in einer Zelle und würde mir sicher nie verzeihen, was ich getan hatte. Niemand würde das. Mein Leben war jetzt hier. Auf Silverfort, wo mein Einfallsreichtum genug war.

Wo *ich* genug war.

Aber wenn sich meine Vision bewahrheiten würde, dann würde Silverfort in nicht allzu ferner Zukunft brennen. Echoline würde alles in Flammen setzen und damit einen weiteren Teil der Prophezeiung erfüllen.

Geboren aus Feuer und Sturm ...

31
Besuch In Tiefster Nacht

Echoline Lighttower

Ich wusste nicht, wie spät es war, aber irgendwann wurden die Lampen in meiner Zelle gedimmt. Darum nahm ich an, dass es Abend war, oder die Alchemisten wollten einfach Strom sparen.

Es war immer noch keiner gekommen, um mich von meinem Stuhl zu befreien, und so langsam fürchtete ich, dass ich die ganze Nacht hier verbringen sollte.

Mein Magen knurrte und ich begann von warmen dampfenden Scones zu träumen, von mit Käse überbackener Lasagne und von Pfannkuchen mit Zimt und Zucker. Allein bei den Gedanken lief mir das Wasser im Mund zusammen.

»Hallo? Ist da jemand, der mir was zu essen bringen mag? Das wäre sehr freundlich.«

Keine Antwort.

Meine Pobacken waren eingeschlafen. Also rückte ich auf dem Stuhl hin und her, um eine gemütliche Position zu finden. Erfolglos. Ich konnte mich nicht erinnern, wann ich das letzte Mal so lange an einem Ort gesessen hatte. Manche Leute verbrachten freiwillig den Großteil ihres Tages sitzend. Aber für mich war das unvorstellbar. Ich wollte frei sein. Frei wie der Wind.

Frustriert rüttelte ich an den Gurten, aber sie bewegten sich keinen Millimeter.

»Hallo? Kann mich jemand losmachen? Das ist nicht mehr lustig!«

Ich schloss die Augen und lauschte. Nichts.

Außer dem leisen Summen und Knistern der gedimmten Lampen war nichts, aber auch gar nichts zu hören. Ich stemmte mich erneut gegen die Fesseln, aber es brachte nichts.

Ich saß fest.

Unruhig zappelte ich hin und her, bis die Müdigkeit ihr Übriges tat und ich wegdöste.

⚜ ⚜ ⚜

Ein Geräusch weckte mich. Ich schrak hoch und blinzelte. Die Zelle war noch düsterer als zuvor, aber ich konnte Umrisse erkennen. Das Bett. Den Stuhl. Aber nichts, was vorher noch nicht dagewesen war und nun dieses Geräusch hätte verursachen können.

»Hallo?«, flüsterte ich.

Keine Antwort.

»Ist da jemand?«

Plötzlich sah ich ein Schimmern. Es leuchtete und strahlte, sorgte aber nicht dafür, dass es im Raum heller wurde. Ich rüttelte an den Gurten, als mich die Panik überkam. Was passierte hier?

Die seltsame Lichtquelle konzentrierte sich auf die gegenüberliegende Wand. Ich kniff die Augen zusammen und blinzelte.

Plötzlich erkannte ich einen Plüschpantoffel. Ja, das leuchtende Ding war eindeutig ein Schuh, der durch die Wand kam, und plötzlich folgte auch der Rest einer vertrauten Gestalt mit Föhnfrisur.

»Tante Hilda?«

»*Ich bin es*«, flötete der Geist. Ihre Augen wurden groß, als sie sich umsah. »*Also, den Innenarchitekten dieses Ortes würde ich verklagen.*«

»Ich wurde hier eingesperrt!«

»*Warum? Vom wem?*«

»Es hat sich herausgestellt, dass ich eine Hexe bin. Und auch wenn wir mittlerweile im 21. Jahrhundert leben, gibt es immer noch ein paar fiese Vorurteile. Was machst du überhaupt hier? Ich dachte, du wärst ins Licht gegangen.«

Sie sah mich entrüstet an. »*Wo denkst du hin? Nachdem ich Jahre zu Hause bei meiner Schwester und ihrem Mann verschwendet habe, geh ich doch nicht in irgendein Licht. Nein! Ich reise um die Welt. Du hattest recht. Es gibt so viel zu entdecken! Ich habe sogar jemanden kennengelernt.*«

»Ach ja? Ist er auch tot?«

»*Weißt du, wir bevorzugen den Begriff ›losgelöst‹. Das klingt nicht so negativ. Und ja, wir sind beide losgelöst. Er ist Bankmitarbeiter und spukt in einem Tresor herum. Wenn meine Schwester wüsste, dass ich einen Bänker kennengelernt habe mit eigenem Tresor, sie würde vor Neid erblassen.*«

»Das würde sie wohl.«

»*Eigentlich wollte ich ihn gerade treffen, aber da habe ich an dich gedacht und schwupp ... war ich hier. An diesem trübseligen Ort. Du solltest dir eine neue Unterkunft suchen, Kind. Wirklich. Deprimierende Orte schlagen aufs Gemüt.*«

»Ich kann hier nicht weg. Ich bin an diesen Stuhl gefesselt.«

»*Du siehst nicht sehr gefesselt aus.*«

»Was?« Ich sah an mir herunter und tatsächlich – Ich stand im Raum und war frei, aber ... transparent. »Nicht schon wieder.« Hilda war begeistert. »*Willkommen im Team.*« Ich wirbelte herum und schaute zu meinem Körper, der immer noch in dem Stuhl saß, die Augen geschlossen. Zu meiner Erleichterung bemerkte ich, wie sich der Brustkorb hob und senkte. Ich lebte also noch ... Das war doch schon mal ein Anfang.

»Na los«, trällerte Tante Hilda. »*Lass uns sehen, was dieser Ort zu bieten hat. Trister kann es ja schlecht werden.*«

Schon verschwand sie durch die nächste Wand.

Ich streckte vorsichtig meine Hand aus. Tatsächlich glitt sie vollkommen mühelos durch den harten Beton. Ich spürte nicht einmal den Hauch eines Widerstandes. Eigentlich spürte ich gar nichts. Vorsichtig versuchte ich es mit dem Kopf. Als ich in die Betonwand eintauchte, wurde es schwarz um mich herum. Zaghaft machte ich einen weiteren Schritt vor, dann noch einen. Ich fand mich in einem Raum wieder, in dem es nichts gab außer eine weitere Tür, und durch die sah ich gerade noch Tante Hildas Föhnfrisur gleiten. Also setzte ich meinen Weg fort.

Plötzlich stand ich in einem Gang, der vollkommen aus Spiegeln bestand. Aber es waren keine normalen Spiegel, denn jenseits der silbrigen Flächen staute sich weißer und grauer Nebel. Ich trat näher heran. Etwas war dort. Jenseits der Scheibe im Dunst. Je länger ich hineinsah, desto mehr erkannte ich die Körper von Schlangen, die sich zwischen den Wolken wanden.

Wie seltsam.

Ich folgte dem Gang, der sich als regelrechtes Labyrinth entpuppte. Immer wieder endete der Weg in einer Sackgasse.

»*Das Ganze ist wie eine Jahrmarktattraktion*«, sagte Tante Hilda, die ebenfalls die Spiegel musterte. »*Allerdings war ich nie*

Fan vom Spiegellabyrinth. Hab mich mal in einem verlaufen«, sagte sie und schwebte weiter. Ich folgte ihr quer durch das Labyrinth, bis wir plötzlich vor einem Becken standen, das mit Wasser gefüllt war. Die dunkle, beinahe schwarze Oberfläche kräuselte sich, fast so, als würde etwas an uns vorbeitauchen. Etwas, das ich lieber nicht treffen wollte.

Der einzige Weg hinüber war eine hochgeklappte schmale Brücke. Oder eben der Hilda-Weg. Durch die Luft.

Sie rümpfte ihre Nase. »*Weißt du, was ich denke? Wem auch immer dies alles gehört, er hat zu viel Geld. Menschen mit zu viel Geld kommen auf die seltsamsten Ideen.*«

Langsam, Zentimeter für Zentimeter schwebten wir über den dunklen See und selbst als Geist lief mir eine Gänsehaut über den Körper.

»*Was soll das sein?*«, fragte Hilda. »*Der Wachhai? Sind Hunde mittlerweile out?*«

Plötzlich fiel es mir wie Schuppen von den Augen! Natürlich waren diese Dinge keine Jahrmarktattraktionen, sondern Fallen. Aufgestellt, um zu verhindern, dass *ich* ausbrechen konnte.

Bei dem Gedanken wurde mir ganz schwindelig.

»*Vorsicht! Du schmilzt!*«, sagte Tante Hilda.

Tatsächlich hatte mein Bein seine Form aufgegeben und tropfte in den See.

»Das ist wegen mir«, flüsterte ich schockiert. »Sie wollen nicht, dass ich fliehe.«

»*Tja, eins zu null für dich, würde ich sagen.*«

»Nicht wirklich. Mein Körper ist noch da drin.«

»*Ach, Kleinigkeiten*«, winkte Hilda ab und schwebte weiter.

Ich folgte ihr, um diesen unheimlichen Ort schnell hinter mir zu lassen.

Als wir das nächste Mal durch eine Wand traten, standen wir in einem Flur. Die Wände waren aus massivem Stein und Lampen sorgten flackernd für Licht.

»*Auf wen treffen wir als Nächstes? Dracula?*«, murmelte Tante Hilda, als wir eine Reihe grimmig aussehender Frauen und Männer in Ölgemälden passierten.

Ich atmete fast erleichtert auf, als ich Alchemisten sah, die vor einem Fahrstuhl Wache standen.

Hilda glitt an ihnen vorbei und flog den Schacht nach oben. Ich versuchte ihr zu folgen, stellte aber fest, dass Schweben deutlich schwerer war, wenn man den Boden unter den Füßen verlor. Zwar stieg ich empor wie ein Heliumballon, drehte mich dabei aber hilflos um die eigene Achse.

»*Du musst dir einen Punkt suchen, an dem du dich orientieren kannst*«, rief Hilda, als ich sie überholte und durch die Decke wirbelte. Erst war um mich herum nur Dunkelheit, dann ein … Garten.

Instinktiv versuchte ich nach etwas zu greifen, aber meine Finger glitten durch Gras und Blumen hindurch.

»*Beruhig dich und sieh mich an!*«, rief Hilda, die den Kopf aus dem Boden steckte.

Das war leichter gesagt als getan, wenn man sich wie ein Propeller in der Luft drehte.

Ich versuchte es mit Ms Murphys Atemtechnik.

Einatmen.

Ausatmen.

Moment. Ich war ein Geist. Geister atmeten nicht. Also schloss ich die Augen und stellte mir vor zu atmen.

Einatmen.

Ausatmen.

Es funktionierte. Mein Geistkörper beruhigte sich und hielt inne. Ich schielte hinunter. Unter mir lag ein Rosengarten mitten im Zentrum einer riesigen Burg und ich flog darüber hinweg. Leicht wie ein Vogel. Vorsichtig streckte ich die Arme.

»Hildi! Guck mal!«, rief ich begeistert. Gerade als sie ihren Blick hob, stürzte ich hinunter und landete in einem Rosenbusch.

Tante Hilda schwebte herbei, um mir herauszuhelfen.

»*Rosen*«, flüsterte sie sehnsüchtig. »*Ich habe mir immer einen wilden Garten voll davon gewünscht, aber nein. Meine Schwester wollte Narzissen.*«

»Sie sind wundervoll.« Denn ich war überglücklich, der beklemmenden Enge meines Gefängnisses entkommen zu sein und wieder den Himmel zu sehen, der zwischen Bögen voller Rosen hervorblitzte.

Zu meiner Überraschung war es noch nicht tiefste Nacht. Man sah zwar schon den Mond, aber das letzte Rot der Abendsonne war noch nicht ganz davongekrochen.

Hier im Garten war nicht mehr viel los. Vereinzelt eilten Alchemisten in plaudernden Grüppchen vorbei, Tablets und Laptops unterm Arm. Sie alle schienen das gleiche Ziel zu haben.

Hilda und ich folgten ihnen in das Innere der Burg zu einer großen Halle, die mit ihren Säulen und der hohen Decke an eine Kirche erinnerte. Hier herrschte Hochbetrieb. Stimmengewirr und Gelächter quoll aus den Türen in den Gang.

Auch wenn ich meinen Magen in der Zelle gelassen hatte und darum keinen Hunger empfand, sorgte der Anblick des Essens dafür, dass mir das Wasser im Mund zusammenlief. Oder vielmehr zerlief mein Mund und mit ihm gleich mein ganzer Körper.

Okay, Echo, jetzt ist nicht der richtige Zeitpunkt.

Ich musste mich weiter in der Burg umsehen und meine Mum finden.

»Hilda?«

Der Geist hatte sich über einen Brunnen gebeugt, der mit glitzernden Mosaiken verziert war.« *Ich glaube, das Wasser hat Augen.*«

Ich ging zu ihr und sah ihr durch die Schulter. Tatsächlich war dort etwas im Brunnen. Zuerst dachte ich an Quellenpixies, aber es war größer.

Viel größer.

Egal wie sehr ich versuchte es besser zu erkennen, meine Augen konnten einfach nicht richtig auf dieses Wesen scharf stellen. Das Wasser drehte sich wie eine Schlange. Es folgte etwas, das wie ein Kopf aussah. Ich sah eine Schnauze, Hörner, einen langen Schwanz. Ein bisschen erinnerte es mich an einen …

»Ein Drache«, murmelte ich.

»*Ein Drache?*«, wiederholte Hilda skeptisch. »*Die gibt es doch gar nicht.*«

»Sagte der Geist.«

»*Ich dachte, die Viecher wären ausgestorben?*«

»Das waren Dinos …«

»*Drachen sind auch nur Dinos mit Flügeln.*« Sie sah sich um. »*Warum ist er in diesem Brunnen?*«

»Ich weiß es nicht, aber ich vermute, dass kein magisches Wesen freiwillig hier ist.«

»*Diese Leute werden mir immer unsympathischer.*«

»Ich muss unbedingt meine Familie und Unfug suchen. Hilfst du mir?«

»*Klar. Aber wir brauchen Unterstützung.*«

»Unterstützung? Meinst du etwa …« Mein Mund klappte auf, als ich verstand. Aufgeregt klatschte ich in die Hände. »Geister?«

»*Bist du verrückt? Ich verkehre nicht mit Geistern. Die sind mir viel zu gruselig.*«

»Aber …«

»*Ich meinte meinen liebsten Mortimer. Er ist ein wunderbarer*

Mann und ein Losgelöster wie ich.« Sie lehnte sich zu mir. *»Allerdings ist er, seitdem er im Tresor vergessen wurde, ein wenig ... schreckhaft.«*

»Er wurde im Tresor *vergessen*?«

»Lange Geschichte. Wie sehe ich aus?« Sie versuchte ihre Föhnfrisur zu richten, was keine Auswirkung hatte, da die immer wieder in ihre alte Form zurückwaberte.

»Umwerfend«, sagte ich trotzdem, denn ihr schien dieser Bänker wichtig zu sein. »Wie willst du ihm Bescheid sagen? Gibt es so etwas wie Telefone?«

»Das ist einfach. Ich rufe ihn.«

»Das reicht?«

»Wir haben eben eine tiefe, spirituelle Verbindung.« Sie drehte sich um die eigene Achse und trällerte: *»Morti? Schatziiiii!«*

Tatsächlich dauerte es nicht lange und vor ihr aus dem Boden stieg ein Kopf empor, gefolgt von einem hageren Körper.

Ich hatte einen untersetzten Mann mittleren Alters mit Anzug, Brille und Haarkranz erwartet. Einen typischen Bänker eben. Allerdings tauchte da etwas ganz anderes vor mir auf. Während Hilda weißsilbern schimmerte, bestand Morti aus einer blickdichten, finsteren Masse, die beständig tropfte, sodass sich eine wie klebriger Teer aussehende Pfütze um ihn bildete. Das Unheimlichste jedoch waren seine Augen. Es waren bloß schwarze Löcher, die alles zu verschlingen drohten.

Ich sprang ein paar Meter rückwärts. »Tante Hilda! Das ist ein Poltergeist.«

Mortimers Kopf zuckte in die Höhe und am Tisch in unserer Nähe zersprang eine Schüssel.

»Pass auf, was du sagst«, schimpfte Hilda. *»Er hat ein sehr sensibles Gemüt.«*

Der Geist öffnete seinen Mund so weit, dass der Unterkiefer die

Brust berührte. Im selben Moment zersprangen zwei Teller, woraufhin unter den Alchemisten Unruhe ausbrach.

Poltergeister konnten im Gegensatz zu normalen Geistern mit ihrer Umwelt interagieren. Allerdings nicht gezielt. Es war eher so, dass ihre bloße Präsenz die Umwelt spürbar auflud. Auch wenn Menschen sie nicht sehen konnten, fühlten sie sich in ihrer Gegenwart unwohl.

»Kommt schnell hier raus, bevor die Alchemisten misstrauisch werden.«

Ich hechtete aus dem Speisesaal in den Gang. Tante Hilda nahm Mortimer an der Hand und der *schlurfte* ihr hinterher. Auch wenn er über den Boden schwebte, hörten sich seine Schritte schwer und schleifend an.

Ich lotste die beiden Geister in eine ruhige Ecke, um dort weitere Pläne zu schmieden.

»Wir teilen uns auf und durchsuchen nach und nach alle Stockwerke«, schlug ich vor. »Versucht ... ähm ... unauffällig zu bleiben, okay?«

Unauffällig war wohl eher nicht Mortimers Stärke. Er legte den Kopf schief, woraufhin seine nicht mehr vorhandene Halswirbelsäule knackte.

»*Schatzi gibt sein Bestes*«, übersetzte Hilda. »*Er kann sehr diskret sein.*«

Schatzi stöhnte.

»*Er wird sich im hinteren Teil umsehen.*« Sie drückte dem Geist einen Kuss auf die Wange und brachte damit eine Ritterrüstung zum Klimpern. Dann schlurfte Morti davon, direkt durch eine Gruppe Schüler hindurch, die daraufhin jegliche Farbe im Gesicht verloren.

»*Ich nehme mir den Westflügel vor.*« Hilda schwebte in die entgegengesetzte Richtung.

Und auch ich machte mich auf die Suche. Nach ein paar Stunden hatte ich mir einen ersten Überblick verschafft. Im mittleren Turm lagen vor allem die Quartiere und nicht weit davon entfernt Klassen- und Trainingsräume.

Gerade wollte ich weiterfliegen, als Hilda durch die Wand geschwebt kam. »*Morti hat etwas. Komm schnell.*«

Sie führte mich durch einige Gänge zu einem Fahrstuhlschacht. Hier flogen wir empor. Als wir durch die Wand glitten, war von dem alten Charme der Burg nichts zu sehen. Die Gänge wirkten neu und steril wie ein Krankenhaus.

Hilda führte mich zu einem Raum mit gläserner Schiebetür. Er war voller Käfige, Behälter und Tische, auf denen sich Mikroskope, Skalpelle und andere Werkzeuge stapelten. Ein Schauder brachte meinen Körper zum Zittern.

Dieser Ort war gruselig. Gruseliger als jeder Geist, auf den ich bisher getroffen war. Und gruseliger als Mortimer, der in einer Ecke stand und den Boden mit schwarzem Teer volltropfte.

Der Raum war nur schwach beleuchtet, aber in einigen der Käfige hörte ich es leise raschen.

»*Komm!*«, sagte Tante Hilda und ich folgte ihr.

Bei jedem Schritt, den ich tat, schlotterten meine Knie mehr. Wortwörtlich. Ein kleiner Teil von mir wollte den Raum untersuchen, aber ein größerer Teil wollte lieber schnell verschwinden.

Vor einem Käfig blieb Hilda stehen. Vorsichtig lugte ich hinein und erstarrte.

»Unfug?«

Der Kopf des Waschbären zuckte hoch. Seine Nase kräuselte sich und tatsächlich fanden mich seine Knopfaugen.

»Kannst du mich etwa sehen?«, rief ich aufgeregt. Sein Blick lag direkt auf mir. »Natürlich kannst du das, du genialer Waschbär.«

Er winselte und die Verzweiflung in seinem Blick brachte mein

Herz zum Zerspringen. Ich wusste, wie sehr er es hasste, eingesperrt zu sein.

»Keine Angst. Ich hole dich hier raus.« Ich wollte nach dem Hebel greifen, aber meine Finger glitten immer wieder hindurch.

»Hildi! Wir müssen etwas tun!«

»*Ich fürchte, das können wir nicht.*«

Ich versuchte es trotzdem wieder und wieder, bis ein Klappern und Vibrieren mich innehalten ließ. Die Regale und Käfige hatten zu wackeln begonnen.

»Oh nein.« Hilda drehte sich um. »*Schatzi?*«

Mortimers leere Augen waren riesengroß, ebenso wie sein Mund.

»Was ist mit ihm?«

»*Was das Thema Einsperren angeht, ist er sehr empfindlich.*«

In diesem Moment stieß der Poltergeist einen markerschütternden Schrei aus. Blätter und Aufzeichnungen flogen von den Tischen, sodass eine weiße Wolke aus Papier um und durch uns durch flog. Die Käfige bebten so stark, dass die Tiere darin Panik bekamen.

»Stopp!«, rief ich. »Hör auf.«

Tante Hilda schlang ihre Arme um den schmelzenden Mortimer und redete beruhigend auf ihn ein. So schnell, wie der Ausbruch gekommen war, endete er auch wieder und beide saßen in einer Pfütze aus blubbernder, schwarzer Geisteressenz.

Ich wandte mich Unfug zu, aber die Käfige waren nach wie vor verschlossen.

»Tut mir leid, Kumpel«, flüsterte ich. »Ich werde eine Möglichkeit finden, dich hier rauszubekommen. Versprochen!«

32
DER LAPISLAZULI

Echoline Lighttower

Um Mortimer zu beruhigen, hatte sich Tante Hilda mit dem sensiblen Poltergeist zurückgezogen, und auch ich verließ das Labor, auf der Suche nach einer Lösung.

Unfug zurückzulassen fühlte sich schrecklich an. Sein jämmerliches Wimmern klang mir immer noch in den Ohren und ich wollte ihn so schnell wie möglich da rausholen, aber als Geist hatte ich keine Chance. Ich musste einen anderen Weg finden.

Und wie willst du aus dem mörderischen Labyrinth entkommen?

Diese Betonwände sahen unzerstörbar aus, auch für meine Sturmkräfte.

Ich brauchte einen Plan.

Als ich den Speisesaal erreichte, war das Abendessen beendet. Einige Alchemisten standen noch beisammen, andere verabschiedeten sich und schwärmten in alle Richtungen.

Ich wollte schon weitergehen, als ein großes Mädchen mit roten Haaren meine Aufmerksamkeit auf sich zog.

»Adelina!«, rief ich erleichtert, aber natürlich hörte sie mich nicht.

Warum war sie hier oben und nicht wie ich in einer Zelle? Ich näherte mich der Gruppe, die Adelina zu meiner Überraschung ganz und gar nicht wie eine Gefangene behandelte. Die anderen scherzten mit ihr, als würde sie dazugehören, und sie selbst ... *lächelte?*

Verwirrt beobachtete ich sie.

»Was für ein Abend!«, sagte ein Mädchen.

»Ja, wir haben mit der Heldin der Stunde zusammengesessen.« Ein Junge klopfte Adelina auf den Rücken.

Heldin?

»Wollen wir hoffen, dass dir noch viele weitere wilde Hexen ins Netz gehen.«

Moment, was?

Wieder erinnerte ich mich an die seltsame Szene vor Castle Rock und plötzlich kam mir ein Gedanke.

Waren wir etwa verraten worden? Von ihr?

Adelina warf ihre Haare zurück und ließ sich für ihre sogenannte Heldentat feiern.

»Mein Leben lang wusste ich, dass ich zu etwas Wichtigem bestimmt bin«, sagte sie gerade. »Und nun ergibt alles Sinn.«

Ihre Fans nickten andächtig.

»Dieser kleine schleimige Fluchegel hat mir die Augen geöffnet und mich meiner wahren Bestimmung zugeführt.«

Ich wollte es nicht glauben, aber die Lage war wohl eindeutig.

»Ich hätte dir nie vertrauen dürfen!« Wütend trat ich nach ihr, aber mein Bein ging einfach durch sie hindurch. Ich versuchte es erneut, aber sie zuckte nicht einmal mit der Wimper.

»Gute Nacht«, verabschiedete sie sich und schloss sich einem Jungen an, der vorher nicht bei der Gruppe gestanden hatte. Ich folgte den beiden, während sie sich vom Speisesaal entfernten.

»Und? Wie hab ich mich geschlagen?«

»Ich hab immer gewusst, dass du alle vom Hocker hauen wirst.«

»So wie ich dich vom Hocker gehauen hab?«

»Du bist charmant, aber wir Blackhearts sind immun gegen solche Zauber.«

»Da wäre ich mir nicht so sicher«, kicherte sie.

Was redeten sie da? Und warum wirkten sie so vertraut miteinander?

Ich überholte die beiden, um sie mir genauer anzusehen. Der Junge hatte Haare wie das Gefieder eines Raben, geheimnisvolle dunkelblaue Augen, die ein bisschen traurig dreinblickten. Und dann war da noch dieses Lächeln mit Grübchen, das entstand, wann immer er Adelina ansah.

Ein Lächeln, das sie erwiderte.

Verdammt!

Ich war echt kein Profi in Herzensdingen, ja, Ms Murphy pflegte zu sagen, ich sei da ebenso ahnungslos wie ein Waschbär, aber bei den beiden spürte sogar ich es. Adelina lächelte selten, aber neben ihm lachte und scherzte sie den ganzen Weg.

Bloody hell! Sie war verliebt.

»Gute Nacht, Assistentin«, sagte der Junge mit schrägem Grinsen, als sie an einer Tür angekommen waren.

»Gute Nacht, Blödmann«, sagte sie. Sie sahen sich an, eine Sekunde zu lang, bevor sie in ihrem Zimmer verschwand.

Ich verdrehte die Augen. »Ist Mister Grübchen der Grund, warum du uns verraten hast?«

Ich machte einen Schritt vor und folgte ihr durch die geschlossene Tür. Für den Bruchteil einer Sekunde wurde es dunkel und dann stand ich in Adelinas Zimmer. Es war klein und hatte nur die nötigsten Möbel. Ein bisschen erinnerte mich die Unterkunft an die Zimmer im Waisenhaus, aber irgendwie hatte Adelina es geschafft, es ein wenig persönlicher wirken zu lassen.

Auf dem Schreibtisch stand ein Spiegel. Darum angeordnet waren ihre Schminkutensilien. Ihr Bett hatte sie mit einem Schal und einem Kronenkissen dekoriert, das sie aus ihrem alten Zimmer mitgenommen haben musste. An der Wand flatterte ein Poster von Tristan, dem sie ein Monokel aus Glitzersteinchen und einen Bart verpasst hatte.

»Wärst du nicht so eine fiese Verräterin, wäre das lustig«, murmelte ich und beobachtete sie dabei, wie sie sich an den Schreibtisch setzte. Seufzend schminkte sie sich ab und putzte an dem kleinen Waschbecken in der Ecke ihre Zähne. Dann legte sie sich aufs Bett.

Gerade wollte ich wieder gehen, weil nichts Spannendes passierte, da zog sie den Lapislazuli unter ihrem Kopfkissen hervor. Ihr Blick änderte sich und ich entdeckte eine Traurigkeit, die mich innehalten ließ.

»Einmal Hexe, immer Hexe«, flüsterte sie. Für einen Moment war ich sicher mich verhört zu haben.

Adelina ließ den Kristall an der Silberkette hin- und herschwingen. Ich wusste nicht, was ich erwartet hatte, aber keine Tränen in ihren Augen, während ihre Finger immer wieder über die Oberfläche des Kristalls strichen.

Ich wollte sie hassen, wirklich. Ich gab mir größte Mühe, aber alles, was ich empfand, war Mitleid.

Sie drehte sich auf die Seite und schloss die Augen. Nach kurzer Zeit wurde ihre Atmung langsamer und ihr Gesicht entspannte sich, ebenso wie ihre Hand, und der Kristall entglitt ihrem Griff.

Der Anhänger rutschte von der Kette und fiel zu Boden. Reflexartig griff ich danach und ...

... fing ihn auf.

Überrascht starrte ich auf meine transparente Hand, in der der Lapislazuli lag.

Moment mal!

Vor Schreck zerflossen meine Finger und der Stein landete mit leisem Klirren auf dem Boden.

Erneut streckte ich meine Hand nach ihm aus. Ganz vorsichtig näherte ich mich dem glatten, glänzenden Anhänger. Er war von tiefem, intensivem Blau, das mich an einen wolkenlosen Himmel erinnerte, durchzogen von grauen und weißen Schlieren wie ein Sturm. Er passte wirklich perfekt zu den Kräften der Familie Lighttower und offenbar hatte er doch mehr auf dem Kasten, als hübsch auszusehen. Meine Finger schlossen sich um ihn.

Es funktionierte wirklich!

»Ich kann ihn anfassen!«, jubelte ich und tanzte durch das Zimmer.

Okay, er war kein Dietrich, aber vielleicht konnte er mir helfen Unfug zu befreien. Vielleicht könnte ich mit dem Kristall die Hebel umlegen und den Käfig öffnen, in dem er festsaß.

Euphorisch hielt ich den Stein fest in meiner Faust, während ich zur Tür eilte und hindurchsprang. Mein Körper glitt durch das Holz, aber der Lapislazuli blieb hängen.

Scheppernd krachte der Anhänger gegen das Türblatt und fiel zu Boden.

Verdammt.

Das hatte ich nicht bedacht. Ich mochte durch Wände gehen können, aber der Lapislazuli konnte es nicht. Etwas weniger euphorisch schwebte ich zurück und hob den Kristall auf. Vertraut schimmerte er in meinen Händen.

Was nun? Warten, bis Adelina wach wurde und die Tür öffnete oder ... Ein Windzug brachte das Poster zum Flattern.

Was war das?

Hinter dem verzierten Tristan war tatsächlich ein Loch in der Wand. Es sah mich an, düster und zugig, als wollte es sagen, dass es für diesen Moment gehauen worden war.

Ich streckte meinen Kopf durch die Mauer. Dort draußen ging es viele Meter tief hinunter. Allein bei dem Anblick wurde mir so schwindelig, dass ich spürte, wie meine Geisteressenz dahinschmolz.

Theoretisch wusste ich, dass mir nichts passieren konnte, aber praktisch fühlte es sich nicht richtig an, einfach ins Nichts zu treten.

Du bist ein Geist, Echo. Was soll schon schiefgehen?

Ich schob den Kristall durch das Loch und nahm all meinen Mut zusammen. Mein Körper glitt durch das dicke Gestein. Und ich ... *flog*.

Pures Glück erfüllte meine Essenz. Das Gefühl jagte wie Stromschläge durch meinen Körper. Also streckte ich die Arme aus, wandte meinen Blick den Sternen zu und ... plumpste hinunter.

Schreiend fiel ich an der steinernen Wand entlang, prallte auf den Boden und versank darin. Um mich herum war es stockdunkel und ich wettete, dass sich einige Würmer ganz schön wunderten, wer ihnen gerade vor die Füße gestürzt war.

Super, Echo. Du bist der einzige Geist auf der Welt, der Flugunterricht braucht.

Ich schloss die Augen und konzentrierte mich. *Einatmen. Ausatmen.* Langsam stieg ich zur Oberfläche zurück.

Ein paar Meter weiter lag mein Lapislazuli. Ich hob ihn auf und machte mich auf den Weg.

33
CRESCA-KRAUT

Adelina Everglade

Es war mitten in der Nacht, als mich ein Hämmern an der Tür aus den Träumen riss. Ich beschloss, dass mir mein Schönheitsschlaf wichtiger war als das, was der nächtliche Störenfried wollen könnte, und vergrub mich unter dem kratzigen Kissen.

Erneut hämmerte es an der Tür. »Adelina! Mach die Tür auf.«
Tristan.
Natürlich. Wer auch sonst?
Ich ignorierte ihn in der Hoffnung, dass er sich einfach in Luft auflöste. Spoiler: Tat er nicht.
Ein paar Minuten später stand er neben meinem Bett und riss mir die Decke weg. Augenblicklich spürte ich den kalten Nachtwind, der durch das Loch in der Wand hineinwehte.
»Aufstehen. Es ist vier Uhr.«
»Du sagst das so, als wäre klar, dass ich wach sein müsste, aber für normale Leute ist vier Uhr die Zeit des Tiefschlafs«, knurrte

ich und drehte mich müde um. Tristan stand vollkommen angezogen, eine Laterne in der Hand, vor meinem Bett. Selbst das Licht darin flackerte so schwach, als hätte man es gerade geweckt.

»Wir haben eine wichtige Mission. Ich geb dir fünf Minuten. Dann erwarte ich dich angezogen vor der Tür. Pack Regenjacke und Gummistiefel ein.«

Eine wichtige Mission?

Na schön ...

Ich schwang die Beine aus dem Bett und zog mich an. Schwarze Hose, schwarze Bluse mit wirklich süßer Spitze und Stiefeletten zum Schnüren. Als Letztes hängte ich mir meinen Alchemistengürtel um, in dem nur mein Handy verstaut war, und warf meine Lederjacke rüber.

Ich würde garantiert nicht diesen Regensack anziehen, der da im Schrank hing, oder die übergroßen Gummistiefel, in deren Innerem eine Spinne hauste.

Schnell puderte ich mir noch etwas Rouge auf die Wangen und trug Lipgloss auf. Das musste genügen.

Als ich rauskam, warf Tristan einen amüsierten Blick auf mein Outfit. »Sicher?«

»Es gibt keine zweite Chance für den ersten Eindruck. Also ja. Sicher.«

»Na schön. Nimm das hier.« Er drückte mir eine erloschene Lampe in die Hand, die schwerer war als gedacht. »Du musst sie schütteln.«

Tatsächlich entflammte das Licht, nachdem ich etwas gerüttelt hatte. Ich versuchte hinter die trübe Scheibe zu sehen, konnte aber nichts erkennen.

»Komm schon.« Tristan eilte durch die Gänge. Hier war alles ruhig. Es schien also kein typisches Alchemisten-Ding zu sein, um vier Uhr morgens aufzustehen, sondern nur ein typisches Tristan-Ding.

Wir fuhren mit einem Fahrstuhl nach unten und landeten in einer großen Garage. Alle möglichen Fahrzeuge standen hier. Von großen Vans und Geländewagen bis zu Sportwagen. Tristan eilte zu seinem Motorrad. Er drückte mir den Helm in die Hand, bevor er sich auf den Sitz schwang. Ich nahm hinter ihm Platz und legte die Arme um ihn.

»Hast du überhaupt einen Führerschein?«, fragte ich. »Oder brauchen Blackhearts den auch nicht?«

Er lachte, aber blieb mir eine Antwort schuldig.

Eine kleine Schanze führte nach oben, wo der Weg von einem massiven Tor versperrt war. Tristan musste unter dem Blick des schwer bewaffneten Wächters sein Gesicht einscannen, erst dann öffnete sich die Pforte wie ein großes Maul, das endlich den Weg nach draußen freigab.

Vor dem Tor empfing uns feuchte, kühle Nachtluft. Ich drückte mich etwas fester an Tristans warmen Körper und hielt ihn eng umschlungen, während wir durch die Dunkelheit brausten.

Natürlich nur, um nicht herunterzufallen …

Es dauerte eine Dreiviertelstunde, bis wir unser Ziel erreichten. Eine matschige Wiese mitten im Nirgendwo. Tau hing in den grünen Halmen und tiefe Pfützen glänzten im Mondlicht. Gähnend stieg ich vom Motorrad ab und sah mich um.

Was würde ich jetzt für einen Lavendel-Latte tun …

»Also, warum hast du mich um diese Uhrzeit hergeschleift?«

Tristan schien hoch motiviert. »Wir müssen Cresca-Kraut sammeln.«

»Und das Pflänzchen ist ein Frühaufsteher, oder was?«

Er sah mich an wie ein unerträglicher Besserwisser. »Cresca-Kraut sieht aus wie normales Moos. Es ist so gut wie nicht davon zu unterscheiden, nur in den frühen Morgenstunden hat man eine Chance, denn dann leuchtet es.«

Er zog einen Behälter mit Henkeln aus der Motorradtasche und überreichte ihn mir. Das amüsierte Funkeln in seinen Augen gefiel mir ebenso wenig wie sein Grinsen. Er deutete auf die überschwemmte Wiese. »Also los, Assistentin.«

»Ich soll da rein?«

»Natürlich. Das Kraut sammelt sich nicht von allein.«

Ich verschränkte die Arme vor der Brust. »Und was machst du?«

»Meine Aufgabe ist es, dich anzuleiten.« Er lehnte sich ans Motorrad, zog einen Thermosbecher aus der Gepäcktasche und nahm selbstzufrieden einen Schluck.

»Ist das etwa Lavendel-Latte?«

»Wenn du einen guten Job machst, bekommst du auch einen. Also los. *Husch. Husch.*«

Ich war kurz davor ihn in dem Kaffee zu ertränken, drehte mich aber stattdessen zu der Wiese um. »Da leuchtet nichts.«

»Wenn ich mich recht erinnere, wächst Cresca am anderen Ende, dahinten bei den Bäumen.«

»Alchemistin werden zu wollen war eine ganz dumme Idee«, brummte ich, als meine Schnürstiefeletten mit einem Blubb im Schlamm versanken. Fluchend watete ich über die Wiese, bis meine Füße in moorigem Wasser schwammen.

Ade, drittes Paar Schuhe. »Hier leuchtet auch nichts.«

»Noch ein Stück weiter!«, rief er vom Motorrad aus. Ich war mir ziemlich sicher ihn sogar auf diese Distanz schlürfen zu hören.

Im selben Moment versank ich knietief in brauner Grütze und gab einen kleinen Wutschrei von mir, der dazu führte, dass Tristan in Gelächter ausbrach.

»Hier ist auch nichts«, rief ich. Kein Glühen, nur Halme und Pfützen, soweit das Auge reichte.

»Oh! Vielleicht hab ich mich vertan«, rief Tristan. »Ich glaub, es war die andere Wiese.«

Wutentbrannt stampfte ich zurück, wo Tristan mit unschuldigem Augenaufschlag auf das Feld hinter sich deutete. »Ich glaub, da hab ich etwas leuchten sehen. Könntest du da bitte noch mal nachschauen?«

»Aber selbstverständlich, *Meister*.«

So würdevoll wie möglich ging ich an ihm vorbei. Meine Schuhe gaben bei jedem Schritt ein schmatzendes Geräusch von sich.

Auf der anderen Wiese wurde ich fündig. Unter einer alten Weide schimmerte es blausilbern zwischen dem feuchten Gras. Ich bückte mich, um das Kraut einzusammeln und in dem Behälter zu verstauen. Sobald ich es aus dem Wasser zog, verlor es seinen Zauber und erlosch. Zurück blieb braungrünes, kratziges Moos.

Als der Beutel voll war und meine Finger steif vor Kälte, kehrte ich zu Tristan zurück, der mir zur Belohnung einen Thermosbecher und eine Tüte mit Muffins hinhielt. »Gut gemacht, Assistentin.«

»Wofür braucht ihr das Cresca-Kraut?«

»Es ist ein Extraktor und kann Essenzen und Inhaltsstoffe voneinander trennen, was bei der Herstellung von bestimmten Tränken nützlich ist«, erklärte Tristan.

»Und für welchen Trank benötigt ihr es?« Ich hatte die Frage beiläufig gestellt, aber Tristan zögerte mit der Antwort.

»Was?«, fragte ich herausfordernd. »Ich dachte, ich bin hier, um Alchemistin zu werden. Traust du mir nicht?«

»Kann ich das denn?« Seine Stimme war rau. »Was ist mit deinen Plänen, den Thron der Hexen zu besteigen, ob mit Magie oder ohne?«

Ich schluckte. »Diese Krone steht mir nicht. Beißt sich farblich mit meinem Haar.«

»Dann willst du sie wirklich zerstören?«

»Ich ...« Nein. Das Quellenpixie hatte recht gehabt. Ich wollte die Krone haben! Sie war alles, was ich je hatte haben wollen.

»Ich ... brauche wohl ein neues Ziel.« Zumindest versuchte ich mir das selbst einzureden. Ich fühlte mich so verloren. Mein Leben lang war der Weg klar gewesen und nun lag mein Traum in Scherben vor mir. Ich wollte keine Schwäche zeigen, aber ich spürte, wie sich mein Hals zuzog.

Als hätte er meine Gedanken gelesen, griff Tristan nach meiner Hand. »Tut mir leid. Ich weiß, dass es im Moment nicht leicht für dich ist, aber ich verspreche dir, es wird besser.«

»Ich verstehe immer noch nicht, warum du mir überhaupt geholfen hast.«

Überrascht zog er seine Augenbraue hoch. »Ist das nicht offensichtlich?«

Seine Stimme war tief, seine Augen zwischen den dichten Wimpern noch eine Spur dunkler.

»Nicht wirklich. Du vertraust mir nicht, erwartest das Schlimmste von mir und ...«

»Ich mag dich«, unterbrach er mich und drückte meine Hand etwas fester. Bestimmter.

»Was?« Für einen Moment war ich mir sicher, dass ich mich verhört hatte, aber er sah mich an und dieses Mal lag weder Überheblichkeit noch Spott in seinem Blick.

»Oh.« Ich konnte spüren, wie meine Wangen heiß wurden. »Ich meine, ja, ich weiß, dass ich gut aussehe, aber ...«

Er räusperte sich verlegen. »Ja, du siehst umwerfend aus. Selbst wenn du mit Schlick bedeckt bist, aber das ist nicht das, was ich meinte. Ich mag *dich* ...«

»Obwohl du mir nicht vertrauen kannst?«

»Ich mag deinen Witz.«

»Das meiste, was ich sage, ist ernst gemeint ...«

»Ich mag deine Klugheit.« Bevor ich dazu einen Spruch bringen konnte, fuhr er fort: »Deinen Ehrgeiz. Deinen Mut. Deinen Fleiß. Dein großes Herz. Und deine weiche Seite, die du so gut versteckst.«

Ich wollte etwas erwidern, aber meine Zunge hing absolut nutzlos in meinem Mund, während ich Tristan anstarrte.

War das echt? Oder ein weiteres Spiel? Seine Worte klangen nach allem, wonach ich mich sehnte. *Gesehen* zu werden als die Person, die ich war. *Gemocht* zu werden mit all meinen Ecken und Kanten.

Plötzlich war er mir so nahe, dass ich seine Wärme spürte. Sein Gesicht war nur Zentimeter vor meinem entfernt und seine Hand berührte mein Kinn.

Moment! Wollte er mich etwa ... *küssen?*

Ich hatte mich auf viele Dinge im Leben vorbereitet, aber ...

Ich hatte noch nie jemanden geküsst.

Meine Kehle war mit einem Mal trocken und meine Knie fühlten sich weich an. So als könnten sie jeden Moment nachgeben. Mein Blick streifte seinen Mund. Allein der Anblick löste ein heißes Kribbeln in meiner Magengegend aus, das sich beinahe wie Magie anfühlte.

Und dann lehnte er sich noch weiter vor und überwand die letzten Millimeter, die uns trennten.

Ich schloss meine Augen und zeitgleich berührten sich unsere Lippen.

Sie waren warm, viel weicher, als ich erwartet hatte, und schmeckten würzig nach Lavendel-Latte. Ich spürte seine Hand in meinem Nacken, das schnelle Klopfen seines Herzens direkt an meinem.

Der Kuss war nicht lang, brachte mich aber trotzdem aus der Fassung.

Viel zu schnell löste er sich von mir. Mit ihm verschwand die Wärme und die kalte Nachtluft strich mir über die erhitzten Wangen.

Ich öffnete meine Augen wieder und erwiderte seinen Blick, der sich in mein Herz geschlichen hatte. Und dieses Lächeln, etwas verwegen, etwas arrogant und trotzdem voller Zuneigung.

»Das war …«

»Ganz nett«, neckte ich ihn, bevor ich ihn näher an mich zog.

»Ganz nett«, flüsterte er und lachte. Ich mochte dieses Geräusch. Es war wie seine Stimme. Tief und warm. Und irgendwie erdete es mich. Meistens hatte ich das Gefühl, unter Strom zu stehen, aber jetzt, in diesem Moment war ich seltsam entspannt.

Er strich meine Haare zurück. »Bei uns Alchemisten gibt es eine Tradition. Nach dem ersten Kuss teilen sich Paare einen Orakelkeks, um zu gucken, wie die gemeinsame Zukunft aussieht. Sollen wir?«

Ich biss mir auf die Lippen und zögerte.

»Eigentlich hab ich nicht so gute Erfahrungen mit den Dingern.«

»Hast du Angst?«

»Vor einem Keks?«

»Vor dem, was er uns zeigen könnte?«

Ja. Das hatte ich.

»Komm. Ich zeige dir einen Trick.« Er zog mich aufs Motorrad. Dort setzten wir uns einander gegenüber. So nahe, dass sich unsere Beine berührten. Dann holte er den Keks aus der Tasche.

»Wenn wir uns an den Händen halten, ganz fest, steigt die Chance, dass es eine gemeinsame Erinnerung wird.«

»Und was, wenn das mit uns nicht gut endet?«, wisperte ich. Eigentlich wollte ich an einer positiveren Grundeinstellung arbeiten, aber die letzten Tage hatten nicht gerade bei dieser Entwicklung geholfen.

Er nahm meine Hand. »Ich glaub an uns.«
»Na schön. Was muss ich tun?«
»Denk einfach ganz fest an mich.«
»Du sitzt nur ein paar Millimeter vor mir. Glaub mir, ich denke gerade nicht an meinen nächsten Einkauf.«
Er brach den Keks auseinander. Goldener Staub stieg auf und hüllte uns für einen Moment in Glitzer.
Ich sah ihm in die Augen und für einen Moment gab es nur ihn. Ich hatte das Gefühl, die Welt hörte auf sich zu drehen. Und plötzlich war es still.
Ich hörte keinen Ton mehr.
Alles, was ich sah, war das Funkeln in seinen Augen. Seinen dunkelblauen Augen, umrahmt von dichten Wimpern. Eine Locke fiel ihm in die Stirn und ich strich sie sanft zur Seite. Ich sehnte mich nach seinen Lippen. Also lehnte ich mich vor, um ihn zu küssen.
»Und?«
Ich blinzelte erneut. Tristan saß vor mir und starrte mich an.
»Ich hab gesehen, wie wir uns noch mal geküsst haben ...«, gestand ich erleichtert. »Und du?«
Tristan zuckte bloß die Schultern.
»Sag es!« Ich pikte ihm meinen Zeigefinger in die Brust.
»Ich hab nichts gesehen. Die Kekse funktionieren bei mir nicht.«
»Warum nicht?«
»Vielleicht sind wir Blackhearts einfach nicht so vorhersehbar wie andere.« Er grinste, bevor er mich an sich zog. »Aber deine Vision nehme ich gerne.«
Ich legte meinen Kopf an seine Brust. Hier auf dem Motorrad unter dem Sternenhimmel könnte ich fast glauben, dass alles gut werden würde.

34
Ein Dunkles Geheimnis

Echoline Lighttower

Es dauerte etwas, den Kristall unbemerkt durch die Burg zu bugsieren. Ich mochte unsichtbar sein, aber er war es nicht, und ein fliegender Stein könnte für Verwunderung sorgen. Glücklicherweise war angesichts der nächtlichen Stunde nicht allzu viel los.

Nachdem ich zwei Wachen und jemanden, der so aussah, als versuchte er Mondlicht in einer Flasche einzufangen, erfolgreich passiert hatte, traf ich nahe den Laboren auf einen Wissenschaftler mit weißem Kittel. Er war auf den Bildschirm seines Tablets konzentriert und bemerkte nicht, dass ich ihn verfolgte.

Im Labor selbst war es heller als im Rest der Burg. Neonröhren sorgten für unbarmherziges Licht, in dem sich nichts verbergen ließ, und ein junger Mann mit blonden Locken, der so blass aussah, als hätte er einen Geist gesehen, räumte Blätter beiseite.

»Was ist denn hier passiert?«, fragte der Wissenschaftler, als er eintrat.

»Durchzug ... Martha hat wohl mal wieder die Fenster aufgelassen.« Der Mann mit den Locken fröstelte und ich ahnte, weshalb. Er sah es nicht, aber sein Arm war mit Poltergeistglibber überzogen. Ebenso wie die Tische.

»Mach später weiter. Ich brauche den Raum für eine wichtige Besprechung.«

Das ließ sich der junge Mann nicht zweimal sagen. Er floh mit großen Schritten nach draußen. Der Ältere schüttelte angesichts der Unordnung den Kopf, bevor er sich an eine Kontrolltafel begab. Er gab einen neunstelligen Code ein und wählte einen der Käfige aus, der sich daraufhin öffnete. Er nahm ein paar violette Käfer heraus, die er in ein Terrarium legte. Dann verschwand er mit dem Kasten im Hinterraum.

Jetzt oder nie.

Vorsichtig, den Kristall an mich gepresst, schlich ich zu Unfugs Käfig. Der Waschbär erwartete mich bereits sehnsüchtig. Er drückte seine feuchte Nase durch die Gitterstäbe und quiekte.

»Ich bin da, Kumpel«, flüsterte ich. »Gleich bist du frei.«

Ich nahm den Kristall und versuchte damit den Hebel zu lösen, aber der rührte sich keinen Millimeter. Unfug stieß ein lang gezogenes Winseln aus und seine Krallen kratzten über die Gitterstäbe.

Er wollte raus, aber egal wie sehr ich drückte, die Tür ließ sich nicht öffnen. Okay. Auf der Suche nach anderen Lösungen sah ich mich im Raum um.

Das Kontrollgerät.

Ich ging zu dem Kasten und starrte den Bildschirm an. Neun Zahlen.

Und ich hatte mir keine gemerkt. Außer dass eine Drei vorkam. Oder war es eine Acht? Manchmal verfluchte ich mich dafür, dass mein Gehirn auf Durchzug stellte, wenn es drauf ankam.

Plötzlich hörte ich ein Geräusch, das mir eine Gänsehaut über den Rücken jagte. Wie das Knistern von Papier, nur lauter, fester ... *Knochen.* Ich quietschte, als Mortimer nur Zentimeter vor mir aus dem Boden stieg und mich mit seinen leeren Augenhöhlen ansah. Der Rest seines Körpers tropfte und ich trat einen Schritt zurück, um nicht mit dem Geisterglibber in Berührung zu kommen.

»Er will helfen«, sagte Tante Hilda, die ihm folgte. »Er ist sehr gut mit Zahlen.«

Aus dem Augenwinkel sah ich, wie die Schiebetür zum Labor zur Seite glitt, und zuckte zusammen. Eine weitere Gestalt betrat das Labor. Es war ein großer Mann, der wichtig aussah. Ganz in Schwarz gekleidet und mit todernstem Gesichtsausdruck. Er sah aus wie Adelinas Grübchentyp, nur in älter und deutlich grimmiger – bestimmt dessen Vater. Er hatte etwas an sich, das mir eine Gänsehaut über den Rücken jagte. Ohne auch nur eine Sekunde innezuhalten, verschwand er im Hinterraum.

Aha, der wichtig aussehende Alchemist für die wichtige Besprechung.

Ich wandte mich an Mortimer und flüsterte: »Na schön. Also los. Wie ist der Code?«

Der Poltergeist stöhnte und ächzte.

»*Versuche es mit 489–762–345*«, übersetzte Hilda.

Ich drückte mit dem Kristall auf die Tastatur.

Falsch! Der Bildschirm leuchtete rot auf und mein Herz sank.

»*Tut mir leid. Liebster?*« Sie beugte sich zu Mortimer, der etwas nuschelte. »*Versuch 489–762–354*«, sagte sie dann.

Wieder war der Code falsch.

»*489–762–543?*«

Erneut tauchte der Bildschirm uns in ein rotes Licht. Mortimers Mund klappte auf zu einem stummen Schrei. Er machte eine Bewegung auf die Tafel zu und versenkte wütend seinen Arm darin. Funken sprühten.

»Nein!«, rief ich, aber es war schon passiert. Der Bildschirm flackerte und plötzlich öffneten sich mit einem Klicken alle Käfige im Raum. »Ja! JA!«

Unfug sprang hinaus und mit ihm entkamen mindestens zwanzig weitere Tiere ihrem Gefängnis. Spinnen, Schlangen, Vögel, ein gehörntes Häschen.

Sie alle flohen aus dem Labor.

Ich zögerte für einen Moment und sah zur Hintertür, hinter der die wichtige Besprechung stattfand.

»*Du bist ein Geist*«, erinnerte mich Hilda, als hätte sie meine Gedanken gelesen.

Unfug hingegen gab mit einem Knurren zu verstehen, dass er ganz und gar nicht einverstanden war.

»Nur kurz«, versprach ich ihm und steckte meinen Kopf durch die Wand.

Der Wissenschaftler hatte angesichts des grimmigen Grübchenvaters Haltung angenommen. »Mister Blackheart.«

Blackheart ...

Also wirklich der Vater von Adelinas Schwarm.

»Worüber wollten Sie so dringend mit mir reden?«, fragte er.

»Ich habe das Blut der vermeintlichen Auserwählten untersucht.«

Oh, es ging um mich ...

»Ihr Blut ist tatsächlich resistent gegenüber dem Fluch und bekämpft seine Wirkung. Mit besorgniserregender Geschwindigkeit.«

»Das heißt?«

»Ich bin mir sicher, dass wir ihre Kräfte nicht mehr lange kontrollieren können.«

»Dann müssen wir sie eliminieren.«

Moment! *Eliminieren?*

Das klang nicht gut. Gar nicht gut.

»Ja, Sir. Allerdings ... ist da noch etwas.« Der Wissenschaftler rang seine Hände. »Ich habe etwas gefunden. Etwas Unerwartetes ... Schauen Sie am besten selbst.«

Die Kiefer des Alchemisten mahlten, als er an den Bildschirm trat. Für einen Moment starrte er einfach nur auf das, was ihm dort präsentiert wurde. Dann wandte er sich an den anderen Mann, der sichtbar schluckte.

»Kein Irrtum möglich?« Die Stimme war kälter als ein Winterhauch.

»Ich konnte es selbst nicht glauben, aber ... ich habe es erneut überprüft. Immer wieder. Das Ergebnis blieb gleich.«

»Niemand darf davon erfahren.«

»Selbstverständlich, Sir.«

»Wirklich niemand.«

»Ich verstehe. Diese Informationen sind schließlich äußerst ... prekär.«

»Gefährlich«, korrigierte der Alchemist.

»*Oje*«, säuselte Tante Hilda, die neben mir den Kopf aus der Wand streckte. »*Der arme Kerl wird so was von draufgehen.*«

Schockiert sah ich sie an.

»*Guckst du keine Filme? Immer wenn der Bösewicht Sachen sagt wie ›Niemand darf davon erfahren‹, kommt jemand um.*«

Der Alchemist erhob sich und seine Finger glitten über den Gürtel. »Wo ist sie?«

»In ihrem Gefängnis, nehme ich an«, stotterte der Wissenschaftler. »Laut Überwachungskameras schläft sie.«

Nicht ganz, dachte ich.

»Gut und wie weit ist Ihr Team mit den Leerensaugern gekommen?« Thorn verschränkte die Arme auf dem Rücken und ging auf einen großen gläsernen Käfig zu.

»Wir konnten mit den Elektronen große Fortschritte machen. Darüber lassen sie sich leichter lenken als ein ferngesteuertes Auto.« In Daddy Blackys Augen lag ein unheimlicher Glanz. »Vielleicht ist es an der Zeit, sie zu testen.«

»Ich verstehe. Soll ich sie bei der Hexe ausprobieren?«

Der Alchemist nickte langsam.

»Sofort, Sir. Sie bekommen Ihre Präsentation.«

Oh verdammt! Ich musste verschwinden, so schnell wie möglich zu meinem Körper zurückkehren und fliehen. Und das, bevor die beiden irgendwelche Leerensauger an mir testeten.

»*Leerensauger? Was soll das denn sein?*« Hilda schwebte an mir vorbei durch die Wand, um einen Blick in den Glaskäfig zu werfen, und ich folgte ihr. Da drin, im weißen Dunst, saß ein silbriges Wesen. Es sah wie ein Salamander aus. Nur größer. Sein Kopf wurde von einem weiten Maul gespalten und über den kalten Augen auf der Stirn hatte es einen kleinen Helm aus Metalldrähten, von dem aus Sonden in den Kopf ragten.

»Durch die Elektroden senden wir beruhigende Signale, die verhindern, dass es uns angreift«, erklärte der Wissenschaftler. »Über diese Fernbedienung können wir es steuern. Allerdings bei Weitem nicht so präzise wie die Leerenmeister. Im Moment ist es eher ein On/Off-Schalter. Wenn wir es also auf die Hexe loslassen, wird es sie im Moment vermutlich noch komplett löschen.«

»Sehr gut.« Die Hand von Daddy Blacky schoss vor und hielt dem Mann eine Ampulle unter die Nase, aus der grüner Dampf drang. Sein Opfer riss die Augen auf, bevor sein Körper zusammenklappte und die Fernbedienung zu Boden schepperte.

»*Ich wusste es!*«, schrie Hilda aufgeregt.

Der Alchemist öffnete eine Klappe im gläsernen Käfig. Dann nahm er die Fernbedienung und ging zur Tür. Bevor er verschwand, legte er einen Schalter um und warf den Controller auf den bewusstlosen Wissenschaftler.

Mein nicht vorhandenes Herz raste. Hilflos sah ich mit an, wie der Salamander nach vorne hechtete und den Kopf des Mannes verschlang. Ich schrie auf, als er zu saugen anfing und dabei ein Schmatzen von sich gab, das mir den Magen umdrehte.

Hilda und ich starrten uns an, dann warfen wir Blackheart einen Blick zu, der in Seelenruhe sein Telefon zückte.

»Ich brauche ein Med-Team im Labor. Dr. Steward hatte einen Unfall. Ich fürchte, die Leerensauger-Technik ist noch recht störanfällig und muss überprüft werden.«

Er legte auf und machte einen zweiten Anruf. »Niemand soll die Hexe im Nordturm befragen. Ich werde das persönlich übernehmen. Und testet unsere Gefangene in der Sonderzelle noch einmal.«

Mich ... Er meinte mich.
Oh Mist!

35
Die Verstossene

Adelina Everglade

Im Morgengrauen brachen wir zurück nach Silverfort auf. Ich hatte meinen Kopf an Tristan gelehnt, meine Wange ruhte auf seiner Lederjacke und ich hatte die Augen geschlossen, um für einen Moment all meine Sorgen zu vergessen. Vielleicht hatte er recht. Vielleicht gehörte ich hierher. Zu ihm. Zu den Alchemisten.

Ich versuchte mir mein neues Leben vorzustellen. Eine steile Karriere an der Seite der Blackhearts. Das klang nicht schlecht.

Es gab da nur diese eine Sache, die mir nicht aus dem Kopf gehen wollte. Einen Teil der Vergangenheit, den ich unmöglich zurücklassen konnte.

Meine Mum …

»Träumst du oder bist du eingeschlafen?«, fragte Tristan sanft. Mein Kopf zuckte hoch und ich sah bereits die Tore von Silverfort vor uns auftauchen.

»Ich denke nach …«

»Worüber?«

»Das Übliche. Weltherrschaft, uns und ...« Ich zögerte. »... meine Mutter.«

Die Antwort schien ihn zu überraschen. »Du meinst Erona Lighttower?«

Ich nickte. »Ich bin so wütend auf sie, aber ich mache mir trotzdem Sorgen.«

»Warum?«

»Weil ich nicht weiß, wie es ihr geht. Sie war fünfzehn Jahre meine Mum und damit der wichtigste Mensch in meinem Leben. So etwas kann man nicht einfach wegschieben. Vielleicht ...« Ich kaute auf meiner Lippe. »Vielleicht kann ich sie mal besuchen.«

»Das halte ich für keine gute Idee.«

»Warum?«, fragte ich. »Geht es ihr nicht gut?«

»Nein. Mit ihr ist alles okay. Wir kümmern uns gut um unsere Gefangenen. Ich dachte eher an dich. Hexen sind ... manipulativ.«

»Sie ist nicht so. Sie ist freundlich und herzlich.«

»Wollte sie nicht auch die Leerensauger auf dich hetzen?«

»Sie ...« Plötzlich traf mich etwas an der Schulter, so fest, dass es mich vom Motorrad fegte. Mit einem Schrei landete ich auf der Straße, Schmerz zuckte mir durch Schulter und Hüfte und lähmte mich für einen Moment. Ehe ich begriff, was los war, erschienen über mir drei Maskierte. Alles, was ich sehen konnte, waren ihre Augen.

»Tilly?«, fragte ich überrascht.

»Klappe, Verräterin«, zischte sie.

»Was macht ihr da?«

»Du sollst still sein, Alchemistenabschaum!«

Sie hatte ein Handy in der Hand, das sie nun auf mich richtete.

Dann nickte sie einem anderen Maskierten zu, der einen Eimer in der Hand hielt. Auf ihr Zeichen hin trat er vor und schüttete mir den Inhalt über den Kopf.

Ich riss die Arme hoch, aber es war schon zu spät. Eine kalte, klebrige Substanz lief mir Haare, Nacken und Stirn herab. Ich starrte darauf. Orange Flüssigkeit rann über meine Hände.

Verflixt und verflucht!

Ich wusste, was das war und was es bedeutete ...

»Schnell weg«, zischte die Maskierte, die ich für Tilly hielt.

Sie versuchten zu fliehen, aber die Person mit dem Eimer kam nicht weit und ... erstarrte. Erst die Augen und der Kopf, dann der Oberkörper und innerhalb eines Blinzelns der ganze restliche Körper. Die Finger klammerten sich steif an den Henkel und dort, wo man Haut sehen konnte, wirkte sie wie grauer Marmor.

Tristan hatte sein Medusenauge in den Händen, mit dem er nun meinen Angreifern entgegen trat. Als Nächstes richtete er es auf Tilly, aber die reagierte blitzschnell. Sie riss den Eimer aus den Steinhänden ihres Komplizen und schüttete den Rest vom klebrigen Sirup über den Spiegel. »Jetzt kommt schon!«, rief sie. »Wir müssen verschwinden, bevor sie Verstärkung bekommen.«

Tatsächlich öffneten sich bereits die Tore der Burg.

Zu zweit sprinteten die Angreifer los, während Tristan an seinen Gürtel griff. Er warf ihnen den seltsamen Netzball hinterher, aber sie sprangen in ein Loch im Boden, das sich im selben Moment über ihnen verschloss.

Ein Erdskrat!

Wie gelähmt sah ich ihnen hinterher und erwachte erst aus meiner Starre, als sich Tristan besorgt über mich beugte. »Alles okay?«

Ich spürte das Jucken und Kribbeln der klebrigen Masse auf meiner Haut.

»Alles gut«, log ich, dabei war mir nach Heulen zumute. »Ist bloß Hagebuttensirup. Nicht gefährlich.« Aber das war nicht die ganze Wahrheit ...

»Warte hier! Wir sichern die Umgebung. Dann kümmere ich mich um dich.« Er sprang auf und schloss sich den anderen Alchemisten an.

Ich wollte mir gerade den Sirup aus den Augen reiben, als plötzlich die Erde unter mir zu beben anfing. Erst nur ganz sacht, dann immer stärker. Verflixt und verflucht!

»Tris...!« Bevor ich seinen Namen ganz ausgesprochen hatte, verlor der Boden unter mir jede Festigkeit und ich stürzte in ein Loch, gerade groß genug, dass ich darin sitzen konnte. Die Öffnung verschloss sich im Bruchteil einer Sekunde über mir und für einen Moment befürchtete ich in meinem eigenen Grab zu sitzen. Es war so dunkel, dass ich nicht einmal meine eigene Hand vor Augen sehen konnte.

Ich fummelte mein Handy aus dem Gürtel und sorgte für Licht. Im selben Moment leuchteten rot glühende Augen vor mir auf, als ein Erdskrat zwischen Wurzeln und Würmern aus der feuchten Erde stieg.

»Deine Tante lässt dir Grüße ausrichten.«

»Sag ihr, dass sie mich mal kann!« Wütend versetzte ich der Kreatur einen Tritt. Dann brüllte ich, so laut ich konnte: »Tristan! Ich bin hier unten! Tristan!«

Tatsächlich hörte ich ihn meinen Namen rufen. Es klang gedämpft, aber er war nahe.

»Was soll das?«, fuhr ich den Skrat an. »Willst du mich etwa umbringen?«

Seine schmalen Lippen verzogen sich zu einem Grinsen, das die gelben spitzen Zähne entblößte. »Das wäre eine gerechte Strafe für jemanden, der seine Familie verrät.«

Wütend vergrub ich meine Hände in der Erde. »Sie haben mich zuerst verraten. Welche andere Wahl blieb mir denn?«
»Deine Mutter sitzt alleine in einer dunklen Zelle. Gefangen von dem Mann, der sie hasst. Glaubst du nicht, Thorn will Rache für den Tod seines Bruders?«
»Ihr geht es den Umständen entsprechend gut«, flüsterte ich mit erstickter Stimme.
»Rede dir das ruhig ein, aber wir wissen alle, du bist eine Verräterin, Adelina Everglade«, zischte der Skrat. »Und Verräter begraben wir.«
Er drehte sich um und wandte sich zum Gehen.
»Ich würde meine Familie nie verraten«, wisperte ich und hob meinen Blick. Er wusste, dass ich die Wahrheit sagte.
Langsam drehte er sich um. Seine Augen flackerten wie die unruhige Flamme einer Kerze. »Interessant ... wirklich interessant«, murmelte er. »Du hast in der Tat die besten Geheimnisse.«
Für einen Moment hoffte ich, dass er es sich anders überlegen würde. Dass er mich freigeben würde, aber er verschwand zwischen Wurzeln und ließ mich zurück.
»Nein.« Meine Hände bohrten sich in die Decke meines Gefängnisses und ich begann zu buddeln. »Tris!«, rief ich. »Tris! Hilfe!«
Erde fiel mir ins Gesicht und drang in Mund und Nase. Schon bald war sie überall und hielt mich umschlossen wie eine kalte Faust, die sich langsam zuzog.
Ich war in meinem eigenen Grab gefangen.

36

Der Wütende Kristall

Adelina Everglade

Tristan zog mich aus der Erde, direkt in seine Arme. Mein erster Reflex war, ihn wegzudrücken und zu zeigen, dass eine Adelina Everglade unzerstörbar war, aber das stimmte nicht. Meine ehemaligen Freunde hatten mich angegriffen und meine eigene Tante hatte versucht mich unter die Erde zu bringen.

Wortwörtlich.

Jede Maske war von mir abgefallen. Zitternd drückte ich mich an Tristans Brust und schluchzte.

»Du bist in Sicherheit«, flüsterte er immer wieder, bis ich mich beruhigt hatte. Dann brachte er mich zur Burg zurück. Ich lag immer noch in seinen Armen und atmete seinen vertrauten Geruch ein. Er war für mich da. Ausgerechnet er hatte mich gerettet und strich mir beruhigend übers Haar. Ausgerechnet er legte mich auf sein Sofa, obwohl ich den Stoff mit Hagebuttensirup und Erde ruinierte. Ausgerechnet er kochte mir einen Tee.

»Da ist jede Menge Honig drin«, versprach er und nahm neben mir Platz. »Du kannst mit mir darüber reden. Das weißt du, oder?«

Ich schwieg. Meine Finger schlossen sich um die Tasse und ich starrte auf den heißen Dampf, der zu mir emporstieg und meine Haut streichelte.

Tristan legte seinen Arm um mich. Ich dachte wieder an den Kuss. Seine Lippen auf meinen. Sein Herz an meinem. Für einen Moment wünschte ich mir, das wäre unsere Zukunft, aber ich konnte nicht vergessen, dass es zwei Orakelkekse gab. Zwei unterschiedliche Visionen, die doch die gleiche Zukunft zeigten.

Ich hob den Blick. »Ich will meine Mum sehen.«

»Adel ...«

»Will Thorn sich wegen seines Bruders an ihr rächen?«

Er schüttelte bestimmt seinen Kopf. »Nein.«

»Worum geht es dann?«

»Der Vorfall gerade hat einmal mehr bewiesen, welche Gefahr von den Hexen ausgeht.«

»Ich muss nicht beschützt werden«, knurrte ich und schlüpfte aus der Umarmung. »Ich kann sehr gut selbst auf mich aufpassen.«

»Du wärst fast bei lebendigem Leib begraben worden.«

»Ich hatte die Lage im Griff.«

»Die Erde hatte dich im Griff, bis ich dich rausgezogen habe.«

Wir funkelten uns an. Tristan gab als Erster nach. Er verzog sein Gesicht zu einem warmen Schmunzeln. »Wir sind schon zwei Dickköpfe, oder?«

Beinahe entschuldigend hielt er mir die Hand hin. »Hab Geduld, Adel. Ich verspreche dir, ich kümmere mich darum, wenn es dir wichtig ist. Ich will nur nicht, dass mein Vater Grund hat, dir zu misstrauen.«

Ich nahm seine Hand, während ich mit der anderen meinen Tee fest umklammert hielt.

»Du weißt, dass du mir vertrauen kannst, oder?«

»Ich weiß.« Ich sah ihm in die Augen und hatte keinen Zweifel daran, dass er diese Zukunft mit uns wollte.

Sein Blick wanderte zu meinen Lippen. »War das hier zufällig der Moment in deinem Orakelkeks?«

»Du willst bloß einen weiteren Kuss.«

»Erwischt«, flüsterte er und lehnte sich vor. Mein Herzschlag beschleunigte sich, aber bevor sich unsere Lippen berühren konnten, schob ich meinen Finger dazwischen.

Ich sah die Enttäuschung in seinem Blick aufflackern und stupste ihm tröstend mit dem Zeigefinger auf die Nase. »Unglücklicherweise war er das nicht, denn ich klebe schlimmer als Kaugummi und stinke wie ein Skrat.« Mit diesen Worten stand ich auf und stellte die Teetasse beiseite. »Darum werde ich jetzt duschen.«

Kaum war ich in meinem Quartier, lehnte ich mich gegen die Tür und holte tief Luft. Enttäuscht und erleichtert zugleich stellte ich fest, dass er mir nicht gefolgt war.

Verflixt und verflucht!

Mein Leben war so verdammt kompliziert und dieser Kuss hatte alles nur noch viel schlimmer gemacht.

✧ ✧ ✧

Ich duschte eine Stunde, und obwohl meine Haut schon rot war von Seife und heißem Wasser, sah ich immer noch Spuren des Sirups auf der Haut. Meine Klamotten warf ich in den Müll, da sie nicht mehr zu retten waren, die Reste von Orange in meinem Gesicht überdeckte ich mit Make-up.

Dann zog ich mein Handy hervor. Für einen Moment starrte ich auf den Bildschirm und ein mulmiges Gefühl breitete sich in meinem Bauch aus.

Ich holte tief Luft und öffnete WITCHIN. Es dauerte nicht lang und ich fand das gesuchte Video. In Dauerschleife sah ich, wie mir die orange Flüssigkeit über den Kopf geschüttet wurde, und mit jedem Mal zog sich meine Brust stärker zusammen.

Eine Hexe in Hagebuttensirup zu tränken bedeutete sie aus dem Zirkel auszuschließen.

Ich öffnete einen Chat zu Tilly und schrieb: »Schön zu sehen, dass du dein Herz für die Sache der Hexen entdeckt hast.«

Auch wenn ich es besser wusste, rief ich danach meine Seite auf und erstarrte, als ich die Kommentare sah.

»Sie hat bekommen, was sie verdient hat.«

»Ihre arme Familie!«

»Wie kann eine Hexe nur so grässlich sein! Ach ja … Sie ist ja keine.«

Ich spürte eine heiße Träne, die mir aus dem Augenwinkel kullerte, aber bevor sie die Wange hinablaufen konnte, wischte ich sie wütend beiseite.

Was hatte ich erwartet?

Sie wollten einen Bösewicht und hatten in mir einen gefunden. Wütend warf ich das Handy gegen die Wand. Ein bisschen konnte ich Rita verstehen. Manchmal war es leichter, alles niederzubrennen.

Ich zog ein schwarzes Blusentop an, dazu einen Rock und Leder-Loafer mit Schnalle. Hoffentlich würde nicht auch dieses Paar Schuhe draufgehen …

Dann ging ich zum Frühstück hinunter. Es war bereits spät, als ich den Saal betrat, und das Buffet war größtenteils geplündert. Schnell griff ich mir eine Schale Porridge und trat zu Sam und Tess an den Tisch der Assistenten.

Als ich mein Tablett abstellte, sahen sie auf. »Was ist denn mit dir passiert?«, fragte Sam und musterte verdächtig lange mein Gesicht. »Wart ihr Karottenmonster jagen?«

Ich starrte ihn grimmig nieder. Offenbar hatten meine Make-up-Künste nicht gereicht, um die Spuren des Anschlags gänzlich zu überdecken.

»Tristan sucht sich immer die gefährlichsten Missionen aus«, sagte Tess mitleidig.

»Eigentlich haben wir nur Cresca-Kraut gesammelt.«

»Cresca? Das klingt nicht sehr gefährlich.«

»Es gab einen ärgerlichen Zwischenfall. Nicht der Rede wert. Wisst ihr vielleicht, wofür das Kraut genutzt wird?«

Sam lehnte sich verschwörerisch vor. »Ich wette, sie brauchen es für den Fluch.«

»Ach ja?«

»Nur Blackhearts kennen die genaue Zusammensetzung des Rezepts. Dementsprechend brauen sie den Trank selbst, aber mein Vater wurde schon oft damit beauftragt, Cresca für Thorn Blackheart persönlich zu sammeln. Bestimmt ist der Fluch diesmal für die wilde Hexe.«

Echoline ...

Mein Mund war trocken. »Ist die etwa auch hier auf Silverfort? Ist das nicht zu gefährlich?«

»Sie ist in der sichersten Zelle überhaupt. Die wurde extra für Level-3-Hexen entworfen. Da kommt sie nie raus.«

»Und wo befindet sich diese Zelle?«

»Das ist topsecret.«

In diesem Moment sah ich etwas Seltsames an der Tür zum Speisesaal vorbeispazieren.

Was zum ... Das war ein Waschbär.

»Bitte entschuldigt mich«, sagte ich und erhob mich. »Ich habe etwas Dringendes zu erledigen.«

»Was ist mit deinem Porridge?«

»Zu wässrig.« Ich eilte aus dem Saal. Im Gang sah ich mich um.

Da!

Ich rannte nach links und folgte dem Waschbären, der an einer Drachenstatue abbog. Dort führte ein kleiner Weg in den Innenhof und zum Rosengarten von Silverfort.

Zwischen den Rosenblättern nahe einer kleinen dicken Engelsfigur war das Tier stehen geblieben. Ich trat vorsichtig näher und riss die Augen auf. Etwas Kleines, Blaues schwebte vor ihm in der Luft. Ein Kristall, der mir nur allzu bekannt vorkam, denn ich hatte ihn jahrelang an meinem Herzen getragen.

»Echoline? Bist du das?«, fragte ich ohne zu überlegen.

Der Kristall erzitterte kurz.

»Keine Ahnung, wie du es anstellst, aber ich nehme an, du hast besondere Luftkräfte. Dazu gehört die Geistersicht, aber einigen Lufthexen wird auch die Fähigkeit, den eigenen Körper zu verlassen, zugeschrieben. Und wenn dieser Waschbär nicht plötzlich Telekinese beherrscht, hältst du meinen Lapislazuli wohl gerade in den Händen.«

Der Kristall flog aufgeregt nach links und rechts, bevor er sich wild im Kreis drehte.

»Okay. Bewege den Lapislazuli horizontal für Ja. Und vertikal für Nein. Okay?«

Der Stein bewegte sich von links nach rechts. Ja.

»Super. Also, ich nehme an, du bist Echoline?«

Der Stein verharrte zögernd. Dann eine schnelle Bewegung von oben nach unten.

»Du bist eine echt schlechte Lügnerin, weißt du das?«

Zur Antwort flog der Lapislazuli in meine Richtung und donnerte mir gegen die Schläfe. »Aua!«

Der Stein kannte kein Mitleid und klopfte wie ein Specht gegen meinen Kopf.

»Na schön. Es tut mir leid. Hörst du?«

Noch dreimal wurde ich von dem wütenden Kristall angegriffen, dann zog er sich zu den Rosen zurück. Ich sah mich um und stellte erschrocken fest, dass mein Gezappel nicht ganz unbeobachtet geblieben war. Eine Gruppe Alchemisten war stehen geblieben und sah zu uns herüber.

Also zauberte ich mir ein unschuldiges Lächeln ins Gesicht und wedelte mit der Hand in der Luft herum. »Bienen!«, rief ich. »Seit ich das neue Shampoo benutze, halten sie mich für eine Blume!«

Dann senkte ich meine Stimme: »Lass mich erklären, was passiert ist. Los. Komm mit. Wir müssen reden.«

Der Stein vollführte eine missmutige Drehung, blieb aber friedlich.

Ich nahm an, das hieß »Ja«.

37
Wer Das Liest ...

Echoline Lighttower

Wir saßen in Adelinas Zimmer. Nun ja, Adelina saß. Tante Hilda steckte halb im Boden und tat so, als würde sie sich die Nägel feilen, während sie Mortimer schöne Augen machte. Der klebte wie eine unheimliche Spinne in einer Ecke und tropfte vor sich hin.

Unfug hatte sich auf dem Bett zusammengerollt und schlief. Offenbar hatte er beschlossen, Adelina fürs Erste zu vertrauen.

Ich hingegen rannte im Kreis, denn ich fürchtete, dass mir die Zeit davonlief. Was, wenn sie mich erneut testeten? Was, wenn dieser Blackheart mir mit dem Salamander einen Besuch abstattete? Ich wusste nicht genau, was diese Wesen taten, aber es war gruselig gewesen. Schrecklich gruselig, und ich wollte meinen Kopf auf keinen Fall in einem Salamander wiederfinden.

»Warum läufst du herum wie ein aufgescheuchtes Huhn?«, fragte Adelina, die vermutlich einen Kristall sah, der von einer Seite des Zimmers auf die andere hüpfte.

»Weil ich wegen dir in einem grauenvollen Gefängnis festsitze und nicht weiß, wo meine Familie ist.«

Ich richtete den Lapislazuli wie einen Dolch auf sie. Sie konnte meine Worte zwar nicht hören, aber die Drohung dahinter verstand sie.

»Bevor du mich damit aufspießt, lass uns reden ...«

»Ich rede ja! Du hörst nur nichts. Ist also etwas einseitig.«

Adelina sah den Kristall an und dann die Stelle dahinter, wo sie mich vermutete. Sie drehte eine Haarsträhne um den Zeigefinger. Das tat sie häufig, wenn sie nachdachte. Und wenn ihr etwas nicht gefiel, runzelte sie die Nase. Jetzt tat sie beides.

»Das wird schwieriger als gedacht«, murmelte sie. »Aber ich hab eine Idee.«

Sie ging zum Schreibtisch und klappte ihren Laptop auf. »Hier. Du kannst mit dem Kristall auf die Tasten drücken und mir schreiben. Los. Versuche es.«

Eines musste man ihr lassen. Sie war clever. Aber auch ich hatte nach Jahren im Waisenhaus so einige Tricks auf Lager.

Also tippte ich das »W« mit dem Kristall an. Es funktionierte. Nach und nach schrieb ich einen Satz.

»Wer das liest, ist doof.«

Adelina hatte mitgelesen. Jetzt verdrehte sie die Augen. »Gar nicht kindisch, Echoline.«

Ich streckte ihr die Zunge raus und tippte erneut. »Warum sollte ich dir vertrauen?«

»Ich würde mir an deiner Stelle auch nicht vertrauen.« Sie knetete ihre Hände. Jetzt war sie es, die durch das Zimmer tigerte. »Aber du kennst nicht die ganze Wahrheit.«

»Dann erzähle sie mir.«

Sie sah in meine Richtung. »Wirst du mir denn glauben?«

»Das entscheide ich dann.«

»Okay.« Sie ließ sich neben Unfug aufs Bett fallen und holte tief Luft. Dann berichtete sie von den Leerensaugern und dem, was in Castle Rock passiert war. Mir lief ein Schauder über den Rücken. Tante Corentine hatte Adelina die Hexen vergessen lassen wollen! »*Das klingt ja furchtbar*«, rief Tante Hilda. »*Jemandem seine Vergangenheit zu nehmen bedeutet auch immer einen Teil der Seele zu rauben. Also ich bin voll auf ihrer Seite.*«

Morti stöhnte. Was er davon hielt, war schwer zu sagen.

Auch ich konnte verstehen, dass Adelina das nicht kampflos über sich ergehen lassen wollte. Trotzdem konnte ich ihr nicht verzeihen, die Alchemisten informiert zu haben, und bohrte ihr den Lapislazuli in die Brust.

»Au! Was soll das? Ich hab wirklich nichts getan! Ich hätte unser Versteck nie verraten«, protestierte sie. »Ich war nur klug genug die Möglichkeit zu ergreifen, die sich mir bot.«

»Woher wussten sie es dann?«

»Maddox Mercury. Der hat den Alchemisten den Tipp gegeben.«

Wenn Adelina die Wahrheit sagte, dann hatte ich ihr unrecht getan. Dann war sie keine Verräterin, sondern viel loyaler als meine Familie, die sie im Stich gelassen hatte und sogar verstoßen wollte. »Tut mir leid.«

»Keine Sorge. So langsam gewöhne ich mich an die Anfeindungen.«

»Aber was machst du hier? Willst du eine von ihnen werden?«

Ihre Finger glitten nachdenklich über den Ledergürtel, der noch recht leer aussah. »Ich weiß es nicht ...«

»Was ist mit diesem süßen Alchemisten?«

»Welchem?«

»Der mit dem geheimnisvollen Dackelblick und dem Grübchenlächeln. Ich hab euch gesehen. Du scheinst ihn zu mögen.«

Ihr Gesicht blieb bewegungslos. »Da musst du dir was eingebildet haben.«

Sie klang überzeugend, aber ich wusste, dass sie log. Dieser Junge hatte sich irgendwie durch ihre steinharte Schale gelächelt.

»Ich würde verstehen, wenn du hier neu anfangen willst.«

Sie gab ein abfälliges Schnauben von sich. »Und auf der Verliererseite stehen? Auch wenn es das Schicksal gerade nicht gut mit mir meint, bin ich mir einer Sache vollkommen sicher. Ich wurde zum Gewinnen geboren!«

»*Ich mag dieses Mädchen*«, kicherte Tante Hilda.

»Apropos gewinnen ... Wo steckst du? Also dein Körper? Oder willst du die Prophezeiung als Geist erfüllen?«

»Ich bin in einem echt gruseligen Keller. Die Malediven waren schon ausgebucht.«

»Warum nutzt du nicht einfach deine Sturmkräfte, um dich zu befreien? Nach dem, was ich gesehen habe, könntest du die ganze Festung hier zerlegen.«

»Hab ich versucht. Meine Kräfte sind weg.«

Ihre Augenbraue wanderte in die Höhe. »Nun. Die Tatsache, dass du hier bist, heißt wohl, dass der Fluch nicht länger wirkt.«

Oh ...

Jetzt, wo ich so drüber nachdachte, klang es logisch. Dieses Geisterding war ein Teil meiner Kräfte, und wenn ich das konnte, dann sollten auch meine anderen Kräfte zurück sein.

Sie starrte auf den Bildschirm, wo keine weitere Antwort von mir erschienen war, und seufzte. »Daran hast du nicht gedacht, richtig? Na los. Geh da runter und puste sie um.«

Ich zögerte. »Da sind aber noch ... Fallen.«

»Echoline.« Sie runzelte missbilligend die Stirn. »Du bist die Hexenkönigin. Deine Familie und dein Zirkel da draußen verlassen sich auf dich. Wenn ich an deiner Stelle wäre, würde diese Burg bereits brennen.«

Das glaubte ich ihr aufs Wort. Sie war so anders als ich und vielleicht war es genau die Art von anders, die ich brauchte.

»Kannst du mir helfen?«

Sie verschränkte die Arme und zog ihre Augenbrauen hoch.

»Ich? Ich hab keine Magie.«

»Die brauchst du auch gar nicht. Du bist clever.«

»Ja, aber das reicht leider nicht.«

»Zusammen können wir es schaffen.«

Sie spielte mit einer Haarsträhne und schien über meine Worte nachzudenken, denn ihre Nase runzelte sich nicht. »Nun ... vielleicht ...«

Ein Hämmern an der Tür ließ uns zusammenzucken. Ich sah sie an, sie hingegen schnappte sich meinen Kristall und stopfte ihn unter das Kissen. Dann warf sie eine Decke auf den schlafenden Unfug, bevor sie die Tür öffnete.

Davor stand Mister Grübchenlächeln.

»Alles okay?«, fragte er besorgt. »Ich habe Stimmen gehört.«

»Ach. Ich habe nur meine Rede geübt.«

»Was für eine Rede?«

»Für den Tag, an dem ich deinen Vater als Oberhaupt der Alchemisten ablösen werde.« Sie grinste frech und warf ihre Haare zurück.

Sein Mundwinkel zuckte kurz, aber im nächsten Moment sah er wieder bitterernst aus. »Mein Vater hat nach deiner Anwesenheit verlangt.«

Adelina schluckte hörbar.

»Keine Sorge. Ich bin bei dir«, flüsterte Tristan. »Aber du musst jetzt mitkommen.«

Das klang gar nicht gut.

38

AM ENDE WIRD ALLES GUT ODER MAN IST TOT

Adelina Everglade

»Wir müssen uns beeilen«, drängte Tristan.

»Wohin gehen wir?«

»Wirst du sehen.«

Das war keine Antwort, mit der ich mich für gewöhnlich abfand, aber fürs Erste folgte ich Tristan. Er sah ernst aus und er eilte so schnell durch die Gänge, dass ich kaum hinterherkam.

Ein paarmal sah ich mich um, denn ich war mir fast sicher, dass Echoline uns folgte. Ich mochte sie weder sehen noch hören, aber manchmal spürte ich einen kühlen Luftzug meine Haut streifen.

Wir erreichten einen Fahrstuhl, den ich bisher noch nicht benutzt hatte. Tristan drückte auf einen Knopf und wir sanken in die Tiefe.

»Willst du mir verraten, was hier los ist?«, fragte ich vorsichtig.

»Wir werden zu der wilden Hexe fahren.«

Mein Herz setzte einen Schlag aus. »Echo?«

Tristan nahm meine Hände und sah mich an. »Tut mir leid. Aber er will, dass du dabei bist.« Sein Blick zuckte kurz zu der Überwachungskamera an der Decke. Dann beugte er sich vor, so nah, dass seine Lippen mein Ohr berührten und mir Schauder über den Rücken jagten. »Mein Vater wird dich genau im Auge behalten. Das ist deine Chance, deine Loyalität unter Beweis zu stellen.«

Jetzt stieg doch die Angst in mir auf. »Was habt ihr denn vor?«

Ehe ich eine Antwort bekam, glitt die Tür des Fahrstuhls auf und ich erstarrte. Wir standen in einer Art Kommandozentrale. An den Wänden hingen Bildschirme und auf allen davon sah ich ...

Echoline.

Sie kauerte auf einem Stuhl, ihre Arme und Beine waren gefesselt. Ihr Kinn ruhte auf der Brust und sie rührte sich nicht. Man hatte ihre Kleidung durch graue Einheitskluft ersetzt. Die Schuhe hatte man ihr ganz weggenommen, sodass man ihre in allen Regenbogenfarben lackierten Fußnägel sehen konnte.

»Komm«, flüsterte Tristan. Er warf mir einen warnenden Blick zu. Kaum merklich zuckte seine Hand hoch und deutete auf die Person, die den Raum mit ihrer düsteren Aura ausfüllte. Ich wusste nicht, ob es seine Größe war oder der gefährliche Glanz in den Augen, aber Thorn Blackheart hatte etwas an sich, das sämtliche Aufmerksamkeit auf sich zog.

»Da seid ihr ja endlich«, knurrte er.

Tristan berührte mich sanft an der Schulter, als müsse er mir Kraft geben, aber das war nicht notwendig. Thorn mochte Furcht einflößend sein, aber ich war atemberaubend.

Also streckte ich die Schultern durch und setzte einen gelangweilten Gesichtsausdruck auf. »Die wichtigsten Gäste kommen immer zum Schluss. Was haben wir verpasst?«

»Irgendetwas stimmt nicht mit der Hexe.«
»Ja, sie sieht etwas ... *leblos* aus.«
»Es ist mehr als das.« Sein Gesicht verfinsterte sich. »Wir werden sie jetzt erneut testen. Die Wachen sind bereits auf dem Weg zu ihr.«

Das ist deine Chance, Echo, dachte ich. *Entfessele deinen Sturm! Entfessele das Chaos.*

Tatsächlich tat sich bereits etwas auf den Bildschirmen. Eine Tür öffnete sich und zwei Alchemisten traten herein. Sie verharrten kurz und starrten Echoline an, als hätten sie Angst, sie könnte urplötzlich erwachen und sich auf sie stürzen. Dann nickten sie sich kurz zu. Einer fischte einen Fluchegel aus einem Behälter. Der andere blieb an der Tür.

Ich sank auf einen Stuhl, während ich auf den Bildschirm starrte. Der Alchemist setzte Echoline den Egel auf den Arm. Das Tier berührte sie nicht länger als eine Sekunde, da krümmte es sich bereits zusammen und fiel violett verfärbt zu Boden. Ich starrte auf den zuckenden Egel, dem Echolines Magie im Blut zu viel gewesen war.

Thorn zog hörbar die Luft ein und warf Tristan einen alarmierten Blick zu.

Ich hatte es gewusst!

Die Prophezeiung würde sich erfüllen. Die Alchemisten konnten tun, was sie wollten, am Ende würde Echoline siegen, und wenn mein Orakelkeks recht behalten sollte, würde sie nicht nur einen Sturm entfesseln, sondern auch ihre Feuerkräfte.

Tristan trat zu seinem Vater. »Was machen wir nun, Dad?«

»Wir verfluchen sie erneut«, murmelte der. »Komm mit. Wir bereiten die Dosis vor. Dieses Mal machen wir sie stärker.«

Ein nervöser Windzug streifte mich, während Tristan nickte.

Als die beiden zur Tür eilten, machte ich Anstalten, ihnen zu folgen, aber Tristan hielt mich auf. »Tut mir leid. Du kannst nicht mit. Die Herstellung des Fluches ist streng geheim. Warte hier.«

»Warten? Worauf? Dass ich im Lotto gewinne? Ich kann helfen!«

Er schüttelte bedauernd den Kopf. »Ich weiß, aber das hier ist eine Blackheart-Angelegenheit.«

Eine Blackheart-Angelegenheit? *Wow.* Das klang ja unglaublich wichtig.

»Mach dir keine Sorgen. Es wird alles gut«, raunte Tristan. *Typisch Blackheart.*

Bildete sich ein die Welt retten zu können. Dazu sah er mich an mit seinen verdammten Augen, die mich jedes Mal ein wenig aus dem Konzept brachten. Manchmal sogar so sehr, dass ich vergaß fies zu sein.

»Ja«, flüsterte ich, als er durch die Tür stürmte. Ein Windzug folgte ihm. »Am Ende wird alles gut … oder wir sind tot.«

Noch so eine Rita-Weisheit.

39
Die Geheime Zutat

Echoline Lighttower

Tristan und sein Vater gingen nicht zu den Laboren, die ich mittlerweile kannte, sondern zu einem streng bewachten Büro. Muskulöse Alchemisten standen vor der Tür und ließen niemanden durch.

Tante Hilda und mich hinderte allerdings keiner. Nur als Mortimer vorbeischlurfte, lief den Wachen sichtbar ein Schauder über den Rücken und sie rückten näher zusammen.

»Weißt du, was ich gerade festgestellt habe? In deinem Leben ist echt was los«, plapperte Tante Hilda. »Ich könnte das nicht ertragen. Ich fühle mich jetzt schon krank vor lauter Stress.«

»Ich denke nicht, dass du krank werden kannst.«

»Oh doch. Guck mal. Ich bin blasser als sonst.«

Sie war so transparent wie immer.

Wir folgten Daddy Blacky durch das Büro zu einem Regal, in dem keine Bücher standen, sondern Kolben und Phiolen mit verschiedenem Inhalt. Zielstrebig hob er eines der Gläser an, woraufhin ein Scan-Gerät aus der Wand fuhr. Er hielt seinen Kopf davor, ein Lichtstrahl tastete sein Gesicht ab, dann gab er einen Code ein, und das Regal schwang zu Seite.

Dahinter lag ein verstecktes Labor, in das er und sein Sohn nun traten. Tristan ging sofort auf einen Glastisch zu, auf dem Trichter, Pipetten und Reagenzgläser standen.

»Sie machen den Fluch«, wisperte ich. »Den Fluch, der Hexen seit Generationen die Kräfte raubt. Wir müssen genau aufpassen, wie sie ihn brauen. Vielleicht hilft uns etwas davon weiter.«

»Gut, dass Morti ein fotografisches Gedächtnis hat«, sagte Hilda.

»So wie bei dem Zahlencode?«, fragte ich und warf dem Poltergeist, der in ein Becken mit aufgedunsenen Kröten starrte, einen skeptischen Blick zu.

»Dieses Mal werde ich ihn besser verstehen.«

»Beruhigend ...« Darauf wollte ich es lieber nicht ankommen lassen. Also biss ich mir konzentriert auf die Unterlippe. Wenn man jemanden verfluchen konnte, dann musste man ihn auch entfluchen können.

»Wir müssen das Serum stärker machen. Viel stärker«, sagte Daddy Blacky, zog ein feines, silbernes Messer aus der Schublade und begann es zu desinfizieren.

»Aber ist das nicht gefährlich?«

»Wir werden sie damit nicht umbringen. Sie ist keine normale Hexe.«

»Was meinst du damit?«

Das würde mich allerdings auch interessieren.

Daddy Blacky hielt kurz inne. »Dr. Steward hat etwas in ihrem Blut gefunden. Einen Hinweis darauf, dass sie tatsächlich schwerer zu verfluchen ist als andere Hexen.«

»Dr. Steward? Der Dr. Steward, der heute früh den Unfall hatte?«
»Genau der. Tragische Sache.«
»Dad?« Tristans Stimme klang alarmiert. »Hattest du etwas damit zu tun?«
»Nein. Natürlich nicht. Wie kommst du denn darauf? Die Helme dieser Salamander sind störanfällig.«
»*Ich glaub ihm kein Wort*«, murmelte Tante Hilda.
»Natürlich nicht. Wir waren dabei.«
»*Das meine ich, Liebes. In deinem Leben passiert so viel, dass man gar nicht mehr mitkommt.*«
»Du hast den Kopf verschluckenden Salamander vergessen?«
Für Tristan war das Thema noch nicht beendet. »Du verschweigst mir etwas. Was ist mit dieser Hexe?«
»Ach. Nichts, was dich belasten soll.«
»Ist etwas dran an der Prophezeiung? Kann sie den Fluch brechen?«
»Sie ist eine Hexe und als solche kann man sie verfluchen. Wir brauchen nur genug reine Essenz. Wir dürfen nicht zulassen, dass sie das, was wir aufgebaut haben, kaputt macht.«
Er nahm das Messer und schnitt sich, ohne die Miene zu verziehen, in den Arm.
»*Bloody Hell!*« Tante Hilda hielt sich die Hand vor den Mund. »*Hast du das gesehen? Was ist los mit diesen Leuten?*«
Er hielt die Wunde über ein Reagenzglas, das sich mit dickem Blut füllte. Als es zur Hälfte voll war, griff er zu einem Handtuch und band damit die Wunde ab, während Tristan einen Behälter öffnete und Moos in das Glas streute. Anschließend verschloss er den Kolben und steckte das Ganze in eine Zentrifuge.
»*Ist das alles?*«, fragte Tante Hilda. »*Blut und Moos reichen? Na, das ist nicht sonderlich kompliziert.*«
Mortimer stöhnte.

Das Gerät hielt an, und als Tristan das Glas herausholte, hatte sich das Blut in verschiedene Schichten unterteilt. Auf der roten schwamm eine schwarze Schicht, dick und klebrig wie Teer, und genau die hob Tristan nun mit einer Pipette ab und füllte die zähe Masse vorsichtig in ein Glas, das er verschloss.

»Ich werde den Fluch gleich runterschicken, damit er ihr verabreicht wird«, sagte er.

Sein Vater nickte ihm zu. »Ich verlass mich auf dich.«

»Wir müssen ihn aufhalten.« Instinktiv streckte ich meinen Arm nach der unheimlichen Flüssigkeit aus, aber natürlich glitt er durch die Phiole hindurch. Alles, was ich spürte, war ein unangenehmes Brennen und Kribbeln.

Und dann hörte ich Tante Hilda, die einen entsetzten Schrei ausstieß. Sie hatte Augen und Mund weit aufgerissen und deutete auf meine Hand, mit der ich versucht hatte Tristan die Phiole abzunehmen.

Sie.

War.

Weg.

Der Arm endete kurz vor dem Gelenk und danach kam einfach nichts mehr.

Ich stimmte in Hildas Kreischen mit ein, gefolgt von Mortimer. Allerdings war ich mir nicht sicher, ob der Poltergeist aus Schrecken oder Solidarität mitmachte. Egal was es war, er brachte damit drei Reagenzgläser zum Explodieren.

Für einen Moment herrschte Stille.

Die beiden Alchemisten sahen sich an. Dann ging alles ganz schnell. Tristan sprang zu einem Tisch und zog eine Schublade auf. Er nahm ein Thermometer heraus, das er durch die Luft wedelte. »18 Grad Celsius. Wir haben eine Senkung von 2 Grad. Das bedeutet ...«

»… jemand hat den Kühlschrank offen gelassen?«, versuchte ich es zaghaft, aber Tristans Vater kam auf eine andere Erklärung. Er löste ein Ledersäckchen von seinem Gürtel. »Ich kümmere mich darum. Sorge du dafür, dass die Hexe den Fluch verabreicht bekommt. Das ist jetzt das Allerwichtigste.«

Tristan stürmte davon mit dem Fluch in der Hand.

»*Was meint er damit? Worum will er sich kümmern?*«, fragte Tante Hilda.

»Ich fürchte, um uns …«

Sie klammerte sich an Mortimer, dessen Augen sich weiteten, bis sie so groß waren wie Suppenteller.

Im selben Moment holte Daddy Blacky eine Handvoll Salz aus dem Beutel und warf es in den Raum. Die Kristalle verfehlten uns um Haaresbreite, aber Mortimer stieß einen grausigen Ton aus und zerfloss.

»*Morti!*«, rief Tante Hilda entsetzt. »*Echo. Tu was! Mein Liebster schmilzt.*«

»Der schmilzt ständig«, rief ich, sprang aber vor und griff mit meiner noch vorhandenen Hand nach Mortimer. Er fühlte sich an wie ein Bottich Eiswasser. »Wir sollten verschwinden.«

»Geister.« Blackheart griff erneut in den Beutel. »Mit euch hatte ich schon lange nicht mehr das Vergnügen.«

In dem Moment erwischte mich eine Prise Salz. Die Körnchen flogen durch mich hindurch, ein seltsames Kribbeln hinterlassend.

»*Echo!*«, quiekte Tante Hilda entsetzt.

Tatsächlich fühlte ich mich ganz und gar nicht gut. Ich sah an mir herunter und erstarrte. Ich sah aus wie ein Blatt Papier, das langsam von Glut zerfressen wurde und nach und nach verschwand.

»Tante Hilda?«, murmelte ich, während die Löcher immer größer wurden. In dem Moment erwischte mich eine weitere Ladung Salz und zerfetzte mich.

40
Die Unmögliche Entscheidung

Adelina Everglade

Sie schwebte.

Meine Finger krallten sich um die Lehne des Stuhls, mein Gesicht war nur Zentimeter von dem Bildschirm entfernt.

Echoline schwebte.

Zuerst waren die zwei Alchemisten mit einem schwarzen Röhrchen wiedergekommen, das sie zweifellos von Thorn oder Tristan bekommen hatten. Sie hatten versucht ihr den Inhalt einzuflößen und dann war es passiert.

Echoline war aus ihrer Starre hochgefahren und mit ihr war ihre Magie erwacht. Ein Sturm hatte den Stuhl, auf dem sie gefesselt war, zerlegt. Die beiden Alchemisten hatten versucht zu fliehen, wurden aber von einer Böe erfasst und gegen die Wand geschleudert. Aber das war nicht alles gewesen. Der Wind hatte Echos Körper emporgehoben und jetzt schwebte sie in der Mitte des Raumes, umgeben von peitschendem Sturm.

Das musste der Moment sein.

Der Moment, in dem die Prophezeite ihr Chaos entfesseln und diesen Ort niederreißen würde. Fasziniert starrte ich auf den Bildschirm, der plötzlich schwarz wurde, als die Kameras aus ihren Halterungen gerissen wurden und zerbarsten.

Es war also kein Mythos. Die Auserwählte konnte fliegen. Wenn sie jetzt noch die Magie des Feuers entdeckte, wäre sie wahrhaftig ein Drache.

Rita wäre beeindruckt …

Sehnsüchtig sah ich auf meine schlanken Finger, zwischen denen nie der Sturm toben würde. Ich würde den Wind nie in meinem Herzen spüren und nie über den Wolken reiten. Und auch wenn ich diese Magie nie besessen hatte, hatte ich das Gefühl, sie verloren zu haben.

Plötzlich flog die Tür auf und Tristan stolperte herein. Schwer atmend stützte er sich auf seine Oberschenkel. »Adelina. Schnell! Ich brauche deine Hilfe. Komm!«

Er nahm mich an der Hand und zog mich hinter sich her.

»Was ist denn los?«

»Wir müssen Echoline aufhalten.«

Ich sah Tristan an. »Und wie willst du das anstellen? Das letzte Mal hat sie einen halben Vorort zerlegt.«

»Wir sind Alchemisten. Wir finden einen Weg.«

»Wo ist dein Vater?«

»Auf Geisterjagd.«

»Geisterjagd.« Ich erstarrte. Hatte Echoline etwas damit zu tun?

»Wir haben einen Poltergeist in der Burg. Das sind Geister der Stufe drei, selten, und durchaus gefährlich. Aber keine Sorge. Er wird ihn bannen und wir übernehmen solange die Hexe.«

Die Tür glitt zur Seite und vor uns erstreckte sich ein dunkler Gang. Tristan schnappte sich eine der Lampen, die an den Wänden hingen, und drückte sie mir in die Hand. Ich schüttelte sie und sofort erwachte sie flackernd zum Leben.

Wir traten durch eine Tür auf eine kleine Plattform. Der Rest des Raumes war mit Wasser gefüllt.

Ich starrte hinunter. Es war so dunkel, dass man nicht sehen konnte, was sich darin befand, aber hin und wieder kräuselte sich das Wasser, so als würde etwas Großes dort unten lauern. Beinahe meinte ich ein paar Augen zu spüren, die jeden unserer Schritte beobachteten. Die Laterne flackerte unruhig, so als spürte sie ebenfalls die drohende Gefahr.

»Was ist da unten?«

»Das willst du nicht wissen.« Tristan machte sich an einer Kontrolltafel zu schaffen und eine Brücke fuhr aus der Plattform. Wir überquerten sie und ich ahnte, was unser Ziel war.

Echolines Gefängnis.

Dies musste eine der Fallen sein, die sie erwähnt hatte. Vorsichtig lugte ich über den Rand der Brücke. Was auch immer da unten im Wasser war, es ignorierte uns vollkommen. Allerdings würde sich das ziemlich sicher in dem Moment ändern, an dem wir hineinstürzten.

Wir erreichten die andere Seite des Raumes. Hier neben der Tür hingen Augenbinden, von denen Tristan mir nun eine reichte.

»Dahinter ist alles voller Medusenaugen. Darum ist es am besten deine Augen zu verbinden, aber keine Angst«, sagte er und streckte mir seine Hand entgegen. »Ich führe dich.«

Ich sah auf die Binde, dann wieder auf Tristan. »Du brauchst keine?«

Er nickte flüchtig.

»Wie machst du das?«

»Was meinst du?«

»Dass dir Magie nichts anhaben kann?« Bei unserer ersten Begegnung dachte ich, die Alchemisten hätten eine Art Schutztrank, aber mittlerweile ahnte ich, dass mehr dahintersteckte.

»Wir Blackhearts sind dazu bestimmt, der Magie standzuhalten. Darum sind wir ... *gesegnet*«, wisperte er, als wäre das Erklärung genug. Dann stellte er sich hinter mich und legte mir die Binde um die Augen.

»Großartig. Offenbar bin ich die einzige normale Person weit und breit.«

»Eines bist du ganz sicher nicht. Normal.«

»Ähm ... Danke?«

Er schob mich vorsichtig einige Schritte nach vorn. Seine Berührung war sanft, aber dieses Mal schaffte sie es nicht, mich zu beruhigen, und so zuckte ich zusammen, als er die Tür öffnete. Im Labyrinth war es kühl. Da mein Sehsinn nicht zur Verfügung stand, verließ ich mich auf meine Ohren und lauschte unseren Schritten.

Vorsichtig und bedächtig.

Ich hörte Tristans Atmung. Angespannt presste er Luft durch die Lippen. Und da war noch mehr. Ein Zischeln. Ein Schleifen. Wie Schlangen, die sich um uns herum über den Boden wanden.

Ich fröstelte.

Geradeaus. Nach zwölf Schritten rechts. Sieben Schritte, dann wieder nach links. Drei Schritte und nach rechts. Rechts. Links und geradeaus. Im Memorieren war ich eine Meisterin. Tante Corentine hatte darauf bestanden, dass ich ganze Passagen meiner Lehrbücher auswendig lernte.

Als wir den Ausgang erreichten, hatte ich den Weg durch das Labyrinth in meinem Kopf abgespeichert.

Tristan nahm mir die Binde ab und ich wusste sofort, dass wir unser Ziel erreicht hatten.

Die Eisentür vor uns wackelte und bebte. Fast so, als würde sich ein wildes Tier dagegenwerfen. Wieder und wieder. Dahinter war das Heulen des Sturms zu hören.

»Was hast du jetzt vor?«, fragte ich.

»Gib mir dein Handy.«

Ich starrte ihn an. »Was?«

»Das ist unsere einzige Hoffnung. Wir lassen sie einschlafen und verabreichen ihr den Fluch.« Er streckte seine Hand aus. »Das ist deine Chance, dich bei meinem Vater zu beweisen. Danach wird deine Probezeit als meine Assistentin so was von vorbei sein. Das verspreche ich dir.«

Das war also sein genialer Plan. Er wollte sie zu Dornröschen machen, dazu verdammt, so lange zu schlafen, bis sie eine andere Lösung gefunden hatten.

Zögernd fuhren meine Finger über den Gürtel, aber auch in dem Punkt hatte Maddox recht. Wenn Echoline die Auserwählte war, würden sie nichts und niemand von ihrer Bestimmung abhalten. Also zog ich mein Handy hervor und reichte es Tristan.

»Wie funktioniert das mit dem Mondsirenenlied?«

»Es ist ganz einfach. Du wählst 1234 und drehst voll auf.«

Ich ließ die vibrierende Tür, hinter der sich Echoline befand, keine Sekunde aus den Augen. Jeden Moment würde sie aus den Angeln fliegen und der Sturm würde sich auf uns stürzen.

Tristan wartete nicht länger. Er reichte mir Wachs für die Ohren. Er brauchte natürlich keins, weil die Blackhearts ach so besonders waren. *Angeber!* Als er sich sicher war, dass ich bereit war, aktivierte er das Lied.

Er öffnete die schmale Klappe in der Zellentür. Sofort schlug der Wind wie eine Klaue durch die Öffnung, aber Tristan schaffte es, das Handy gegen den Widerstand hindurchzuschieben. Es dauerte nur wenige Sekunden und der Sturm ließ nach.

Tristan sah mich an. Dann breitete sich ein erleichtertes Lächeln auf seinem Gesicht aus. Er streckte seinen Daumen in die Höhe und öffnete die Tür. Sie schwang auf und offenbarte das Chaos dahinter.

In der Mitte des Raumes war Echoline zusammengesunken. Die zerstörten Möbelstücke lagen in Einzelteilen um sie herum und kein Lüftchen wehte durch das Verlies.

Die Phiole mit dem Fluch lag unberührt auf dem Boden. Tristan sammelte sie ein, öffnete sie und näherte sich Echoline.

»Wach auf«, murmelte ich, aber der Wind erwachte nicht mehr.

»Warum wachst du denn nicht auf?«

Er kniete sich neben sie und öffnete ihren Mund mit der linken Hand, während er mit der anderen den Fluch an ihre Lippen setzte.

Ich schloss die Augen und holte tief Luft. Ein Gedanke, hartnäckig und beängstigend, stieg an die Oberfläche.

Was, wenn sie nicht rechtzeitig erwachen würde, um ihn aufzuhalten? Was, wenn diese ganze Prophezeiung verdrehter war als gedacht? Das war das Ding mit Prophezeiungen. Niemand wusste, wann sie eintrafen. Vielleicht war Echoline dazu bestimmt, noch fünfzig Jahre hier im Gefängnis zu versauern, bevor ihre große Stunde schlagen würde.

Ich sah auf sie herunter. Sie lächelte. Beinahe so als ob sie genau wusste, was als Nächstes kam.

»*Schwestern?*«

»Oh verflixt!«

41
WIE LAUTET DER PLAN? ÜBERLEBEN!

Adelina Everglade

Gerade als die teerige Flüssigkeit des Fluches in Richtung ihrer Lippen floss, tippte ich ihm auf die Schulter.

Fragend drehte er sich zu mir um. Sein Blick fand meinen. Ich zuckte zusammen, denn mir war so, als hätte ich genau diesen Moment bereits erlebt. Wie bei einem Déjà-vu, wo man schon vorher weiß, was als Nächstes passiert.

Er lächelte.

Es war ganz ruhig.

Die Welt stand still, weil ich Wachs in den Ohren hatte. In seinem Blick fand ich keine Spur mehr von Misstrauen und ich nahm mir Zeit, dieses Bild in mich aufzusaugen. So wollte ich mich für immer an ihn erinnern. Eine Locke fiel ihm in die Stirn und ich strich sie sanft zur Seite.

Dies war der Moment, der kleine Schnipsel unserer Zukunft, den mir der Orakelkeks gezeigt hatte.

Ich lehnte mich vor. Unsere Lippen berührten sich und ich versank in einem Kuss, der bittersüß schmeckte. Als wir uns lösten, sah ich das Glück in seinen Augen, aber ich wusste, dass das, was ich gesehen hatte, nicht der Beginn einer wunderschönen Liebe war.

Es war das Ende.

Ich nahm sein Gesicht in beide Hände, zog ihn ein letztes Mal zu mir heran und drückte meine Stirn an seine. Er würde es vielleicht nie wissen, aber das, was ich als Nächstes tat, fiel mir nicht leicht. Es war vielleicht sogar das Schwerste, was ich je hatte tun müssen.

Ich zertrat das Handy unter meinen Füßen.

Seine Augen weiteten sich vor Überraschung, als der Klang der Mondsirene verstummte.

»Was machst du denn da?« Er packte mich bei den Schultern und hielt mich davon ab, als Nächstes den Fluch zu zertreten. Bevor ich es schaffte, schlang er seine Arme um mich und riss mich von der Phiole fort. Sie rollte über den Boden und blieb außer Reichweite liegen.

Ich wehrte mich gegen seinen Griff, wobei mir das Wachs aus den Ohren fiel und ich stolperte. Er drückte mich mit seinem Gewicht zu Boden. Sein Blick hatte sämtliche Wärme verloren und er funkelte mich irritiert an.

»Was soll das?«, zischte er und ich gab auf mich zu wehren.

»Es tut mir leid.«

»Warum machst du das?«

Ich schluckte schwer, denn die nächsten Worte steckten mir im Hals fest. »Einmal Hexe, immer Hexe.«

Die Wut in seinen Augen loderte noch stärker auf. »Aber du hast keinen Tropfen Magie im Blut!«

Ich reckte mein Kinn. »Und trotzdem bin ich eine. Vielleicht sogar die größte Hexe aller Zeiten.«

Er wandte sich angewidert ab. »Du bist verrückt. Ihr werdet hier nie rauskommen.«

In dem Moment erfasste ihn ein Luftzug und schleuderte ihn gegen die Wand. Er rutschte zu Boden und blieb benommen liegen.

Für ein Moment stand ich wie erstarrt da und konnte meinen Blick nicht von Tristan wenden. Seine dunkelblauen Augen waren geschlossen, aber die Augenlider zuckten. Wie ferngesteuert setzten sich meine Füße in Bewegung. Ich ging neben ihm in die Knie und strich ihm die Haare aus der Stirn.

Ich wünschte, er wüsste, wie sehr mein Herz in diesem Moment schmerzte. Allein bei seinem Anblick hatte ich das Gefühl, mich aufzulösen. Meine Augen brannten. Und ich spürte, wie mir eine heiße Träne über die Wange rollte.

»Alles okay?«, fragte eine Stimme hinter mir. Echoline hatte sich schwer atmend aufgerappelt, ihre Hand, die den Sturm beschwor, war immer noch auf Tristan gerichtet.

Schnell trocknete ich meine Augen. »Ich bin beeindruckt. Du kannst deine Magie kontrollieren! Das hatte ich nicht erw...«

In diesem Moment wurde auch ich von einer Böe umgepustet und landete neben Tristan auf meinem Allerwertesten.

Echoline quiekte entsetzt. »Ups. Tut mir leid. Das wollte ich nicht.«

So viel zu Kontrolle. Ich richtete mich auf, während der Wind unbarmherzig an meinen Haaren zog. »Wir müssen hier raus. Stell die Lüftung ab.«

»Ich weiß nicht, wie.« Noch während sie das sagte, schwoll das Heulen an. »Wenn ich aufgeregt bin, steigt der Druck, und ich bin verdammt aufgeregt. Immerhin brechen wir aus einem Hochsicherheitsgefängnis der Alchemisten aus.«

Wie konnte dieses Mädchen nur die Auserwählte sein!

»Ruhig atmen«, rief ich ihr zu.

»Versuch ich ja.«

Tat sie nicht. Sie sah aus wie ein Fisch an Land, so hektisch schnappte sie nach Luft.

»Such dir einen Punkt und konzentrier dich darauf.«

»Ich habe Angst.« Sie rollte sich zusammen, während der Wind immer brutaler an uns zog und zerrte. Er war wie ein eingesperrtes Tier, das sich gegen die Betonwände warf und dabei immer wilder wurde.

Das konnte ja heiter werden.

Ich kämpfte mich zu dem zusammengekauerten Bündel mit den bunten Haaren durch und kniete mich neben sie. »Guck mich an.«

Sie blinzelte. »Wir werden das nicht schaffen.«

»Doch. Ich habe einen Plan.«

»Wirklich?«

»Es ist, wie du gesagt hast. Du hast die Macht, aber ich hab das Köpfchen.« Ich zwinkerte ihr aufmunternd zu. »Zusammen kommen wir hier raus.«

Hoffnung schimmerte in ihren Augen. Ich nahm ihre Hand und hielt sie fest, bis sie sich beruhigte und der Wind verstummte. Dann zog ich sie hoch.

»Also? Was ist der Plan?«, fragte sie zögerlich.

»Überleben.« Wenn ich in einer Sache gut war, dann darin, wie Tante Corentine bestätigen konnte.

Ich ging zurück zu Tristan und beugte mich über ihn. Vorsichtig löste ich das Medusenauge von seinem Gürtel. Dann öffnete ich eine andere Tasche. Aus der zog ich die Perle hervor, die perlmuttfarbig schimmerte, und steckte sie mir in die Tasche. »Okay, lass uns gehen.«

Gemeinsam verließen wir die Zelle und verriegelten die Tür.

Wir mussten uns beeilen. Auch wenn die Kameras kaputt waren, würde es bestimmt nicht lange dauern, bis die Alchemisten bemerken würden, dass etwas nicht stimmte.

Wir verbanden uns die Augen und ich führte Echoline durch das Labyrinth aus Spiegeln, die raschelten und zischten, als wir sie passierten.

»Nimm auf keinen Fall die Binde ab!«, raunte ich Echoline zu.

Ihr Griff um meine Hand verstärkte sich. Schweigend folgte sie mir auf dem Weg, den ich mir gemerkt hatte, bis wir zu der Tür mit dem Wasserbecken gelangten. Hier wagten wir kurz Luft zu holen und uns einen Überblick zu verschaffen.

Die Brücke würde nicht ohne entsprechende Freischaltung ausfahren, aber ich hatte einen anderen Plan.

»Was ist da drin?«, fragte Echoline, die sich über das dunkle Wasser beugte und ihr Spiegelbild betrachtete.

»Ich weiß es nicht genau, aber ich vermute, dass es ein Kelpie ist.«

»Kelpie?«

»Ein Seepferd, das in schwarzen Seen zu Hause ist.«

»Ach, wie süß.«

»Ganz und gar nicht …«

Echoline verzog das Gesicht. »Und was machen wir jetzt? Ich kann nicht schwimmen.«

»Du kannst nicht schwimmen?« Fassungslos starrte ich sie an.

»Nun, glücklicherweise musst du das auch nicht für meinen Plan.«

»Und was ist dein Plan?«

»Untergehen.«

In diesem Moment flog auf der anderen Seite des Raumes die Tür auf und Alchemisten drängten sich auf die Plattform. Sie zückten Fläschchen, öffneten Phiolen und machten sich bereit uns anzugreifen.

Sofort schwoll wieder ein nervöser Wind an, der an unseren Haaren riss.

»Haltet sie auf!«, rief einer von ihnen. »Um jeden Preis!«

Die meinten es ernst. Ich griff nach Echolines Hand. »Vertraust du mir?«

»Kein Stück!«

Ich lachte.

Manchmal war sie wirklich amüsant.

Dann schubste ich sie ins Wasser.

42
DIE PERLE DES DRACHEN

Echoline Lighttower

Ich schrie, als Adelina mich in den sicheren Tod stieß. Wasser schlug über meinem Kopf zusammen und ich versank schwer wie ein Stein im Wasser.

Adelina tauchte nur Sekunden später neben mir auf. Unter uns wogte Seegras, das nach unseren Beinen zu greifen schien, über uns explodierten die Geschosse der Alchemisten und tauchten das Wasser in bunte Blitze.

Es fiel mir schwer, nicht in Panik zu verfallen. Ich spürte bereits, wie der Druck sich in meinem Inneren ausbreitete, bereit mit einem großen Boom zu explodieren.

Einatmen.
Ausatmen.
Zähle etwas! Was denn? Das Seegras?
Eins. Zwei ... HUNDERTTAUSEND?

Erneut erschütterte eine Explosion das Wasser und oranges Pulver drang durch die Oberfläche. Adelina zog uns weiter herunter zwischen einen Wald aus Algen. Von hier aus sahen wir, wie sich das Pulver verflüchtigte. Aber das sorgte nur für kurze Erleichterung, denn mein Brustkorb begann zu brennen. Eher früher als spät würde ich auftauchen müssen und dann würden mir die Alchemisten ihre Tränke um die Ohren werfen.

Ich drückte mich an Adelinas Arm. Gleichzeitig sah ich im Augenwinkel eine Bewegung und erstarrte. Dort zwischen dem braunen Farn tauchte ein schwarzer, länglicher Pferdekopf auf. Er beobachtete uns wie ein Tiger, bereit sich jederzeit auf seine Beute zu stürzen. Das Seepferdchen! Aber süß sah es wirklich nicht aus.

Adelina schob sich vor mich.

Zwischen Daumen und Zeigefinger hielt sie eine schimmernde Perle, die sie dem Kelpie entgegenstreckte.

Was wollte sie damit erreichen? Ihn mit dem Ding füttern? Wenn ja, beschloss er offenbar, dass es sättigender war, den schimmernden Schatz samt seiner Besitzerin herunterzuschlingen, denn er entblößte eine Reihe spitzer Zähne und schoss auf uns zu.

Ich presste mich an Adelina und sie sich an mich. Wir schrien auf, als rasiermesserscharfe Zähne durch das Wasser schnitten, aber der erwartete Schmerz blieb aus. Stattdessen wurden wir fortgerissen und herumgewirbelt.

Ich blinzelte. Für einen Moment sah ich nur Luftblasen, Dunkelheit und dann etwas Glänzendes. Ich hielt Adelinas Arm fest umklammert, während wir durch das Wasser gewirbelt wurden. Meine Lungen brannten und mir wurde ganz flau.

Plötzlich schob sich etwas unter uns und drückte uns empor. Das Wasser verschwand, als wir die Oberfläche durchstießen und erleichtert nach Atem rangen.

Unter mir glänzten perlmuttfarbene Schuppen. Sie gehörten zu einem Körper, der von Kraft nur so strotzte. Adelina saß vor mir auf dem Rücken und klammerte sich an einem langen Hals fest. Ein Kopf mit edel geformten Hörnern drehte sich zu uns herum. Weise, silberne Augen, die mir bekannt vorkamen, sahen uns an.

»Der Mensa-Drache! Wo kommt der denn her?«

»Er ist ein Regenbogendrache und genau wie wir ein Gefangener der Alchemisten.«

»Darum hilft er uns?«

»Nicht ganz. Er beschützt das hier. Seinen wertvollsten Besitz.« Sie hielt immer noch die Perle in der Hand.

»Was ist das?«

»Ein Ei.«

Ich hatte Fragen. »Aus dem winzigen Ding schlüpft *das da*?«

Adelina kam nicht dazu zu antworten. Neben uns explodierte ein Feuerwerk und der Kopf des Drachen zuckte herum. Seine silbernen Augen fixierten die Alchemisten. Dann zuckte sein Schwanz aus dem Wasser. Er hob sich wie ein Tsunami empor und wusch die Angreifer fort, als wären sie nichts weiter als lästige Fliegen.

Dann wandte sich der Drache erneut uns zu und ein Grollen drang aus seiner Kehle. Sein Kopf deutete auf die Perle und es war klar, was er wollte.

»Keine Sorge«, flüsterte Adelina, ihre Stimme überraschend weich. Sie streckte ihre Hand aus und drückte sie auf seine Schnauze. »Ich werde dich befreien. Ich bitte dich nur um einen weiteren Gefallen. Hilf uns.«

Der Drache blinzelte. Dann senkte er seinen Kopf und nahm die Perle, die sie ihm überreichte, vorsichtig in sein Maul.

»Frisst der gerade sein Baby?«

»Psst!« Adelina bedeutete mir zu schweigen. »Du solltest wirklich die Bücher lesen, die ich dir rausgesucht habe.«

Ich war mir sicher, dass der Drache die Perle geschluckt hatte, schwieg aber. Er setzte sich in Bewegung. Wie eine Schlange wand er sich durch das Wasser, wobei er immer weiter untertauchte.

»Lehnt er ab?«, rief ich panisch.

»Nein! Halt dich fest!«

Gerade noch rechtzeitig gelang es mir, zwischen zwei Schuppen zu greifen und Luft zu holen, da verschwand er im Becken. Ich drückte mich so fest wie möglich an seinen Körper, als er in wilden Spiralen durch das Wasser schoss. Er näherte sich einem Abfluss, der einmal verschlossen gewesen war, aber nun lag das Gitter verbogen zwischen den Algen.

Ich kniff die Augen zusammen.

Das Rohr dahinter war gerade breit genug, dass sich ein Mensch hindurchschlängeln konnte, und sicher viel zu klein für den Drachen und doch schossen wir Sekunden später problemlos hindurch.

War er kleiner geworden? Ja. Es war, als ob sein Körper formbar wie das Wasser selbst war. Gerade noch groß und stattlich wie ein Eisberg, jetzt flink und wendig wie eine Bergquelle.

Der Drache flitzte um die Ecke, dann ging es nach oben. Erneut begannen meine Lungen zu brennen. Hoffentlich waren wir bald da. Die Schuppen schnitten in meine Finger und machten sie taub, aber ich wandte all meine Willenskraft auf mich festzuhalten.

Dann endlich spürte ich Wind. Er hieß mich wie eine alte Freundin willkommen, strich durch mein nasses Haar und füllte meine Lungen mit neuer Luft.

Ich ließ los und purzelte über den Boden des Speisesaals. Der Drache schüttelte sich, dann fiel er in sich zusammen und schlüpfte durch den Abfluss. Mit ihm verschwand auch das Wasser, und als er fort war, war der Brunnen leer. Wow!

Ich riss meine Hände in die Luft und jubelte. »Wir leben.«

»Was nicht dein Verdienst ist, große Auserwählte.« Adelina

war wie gewohnt schnippisch, aber ich konnte es ihr nicht übel nehmen. Sie hatte mich befreit. Mit dem coolsten Plan aller Zeiten.

»Wir sind auf einem verdammten Drachen durch die Wasserrohre der Burg geritten. Das war ... *krass*. Du bist krass!« Ich griff ihre Hände und tanzte mit ihr einen kleinen Wir-leben-noch-Freudentanz. Nun ja, ich sprang wie ein Flummi um sie herum und sie verzog das Gesicht, bis ein Scheppern meine Ektase unterbrach.

Ein Küchenjunge, der das Mittagessen vorbereiten wollte, stieß einen spitzen Schrei aus und stolperte davon.

»Ups. Glaubst du, er verrät uns?«, fragte ich, immer noch Adelinas Hände haltend.

»Ja.«

»Verdammt. Dann sollten wir verschwinden, oder?«

»Ja.«

»Hätte der Drache uns nicht nach draußen bringen können?«

»Ich spreche nicht genug Drachisch, aber das nächste Mal kannst du ihn gerne darauf hinweisen.«

Wir stürmten zur Tür. Im Gang dahinter erwartete uns überraschenderweise ein vertrautes Gesicht.

»Unfug!« Ich sprang auf den Waschbären zu und vergrub meine Nase in seinem warmen, weichen Fell. Auch wenn er kein Fan von Kuscheln war, ließ er es dieses Mal über sich ergehen. »Du findest mich einfach immer, oder?«

»Eure Wiedersehensparty muss warten«, unterbrach uns Adelina. »Wir sollten verschwinden, bevor die ganze Burg mitbekommt, dass hier etwas nicht stimmt.« Sie machte Anstalten loszurennen, aber ich folgte ihr nicht.

»Warte. Das Büro der Blackhearts. Tante Hilda und Morti sind in Gefahr.«

Verwirrt drehte sie sich um. »Wer soll das denn sein?«

»Meine Geisterfreunde.«

»Na, wenn sie tot sind, kann ihnen doch nichts mehr passieren.«

Sie machte sich auf den Weg, aber ich dachte nicht daran, die Geister zurückzulassen. »Wir müssen sie befreien.«

»Und wie willst du das anstellen?«

Ich klimperte unschuldig mit den Augen. »Du bist für die Pläne zuständig. Ich bin bloß die mit der unkontrollierten Superkraft.«

43
DIE KRONE DER HEXEN

Adelina Everglade

Dass die große Auserwählte ohne eine gewisse geniale Adelina Everglade vollkommen aufgeschmissen wäre, hätte Betty Banga ruhig mal sagen können, dachte ich. Aber nein, natürlich wurde nur die mit den tollen Kräften erwähnt. Dabei machte ich die ganze Arbeit. Gerade versteinerte ich zwei Schüler mit meinem Medusenauge. Wir nahmen ihnen die Umhänge ab und eilten, die Kapuzen weit ins Gesicht gezogen, weiter.

Viel Zeit blieb uns nicht. Ich rechnete damit, dass jede Sekunde ein Alarm ertönen würde, der sämtliche Alchemisten der Burg auf den Plan rief. Also beeilten wir uns.

Der Gang vor Thorns Büro war leer. Es gab keine Wachen, seine Tür stand offen und wir hörten bereits aus einiger Entfernung laute Stimmen. Wahrscheinlich hatten sie gerade alle Hände voll mit Echolines Geisterfreunden zu tun.

»Bist du sicher, dass du das willst?«, flüsterte ich zum wiederholten Mal. »Dass Thorn gerade abgelenkt ist, könnte unsere einzige Chance sein, hier zu verschwinden.«

»Ich werde sie nicht zurücklassen.« Echoline schlich auf die offene Tür zu. Wir spähten hinein, aber niemand war zu sehen.

»Das Labor«, zischte sie und zeigte auf die aufgeschwungene Regalwand, hinter der sich ein Geheimraum verbarg.

Von dort kam der Tumult.

»Warte hier«, raunte Echoline dem Waschbären zu. Dann huschten wir geduckt weiter. Fünf Alchemisten standen mit dem Rücken zu uns im Labor. Jeder von ihnen hatte ein Säckchen in der Hand und warf Salz auf den Boden, als wären sie das freiwillige Streukommando. Thorn hielt ein laut brummendes Gerät in der Hand, mit dem er in der Luft herumstocherte.

»Oh nein.« Echoline biss sich auf die Unterlippe. Offenbar konnte sie in diesem seltsamen Szenario mehr sehen als ich. »Sie haben Morti! Er ist in dem Salzkreis dahinten gefangen, aber das ist nicht alles. Siehst du diesen ... Föhn? Damit saugt Blackheart ihn ein.«

Ich wusste, was sie meinte. Das Gerät, das Thorn hielt, sah tatsächlich aus wie von einem Friseur gestohlen. Ein Glas war daran angeschlossen und in diesen Behälter tropfte eine seltsame, dunkle Substanz.

»Tante Hilda ist dahinten. Sie hängt ebenfalls in einer Salzfalle fest. Was sollen wir machen?«

»Ein bisschen Durchzug sollte das Problem lösen, oder nicht? Puste das Fenster auf und wehe das Salz raus. Wenn die Linien weg sind, müssten deine Freunde frei sein.«

Echolines Augen weiteten sich. »Du meinst, ich soll meine Kräfte benutzen?«

»Genau.«

»Was, wenn ich versehentlich die ganze Burg wegwehe?«

»Wirst du nicht.«

»Wie kannst du dir da so sicher sein?«

»Ich habe die Zukunft in einem Orakelkeks gesehen und du wirst die Burg mit Feuermagie abfackeln.«

Ihr Unterkiefer klappte herunter. »Was? Aber ich bin doch eine Sturmhexe.«

»Rita der Drache konnte angeblich auch zwei Elemente beherrschen.«

Ihre Augen wurden immer größer, aber jetzt war nicht der Moment, die Sache mit den Chaoshexen zu erklären. Also sagte ich bloß: »Los. Mach einfach.« Und erinnerte sie damit wieder an ihre Geisterfreunde in Not.

»Na gut.« Endlich schloss sie die Augen, ballte die Hände und verzog das Gesicht, aber nichts passierte. »Ich kann nicht.«

»Warum nicht?«

Sie zuckte verzweifelt die Schultern. »Meine Kräfte kommen instinktiv. Wenn ich Panik habe oder besonders aufgewühlt bin.«

»Na, wenn das so ist.« Ich versetzte ihr einen kleinen Schubs in den Raum hinein.

Ruckartig drehten sich die Alchemisten um und stierten das Mädchen mit den bunten Haaren an, als wäre sie selbst ein Geist. Für eine Sekunde stand die Zeit still. Dann griffen sie zu ihren Gürteln.

Ich zückte mein Medusenauge, um ihr, wenn nötig, zu helfen, aber ehe die Alchemisten ihre Tränke und Phiolen geöffnet hatten, explodierten ihre Windkräfte. Ein Sturm, der wie ein wildes Tier durch den Raum fegte.

Atemberaubend. Umwerfend. Furcht einflößend.

Jedes Mal wieder, wenn ich Zeugin ihrer Kräfte wurde, konnte ich nicht anders, als sie anzustarren. Innerhalb von Sekunden verwandelte sie sich von dem netten Sonnenschein zu der wilden Chaoshexe, die Betty Banga vorhergesehen hatte.

Ihre bunten Haare flatterten im Wind, die sturmgrauen Augen leuchteten. Sie richtete sich auf und spreizte die Finger. Das Fenster flog aus den Angeln. Die Linien aus Salz verschwanden innerhalb von Sekunden und die weißen Kristalle wurden von einer Böe emporgehoben und hinfort geweht.

»Adel!«, rief Echo. »Was mache ich jetzt?«

Ich konnte sehen, dass die Magie unruhiger wurde, je unsicherer sie selbst war. Der Sturm rüttelte an den Schränken, warf sich gegen Türen und Wände und stürzte sich auf alles und jeden. So viel Macht, aber sie wusste nicht, wie sie sie benutzen sollte.

»Wenn du dich beruhigst, beruhigt sich auch deine Magie.«

»Es klappt nicht!«, rief sie und eine Böe peitschte auf uns herunter. »Was, wenn ich ganz Oxford zerstöre?«

Ich eilte zu ihr und nahm ihre Hand. »Das wird nicht passieren. Du schaffst das.«

»Ich will nicht die Auserwählte sein. Diese Stürme … Sie sind gefährlich.«

»Windmagie kann Furcht einflößend sein, weil sie manchmal laut und chaotisch wirkt.«

»So wie ich …«

»Genau. Du hast sehr viel Windelement in dir. Und sag mir, Echo. Würdest du Oxford zerstören wollen?«

Sie schüttelte den Kopf.

»Dann wird deine Magie es auch nicht tun, denn sie ist ein Teil von dir. Kein Monster. Kein eigenständiges Wesen. Ein Teil von dir. Und sie hat viele Seiten. Vom lauten Sturm bis zur sanften Sommerbrise. Es liegt an dir, wie du sie formen willst.«

»Wie mach ich das?«

»Als Erstes guckst du mich an.«

Echoline drehte sich zu mir. Ihr Blick verhakte sich in meinem. Dann, ganz langsam, beruhigte sie sich und mit ihr der Wind.

»Siehst du …« Plötzlich bemerkte ich eine Bewegung im Augenwinkel. Thorn rappelte sich auf und ich stieß einen Schrei der Warnung aus. Er griff zu einer Glaskugel, aber ehe er sie werfen konnte, zersprang sie in seiner Hand. Roter Staub hüllte ihn ein. Er fluchte, bevor er die Augen verdrehte und zu Boden sank.

Die anderen Alchemisten hatten sich ebenfalls von ihrem Schrecken erholt und gingen zum Angriff über, aber ihre Gefäße und Tränke explodierten noch an ihrem Gürtel, ohne dass Echoline mit dem Finger gezuckt hatte. Eine bunte Wolke legte sich über sie und schon waren sie ähnlich wie Thorn in einen tiefen Dornröschenschlaf gefallen.

»Das war Morti!« Echo applaudierte in eine Richtung, in der ich absolut nichts sehen konnte. Aber jedes Mal, wenn mein Blick die weiße Wand streifte, überkam mich ein Schauder. Ja, etwas war da … Etwas *Unheimliches* … Etwas, das sich anfühlte wie ein Albtraum.

»Wir haben es geschafft!« Echo öffnete ihre Arme und sprang mir um den Hals. »Danke, Roomie!«

Ich versuchte mich von ihr zu lösen, aber sie ließ nicht los, sondern *schniefte* an meiner Schulter.

Verflixt und verflucht!

»Los komm!«, brummte ich ein wenig peinlich berührt.

Endlich löste sie ihren Klammergriff und folgte mir aus dem Geheimlabor zurück in Thorns Büro. Gerade wollte ich zur Tür eilen, da fiel mein Blick auf das Aquarium in der Wand. Schlagartig blieb ich stehen. Auf den weißen Kieselsteinen schimmerte es rot.

Die Kristallkrone der Hexen.

»Was ist?«, fragte Echoline.

»Es gibt da etwas, das ich wirklich will.« Ich machte ein paar Schritte auf das Aquarium zu, in dem das Quellenpixie schon lange von meinem Wunsch wusste. »Wir müssen einen Safe knacken.«

»Sollten wir nicht lieber verschwinden?«

»Schon, aber so eine Chance bekommen wir nie wieder.« Alles in mir pulsierte vor Aufregung. Es war beinahe so, als ob mich die Krone zu sich rief.

Wie oft hatte ich von ihr geträumt, mir vorgestellt sie aufzusetzen, zu besitzen. Das letzte Zeugnis von Ritas Herrschaft. Und nun hatte ich die Möglichkeit, sie aus den Händen der Alchemisten zurückzustehlen.

»Ich brauch nur ein paar Minuten. Sie ist hier in diesem Büro in einem Safe.«

Echoline sah mich entgeistert an. Als die Phiolen und Glasbehälter in den Regalen zu klimpern anfingen, sagte sie: »Morti rät davon ab. Er hat keine guten Erfahrungen mit Tresoren.«

»Keine Sorge. Ich habe einen Plan. Alles, was wir brauchen, ist Thorns Gesicht.«

»Aber das haben wir nicht oder willst du ihn herschleifen? Was, wenn er wach wird?«

»Keine Sorge, ich habe eine andere Idee.«

Zuerst ging ich zu dem kleinen Tisch, auf dem eine Kaffeemaschine, Tassen und Gläser standen. Ich nahm mir das größte Glas und ging zum Aquarium.

Echoline lugte mir über die Schulter und behielt aufmerksam das Wasser im Auge. »Ist das ein Quellenpixie?«

Ich nickte. Immerhin schien sie dazugelernt zu haben.

Plötzlich klappte die kleine Holztruhe im Wasser auf und enthüllte eine Tafel Schokolade. Geschmackrichtung: Peanutbutter-Marshmallow.

»Ernsthaft? Du hast wieder Hunger?«

»Ich habe in einem Kerker gesessen und Schokolade ist die beste Nervennahrung.«

Ich klopfte gegen die Scheibe. »Hör auf mit dem Unsinn, Pixie!« Die Schokolade verschwand und die Truhe schloss sich wieder.

»Wir können dir helfen da rauszukommen.« Hinter dem Büschel dünner Algen nahm ich eine Bewegung wahr und ein kleiner Kopf mit übergroßen Augen erschien zwischen dem Grünzeug.

»Im Gegenzug musst du nur eine Kleinigkeit für mich erledigen. Was denkst du?«

Ich hielt das Glas ins Aquarium, woraufhin es sich mit Wasser füllte.

»Wird es dich nicht beißen?«, fragte Echoline.

»Quellenpixies sind fies, aber auch sehr klug und dieses hier ist noch dazu verzweifelt. Es wird verstehen, dass wir seine einzige Chance sind, aus dieser Misere zu entkommen.«

Tatsächlich spürte ich, wie etwas über meine Hand glitt. Tentakel, die sich über meinen Arm schlängelten und meine Finger umschlangen. Sie fühlten sich kalt und glitschig an. Wie eine Qualle.

Als ich das Glas aus dem Wasser hob, war es schwerer. Den Körper des Pixies konnte man darin kaum erkennen, da diese Wesen sich wie der Regenbogendrache ihrer Umgebung perfekt anpassen konnten, aber wenn man genau hinsah, entdeckte man silbern schimmernde Linien.

Mit dem Pixie in der Hand sah ich mich im Zimmer um. »Wo könnte der Safe versteckt sein?«

Als Antwort begann das Porträt von Thorn, das hinter dem Schreibtisch hing, zu beben und riss schließlich in der Mitte durch.

»Tante Hilda meint, Morti meint, das sei der Klassiker«, erklärte Echo.

Ich ging dem Hinweis der Geister nach und tatsächlich befand sich hinter dem Bild eine metallene Tür und daneben ein Gesichtsscanner.

Mit klopfendem Herzen wandte ich mich an das Pixie im Glas. »Du kannst uns doch bestimmt damit helfen?«

Ein kleiner Kopf tauchte auf. Er grinste und enthüllte dabei spitze Zähne. Dann glühte das Wasser unter seinen Tentakeln und Echoline schnappte nach Luft, als sie erkannte, was da im Lattemacchiato-Glas schwamm.

Thorns Gesicht. Düster. Fies. Grimmig. Ja, das Pixie hatte ihn perfekt getroffen.

Ich hielt ihn vor den Scanner, der kurz darauf grün leuchtete. Der Tresor sprang auf und mein Herz setzte einen Schlag aus, als ich die Krone erblickte. Sie lag auf einem schwarzen Samtkissen in der Mitte. Eine Krone aus Blutkristallen, die mir verführerisch entgegenfunkelten.

Dies war der Moment.

Ich nahm die Krone in die Hände und setzte sie mir mit bebenden Händen auf den Kopf. Ich, Adelina Everglade, hatte sie zurückgeholt. Die Krone der Hexen, die einst Rita der Drache getragen hatte.

Nimm das, Betty Banga!

Ich, ein Mädchen ohne Kräfte, hatte vollbracht, was keine Hexe in den letzten dreihundertfünfzig Jahren geschafft hatte. Eigentlich wollte ich diesen denkwürdigen Moment etwas feiern, aber Echoline zog hörbar die Luft ein. »Mum?«

44
GLITZER IM BLUT?

Adelina Everglade

In diesem Moment ertönte ein lauter Alarm. Ein greller Ton, der durch die Gänge schallte, aber das war nicht alles. Der Bildschirm auf dem Schreibtisch hatte sich wie von selbst angeschaltet. Echoline klebte davor und ich musste sie zur Seite schieben, um etwas sehen zu können.

Mum. Sie sah müde aus. Dunkle Ringe lagen unter ihren Augen und ihr Haar sträubte sich wirr in alle Richtungen.

Neben ihr stand Tristan. Meine Brust zog sich bei seinem Anblick schmerzhaft zusammen und ich fürchtete mich vor dem, was als Nächstes kommen würde.

»In Silverfort gilt ab sofort Alarmstufe Rot. Die Stufe-3-Hexe konnte sich befreien und ist auf der Flucht. Sie hat Hilfe von …« Er zögerte kurz und ich schluckte. »… Adelina Everglade, die wir als Freundin in unseren Reihen aufgenommen haben. Beide Mädchen sind bewaffnet und äußerst gefährlich.«

Sein Bild verschwand und stattdessen erschienen zwei Fotos von uns. Echoline strahlte in die Kamera wie ein Honigkuchenpferd. Ich sah super aus. Immerhin das ...

»Ich möchte nun das Wort direkt an die beiden Flüchtigen richten.« Er sah so intensiv in die Kamera, dass ich für einen Moment befürchtete, er könnte mich durch irgendeine magische Technik sehen. »Jeder Alchemist hier wird nach euch suchen. Darum wäre es das Beste für alle Beteiligten, ihr würdet euch selbst stellen.«

Er stieß meine Mum mit dem Fuß an. »Ihr wollt doch nicht eure Mutter zurücklassen, oder?«

Sie schrak zusammen, aber nur kurz. Dann richtete sie sich auf. »Wenn ihr das hört, verschwindet. Kommt auf keinen Fall her. Das ist ...«

Der Alarm verstummte und die Videoübertragung brach ab. Für einen Moment standen wir einfach nur da.

»... eine Falle«, beendete ich ihren Satz.

»Wir können sie auf keinen Fall zurücklassen«, wisperte Echoline mit belegter Stimme.

»Ich weiß«, stimmte ich zu. Meine Gedanken rasten, aber mir wollte nichts einfallen. Wie sollten Echo und ich allein gegen eine Burg voller Alchemisten bestehen? Selbst wenn wir die Hilfe von zwei Geistern hatten, war das einfach eine Nummer zu groß.

»Ich könnte hingehen und ...«

»Nein. Das ist eine ganz blöde Idee. Tristan will, dass du kommst. Er erwartet dich.«

»Du bist die klügste Person, die ich kenne, und eine Meisterin im Pläneschmieden. Du wirst einen Weg finden, oder?« Echoline legte ihren Kopf auf meine Schulter und ich zuckte angesichts dieser unerwarteten Berührung zusammen.

»Ich fürchte ...«

»Bitte, Adel. Wenn es jemand schafft, dann du.«

»Na schön. Vielleicht gibt es eine Chance ...« Ich legte das Pixieglas zur Seite und lehnte mich zum Bildschirm, der nach der Liveübertragung noch nicht erloschen war.

»Siehst du das Symbol?« Ich deutete auf den violetten Hexenhut. »Das gehört zu unserem sozialen Netzwerk. WITCHIN. Ich habe immer geahnt, dass die Alchemisten auch Zugriff haben und uns damit überwachen, aber dieses Mal können wir das gegen sie wenden.«

Triumphierend klickte ich auf das Symbol und öffnete damit den Fake-Account einer jungen Hexe, namens Lizzy Claw, die Katzen liebte.

»Lizzy war fleißig. Sieh dir das an. Über zweitausend Freunde in ganz England. Das ist fantastisch, denn Lizzy hat heute die Auserwählte eingeladen, damit sie über ihren Account live gehen kann.«

»Die Auserwählte?«

»Dich.«

»Mich?« Echolines Augen weiteten sich. »Ich bin nicht wirklich gut in so was.«

»Ganz offensichtlich hast du Nachholbedarf in einer Menge Dinge, aber dafür haben wir jetzt keine Zeit. Du musst dein Bestes geben und zu den Hexen da draußen sprechen. Du wirst ihnen unsere Situation erklären und um Hilfe bitten. Wenn wir das hier durchziehen wollen, brauchen wir jede Hexe und jeden Hexer.«

»Kannst du ihnen das nicht erklären?«

»Sie halten mich für eine Alchemistin. Also wird meinem Aufruf niemand folgen.«

Schweren Herzens nahm ich die Krone ab und setzte sie Echo auf den Kopf. »Du hingegen bist die Fluchbrecherin. Auch wenn ich noch keine Ahnung hab, wie du den brechen willst ...«

»Der Fluch!«, rief sie aus, als hätte sie sich plötzlich an etwas erinnert.

»Ja?«

Hibbelig begann sie vor mir auf und ab zu hüpfen. »Als ich ein Geist war, bin ich Tristan und seinem Vater gefolgt. Sie haben den Fluch aus ihrem eigenen Blut gemacht. Gruselig, oder?«

»Moment. Aus ihrem eigenen Blut?«

Echoline nickte und mein Kopf begann zu rattern. Jetzt ergab vieles Sinn. »Die Blackhearts sind immun gegen Magie. Vielleicht ist etwas in ihrem Blut, das sie nutzen, um Hexen von ihren Kräften abzuschneiden.«

»Sie haben auch so ein seltsames Mooszeug reingetan.«

»Cresca-Kraut.« Ich drehte eine Haarsträhne um meinen Finger, während ich aufmerksam zuhörte. »Was hast du noch entdeckt?«

»Ein alchemistischer Wissenschaftler hat herausgefunden, dass mit meinem Blut etwas seltsam ist. Ich bin immun gegen ihren Fluch. Thorn war so erschrocken, dass er einen Leerensauger auf den armen Kerl gehetzt hat.«

»Ist dir klar, was das bedeutet, Echo?«, rief ich begeistert aus. »Wenn Blut die Antwort für die Alchemisten war, dann ist es auch unsere.«

»Ach ja?«

Ich trommelte mit den Fingernägeln auf dem Schreibtisch. »Wenn wir das, was in deinem Blut ist, mit Cresca-Kraut herausfiltern können, dann haben wir vielleicht ein Gegengift.«

Betty Banga hatte recht. Echo war die Fluchbrecherin. Sie musste es sein. Nur nicht auf eine epische Ich-brenn-alles-nieder-Weise, sondern auf eine wissenschaftliche Art.

Ich zog sie zurück in das geheime Labor, wo die Alchemisten immer noch schliefen. Dann griff ich nach einem der feinen Skalpelle, die auf dem Schreibtisch lagen, und tränkte die Klinge in Desinfektionsmittel.

Ihre Augen weiteten sich. »Was hast du damit vor?«

»Ich schäle mir bloß einen Apfel. Oh! Guck mal da aus dem Fenster! Ein dreiköpfiger Affe!«

Echoline drehte sich um und ich stach zu.

»Aua!« Sie schrie auf, als die Klinge ihren Arm traf. Sofort erfasste mich eine heftige Windböe und fegte mich durch den Raum.

»Entschuldigung!«, rief sie mir hinterher, als ich gegen eine Vitrine krachte. Stöhnend rieb ich mir den brummenden Kopf. Sie kam sofort auf mich zugerannt und reichte mir ihre Hand, aber ich stieß sie beiseite.

»Tropfe mit deinem Blut nicht den Boden voll!«, fuhr ich sie an. »Sammle es in dem Behälter da.«

»Sicher, dass es dir gut geht?«

»Jaja ... Versuch nur bitte mich nicht ständig gegen Wände zu wehen, okay?«

Als genug Blut in der Phiole war, verband ich ihren Arm. Anschließend bröselte ich etwas von dem Cresca-Kraut in das Gefäß und stellte es in die Zentrifuge, wie Echoline es beobachtet hatte. Das Gerät begann summend mit der Arbeit und wirbelte das Blut im Kreis herum.

»Wird das klappen?«, flüsterte Echoline aufgeregt.

»Laut Betty Banga brichst du diesen Fluch. Also ja. Es muss klappen.«

In diesem Moment stöhnten die Alchemisten auf und wir zuckten zusammen. Sofort spürte ich einen nervösen Windhauch, der uns durch die Haare wehte. Wir würden uns beeilen müssen, denn ich hatte keine Ahnung, wie lange die Wirkung ihrer Zauber noch anhielt.

Endlich verstummte das Brummen der Zentrifuge und das

Röhrchen kam zum Stehen. Eine braune, unappetitlich aussehende Suppe schwamm auf dem Rest des Blutes.

»Ich hätte mehr Glitzer erwartet«, sagte Echoline, die sich neben mich drängte.

»Glitzer? In deinem Blut?«

»Na ja, irgendwas Spektakuläreres halt. Das da sieht nicht sehr beeindruckend aus.«

»Meistens sind es die unscheinbaren Dinge, die alle überraschen«, murmelte ich und griff nach einer Pipette. Damit fischte ich das braune Zeug heraus und verteilte es auf zwei Phiolen. Eine drückte ich Echoline in die Hand. Die andere behielt ich selbst.

»Das ist nicht viel.«

»Nein. Aber fürs Erste muss es reichen.« Ich sah sie eindringlich an. »Sag niemandem, dass dein Blut möglicherweise der Schlüssel ist. Und wenn es funktionieren sollte, sag es erst recht niemandem.«

»Warum nicht? Das sind doch gute Nachrichten.«

»Aber es könnte dich in noch größere Gefahr bringen. Stell dir vor, alle Hexen von England wüssten, dass das, was sie für ihre Macht bräuchten, dein Blut ist. Was, glaubst du, werden sie machen, wenn sie es nicht sofort bekommen?«

Sie dachte kurz darüber nach, dann weiteten sich ihre Augen erschrocken. »Oh! Meinst du …?«

Manchmal beneidete ich sie um ihre Naivität. Während ich an jeder Ecke Verrat erwartete, schien sie fest an ein Happy End voller Glitzer und Regenbogen zu glauben.

»Danke.« Sie machte plötzlich einen Schritt vor, um mich zu drücken. Schon wieder. »Dafür, dass du auf mich aufpasst.« Sie umarmte mich noch fester.

»Okay. Okay. Genug gekuschelt.« Ich schob sie von mir und ging zurück zum Computer.

»Bereit für deinen großen WITCHIN-Auftritt?«

»Nein.«

Ich rückte ihr die Krone zurecht, die ihr so gar nicht passen wollte. »Denk an Mum.«

Sie nickte. »Was machst du, während ich meine erste Rede als Königin halte?«

»Ich verschaffe uns Zeit.«

»Wie?«

Ich grinste. »Mit dem, was ich am besten kann. Chaos!«

»Hey! Ist das nicht mein Satz?«

»Du bist ganz okay im Chaosstiften, aber ich bin großartig in allem, was ich tue.«

45
Live auf Witchin

Echoline Lighttower

Ich starrte auf mein eigenes Bild. Die Krone saß schief auf meinen Haaren und rote Stressflecken überzogen meine Wangen und meinen Hals. Ich konnte einfach nicht verstehen, wie es Leute normal finden konnten, mit sich selbst zu sprechen. Unruhig wippte ich mit den Beinen.

Dann passierte es. In der rechten oberen Ecke neben dem kleinen Augensymbol ploppte eine »1« auf. Ein Zuschauer nahm an meinem Livestream teil. Dann noch einer. Und noch einer.

Plötzlich waren es zehn.

»*Ich kenn mich mit diesem technischen Schnickschnack nicht so aus, aber musst du nicht so langsam mal was sagen?*«, fragte Tante Hilda, die zusammen mit Morti hinter mir stand und auf den Bildschirm starrte.

Ich räusperte mich. »Hi!« Mein Hals war trocken. »Ich bin Echo. Echoline Lighttower. Ich bin eine Sturmhexe und, wie es aussieht, auch die Fluchbrecherin. Also. Die Zeichen stehen zumindest ganz gut. Ich hab den Orkan heraufbeschworen, der in Witchington gewütet hat. An dieser Stelle noch mal – tut mir echt leid. Ich wollte eure Häuser nicht kaputt machen. Na ja. Die Alchemisten haben uns erwischt. Sie haben versucht mich zu verfluchen, aber ich habe meine Kräfte behalten, weil ich den Fluch brechen kann. Und ich kann auch euren brechen. Zumindest wenn ich überlebe. Und dafür brauch ich eure Hilfe, denn ich will meine Mum befreien, die in Silverfort gefangen gehalten wird.«

Ich hielt inne und wartete auf eine Reaktion.

»*Da schreibt jemand im Chat*«, rief Tante Hilda aufgeregt. Wir lehnten uns vor.

»Ich glaub, das ist ein Fake ...«

»Ja, glaub ich auch. Beweis erst mal das, was du da sagst«, schrieb ein Zweiter.

»Beweisen?« Ich guckte verdutzt in die Kamera. Dann deutete ich auf den Hintergrund. »Okay ... Da ist das Symbol von Silverfort an der Wand. Übrigens bin ich genau auf dem Drachen da geritten. Ja, wir haben ihn befreit, aber darum geht es jetzt nicht ... Fakt ist, ich bin in der Burg der Alchemisten.«

»So was kann ja jeder aufhängen.«

»Args.« Frustriert drehte ich mich auf meinem Schreibtischstuhl im Kreis.

»*Zeig ihnen die Krone*«, flüsterte Tante Hilda.

»Gute Idee.« Ich nahm sie vom Kopf und hielt sie in die Kamera. »Das ist die von den Alchemisten gestohlene Krone eines Drachen namens Rita.«

Lachende Emojis waren die Antwort.

»Isn Fake. Sehe ich von hier«, schrieb jemand. »Die Kristalle sehen wie Plastik aus.« Nach diesen hilfreichen Worten verschwand der Kommentator aus dem Chat und andere folgten.

Das lief nicht gut. Adelina verließ sich auf mich. Wenn ich nicht für Verstärkung sorgte, war alles verloren. »Hört zu.« Ich packte den Bildschirm. »Ich bin die verdammte Fluchbrecherin und ich brauche euch in Silverfort. Bitte! Ihr müsst mir glauben!«

»Wo ist dein tierischer Begleiter?«, fragte jemand.

»Unfug? Oh! Moment.« Ich sprang auf und eilte zur Tür, wo der Waschbär auf uns wartete. Er lag zusammengerollt auf einer Fensterbank. Also schnappte ich ihn und trug ihn zum Schreibtisch zurück.

»Das ist Unfug«, verkündete ich stolz. Nun mussten sie mir glauben.

»Tierquälerei«, schrieb einer.

»Waschbären sind keine Haustiere.«

Wütend schüttelte ich den Bildschirm.

»*Ich kenn mich mit diesem technischen Kram ja nicht aus, aber ich glaube, so machst du es kaputt*«, sagte Tante Hilda.

»Ich hasse das Internet!«

Plötzlich stellten sich Unfugs Nackenhaare auf und ein Knurren drang aus seiner Kehle. Ich folgte seinem Blick und zuckte zusammen.

Die Tür zum Labor hatte sich geöffnet und im Türrahmen stand Thorn Blackheart bunt wie eine Regenbogenbadekugel und trotzdem Furcht einflößend.

Tante Hilda schrie, Mortimer versank blubbernd im Boden, ich wankte zurück und krachte gegen den Computer.

»Ich werde nicht zulassen, dass du alles zerstörst, was ich geschaffen habe«, knurrte der Alchemist. Dann zog er eine Kugel von seinem Gürtel und warf sie in den Raum. Sie zerplatzte auf dem Fußboden und eine weiße, salzig schmeckende Wolke breitete sich aus.

»*Mein Arm löst sich auf!*«, kreischte Hilda, als der wabernde genug in der Burg gab. Für die Alchemisten waren die Pixies eine günstige Energiequelle, sicher verwahrt in einem feuerfesten Gefängnis. Die Konstruktion ließ sich nur von außen über drei Mechanismen öffnen, was mich stutzig gemacht hatte, denn niemand würde ein normales Flämmchen so absichern.

»Haltet Adelina auf!«, rief Tristan, der begriff, was ich vorhatte. Schon entkam der zweite Feuerball. Und ein dritter.

Als ich zur nächsten Laterne rannte, wurde ich von den Füßen gerissen. Schmerz schoss mir durch den Körper, als sich das Netz um mich zusammenzog. Fest verschnürt landete ich auf dem Teppichboden.

Tristan ging neben mir in die Hocke. Als ich seinen Blick sah, zuckte ich zusammen. Härter und verächtlicher noch als bei unserer ersten Begegnung.

»War das alles nur ein Spiel für dich?«

Ich hörte den Schmerz in seiner Stimme und alles in mir schrie danach, »Nein« zu rufen. Aber das tat ich nicht. Ich sagte gar nichts.

Ein ungeduldiger Laut drang zwischen seinen Lippen hervor und er erhob sich. »Du wirst damit nicht durchkommen.«

Im selben Moment tauchten hinter seinem Kopf gleich vier Feuerbälle auf. Meine Mum hatte die Ablenkung ihrerseits genutzt, um weitere Pixies zu befreien. Die Luft flimmerte vor Hitze und weite Teile des Bodens glühten.

Tristan fluchte. Während er sich einen wütenden Schwarm Pixies vom Leib hielt, surrte eine der Feuerfeen näher zu mir. Das Wesen streckte seine Hand nach dem Netz aus, das mich gefangen hielt. Es griff um eines der Bänder, welches unter seiner Berührung verschmorte. Dann wandte es sich der nächsten Stelle zu. Es dauerte nicht lange, bis das Netz in Fetzen lag und ich frei war.

Als ich mich bedankte, erschien ein freches Grinsen in dem kleinen Gesicht. Das Pixie sank auf den Teppich und sprang über die Fransen wie eine Ballerina, eine Spur aus Flammen hinterlassend.

Ich rappelte mich auf und rannte zu meiner Mutter, die mir bereits entgegenstolperte. Das Feuer sorgte dafür, dass sich überall dunkler Rauch ausbreitete, der das Atmen schwer machte.

»Wir müssen hier verschwinden«, keuchte ich.

»Du ... bist gar nicht auf ihrer Seite?«

»Nein, ich halte überraschenderweise zu meiner verräterischen Familie.«

»Adel, ich wollte dir nie wehtun.«

»Ich bin mir sicher, meine Erinnerungen auszusaugen war bloß in meinem besten Interesse.«

»Ich wollte dir doch nur ein neues Leben ermöglichen. Ein Leben fernab von alldem. Ein Leben, ohne Dingen hinterhertrauern zu müssen, die du nie haben kannst.«

»Das wäre meine Entscheidung gewesen. Meine allein.«

»Es tut mir leid, Adel. Wirklich ... Ich habe einen unverzeihlichen Fehler gemacht.«

»Tja, nicht jeder kann so unfehlbar sein wie ich.«

»Das stimmt.« Sie schlang ihre Arme um mich und zog mich fest an sich. Für einen kurzen, wunderbaren Moment war ich so froh sie wiederzuhaben, dass ich vergaß sauer zu sein. »Mum. Wenn wir nicht als Grillwürstchen enden wollen, müssen wir hier weg!«

Sie löste sich von mir, wischte sich über die feuchten Augen und nickte langsam.

Zusammen rannten wir in den Gang und immer weiter, bis sich der Rauch endlich lichtete. Ich zog sie hinter eine Ritterrüstung und drückte ihr das Röhrchen mit dem Antifluch in die Hand. »Das ist das Gegenmittel. Ich weiß nicht, ob es wirklich wirkt, aber ...«

Sie nahm mir das Röhrchen aus der Hand und leerte es mit einem Schluck. Dann sah sie mich fragend an. »Wie hast du das geschafft? Ich dachte, Echoline ...«

»Es war so was wie Teamarbeit. Die genialen Ideen kamen von mir, die Zutaten von ihr.«

»Natürlich.« Meine Mutter strich mir mit der Hand über die Wange. »Du warst immer schon meine kluge Tochter.«

Ich spürte, wie sich dieser blöde Kloß, den ich gerade gar nicht gebrauchen konnte, im Hals breitmachte und räusperte mich. »Der Fluch wird aus dem ›heiligen‹ Blut der Blackhearts hergestellt. Wusstest du das?«

Mum schüttelte den Kopf.

»Sie sind immun gegen direkte Einwirkungen von Magie. Leider verstehe ich noch nicht ganz, weshalb Echoline immun gegen den Fluch ist.«

»Adel ...« Meine Mutter holte Luft. »Du solltest vielleicht wissen ...«

In dem Moment ertönte ein Knall. Wir fuhren herum. Eisblauer Nebel vertrieb den Rauch und quoll wie ein unaufhaltsames, gigantisches, alles verschlingendes Monster auf uns zu. Alles, was er berührte, versank hinter einer Schicht aus starrem, glänzendem Eis.

Verflixt und verflucht!

Die Alchemisten mussten eine weitere Waffe freigesetzt haben.

»Mum! Renn!«

47
DAS GEHEIMNIS DER BLACKHEARTS

Echoline Lighttower

Ich hörte ein Stöhnen aus der Ecke, wo vorher der Tresor gestanden hatte. Nun waren an derselben Stelle nicht mehr als ein paar Backsteine übrig geblieben.

»War das Morti?«

»Morti?«, echote Hilda ungläubig. »*Mein Liebster klingt ja wohl ganz anders. Viel tiefer, melodischer …*«

Wieder ein Stöhnen …

»Sicher? Klingt ziemlich poltergeisterig.«

»*Morti versteckt sich im Spülkasten einer Toilette. Du weißt ja, wie sensibel er ist. Ich denke, ich sollte mal nach ihm sehen.*«

Kaum war sie im Boden verschwunden, ertönte erneut der klagende Laut, gefolgt von einem wilden Fluchen. Den immer noch versteinerten Unfug an mich gedrückt, ging ich zu den geborstenen Mauerresten und lugte vorsichtig nach unten. Dort stand Thorn Blackheart wankend auf einer steinernen Kante, seinen Körper an die Außenwand des Turmes gepresst. Sein Gesicht war schmerzverzerrt. Als er mich sah, rief er: »Hey du! Hilf mir.«

Man sollte meinen, ein trainierter Mann wie er würde es selbst hinbekommen, sich aus dieser misslichen Lage zu befreien, aber nein.

»Worauf wartest du, Hexe, zieh mich rauf oder willst du zulassen, dass ich in die Tiefe stürze?«

Okay, es ist an der Zeit, mir etwas von Adelinas Coolness abzugucken.

Ich reckte das Kinn. »Sag mir erst, was mit meinem Blut ist, oder ich verschwinde.«

»Du erscheinst mir nicht wie eine Killerin!«

»Du würdest dich wundern. Ich habe bereits mehrfach eiskalt zugesehen, wie Unfug Spinnen gefressen hat.«

Thorn lachte rau. »Das ist nicht dasselbe, Mädchen!«

Ich verschränkte die Arme. »Na und? Ich bin eine Hexe. Ich dachte, die sind alle schrecklich und grausam. Außerdem hast du meinen besten Freund versteinert. Ich bin also nicht gerade gut gestimmt.«

»Die Versteinerung hält nicht lange an. Und jetzt reich mir deine Hand. Verdammt noch mal!«

»Sag mir, warum ausgerechnet ich den Fluch brechen kann.«

»Na schön. Wenn ich oben bin, verrate ich es dir.«

»Haha. Darauf falle ich nicht rein. Jetzt oder nie.«

Wir starrten uns an. Ich konnte ihm ansehen, wie schwer es ihm fiel sich aufrechtzuhalten. Seine Finger klammerten sich in einem Mauerspalt fest, seine Knie wackelten gefährlich.

»Das ... das ist nicht so leicht zu erklären.«

»Ich hab Zeit ...« Ich setzte mich im Schneidersitz an den Rand, stellte Unfug neben mich und wartete. »Soll ich mir noch einen Tee kochen oder willst du anfangen?«

Er drückte seine mit Schweißperlen bedeckte Stirn gegen die Mauer. »Ich kann es mir selbst nicht erklären«, brummte er schließlich. »Aber ...«

»Ja?« Ich lehnte mich vor.

»Du bist eine ...« Er zitterte. Jeden Moment konnte ihn die Kraft verlassen, aber er zögerte trotzdem, mir das letzte Geheimnis zu verraten.

»Jaaaaaa?« Meine Finger verkrallten sich im rauen Stoff meiner Hose.

»Eine Blackheart.«

Was?

»Eine Blackheart? Wie du? Das glaube ich nicht!«

»Ja. Ich wünschte, es wäre nicht so. Und jetzt zieh mich rauf. Ich kann nicht mehr ...«

Seine Knie gaben nach und er schwankte nach hinten. Instinktiv langte ich nach unten und ergriff seinen Arm. In dem Moment packte er mich, stieß sich ab und zog mich mit sich.

»Ich lasse nicht zu, dass du alles kaputt machst«, verkündete er bitter, während wir in die Tiefe stürzten.

Der Wind peitschte uns entgegen, als wir uns mit rasender Geschwindigkeit dem Boden näherten. Ich spürte den Druck in meiner Brust, aber er fühlte sich nicht länger wie ein Monster an, eher wie ein vertrauter Bekannter.

Also ließ ich einen Teil meiner Magie frei. Die Luft um mich her veränderte sich. Sie setzte sich in Bewegung, wurde stärker und presste sich von unten gegen meinen Körper.

Mein Fall verlangsamte sich und ich ... *schwebte.*

Leicht wie ein Blatt Papier segelte ich in der Luft, nur nicht so leise. Der Sturm heulte in meinen Ohren und mir standen sämtliche Haare zu Berge.

Der Alchemist hatte angesichts meiner Aktion seine Augen aufgerissen und starrte mich entsetzt an, während er seinem sicheren Tod entgegenfiel.

Nein, ich musste etwas tun!

Ich streckte meine Hand aus und die Magie reagierte sofort. Eine Windböe setzte sich in Bewegung und preschte ihm hinterher. Sie wirbelte um ihn herum, er drehte sich mehrfach um die eigene Achse und schrie, aber sein Fall verlangsamte sich, und kurz vor dem Boden stoppte er ganz.

Nebeneinander landeten wir vollkommen durchgeweht auf der Wiese.

»Warum?«, keuchte er. »Warum hast du mich gerettet?«

»Weil du recht hattest. Ich bin keine Killerin.«

»Du bist eine Schande.«

Ich verschränkte die Arme. »Du meinst eine Blackheart …«

»Das darf niemand erfahren!«, rief er heiser.

»Dann bist du mein … *Dad*?« Ich flüsterte das letzte Wort.

Er starrte mich schockiert an. »Natürlich nicht!«

»Aber wir sind verwandt.«

»Bedauerlicherweise ja. Ich bin dein … Nun ja … dein Onkel.«

»Ich habe einen Onkel?« Ein kurzes Quieken entschlüpfte mir, denn ich hatte mir immer eine große Familie gewünscht. Aber dann erinnerte ich mich jäh daran, was Thorn Blackheart getan hatte, obwohl er wusste, dass wir verwandt waren. Wenn ich früher von einer Familie geträumt hatte, dann sicher nicht von so einer.

»Bitte, erzähl mir alles«, bat ich leise. »Was ist passiert?«

»Deine Mutter hat meinen Bruder verhext. Das ist passiert.«

»Wie denn? So ganz ohne Magie …«

»Egal wie sie es angestellt hat. Sie war sein Untergang. Er war ein guter Mann, auf dem Weg, ein herausragender Alchemist zu werden, bis er sie traf und sich alles veränderte. Am Ende war er tot und das werde ich den Lighttowers nie verzeihen.«

»Und darum wolltest du mich umbringen?«

»Ich will dich aufhalten, weil du eine gefährliche wilde Hexe bist.« Jemand anderem das Leben zu nehmen, war an sich unvorstellbar, aber dann noch seiner Nichte? Wie konnte der Hass auf die Hexen nur so groß sein?

»So gefährlich bin ich gar nicht mehr. Ich lerne gerade meine Kräfte zu kontrollieren. Guck mal.«

Ich hob meine Hand und eine seichte Brise blähte seinen Mantel auf. Es war, wie Adelina gesagt hatte. Die Magie war nicht nur ein Teil von mir. Sie verband mich mit der Luft um mich herum.

Nur fand Thorn das alles andere als beruhigend. Er stolperte zurück, als hätte ich ihn verbrannt.

»Bleib mir damit vom Leib. Hörst du?«

»Warte. Ich will dir doch nur zeigen, dass du keine Angst vor mir haben musst.«

Er starrte mich an. »Angst?«

In diesem Moment öffnete sich das Tor von Silverfort, aber nicht nur das Haupttor, auch verborgene Ausgänge mitten auf der Wiese. Alchemisten kamen von allen Seiten herangestürmt. Sie zückten Phiolen und Tränke, bereit den alten Krieg aufs Neue zu beginnen, den ich unbedingt vermeiden wollte.

48
Die Wahrheit über Theo Blackheart

Adelina Everglade

Zitternd kauerten wir in einer Toilette, während Eis unter dem Türspalt hervorquoll und den Boden mit einer glänzenden Schicht belegte. Meine Finger schlossen sich um den Griff. Ich versuchte ihn herunterzudrücken, aber er bewegte sich keinen Millimeter. Also warf ich mich gegen die Tür, aber das Schloss war zugefroren und wir saßen in der Falle.

»Was jetzt?«, hauchte meine Mutter. Unser Atem malte weiße Wolken in die Luft.

»Wir werden nicht abwarten, bis die Alchemisten uns finden und festnehmen. So viel steht fest.«

Ich griff eine der vereisten Lampen und schüttelte sie. Allerdings erwachte sie nicht zum Leben, sondern blieb dunkel und kalt. Vorsichtig öffnete ich das Türchen und fand ein kleines, nacktes Feenwesen, das regungslos auf dem Boden der Laterne lag. Darauf bedacht, nicht die Flügel zu verletzen, holte ich es heraus und bettete es in meine Hand. Der kleine Körper war leicht und kalt wie eine Schneeflocke.

»Ist es tot?«, fragte meine Mutter.

Ich schüttelte den Kopf. »Nur erstarrt. Es braucht Wärme. Dann könnte es uns helfen hier rauszukommen.«

Vorsichtig schloss ich meine Hände wie ein Zelt über dem kleinen Körper, um ihn aufzuwärmen. Immer wenn meine Hand zu kalt wurde, wechselten wir und Mum übernahm das Glutpixie, bis der kleine Körper seine Farbe zurückgewann.

Während wir dem Pixie langsam wieder Leben einhauchten, sah ich, wie meine Mum mir immer wieder Blicke zuwarf, so als läge ihr noch etwas auf dem Herzen. Etwas, von dem sie nicht recht wusste, wie sie es am besten ansprechen sollte.

»Was wolltest du mir eigentlich sagen, bevor wir von einer Eiswolke attackiert wurden?«, fragte ich sie und landete einen Volltreffer.

Sie wurde noch blasser, als sie wegen der Kälte eh schon war. »Nun … Es ist wegen Echolines Vater.«

»Ich nehme an, er war nicht der heißblütige Spanier, von dem du mir immer erzählt hast?«

Sie senkte den Blick. »Nein, der war wirklich bloß ein Zirkusmagier und mein Alibi, damit niemand die Wahrheit erfuhr.«

Mittlerweile überraschte mich dieses Geständnis nicht mehr so, wie es das noch vor Wochen getan hätte. Im Gegenteil. Nun ließen sich die Puzzleteile in meinem Kopf viel besser zuordnen.

»Wer wusste von dieser kleinen Lüge?«, fragte ich.

Meine Mutter sah mich wieder an. »Willst du nicht wissen, *wer* es stattdessen ist?«

»Ich denke, ich weiß es. Theo Blackheart.«

Für einen Moment schwieg sie. »Du bist viel klüger, als gut für dich ist. Weißt du das?«

»Ja, weiß ich.« Ich hauchte in meine Hand, um die Kälte aus meinen Fingern zu vertreiben, die das kalte Glutpixie verströmte.
»Aber so ganz verstehe ich es nicht. Wie ist das passiert?«
»Es war … Liebe.« Ihre Wangen färbten sich rot und sie sah verlegen zur Seite. »Es ist so lange her, aber ich erinnere mich noch gut an seine Augen. Sein Lächeln. Die Art, wie er mich angesehen hat.«
»Er war ein Alchemist. Du eine Hexe …«
»Darum hielten wir unsere Liebe auch geheim. Ein Leben lang hatte ich eingetrichtert bekommen, wie schlimm die Alchemisten waren, aber er passte in dieses Bild so gar nicht rein. Er war freundlich, gütig, ein toller Zuhörer.«
Ihr Blick wanderte in die Ferne und ihre Stimme veränderte sich, als sie über ihn sprach. Sie wurde ganz weich und bekam einen verträumten Klang.
»Wir dachten sogar daran, alles hinter uns zu lassen. Oxford. England. Irgendwo von vorne anzufangen, wo es egal war, wer wir waren.«
»Mum! Du wolltest den Zirkel zurücklassen? Ist das dein Ernst?«
»Ich war jung und so verliebt. Aber dazu kam es nicht.« Ihre Augen wurden dunkel. »Eines Abends folgte Thorn seinem Bruder zu meinem Haus. Als er uns sah, wurde er wütend. Der Streit zwischen ihnen eskalierte. Ich wollte vermitteln, aber Thorn stieß mich zur Seite. Plötzlich erschien Robin. Er deutete die Situation falsch und wollte mir helfen. Es kam zum Kampf. Du kennst den Ausgang. Ich verlor meinen Bruder und meine große Liebe.«
Ihr Kinn sank auf die Brust. Selbst nach all der Zeit war es deutlich spürbar, wie sehr die Erinnerungen schmerzten. Ich rückte näher an sie heran.
Es gab keine Art, wie ich die nächste Frage schonend formulie-

ren konnte. Also tat ich es auf direkte Art.« »Mum. Wussten sie, dass du schwanger warst?«

Sie schniefte und schüttelte den Kopf. »Ich erfuhr es selbst erst Wochen später. Um das Kind zu schützen, beschloss ich es niemandem zu verraten. Ich traf mich mit dem Spanier und tat so, als wäre das Kind von ihm.«

»Was ist mit Corentine?«

»Sie kennt die Wahrheit oder ahnt sie. Aber nachdem bei Echolines Geburt die sechs Blitze ins Krankenhaus einschlugen, war es ihr egal, wer der Vater war. Ihre ganze Hoffnung auf Gerechtigkeit ruhte fortan auf diesem Kind.«

»Aber ihr habt *mich* mit heimgenommen. Und nicht Echoline. Hast du denn gar keinen Verdacht, wer uns vertauscht haben könnte?«

»Nein! All die Jahre bin ich davon ausgegangen, dass du die Auserwählte bist. Und Corentine ebenso. Wir hatten von dem Tausch keine Ahnung.«

Ich grübelte. »Ich denke nicht, dass es die Alchemisten waren. Und wenn es keiner von euch war, dann war es möglicherweise einfach nur eine blöde Verwechslung. Ein Unfall?«

Es fiel mir sehr schwer, das zu glauben, aber meine Mutter hob die Hand und strich mir über die Wange. »Oder es war Schicksal.«

»Schicksal?«

Der Gedanke erfüllte mich mit Hoffnung und ich wagte daran zu glauben, dass auch ich einen Platz in Betty Bangas Prophezeiung hatte. Wie um das zu bestätigen, spürte ich in dem Moment ein zaghaftes Flattern in meiner Hand. Vorsichtig öffnete ich die Finger. Das Pixie hatte sich erhoben und schlug mit den Flügeln. Erst langsam und träge, dann immer schneller. Wie ein Kolibri. Ein Kleid aus Flammen blühte um es auf wie eine Feuerblume. Es fauchte kurz, dann schoss es durch den Raum.

»Oje. Es ist sauer!«, rief meine Mutter und ging in Deckung.

»Ja, aber nicht auf uns. Es weiß genau, dass wir ihm geholfen haben.«

Wie um das zu bestätigen, legte das Pixie die Hände auf das vereiste Schloss. Innerhalb kurzer Zeit tropfte Schmelzwasser zu Boden. Als ich dieses Mal versuchte die Tür zu öffnen, schaffte ich es.

Kaum waren wir frei, da sauste das Pixie zur nächsten Laterne. Wir öffneten sie und fanden eine weitere kalte Fee am Boden liegen. Unser Pixie piepte erschrocken auf, bevor es sich auf seinen Freund am Boden legte.

Dieses Mal dauerte es nur Sekunden und das Feuerkleid des zweiten Glutpixie erwachte. Glücklich packten sich die beiden an den Händen und drehten sich zischend im Kreis.

Während die Pixies sich gegenseitig auftauten, eilten wir durch die vereisten Gänge und öffneten jede Laterne auf dem Weg. Da der Fahrstuhl vermutlich ebenfalls eingefroren war, steuerten wir das Treppenhaus an.

»Warum sind hier kaum Alchemisten?«, murmelte ich. »Das ist nicht gut.«

»Was meinst du?«

»Wenn sie nicht hier sind, sind sie woanders, und wer zieht wohl die Aufmerksamkeit so vieler Alchemisten auf sich?«

»Echoline.« Meine Mutter fluchte.

Ja. Ich fürchtete, sie wurde entdeckt. Hoffentlich hatte der Hilferuf über WITCHIN funktioniert. Ein bisschen Unterstützung wäre wirklich nicht schlecht.

Wir klammerten uns am Geländer fest und folgten den rutschigen Stufen nach unten.

»Da!«, rief Mum plötzlich und zeigte aus einem kleinen, schmalen Fenster auf die Wiese vor der Burg.

Ich folgte ihrem Blick und entdeckte Echolines bunten Haarschopf im Wind wehen. Direkt neben ihr stand ... Thorn.

Was machten sie da unten? Wie waren sie dahin gekommen? Mein Blick wanderte an der Mauer nach oben und ich erstarrte. Da, wo vorher das Büro gewesen war, war jetzt ... *nichts*.

Der obere Teil des Turmes fehlte.

Aber das war noch nicht alles. Wir hatten soeben die restlichen Alchemisten gefunden. Hunderte waren nach draußen geeilt, um Thorn Blackheart im Kampf gegen die Auserwählte beizustehen.

»Verflixt und verflucht.«

»Wir müssen da runter und ihr helfen«, drängte Mum. Ich nickte, während meine Gedanken rasten.

Plötzlich ließ uns eine Stimme zusammenschrecken. »Das werdet ihr nicht tun.«

Wir fuhren herum und entdeckten Tristan über uns auf den Stufen. Er holte aus und warf einen Ball nach uns.

»Nicht!« Meine Mutter riss die Hände hoch. Plötzlich spürte ich einen Windzug und Tristans Netzball änderte seine Richtung. Er flog geradewegs zu ihm zurück. In letzter Sekunde gelang es ihm auszuweichen und das Netz klatschte unbrauchbar gegen die Wand.

»Mum!« Ich wirbelte herum und starrte sie an. Sie sah genauso überrascht aus wie ich. »Warst du das?«

»Ich denke schon.« Lächelnd spreizte sie ihre Finger und der Windhauch streifte mein Haar. Er fühlte sich anders an als Echolines Magie. Wärmer. Freundlicher. Wie eine Sommerbrise.

»Das Gegengift ... Es funktioniert! Ich fühle mich plötzlich so frei. So vollkommen.« Verblüfft und begeistert sah sie von mir zu Tristan.

Der sprang auf. Ehe ich es verhindern konnte, zog er das Medusenauge aus seinem Gürtel.

»Mum! Sieh weg.«

Meine Warnung kam zu spät. Das Blau schwand aus ihren Augen und ein kaltes Grau nahm seinen Platz ein. Innerhalb von Sekunden hatte sie sich zu Stein verwandelt.

Bei dem Anblick wurde mir ganz schwindelig und ich musste nach dem Geländer greifen, um nicht umzukippen.

»Sie sehen immer hinein«, sagte Tristan und drehte den Spiegel in seiner Hand. Mit entschlossenen Schritten trat er neben meine Mum, die sich nicht länger rührte, und legte ihr eine Hand auf die Schulter.

»Du weißt, dieser Zauber hält nur kurz«, begann er. »Aber was, glaubst du, passiert, wenn ich sie die Treppe hinunterstoße? Wird sie dann in Scherben liegen?«

»Das würdest du nicht machen …«, flüsterte ich. Panik schnürte mir die Kehle zu. »Bitte. So bist du nicht.«

Für den Bruchteil einer Sekunde glaubte ich zu ihm durchzudringen, dann verhärtete sich seine Miene aufs Neue. »Es gab eine Zeit, da habe ich auch geglaubt, deine Gefühle wären echt. Scheinbar stecken wir beide voller Überraschungen.«

»Meine Gefühle waren echt.«

»Lüg nicht!«, rief er und Mum wackelte bedrohlich. Schnell stellte ich mich auf die Stufe unter sie und drückte meine Arme um ihren Körper, um sie festzuhalten.

Tristan starrte wütend auf mich hinunter. »Sag mir, wieso. Wieso hast du dich gegen die Alchemisten entschieden? Gegen *uns*.«

»Mir ist egal, was mein Blut sagt. Ich bin und bleibe eine Hexe, denn ich fühle mich wie eine.«

»Die Hexen haben dich verraten, Adelina! Sie wollen dich nicht.«

»Das ist nicht wahr.«

»Ich hätte dich nie verraten.«

»Vielleicht …« Ich nickte verkrampft. »Aber ich kenne meine Familie mein Leben lang und dich erst ein paar Wochen. Ich hätte niemals vergessen können, dass meine Mum in einem Kerker sitzt. Das konnte ich einfach nicht ertragen.«

Er zuckte zurück. Für eine Weile starrten wir uns an. Meine Lippen bebten vor Anspannung, meine Finger klammerten sich an den kalten Körper meiner Mutter.

»Die Hexen werden dich nie akzeptieren. Erst recht nicht, wenn sie ihre Magie zurückhaben.«

»Aber *ich* akzeptiere *mich*. Ich brauche keine Magie.«

Ich machte einen schnellen Schritt eine Stufe empor, aber bevor ich seinen Gürtel erreichte, hatte er mir einen kleinen Silberdolch an die Kehle gedrückt.

Seine Augen verengten sich. »Wage es nicht. Ich würde es tun.«

Ich schluckte und suchte nach seinem Blick. »Mich umbringen?«

»Dich um jeden Preis aufhalten.«

Ich konnte es sehen. Den Zorn in seinem Blick, den Schmerz und die Angst. Zum wiederholten Male spähte er zum Fenster, als befürchtete er, ein gigantischer Wirbelsturm würde jede Sekunde losgehen und seine ganze Welt mit einem Streich vernichten.

Dann wandte er sich wieder an mich. »Sag mir, wie du es angestellt hast. Wie hast du es geschafft, den Fluch zu brechen?«

»Wir müssen das nicht tun«, flüsterte ich, aber sein Gesicht war wie eine eiserne Maske.

»Ich denke, doch, und nun rede oder deine Mutter zersplittert in tausend Teile.«

49
Ein Neuer Krieg Beginnt

Echoline Lighttower

Die Situation war alles andere als rosig. Alchemisten umringten mich von allen Seiten. Einige stellten sich mir offen entgegen, andere versteckten sich hinter Trümmerteilen vom Turm, den ich zerstört hatte.

Okay, Echo. Du musst jetzt gut nachdenken, sonst endet das in einem Desaster.

Vorsichtig hob ich meine Hände. Rückwirkend betrachtet die vollkommen falsche Geste, denn die versammelten Alchemisten rissen sofort ihre Flaschen und Phiolen empor.

»Wartet. Ich will keinen Ärger«, sagte ich so ruhig wie möglich.

»Zu spät, Hexe! Sieh, was du getan hast.« Der Mann, der das gesagt hatte, war ein bulliger Kerl mit Bürstenhaarschnitt. Er deutete auf den Turm, dessen Spitze fehlte.

Mein Herz begann wie verrückt zu klopfen, was dafür sorgte,

dass sich die Luft um mich herum auflud. Ich spürte, wie der Wind alarmiert durch meine Haare streifte.

Einatmen.

Ausatmen.

Okay, Echo, diplomatisch. Sei diplomatisch!

»Das tut mir wirklich leid. Vielleicht nutzt ihr die Gunst der Stunde für ein gemeinschaftliches Renovierungsprojekt?«

»Du hast unser Oberhaupt angegriffen. Das wird nicht einfach unbestraft bleiben.«

»Aber er hat angefangen.«

Thorn rappelte sich auf und wankte zu seinen Alchemisten zurück. Offenbar hatte er kein Interesse daran, eine schlichtende Rolle einzunehmen. Im Gegenteil.

»Sie darf nicht entkommen«, zischte er. »Koste es, was es wolle.«

Danke für nichts, Onkel Blacky!

Kaum hatte er den Befehl gegeben, flog mir der erste Netzball entgegen. Instinktiv riss ich die Arme hoch und ließ einen Teil meiner Magie frei. Die Luft um mich herum setzte sich in Bewegung und fegte das Netz zur Seite.

»Wartet! Wir müssen das nicht …«

»Angriff!«, unterbrach mich Thorn.

Die Alchemisten holten aus, aber ehe sie ihre Phiolen nach mir werfen konnten, gab der Boden unter ihren Füßen nach und die erste Gruppe verschwand im Erdreich.

Entsetzt wich der Rest zurück. Ihre Köpfe zuckten alarmiert herum, auf der Suche nach den Angreifern.

Die traten wenig später einfach aus dem Boden heraus. Zuerst erschien Tante Corentine direkt an meiner Seite. Ihr folgten Männer und Frauen, die überall an verschiedenen Stellen um mich herum auftauchten.

Nebel sie erreichte. Morti grunzte und starrte auf seine schwarze Pfütze, die von der Nebelwolke einfach aufgefressen wurde.

»Schnell! Verschwindet!«, rief ich den Geistern zu und scheuchte sie durch die nächste Wand.

Dann hob ich meine Hand. Ich spürte den Druck in der Brust, mein Chaos, das hervorbrechen wollte.

Es ist kein Monster.

Es ist ein Teil von mir und ich muss mich nicht fürchten.

Ich spürte, wie die Magie durch meine Arme schoss und sich die Luft um mich herum in Bewegung setzte. Aus dem Nichts formte sie sich zu kleinen Wirbeln, die sich auf die Salzwolke stürzten und diese auflösten.

Es waren noch nicht alle weißen Fetzen verschwunden, da warf Thorn bereits sein nächstes Elixier. Oranger Dampf breitete sich mit rasender Geschwindigkeit aus. Meine Augen tränten und das Büro verschwamm zu einem undeutlichen Streifen.

Ich riss meine Hände hoch und ließ meinen Wind auch diese Wolke verwehen. Ich war noch nicht fertig, da hörte ich bereits ein Surren.

Ein Ball kam auf mich zugeflogen. Ein paar Meter vor mir explodierte er zu einem Netz, das sich wie eine Faust um mich schloss und meine Arme an den Körper presste. Aus dem Gleichgewicht gebracht fiel ich zu Boden.

Oh Mist!

Thorn kam auf mich zu. Von meiner Perspektive aus sah ich nur seine schweren, bunt besprenkelten Stiefel, die sich näherten. Mein Herz raste und ich kämpfte gegen das Netz an, aber die Seile schnitten mir fest ins Fleisch.

Thorn nestelte an seinem Gürtel und zog einen Spiegel heraus.

Oh nein!

Instinktiv schloss ich die Augen.

»Na los«, knurrte er. »Guck hinein.«

Ich spürte seine Finger an meinem Auge. Mit Daumen und Zeigefinger versuchte er meine Lider auseinanderziehen. Ich kniff sie, so fest ich konnte, zusammen, aber ... Millimeter um Millimeter öffnete Thorn es.

Plötzlich schoss ein pelziger Blitz auf ihn zu. Spitze Zähne bohrten sich in die Hand des Alchemisten, aber der reagierte sofort und hielt meinem Beschützer den Spiegel vor. Der Waschbär erstarrte. Sein Fell wurde grau wie Stein, als jedes Leben aus ihm verschwand.

»Unfug!« Mich überkam die Panik und mein Chaos bahnte sich einen Weg nach draußen. Es schoss die Nerven entlang bis in meine Fingerspitzen, bevor es explodierte. Stürmisches, brüllendes, alles verschlingendes Chaos. Es erinnerte mich an ein rasendes Tier, das wütend um sich biss und mich aus meinem Netz befreite. Ich packte Unfug und drückte ihn an mich, während sich die Winde aufbäumten.

Sie zerfetzten das Wappen von Silverfort in der Luft, fegten Becher und Phiolen aus dem Regal und brachten das Glas des Aquariums zum Zerspringen.

Der Schreibtisch, die Sitzecke. Alles setzte sich in Bewegung, wurde über den Boden geschleift und schließlich in die Luft gehoben.

Thorn versuchte verzweifelt sich irgendwo festzuhalten, aber auch er wurde emporgehoben und ruderte hilflos mit den Armen.

Der Schreibtisch donnerte gegen die Wand und hinterließ ein klaffendes Loch im Turm.

Meine Ohren sausten, aber ich dachte nicht daran, mich zu beruhigen. Ich wollte, dass Thorn verschwand!

Wie heißer werdender Wasserdampf in einem Teekessel schwoll der Druck in meinem Inneren an und entlud sich in einer weiteren

»Wir sind deinem Ruf gefolgt und bereit für den Kampf, Echoline«, sagte Corentine. Dem Glänzen in ihren Augen nach zu urteilen konnte sie es kaum erwarten, auch wenn die Hexen in der Unterzahl waren.

»Wir lassen uns nicht länger von euch unterdrücken!«, rief ein Mädchen mit weißblonden Haaren und Totenkopfshirt.

»Ihr werdet heute fallen!«

Die Alchemisten zuckten nicht zurück. Mit entschlossenen Gesichtern warteten sie auf Thorns Befehl.

»Kannst du wirklich den Fluch brechen?«, raunte mir Corentine zu. »Dann ist jetzt der richtige Moment.«

Ich griff in meinen Hosenbund, wo die Phiole mit meinem Blut war. »Das ist das Gegengift, aber ... wir sind uns nicht sicher, ob es wirkt.«

Corentine dachte kurz nach und winkte das Mädchen mit den weißblonden Haaren herbei. »Trink das, Tilly. Wir können die Kräfte der Chatterlys gut gebrauchen.«

Das Mädchen nahm das Röhrchen entgegen und trank es aus.

Im selben Moment flogen die ersten Netzbälle auf uns zu. Ich riss meine Arme hoch und eine Windböe schmetterte sie ab, bevor sie ihre Ziele erreichten. Sie waren noch nicht einmal zu Boden gefallen, als die Hexen einen Kampfschrei ausstießen und sich auf die Alchemisten warfen.

Phiolen flogen durch die Luft und schon überzog bunter Nebel die Wiese. Erneut hob ich meine Arme, konzentrierte mich auf den Druck in meinem Inneren, der beständig gegen das Brustbein presste, und ließ ihn frei. Ein Kribbeln jagte mir über die Arme und der Wind folgte meinem Befehl. Als sich die Wolken verflüchtigt hatten, war der Kampf bereits im vollen Gange.

»Lasst das!«, rief ich, aber niemand hörte auf mich. »Stopp!«

Der Alchemist mit Bürstenhaarschnitt stürmte mir mit gezücktem Messer entgegen, versank aber in der Erde, bevor er mich erreicht hatte.

»Das war knapp«, krächzte eine vertraute Stimme neben mir. Der Erdskrat hatte seinen Kopf aus dem Boden gesteckt und entblößte seine spitzen Zähne.

»Danke«, seufzte ich.

»Nobs kann noch viel mehr für dich tun.« Seine Augen leuchteten.

»Nicht umsonst, nehme ich an.«

Der Skrat rieb sich die Finger und rückte näher heran. »Alles, was du Nobs sagen musst, ist, wie du das Gegengift zum Fluch hergestellt hast.«

Ich dachte an Adelinas Warnung und schüttelte den Kopf. »Das verrate ich nicht.«

»Bist du dir sicher? Nobs kann helfen, die Alchemisten für alle Zeit zu begraben.«

»Niemand soll begraben werden!«

»Weißt du nicht, warum diese Krone auf deinem Kopf rot ist? Macht wird immer mit Blut bezahlt.«

Mit Blut bezahlt.

Ich blickte auf die Wiese, wo bereits die ersten Verletzten am Boden lagen. Einige waren zu Stein erstarrt, andere stöhnten, und wieder andere rührten sich nicht.

Das war nicht das, was ich wollte. Ganz und gar nicht.

»Ich werde eine andere Lösung finden«, murmelte ich, woraufhin der Skrat verächtlich auflachte.

Im selben Moment spuckte die Erde den bulligen Alchemisten wieder aus, der jetzt noch wütender war als zuvor. Und während der Skrat im Boden verschwand, stürzte er sich erneut auf mich.

Ich konnte spüren, wie die Magie ungeduldig in meinem Inneren herumwirbelte. Wie meine eigene Angst, aber ich ließ mich nicht von ihr überrennen. Stattdessen holte ich tief Luft und visierte meinen Gegner an.

Ihn anzugreifen wäre die logische Entscheidung, die einfache, aber ich musste meine Macht nicht zum Zerstören nutzen. Ich hatte die Wahl und ich wählte Frieden.

Die Härchen an meinen Armen richteten sich auf und ich ließ meine Magie frei. Der Wind packte mich und hob mich in die Höhe, gerade rechtzeitig. Der Bulle schlug ins Leere, verlor sein Gleichgewicht und stürzte. Ich sah mich nicht um, sondern streckte meine Arme.

Einatmen.

Ausatmen.

Leicht wie eine Feder schwebte ich über das Schlachtfeld, auf der Suche nach Thorn. Wir mussten diesen Wahnsinn beenden.

Ich landete neben ihm, um mit ihm zu sprechen, aber ich war nicht die Einzige, die nach ihm gesucht hatte.

Corentine näherte sich mit zwei Dolchen. Der Alchemist zog eine Phiole, die er aber nicht warf, sondern zu meiner Überraschung dem bulligen Alchemisten mit Bürstenhaarschnitt zuwarf, der mich verfolgt hatte.

Der zögerte nicht eine Sekunde und schluckte den Inhalt hinunter. Wenig später krümmte er sich und fiel auf alle viere, bevor er seinen Kopf in den Nacken warf. Seine Wirbelsäule knackte, ebenso wie der Rest seiner Gelenke.

Corentine erwachte aus ihrer Starre und griff nun den bulligen Alchemisten mit der Klinge an. In dem Moment wurde sie von einer Klaue durch die Luft katapultiert.

Einer Klaue?

Ich traute meinen Augen nicht. Der Alchemist war nicht mehr er selbst. Er war beinahe auf das Doppelte seiner Größe angewachsen. Seine Finger waren gewachsen und endeten in spitzen

Krallen, sein Gesicht hatte an Menschlichkeit verloren. Stattdessen fand ich dort nun die Züge eines Wolfes.

Gelbe Augen fixierten mich und ein grollendes Knurren drang aus seiner Kehle.

»Töte sie!«, rief Thorn und die Kreatur setzte zum Sprung an.

50
DER THRON DER HEXEN

Adelina Everglade

»Tris…«

»Sag es mir.« Er drückte mir die Klinge seines Silbermessers an die Kehle. Er meinte es ernst, aber ich war kein Mädchen, das zuließ, dass man seine Familie oder es selbst bedrohte. Es gab nur einen Weg. Ich musste ihn zerstören.

»Na schön, reden wir über den Fluch«, begann ich, jedes Wort mit Bedacht wählend. »Ich weiß, er wird aus eurem ach so gesegneten Blut hergestellt.«

Seine Augen verengten sich. Es war offensichtlich, dass es ihm nicht gefiel, dass ich darüber Bescheid wusste, aber er ging nicht darauf ein.

»Woraus besteht der Antifluch? Wie hast du es angestellt?«, knurrte er ungeduldig.

Die Statue meiner Mutter rutschte bedrohlich auf der vereisten Treppe hin und her. Wenn wir beide das unbeschadet überstehen wollten, musste ich bei der Mission Zerstörung so einfühlsam wie möglich vorgehen.

»Kommt es dir nicht seltsam vor, dass euer Blut dazu in der Lage ist, den Hexen ihre Magie zu rauben?«

»Unser Blut ist heilig. Wir sind dazu bestimmt.« Der Druck der Klinge an meinem Hals verstärkte sich.

»Warum nennt ihr es ›Fluch‹? Ein seltsamer Ausdruck für Alchemisten, oder?«

»Lenk nicht ab. Ich will Antworten. Was ist im Gegenmittel?«

»Na schön. Gib mir einen Fluchegel und ich zeige es dir«, forderte ich.

Er kniff seine Augen zusammen und musterte mich unschlüssig, ob er mir folgen sollte oder ich ihn bloß hinhalten wollte.

»Ich will nur deine Frage beantworten«, versprach ich.

»Wehe, du willst Zeit schinden«, brummte er. Er langte an seinen Gürtel und holte einen der Egel hervor, den er mir entgegenstreckte. Er fühlte sich kühl an. Glitschig und fest zugleich. Wie eine Nacktschnecke.

»Testet ihr euch regelmäßig?«

Er zwinkerte verwirrt. »Nein. Wir sind Alchemisten. Wieso sollten wir uns testen?«

»Wie, glaubst du, reagiert der Egel auf dein heiliges Blut? Fängt er an wie eine Glühbirne zu leuchten oder glitzert er in allen Farben des Regenbogens?« Ich setzte ihm das Tierchen auf den Arm.

»Was soll das?« Für einen Moment sah er so aus, als wolle er das Tierchen runterreißen. Dann überlegte er es sich doch anders und wartete. Der Egel rückte hin und her, um es sich gemütlich zu machen. Dann setzte er seinen Saugrüssel an und begann zu trinken.

»Das ist albern«, sagte Tristan, hielt aber inne, als sich der Egel verfärbte.

Er war violett.

Plötzlich krümmte er sich zusammen und fiel zu Boden, wo er leblos liegen blieb.

»Was zum ...«

»Dein heiliges Blut hat das arme Tierchen getötet.«

»Das kann nicht sein. Nur mächtiges Hexenblut ist giftig für sie. Ist das einer deiner Tricks?«

Der Dolch in seiner Hand zitterte und jede Farbe war aus seinem Gesicht gewichen.

Weiter, Adel! Du bist auf dem richtigen Weg. Nur ein letzter Schubs.

»Ich nehme an, du hast von dem letzten großen Hexenkrieg gehört?«

»Natürlich. Die Hexen haben dabei halb London zerstört.« Er blinzelte. Sein Blick zuckte immer wieder fassungslos zu dem Fluchegel, der auf dem Boden lag.

»Du hast recht. Um die Krone zu bekommen, wurden die Hexen immer rücksichtsloser und brutaler. Jede Familie wollte ihre Favoritin auf dem Thron sehen, und gerade als Rita den Krieg zu gewinnen drohte, begann der Fluch. Wie unglaublich praktisch für die Blackhearts.«

»Worauf willst du hinaus?«

»Du bist ein Hexer.«

Er starrte mich an. Erst fassungslos, dann wütend. »Das ist der größte Schwachsinn, den ich je gehört habe.«

»Ich dachte, der Egel irrt sich nicht«, sagte ich lauernd. »Denk doch mal drüber nach. Euer Blut hat die Fähigkeit, Magie zu neutralisieren. Warum? Wieso könnt ihr das? Es gibt nur eine logische Erklärung. Ihr seid Bluthexen. Deine Vorfahren haben diese Fähigkeit genutzt, um Rita zu besiegen. Und alle anderen gleich mit. So habt ihr den Krieg gewonnen und die Krone gestohlen.«

Der Dolch hing nur noch nutzlos in seiner Hand. Also nutzte ich die Chance, um ihn zur Seite zu drücken. Tristan ließ es einfach geschehen und sah dabei so erbärmlich aus, dass ich beinahe Mitleid bekam.

»Das ist … Wahnsinn.« Er wankte zurück, stolperte über eine Treppenstufe und blieb sitzen. Sein Blick war leer, sein Körper gelähmt. Die silberne Klinge, die gerade noch an meiner Kehle gelegen hatte, lag nun vergessen neben ihm.

Das war's.

Ich hatte ihn zerstört.

Phase zwei meines Plans lautete Flucht.

Während Tristan also versuchte das Erfahrene zu verarbeiten, schaffte ich meine Mutter weg. Ich schlang meine Arme um ihre Taille. Dann hievte ich sie Stufe für Stufe aus Tristans Sichtweite. Das gestaltete sich als beinahe unmöglich, denn ihr Körper war schwerer als gedacht und der Boden rutschig.

Während ich sie hinunterschaffte, füllte Rauch das Treppenhaus. Er kam von oben und mit ihm waberte erdrückende Hitze die Stufen hinunter. Ich nahm an, die Glutpixies feierten in den oberen Stockwerken eine heiße Party.

Nach kurzer Zeit war das Eis verschwunden, aber die Luft nur schwer zu atmen. Ich riss die Fenster im Turm auf, bevor ich Mum weiterschleppte.

Es dauerte ewig, bis ich einen Gang erreichte, in dem ich sie abstellen konnte. Schweißperlen liefen mir über die Stirn. Meine Arme und Beine zitterten vor Anstrengung, aber der Körper meiner Mutter war immer noch starr und grau.

Ich sah zurück in das mittlerweile vollkommen verrauchte Treppenhaus, aber Tristan war uns nicht gefolgt.

Was sollte ich tun?

Ich zögerte. Phase drei meines Plans hatte definitiv nicht Mitleid vorgesehen.

Dummerweise wusste ich nur zu gut, wie es sich anfühlte, wenn die eigene Welt in Scherben zerfiel. Als meine zerstört wurde, hatte er mich aufgefangen. Auch wenn das mit uns nicht gut ausgegangen war, wusste ich nicht, wo ich ohne ihn wäre.

Ich schuldete ihm etwas.

»Ich bin gleich wieder da, Mum«, flüsterte ich.

Dann stürmte ich zurück, aber Tristan saß nicht länger dort, wo ich ihn zurückgelassen hatte.

51
DER WER-ALCHEMIST

Echoline Lighttower

Ich ließ mich vom Wind in die Luft katapultieren und wich den Krallen des Weralchemisten in letzter Sekunde aus. Er fletschte die Zähne und jagte mir hinterher.

Meine Beine flogen über den Boden. Immer wieder griff mir der Wind unter die Arme und trug mich vorwärts. Mein Ziel war es, die Kreatur vom Schlachtfeld zu locken, und meine Angst beflügelte mich dabei.

Ich steuerte die Burg an in der Hoffnung, darin ein Versteck zu finden. Mithilfe des Windes eilte ich die Außenmauer empor zu einer Fensterbank. Auf der blieb ich sitzen. Während ich überlegte, wie ich am besten ins Innere gelangen sollte, erreichte der Weralchemist ebenfalls die Burg. Er legte seinen Kopf in den Nacken und stieß ein lang gezogenes Heulen aus. Dann richtete er sich auf und begann den Turm emporzuklettern.

Ernsthaft?

Die Magie drückte drängend gegen mein Brustbein und ich ließ einen Teil von ihr frei, um mich zum nächsten Stockwerk emporzuwehen. Wieder landete ich auf einem Fenstersims und lugte nach unten.

Stück für Stück zog der Weralchemist sich an den Backsteinen hoch, den Blick starr nach oben gerichtet.

Auf mich.

Ich stieg weiter nach oben, und auch wenn ich keine Höhenangst hatte, überkam mich ein mulmiges Gefühl. Gerade wenn ich an meine Bruchlandungen als Geist dachte.

Ich schob die Gedanken beiseite und richtete meine Aufmerksamkeit nach vorne. Auf die Flucht. Immer eine Fensterbank nach der anderen erklomm ich, bis ich plötzlich ganz oben angelangt war.

Zurück auf dem Turm, von dem ich gestürzt war.

Von Thorns Büro war nicht mehr übrig geblieben als die Eingangstür und selbst die sah so aus, als würde sie jeden Moment zusammenklappen.

Ich drehte mich zu dem Weralchemisten um, der mir zähnefletschend folgte. Unter uns tobte noch immer der erbitterte Kampf zwischen Alchemisten und Hexen, aber ich konnte weder Tante Corentine noch Thorn zwischen neuen bunten Nebelwolken erkennen.

Mehr Zeit blieb mir nicht. Der Weralchemist hatte mich fast erreicht. Also stolperte ich von der Kante zurück und rannte zu der Tür, die tatsächlich aus den Angeln kippte, bevor ich sie auch nur berührte. Gerade wollte ich in den Gang sprinten, da stieg Hilda aus dem Boden.

»*Überraschung! Da bin ich wieder.*« Sie richtete ihre Föhnfrisur und strahlte mich an. »*Morti geht es gut. Er braucht nur ein wenig Ruhe. Hab ich etwas verpasst?*«

»Nur dass ich eine Blackheart bin.«

»*Was?*«

»Ja, Thorn ist mein Onkel. Aber er will mich trotzdem umbringen.«

»*WAS?*« Sie starrte mich an. »*Ich war doch nur ein halbes Stündchen weg!*«

»Er hat einen Weralchemisten auf mich gehetzt. Wir sollten verschwinden, bevor er hier oben ankommt.«

Ich hörte bereits das Kratzen seiner Krallen auf dem Stein. Also sprintete ich zum Treppenhaus und eilte die Stufen hinunter.

Hilda folgte mir Kopf schüttelnd. »*Du solltest dein Leben in den Griff kriegen. Wirklich! So einen Stress hält auf Dauer niemand aus. Das ist nicht gut fürs Herz ...*«

»Glaub mir, ich würde im Moment auch lieber etwas anderes tun, aber ...«

»*Kein aber. Der Trick ist loszulassen.*«

»Wenn ich jetzt loslasse, bin ich tot.«

Ich verließ das Treppenhaus durch eine Tür und landete in einem Gang nicht weit vom Speisesaal entfernt. Da ich rechts Alchemisten entdeckte, wandte ich mich nach links.

Hilda folgte mir beneidenswert mühelos. Das war das Gute am Geistsein. Man bekam keine Seitenstiche.

»*Du weißt, ich kenne mich nicht aus, aber ich habe mal eine Lektüre gelesen, in der Werwölfe gegen Knoblauch allergisch waren.*«

»Ich bin mir ziemlich sicher, es war Silber«, japste ich.

»*Dann solltest du es damit versuchen, meinst du nicht?*«

»Und wo bekomme ich auf die Schnelle Silber her?«

»*Mein Schmuck war aus Silber.*« Sie wackelte mit den Fingern. »*Aber das hilft wohl nicht, wenn ich so darüber nachdenke.*«

Im selben Moment hörte ich Schritte hinter uns. Tante Hilda

Dann ging ich meinem Schicksal entgegen.

Es dauerte nicht lang, bis ich auf die ersten Alchemisten traf. Als sie mich entdeckten, rissen sie ihre Tränke vom Gürtel, aber ich hob ergeben meine Arme. »Bleibt locker, Leute. Tristan Blackheart erwartet mich.«

Obwohl mein Herz wie wild klopfte, ließ ich mir nichts anmerken, als sie mich in ihre Mitte nahmen und mich mit sich zerrten. Meine Finger schlossen sich auf der Suche nach Halt fest um den Griff der Laterne, die mir glücklicherweise niemand abnahm.

Je mehr wir uns dem Ziel näherten, desto enger zog sich mein Magen zusammen. Ich hatte Angst vor Tristans Reaktion, Angst vor dem, was mich in seinen Augen erwarten würde. Ich versuchte mich darauf vorzubereiten, aber als es schließlich so weit war, erschrak ich trotzdem. Von der einstigen Wärme war nichts mehr übrig. Stattdessen war da bloß noch eisige Winterkälte.

Was hatte ich erwartet? Ich hatte ihn verletzt und verraten …

»Wo ist deine Hexenfreundin?«, presste Tristan zwischen zusammengekniffenen Lippen hervor.

Neben ihm standen gut fünfzehn kampfbereite Alchemisten und ich war mir sicher, dass sich da noch eine Menge mehr versteckt hielten. In einer Ecke zwischen zwei Wachen kauerte eine vertraute Gestalt.

Mum!

Ich schluckte meine Anspannung herunter und richtete mich auf. »Tja, unsere neue Königin war verhindert, aber ich bin hier, um die Freilassung unserer Mum zu verhandeln.«

Er stieß einen verächtlichen Laut aus. »Was willst du uns denn anbieten?«

Er ließ mir keine Gelegenheit zu antworten, sondern wandte sich direkt an die Alchemisten, die mich mit grimmigem Gesicht flankierten. »Bringt sie weg.«

»Wir haben deinen Vater«, rief ich, bevor sie dem Befehl Folge leisten konnten. »Wäre er dir genug wert, um ihn gegen unsere Mutter auszutauschen?«

Meine Wächter hielten inne und sahen zu Tristan. Der musterte mich, dann verzogen sich seine Lippen zu einem fiesen Grinsen. »Ich kenne dich, Adelina. Du bluffst.«

»Tue ich nicht. Wir haben deinen Vater.« *Im weitesten Sinne. Zumindest wusste ich, wo er sich aufhielt ... und hoffentlich immer noch selig schlief.*

Tristan machte ein genervtes Zeichen. »Sperrt sie ein, aber durchsucht sie vorher. Sie hat bestimmt ein Medusenauge dabei.«

Der Gürtel wurde mir grob von der Hüfte gerissen. Dann packte mich jemand an der Schulter, um mich zum Ausgang zu schieben.

Jetzt oder nie!

Meine Finger schlossen sich fester um die flackernde Lampe und ich rief: »Warte! Eins noch!«

»Was soll das, Adelina?«, fragte Tristan gelangweilt. »Müssen wir das wirklich auf diese Tour klären?«

»Weißt du nicht mehr?« Ich schüttelte die Hände meiner Wärter ab und schob mein Kinn vor. »Ich wähle immer die harte Tour.«

Mit diesen Worten drückte ich den ersten Hebel an der Lampe zurück, dann den zweiten, der die Tür sicherte. Als Letztes öffnete ich das Schloss. Der Deckel schnappte auf und ein glühender Feuerball schoss heraus.

»Glutpixie!«, rief Tristan, aber es war schon zu spät. Das kleine wütende Bündel stürzte sich zischend auf den nächsten Alchemisten und setzte dessen Mantel in Flammen.

Der Mann schrie auf. Mehrere seiner Kameraden versuchten ihn mit Wasserbällen zu löschen, während das Pixie einen Teppich entzündete.

Ich sprintete zu den nächsten Lampen, von denen es mehr als

Druckwelle, die die Wand der Turmspitze mit einem lauten Knall zerlegte. Ziegelsteine und Dachpfannen wurden meterweit durch die Luft geschleudert.

Ich holte tief Luft und starrte auf das, was ich getan hatte. Da, wo vorher noch die Wände seines Büros gestanden hatten, war nun nichts mehr ...

Langsam drehte ich mich im Kreis. Ich hatte es geschafft. Thorn war weg und ich hatte dabei nicht die komplette Burg zerstört. Oder die ganze Stadt.

Eine sanfte Brise strich durch mein Haar und rückte meine Krone zurecht. Neben mir lugte Tante Hilda aus dem Boden. Sie deutete auf die Überreste des Computerbildschirms, der zwischen Geröll und zerborstenen Möbeln lag.

»Ich glaube, du hast nun ihre Aufmerksamkeit.«

46
CHAOS IST MEIN ELEMENT

Adelina Everglade

Ich machte mich auf den Weg zum Nordturm, wo Tristan uns erwarten würde, aber vorher hatte ich noch ein Versprechen einzulösen. Also schlich ich mich auf eine Toilette und beugte mich über die Spülung.

»Willst du hier dein Glück versuchen? Ich glaube, das ist sicherer, als in einem Latte-macchiato-Glas zu bleiben«, flüsterte ich dem Quellenpixie zu. Kühle, glitschige Arme glitten über meine Hand hinweg und mit einem Plumps verschwand das Wesen in der Toilette, seiner Freiheit entgegen.

Es war an der Zeit, mich Tristan zu stellen. Allein bei dem Gedanken ballte sich alles in mir zu einem Knoten zusammen, aber ich wusste, dass es keinen anderen Weg gab.

Als ich das Bad verließ, nahm ich mir eine der dunklen Lampen von der Wand. Mit einem Schütteln erweckte ich sie und eine kleine Flamme entzündete sich in ihrem Inneren.

52
Im Herzen
der Flammen

Adelina Everglade

Je höher ich kam, desto dichter wurde der Rauch. Im Vorbeirennen riss ich weitere Fenster auf, aber das half kaum gegen die Hitze.

Wer war bloß verrückt genug freiwillig in diese Gluthölle zu steigen?

Und wer verrückt genug zu folgen?

»Tris! Wo bist du?«, keuchte ich. Im Weiterlaufen zog ich mir die Strickjacke aus und band sie mir als Schutz um Mund und Nase. Er war nirgendwo zu sehen. Hatte ich es mit meinem Plan der Zerstörung übertrieben? »Tristan! Komm schon! Du musst hier raus!«

Plötzlich hörte ich Geräusche und wenig später tauchte eine gebeugte Silhouette im Rauch auf. Tristan stützte sich auf seine Oberschenkel und rang nach Luft.

»Tristan? Was machst du denn?«

»Sie brennen mein Zuhause nieder«, keuchte er und deutete auf die Glutpixies, die zischend und jubelnd über Teppiche sprangen, sich an Gardinen entlanghangelten und die hässlichen Ölgemälde abfackelten. Es waren mittlerweile unzählige, die aus den Laternen befreit worden waren, und sie feierten ihren Sieg.

Für Tristan musste der Anblick schrecklich sein. Er nestelte an seinem Gürtel und zog einen Ballon hervor, in dem Wasser hin und her waberte. Es war offensichtlich, dass der nichts gegen die Übermacht an Pixies ausrichten konnte. Es auch nur zu versuchen wäre Selbstmord, aber das hielt ihn nicht auf.

»Ich lasse nicht zu, dass sie alles kaputt machen.« Ehe ich es verhindern konnte, warf er den Wasserballon auf die Pixies und erwischte eine Handvoll, die dampfend erloschen und zu Boden rieselten.

»Tris! Nein!«

Der Rest der Glutpixies wandte sich dem Angreifer zu. Das Feuer um ihre Körper loderte auf und sie rückten so nahe zusammen, dass sie miteinander zu verschmelzen schienen.

Tristan griff nach einem weiteren Wasserball und wich zurück, als sie ihn einkreisten. Langsam und bedrohlich näherten sie sich von allen Seiten.

Ehe ich das zu Ende denken konnte, sprang ich schützend vor ihn. »Bitte! Tut ihm nichts!«

Er starrte mich an. »Was tust du da?«

»Wonach sieht es denn aus? Ich will dich retten.« Sauer schlug ich ihm den Wasserball aus der Hand.

Ich rechnete nicht damit, dass die Pixies auf mich hören würden. Sie waren starrsinnig und hitzköpfig. Es war also das Wahrscheinlichste, dass sie uns beide zu Asche verkohlten.

Aber es passierte etwas anderes.

Ein einzelner Glutball löste sich aus dem Schwarm und senkte sich zu uns herab. Es zischte und deutete auf mich.

schrie und ich machte einen Satz nach vorne, gerade rechtzeitig. Die Pranken des Weralchemisten verfehlten mich um Millimeter.

Hilda zerlief vor Schreck zu einer Pfütze.

Ich verlor keine Zeit und beschleunigte mein Tempo wieder. Hinter mir stieß mein Verfolger ein grollendes Knurren aus. Ich spürte seinen heißen Atem im Nacken und die Angst rief meine Magie herbei.

Eine Windböe glitt unter den Teppich, der den Gang auskleidete, und hob ihn an. Ich sprang gerade noch rechtzeitig zur Seite, während der Weralchemist von der Teppichwelle ergriffen wurde.

Schnaufend blieb ich stehen und lehnte mich an die Wand. Meine Lungen brannten, ebenso wie meine Beine. Lange würde ich dieses Tempo nicht mehr durchhalten können.

»*Er kommt zurück!*«, kreischte Hilda. »*Schnell! Hier lang!*«

Sie schwebte an mir vorbei und ich nahm all meine Kraft zusammen, um ihr zu folgen. Sie bog in einen Gang und verschwand in einer dunklen Tür.

Der Herrentoilette.

Gerade schlug ich die Tür hinter mir zu, da warf sich der Weralchemist bereits dagegen. Jeden Moment würde sie nachgeben. Ich wirbelte auf der Suche nach einem Versteck herum, sah aber nur Klokabinen.

»*Hier rein!*«, rief Hilda und deutete auf die letzte.

In dem Moment flog die Tür zum Badezimmer auf. Ich stürmte in Richtung Kabine, den Weralchemisten auf den Fersen. Seine Krallen schlugen durch die Luft auf mich hinunter. Ich duckte mich und spürte, wie er nach mir schnappte.

Bevor er mich zerreißen konnte, flog der Deckel des Spülkastens auf und eine schwarze Gestalt drängte daraus empor. Mortimer stürzte sich auf den Werwolf, der in diesem Moment von mir abließ. Winselnd zog er sich zurück, als die schwarze Poltergeistmasse durch ihn hindurchglitt. Sein Blick jagte in alle Richtungen, aber er konnte den Grund für seine Panik nicht entdecken. Allein in der Nähe eines Poltergeistes zu stehen, jagte einem schon eine Gänsehaut über den Rücken, und ich konnte mir nicht vorstellen, was passierte, wenn dieser Geist wieder und wieder durch einen hindurch glitt. Die Ohren des Wolfalchemisten waren angelegt, die gelben Augen weit aufgerissen, während er sich auf dem Boden hin- und herwand.

Mortimers Mund wuchs auf das Dreifache seiner ursprünglichen Größe an, als er einen fürchterlichen Schrei ausstieß, der dafür sorgte, dass die Spüldeckel explodierten und Wasser in alle Richtungen schoss.

Das war für den Weralchemisten genug. Er floh aus dem Bad.

Dann erlosch das Flammenkleid und zurück blieb ein oranger Schimmer. Das Pixie begann um mich herumzukreisen. Aber nicht auf eine bedrohliche Art. Eher eine *neugierige*?

Ich hob meine Hand und zu meiner Überraschung landete es darauf. Kurz befürchtete ich, mich an seiner Berührung zu verbrennen, aber als die Füße über meine Haut flogen, spürte ich keinen Schmerz. Nur kitzelnde Wärme. Auch die anderen Pixies senkten ihre Flammenschilde, beinahe so, als hätten sie entschieden mir nichts tun zu wollen.

Dann wandte sich mein neuer Freund Tristan zu und seine zischenden Laute wurden wütender.

»Ich weiß, er ist ein Blödmann, aber er wird euch auch nichts mehr tun, richtig?«, sagte ich schnell und stieß Tristan an, aber der starrte nur mit offenem Mund auf die Pixies.

»Sie haben Angst vor dir«, fuhr ich mit sanfterer Stimme fort. Endlich blinzelte er.

»Vor mir?«, fragte er ungläubig.

»Vor euch Alchemisten. Ihr habt sie in die Laternen gesperrt und sie mit Eiswolken angegriffen. Was erwartest du?«

»Ich ... Aber *sie* sind gefährlich.«

»Nein. Sie sind aufgebracht. Alles, was sie wollen, ist frei sein.«

Das Pixie klackerte zustimmend.

Tristans Augen weiteten sich. Endlich riss er seinen Blick von den Flammen los und wandte sich mir zu. »Sie verstehen dich.«

»Natürlich. Pixies sind sehr clever und viel robuster, als sie aussehen. Also lass deine Wasserbälle stecken. Mit denen kannst du nichts ausrichten.«

Er nickte langsam, dann hob er seine Hände, um den Pixies zu demonstrieren, dass er nicht vorhatte sie länger anzugreifen. Sie klackerten und zischten, während sie die Köpfe zusammensteckten.

»Ich hätte nie gedacht, dass man mit ihnen sprechen kann.«

»Hast du es denn versucht?«

»Meistens haben wir ziemlich schnell gekämpft …«, gestand er und rückte näher an mich heran. »Was werden sie jetzt machen?«

»Ich glaube, sie lassen dich am Leben.«

Mein kleiner Freund näherte sich vorsichtig Tristan. Ich konnte sehen, wie der sich anspannte. Sein Leben lang hatte er gelernt, dass diese Kreaturen gefährliche Monster waren, und nun schien es ihn all seine Überwindung zu kosten, die Nähe des Pixies zuzulassen.

Der kleine orange Ball landete auf Tristans Hand, tänzelte seinen Arm empor und zog ihn am Ohr, bevor er wieder zu den anderen davonzischte. Die empfingen ihn knisternd.

Tristan schmunzelte überrascht. »Hat er einen Namen?«

»Fünkchen.«

»Wirklich?«

»Nein. Ich bin zwar beeindruckend, spreche aber kein Pixisch.«

Für einen wunderbaren Moment kehrte das alte Funkeln in Tristans Augen zurück und unsere Nähe fühlte sich fast so vertraut an wie zuvor. Aus Gewohnheit wollte ich nach seiner Hand greifen, erinnerte mich dann aber jäh, dass das wahrscheinlich nicht länger erwünscht war.

Stattdessen knuffte ich ihn in die Seite und konnte mir nicht verkneifen zu sagen: »Komm, Hexer, wir müssen eine Auserwählte retten und einen Krieg verhindern.«

Schlagartig wurde er blass. »Wie werden sie reagieren, wenn sie erfahren, dass sie von Hexern angeführt wurden?«

»Sie werden hoffentlich verstehen, dass es egal ist, ob man Magie im Blut hat oder nicht. Das ändert nichts an der Person, die man ist.«

53
SCHWESTERN?

Echoline Lighttower

»*Mein Morti ist ein Held*«, flötete Hilda. »*Hast du gesehen, wie er diesen Wolf in die Flucht geschlagen hat?*«

Sie schlang ihre Arme um den Poltergeist und die beiden verschmolzen in einem Kuss. Dieses Mal tropfte niemand. Im Gegenteil. Beide schienen von innen heraus zu leuchten.

Ich wollte ihnen etwas Privatsphäre gönnen und ging zurück in den Flur. Für einen Moment hatte ich geglaubt aufatmen zu können, aber dann sah ich eine Gruppe Alchemisten um die Ecke biegen.

»Das war die gesuchte Hexe!«, rief jemand.

»Ich hab gesehen, wie sie hier langgerannt ist.«

»Ich sag den anderen Bescheid!«

Schnell zog ich mich ins Badezimmer zurück und lehnte mich mit klopfendem Herzen an die Wand. Einige meiner Verfolger waren in meinem Alter, andere noch viel jünger. Ich konnte doch nicht gegen Kinder kämpfen. In so einem Kampf wäre es nur eine Frage der Zeit, bis ich jemanden verletzte. Ernsthaft verletzte.

»Morti?«, fragte ich.

Der Geist löste sich von Hilda und wandte sich mir zu, wobei seine nicht vorhandene Wirbelsäule gruselig knackte.

»Kannst du mir einen Gefallen tun und ein paar Alchemisten erschrecken?«

Sein Kopf knickte um 90 Grad nach rechts und ein Schwall schwarze Geisteressenz tropfte aus seinem Ohr.

»Sorg einfach dafür, dass sie weglaufen«, flehte ich.

Hilda steckte den Kopf durch die Wand, um nach dem Rechten zu sehen. Mit ernstem Gesichtsausdruck wandte sie sich an mich.

»*Das sind zu viele.*«

»Ich weiß …«

»*Du musst sie wegwehen.*«

In diesem Moment rief jemand: »Seht in den Toiletten nach!«

Morti trat vor und klopfte mir auf die Schulter. Nun ja, er klopfte *in* die Schulter und die Berührung verstärkte meine Sorgen um ein Vielfaches, aber ich war mir sicher, er meinte es gut.

Ich holte tief Luft. Mit wackeligen Beinen trat ich in den Flur, dem Suchtrupp entgegen.

Die Gruppe erstarrte. Ihre Gesichter waren feindselig, aber ich konnte noch etwas in ihren Blicken sehen. Angst.

»Hört zu, Leute«, versuchte ich es. »Wir müssen nicht kämpfen.«

»Sie ist es!«, rief einer der älteren Jungen. »Angriff!«

Warum hörte mir nie jemand zu?

Schon flogen die ersten Flaschen, aber mein Wind warf sie zurück und sie zerschellten nutzlos an der Wand.

»Ich will euch nicht verletzen.«

»Tötet sie!«

Ich wich vor der Gruppe zurück, meine Hände erhoben. Schon flogen die nächsten Tränke auf mich. Sie warfen alles, was sie hatten.

Ich drehte mich zur Seite. Eine Böe riss das Fenster aus den Angeln und ich sprang hinaus. Der Wind empfing mich mit stürmischen Armen und ich segelte nach unten, wo ich auf allen vieren im Gras landete.

Geschafft!

⚜ ⚜ ⚜

»Echoline!«

Mein Kopf zuckte hoch und ich erstarrte. Meine Tante kniete vor Thorn, ein silbernes Messer an ihrer Kehle. Auch die anderen Hexen waren besiegt. Einige lagen verletzt auf der Erde, andere wanden sich gefesselt in Netzbällen oder waren zu Stein erstarrt.

»Euer kleiner verzweifelter Kampf ist vorbei«, knurrte Thorn. »Gib auf.«

»Kämpfe!«, widersprach meine Tante. Drohend schnitt ihr die Klinge in die Haut, aber in ihren Augen konnte ich keine Angst erkennen. »Es ist deine Bestimmung, Echoline! Vernichte sie!«

»Schweig, Hexe.«

Ich vergrub meine Hände in der Erde. Der Wind strich durch meine Haare, tanzte in Wirbeln um mich herum, bereit meinem Befehl zu folgen. All diese Hexen, sie waren wegen mir hier. Ich konnte nicht zulassen, dass man ihnen etwas antat. Warum war es nur so verdammt schwer, friedlich zu verhandeln?

»Gib auf oder sie sterben hier und jetzt.«

»Für meinen Zirkel gehe ich gerne in den Tod«, verkündete Corentine.

Das würde ich niemals riskieren. Mein Leben lang hatte ich mir eine Familie gewünscht und es wäre das Schlimmste, sie jetzt vor meinen Augen zu verlieren.

Na schön! Wenn ich Frieden wollte, sollte ich vielleicht voran gehen. Ich kämpfte den Druck in meinem Inneren nieder und zwang mich zur Ruhe. Der Wind verebbte. Dann hob ich langsam, ganz langsam meine Hände.

Ein triumphierendes Grinsen breitete sich auf Thorns Lippen aus. Er gab zwei Alchemisten ein Zeichen, die vortraten und mich packten. Ohne meine Tante loszulassen, verkündete er: »Du wirst jetzt den Fluch trinken, damit wir für die nächsten Stunden keine Überraschung erleben.«

»Nein!«, rief meine Tante verzweifelt. »Echo! Gib nicht auf!«

Ein Alchemist trat mit einem Röhrchen zu mir. Der Fluch würde zwar nicht ewig wirken, aber fürs Erste wären meine Kräfte versiegelt. Mit zitternden Händen nahm ich ihn entgegen.

»Tu es.« Thorn deutete vielsagend auf die Klinge in seiner Hand. Ich sah auf die Hexen, die mir zur Hilfe geeilt waren und die nun gefesselt oder verletzt am Boden lagen. Und auf meine Tante, der das Blut den Hals herunterlief. Und auf all die Alchemisten, die sich stöhnend herum wälzten.

»Ich will nicht kämpfen«, versuchte ich es. »Es muss einen anderen Weg geben.«

»Nicht solange du deine Kräfte hast. Trink den Fluch. Sofort.« Thorn starrte mich an. »Ich zähle bis drei. Und sonst ist deine Tante tot. Eins ... Zwei ...«

Ich sah zu Corentine, die entschlossen die Zähne zusammenbiss. Dann setzte ich das Röhrchen an die Lippen und trank.

»Testet sie!«, rief Thorn. Jemand setzte mir einen Egel auf die Haut. Der erste krümmte sich und fiel violett zur Erde. Der zweite wenige Minuten später ging nicht mehr drauf. Die Alchemisten an meiner Seite entspannten sich und Thorn lachte auf.

Endlich nahm er das Messer von der Kehle meiner Tante und ließ sie fallen. »Bringt die Hexen in die Zellen!«, rief er. »Ich kümmere mich um die vermeintliche Auserwählte.«

»Warte, Onkel.«

»Wage es nicht, mich so zu nennen.«

»Aber ...«

»Solange ich existiere, werden Hexen und Alchemisten niemals Frieden finden. Merk dir das, Auserwählte!«

In diesem Moment schoss ein Minikomet auf ihn zu und setzte seinen Mantel in Flammen. Er riss ihn sich von der Schulter und erstarrte, als Hunderte weiterer Flammenbälle aus der Luft niederregneten.

Zischend drängten sie sich zwischen Hexen und Alchemisten. Die Luft begann vor Hitze zu flimmern, sodass alle schützend ihre Hände hochrissen.

»Niemand behandelt meinen Roomie so, denn auch wenn sie nicht so aussieht – sie ist die Königin.«

Ich drehte mich um und blinzelte. Da stand sie. Mit feuerrotem Haar und Ruß im Gesicht, was ihre funkelnden Augen nur noch mehr hervorhob.

Adelina.

Umgeben von Feuer.

54
Das Ende

Adelina Everglade

Es war die Art von Auftritt, die ich mir immer gewünscht hatte, und ich genoss es eine Spur zu sehr. Hunderte von Glutpixies hatten sich auf dem Platz versammelt, und auch wenn sie nicht wirklich meinen Befehlen folgten, musste es für die Anwesenden so aussehen. Selbst Rita wäre beeindruckt gewesen, da war ich mir sicher.

Tristan räusperte sich und trat neben mich. »Ich glaube, du hast genug Eindruck geschunden. Meinst du nicht?«

»Man kann nie genug Eindruck schinden.«

»Ruf sie zurück.«

Er hatte recht. Leider. Also wandte ich mich an meinen kleinen Feenfreund, der auf meiner Schulter saß. »Ich denke, das reicht fürs Erste.«

Er klackerte und zischte. Daraufhin stiegen die Pixies wieder in die Höhe. Jetzt wo die Anwesenden nicht mehr fürchten mussten bei lebendigem Leib zu verbrennen, trat ich vor.

Seine Stimme versagte, aber Echoline klopfte ihm grinsend auf die Schulter. »Er ist mein Cousin.«

Er starrte sie entgeistert an. »Bitte was?!«

»Oh. Wolltest du das nicht gerade sagen?«

»Ähm. Nein.«

Unter den Anwesenden brach Unruhe aus. Alchemisten schüttelten entsetzt die Köpfe, aber auch die Hexen konnten nicht glauben, was sie da hörten.

»Es ist wahr.« Meine Mum humpelte aus der Burg und schloss zu uns auf. Sie hatte ihre Farbe zurückbekommen, auch wenn ihre Bewegungen immer noch steif und ungelenk waren. Sie wurde begleitet von einem hinkenden Waschbären. Echoline rannte sofort auf die beiden zu. Sie presste ihren Begleiter an sich, während meine Mum einen Arm um sie legte. »Echoline ist das Bindeglied zwischen Lighttowers und Blackhearts, die Hoffnung für eine neue Zukunft. Eine friedliche Zukunft, wenn wir dass zulassen.«

Wieder begannen alle zu diskutieren.

»Es stimmt! Sie mögen vielleicht durch einen unglücklichen Fehler in der Vergangenheit Cousins sein, aber sie ist eine Hexe!«, rief Thorn. »Und mein Sohn ist das nicht.«

»Genau genommen bin ich das schon.«

»Was redest du da?«

»Wir Blackhearts sind Bluthexen.« Tristan räusperte sich, bevor er für alle gut sichtbar einen Fluchegel auf seinen Arm setzte. Als der violett wurde, schnappten die Alchemisten nach Luft.

Einzig Corentine legte ihren Kopf in den Nacken und lachte. »Mein Beileid«, rief sie ironisch. »Da habt ihr euch wohl alle an der Nase herumführen lassen!«

»Ist das wahr, Thorn?«, wollte ein Alchemist wissen.

Der sah so schockiert aus, dass ich vermutete, dass er es ebenfalls nicht gewusst hatte.

Ich hob mein Kinn und breitete meine Arme aus, um möglichst erhaben auszusehen, aber ehe ich etwas sagen konnte, sprang mir Echoline um den Hals. Sie presste sich so fest an mich, dass sie mir die Luft abschnürte. Erst wollte ich protestieren, dann überlegte ich es mir anders und schloss meine Arme ebenfalls um sie.

»Ich wusste, dass du kommst!«

»Man kann dich ja auch nicht allein lassen«, brummte ich, bevor ich mich von ihr löste.

»Hört zu!«, rief ich an die Hexen und Alchemisten gewandt. »Dieser Kampf hier ist vorbei. Packt eure Sachen und verschwindet. Die, die was zu sagen haben, können bleiben.«

Thorn ignorierte mich und wandte sich an seinen Sohn. »Du machst jetzt mit den Hexen gemeinsame Sache? Hast du den Verstand verloren?«

»Adelina? Sie ist keine Hexe«, sagte Tristan. »Auch wenn sie wie eine wirkt.«

»Danke«, flüsterte ich geschmeichelt.

»Dass du ein Verräter bist, ändert nichts. Wir werden uns keinen Hexen oder Hexensympathisantinnen ergeben«, knurrte Thorn und eine Vielzahl der Alchemisten murmelte zustimmend.

»Und wir werden niemals den Blackhearts vergeben«, rief meine Tante wütend.

Tristan trat vor. »Ich weiß, das wird nicht leicht, aber ich bitte euch. Hört mich an. Wir müssen diesen Kampf stoppen.« Er suchte nach den richtigen Worten. »Ich habe heute eine Menge gelernt. Unter anderem, dass wir unrecht hatten, was einige magische Wesen angeht.« Er sah zu den Glutpixies empor, die zustimmend klackerten. »Aber auch, was die Hexen angeht. Ich habe etwas erfahren, dass mich sehr schockiert hat, aber auch zum Nachdenken gebracht hat. Wir Blackhearts haben eine kompliziertere Vergangenheit als gedacht. Sie … Ich … Ich bin …«

Alle starrten sie an.

»›*Sie wird kommen, geboren aus Feuer und Sturm. Setzt ihr die Krone auf. Sie bricht unseren Fluch.*‹ Ich bin vielleicht der Sturm. Aber sie ist das Feuer. Ich denke, die Prophezeiung ist falsch. Es gibt nicht nur eine Auserwählte, sondern zwei.«

»Zwei Auserwählte?«, lachte meine Tante. »Das ist unmöglich. Betty Banga …«

»Hat vor über fünfhundert Jahren gelebt. Vielleicht wurde die Prophezeiung falsch überliefert und es hieß ›*Sie werden kommen*‹.«

»Das ist Unsinn. Dass Adelina zu uns kam, war bloß eine blöde Verwechslung. Ein Scherz des Schicksals.«

»Sie ist meine Tochter«, widersprach Mum energisch. »Und ich glaube, Echoline hat recht.«

»Sie hat keine Magie«, rief Corentine.

»Nein. Aber ich bin diejenige mit der Armee an Glutpixies auf meiner Seite, oder nicht?« So langsam reichte es mir. »Ich bin ein Mensch, aber ich habe immer gespürt, dass mein Element das Feuer ist. Wie bei Rita dem Drachen. Echoline hat die mächtigste Magie aller Zeiten, aber ist unter Menschen aufgewachsen und keine Kämpferin. Tristan hat sein Leben lang das gefürchtet, was er am Ende selbst ist. Es ist nicht die Magie, die uns definiert. Wir selbst sind es.«

Die Hexen verstummten. Und auch die Alchemisten waren ruhiger geworden.

Selbst Thorn und Corentine fiel fürs Erste nichts mehr ein. Missmutig starrten sie zu Boden.

»Glaubst du, wir haben sie erst mal davon abgehalten, sich gegenseitig umzubringen?«, flüsterte ich Tristan zu.

»Ja«, bestätigte er. »Aber da kommt noch viel Arbeit auf uns zu.«

»Auf *uns*?«, fragte ich spöttisch nach.

»Wir folgen keinen Hexern! Das muss lückenlos aufgeklärt werden«, rief einer seiner Leute.

»Selbstverständlich«, stotterte Thorn. »Dafür muss es eine andere Erklärung geben.«

»Was ist mit unserer Auserwählten?«, rief eine Hexe. »Eine Blackheart kann doch nicht unsere Königin sein!«

»Sie hat nicht mal richtig gekämpft.«

»Und kann sie den Fluch überhaupt brechen oder ist sie nicht nur feige, sondern auch eine Lügnerin?«

»Meine Tochter ist keine Lügnerin!« Erona trat vor und hob ihre Hände. Ein Windstoß fegte über die Köpfe der Anwesenden hinweg. Magie. Sie war auch in meiner Mum erwacht. »Sehr ihr das? Sie ist die Fluchbrecherin.«

Nun meldete sich Echoline zu Wort. Mit leiser, kaum hörbarer Stimme verkündete sie: »Ich kann euren Fluch brechen, aber nur unter einer Bedingung. Ich will nicht, dass ihr eure Kräfte einsetzt, um euch gegenseitig oder anderen Schaden zuzufügen. Denn auch wenn es so scheinen mag, es ist nicht feige, Nein zum Kämpfen zu sagen. Und was die Krone betrifft. Ich denke nicht, dass ich eine Königin bin.«

Sie nahm die schrecklich schief sitzende Krone ab und setzte sie auf meinen Kopf. Überrascht sog ich die Luft ein.

Was hatte sie denn jetzt schon wieder vor?

»Du willst ihr die Krone geben? Sicher nicht!« Corentine sah mich an und lachte. »Sie ist nichts. So wie ich das sehe, ist sie weder Hexe noch Alchemistin.«

Die Hexen murmelten zustimmend, aber Echoline trat mit dem Fuß auf den Boden. »Ich war noch nicht fertig!«, rief sie. Dieses Mal war ihre Stimme fester. »Ich bin die Fluchbrecherin, aber ich bin nicht die Königin ... Zumindest nicht allein. Adelina ist ebenso auserwählt wie ich. Könnt ihr das nicht sehen?«

»Wir geben ein erstaunlich gutes Team ab. Meinst du nicht?«

»Ein erträgliches Team«, korrigierte ich, während ich die Kristallkrone auf meinem Kopf zurechtrückte. »Die Stelle des persönlichen Assistenten der Königin ist noch frei. Interesse?«

»Ich hätte einen anderen Vorschlag.« Seine Augen funkelten. Langsam streckte er mir die Hand hin. »Wie wäre es mit Freunden?«

Ich nahm sie an, und als sich unsere Finger ineinander verschlangen, huschte mir ein Lächeln über die Lippen, das von seinem erwidert wurde.

Dann wandte ich mich zu Echoline, die ihren Waschbären im Arm hatte und ihn wie ein Baby hin- und herwiegte.

»Ich wollte noch über die Krone reden. Ich werde sie auf keinen Fall in zwei Hälften schneiden. Dafür ist sie zu wertvoll. Also, wie genau sollen wir das in Zukunft machen? Vielleicht so ähnlich wie ein geteiltes Sorgerecht ...«

Sie trat auf mich zu und umarmte mich, wobei sie mir beinahe den stinkenden Waschbären ins Gesicht drückte, aber ich ließ es zu. Ausnahmsweise. »Ich bin so froh, dass du gekommen bist.«

Ich räusperte mich. »Dafür sind Schwestern doch da.«

Vor Freude begannen ihre Augen zu schimmern. »*Schwestern?*«

Ich zuckte zusammen. Das war es also. Das letzte kleine Puzzlestück der Zukunft, das ich im Orakelkeks gesehen hatte. Aber dieses Mal erfüllte mich die Frage mit Wärme.

»Schwestern.«

Von Caroline Brinkmann ist bei dtv außerdem lieferbar:
Die Clans von Tokito. Lotus und Tiger
Zimmer gesucht, Liebe gefunden. Emmas Disaster-Diary